Quatrevingt-treize

九三年

[法国] 维克多·雨果 著　桂裕芳 译

译林出版社

图书在版编目（CIP）数据

九三年 /（法）维克多·雨果著；桂裕芳译 .—南京：译林出版社，2023.10
（雨果精选集）
ISBN 978-7-5447-9848-8

Ⅰ.①九… Ⅱ.①维…②桂… Ⅲ.①长篇小说－法国－近代 Ⅳ.①I565.44

中国国家版本馆 CIP 数据核字（2023）第 142081 号

九三年［法国］维克多·雨果／著 桂裕芳／译

责任编辑 唐洋洋
装帧设计 周伟伟
校　　对 孙玉兰
责任印制 颜　亮

原文出版 Gallimard, 1979
出版发行 译林出版社
地　　址 南京市湖南路 1 号 A 楼
邮　　箱 yilin@yilin.com
网　　址 www.yilin.com
市场热线 025-86633278
排　　版 南京展望文化发展有限公司
印　　刷 苏州市越洋印刷有限公司
开　　本 880 毫米 ×1230 毫米 1/32
印　　张 12
插　　页 4
版　　次 2023 年 10 月第 1 版
印　　次 2023 年 10 月第 1 次印刷
书　　号 ISBN 978-7-5447-9848-8
定　　价 66.00 元

序

《九三年》是雨果晚年的重要作品，这是他的最后一部小说。他在《笑面人》(一八六九)的序中说过，他还要写两部续集：《君主政治》和《九三年》。前者始终没有写成，后者写于一八七二年十二月至一八七三年六月，一八七四年出版。这时，雨果已经流亡归来；他在芒什海峡的泽西岛和盖尔内西岛度过了漫长的十九年，始终采取与倒行逆施的拿破仑第三誓不两立的态度，直到第二帝国崩溃，他才凯旋般返回巴黎。可是，一波未平一波又起：他要面对普法战争的悲惨战祸和巴黎公社社员的浴血斗争，眼前的现实给他留下难以忘怀的印象，再一次激发了他的人道主义思想。他回顾历史，法国大革命的史实给了他启发，他有心通过大革命时期旺代地区保王党人的叛乱，阐发自己的思想。这个念头早在一八六二年底至一八六三年初已经出现，如今写作时机成熟了。

雨果在致友人的信中说："天主会给我生命和力量，完成我的敌人称之为庞大得出奇的巨大计划吗？我年迈了一点，不能移动这些大山，而且是多么高耸的大山啊！《九三年》就是这样一座大山！"显而易见，在雨果的心目中，《九三年》分量很重，他轻易不肯动笔，因而酝酿的时间有十多年之久。

雨果在写作之前阅读了尽可能多的材料，做了充分的了解历史背景的工作。关于大革命时期布列塔尼地区的叛乱，他看了皮伊才伯爵的《回忆录》(一八〇三—一八〇七)、杜什曼-德斯波的《关于朱安党叛乱起源的通信》(一八二五)，从中借用了人物、名字、方言土语、服装和生活方式的细节，还有各个事件。关于救国委员会的活动，他参阅了加拉、戈伊埃、兰盖、赛纳尔等人的回忆录。关于国民公会，他参阅了《旧通报》汇编。他研读了米什莱、路易·布朗、梯也尔、博南的著作；博南的《法国大革命史》还保留了一条书签，上写："一七九三年五月三十一日，关键局势。"这一天成为小说的出发点。他还使用过拉马丁的《吉伦特党史》、阿梅尔的《罗伯斯比尔史》和他的朋友克拉尔蒂著述的《最后几个山岳党人史实》。另外，赛巴斯蒂安·梅尔西埃的《新巴黎》给他提供了一七九三年的法国生活和堡垒建筑的宝贵材料。雨果并没有让这一大堆材料所左右，而是驾驭这些材料，创作出一部生动而紧张的历史小说。应该说，雨果对法国大革命并不陌生，他生于一八〇二年，父亲是拿破仑手下的一个将军，而母亲持有保王党观点。雨果的童年和青少年时期经历了大革命的变迁。对于这场人类历史上翻天覆地的社会变革，他有切身的感受。不过这时雨果早已改变了早年的保王派观点，他从四十年代末开始已成为共和派，他是以资产阶级共和派的眼光去看待这场革命的。

雨果不想写一部通俗的历史小说，他不满足于描写法国大革命的一般进程，而是想总结出某些历史经验。《九三年》这部历史小说的切入角度是独具慧眼的。雨果选取了大革命斗争最激烈的年代作为小说的背景。一七九三年是大革命处于生死存亡的一年：在巴黎，雅各宾派取代了吉伦特党，登上了历史舞台；面对着得到国外反法联盟支持的保王党发动的叛乱，以及蠢蠢欲动的各种敌人，雅各宾派实行革命的专政和恐怖政策，毫不留情地镇压敢于反抗的敌对分子；派出共和军前往旺代等地，平定叛乱，终于使共和国转危为安，巩固了大革命的成果。雨果在小说中指出："九三年是战争的一年。欧洲反对法国，法国反对巴黎。什么是革命呢？就是法国对欧洲的胜利，巴黎对法国的胜利。因此，九三年这可怕的时刻举足轻重，比本世纪的任何时期都更伟大。”他又说：“九三年是紧张的一年。风暴骤起，夹杂着愤怒和崇高。”以这一年发生的事件来描写大革命，确实能充分反映人类历史中最彻底的一次反封建的资产阶级革命。

雨果尊重历史，如实地展现了革命与反革命斗争的残酷性，描写出这场斗争激烈而壮伟的场面。在小说中，保王党叛军平均每天枪杀三十个蓝军，纵火焚烧城市，把所有的居民活活烧死在家里。他们的领袖提出“杀掉，烧掉，绝不饶恕”。保王主义在一些落后地区，如布列塔尼拥有广泛的基础，农民盲目地跟着领主走。他们愚昧无知，例如农妇米歇尔·弗莱夏既不知道自己是法国人，又分不清革命和反革命；她的丈夫为贵族卖命，断送了性命；乞丐泰尔马什明知政府悬赏六万法郎，捉拿叛军首领朗特纳克，却把他隐藏起来，帮助他逃走。农民的落后是贵族发动叛乱的基础，小说真实地反映了这种社会状况。面对贵族残忍的烧杀，共和军以牙还牙，绝不宽恕敌人。在雅各宾派内部，三巨头——罗伯斯比尔、丹东、马拉，虽然政见有分歧，但都一致同意采取强有力的手段。他们选中主张“恐怖必须用恐怖来还击”的西穆尔丹为特派代表，颁布用极刑来对待放走敌人的严厉法令。因为要保存革命成果，就不得不用暴力来对付暴力。

其次，雨果正确评价了雅各宾党专政时期实行的一系列政策。他把国民公会喻为酿酒桶，桶里“虽然沸腾着恐怖，也酝酿着进步”。国民公会宣布了信仰自由，认为贫穷应受尊敬，残疾应受尊敬，母亲和儿童也应受尊敬；盲人和聋哑人成为受国家监护的人；谴责贩卖黑奴的罪恶行为；废除了奴隶制度；颁布了义务教育制；创立了工艺陈列馆和博物院；统一了法典和度量衡；创办了电报局、老年人救济院、医院；创建了气象局、研究院。这一切措施都放射出灿烂的思想光芒，造福于人民。大革命所进行的乃是启蒙思想家的理想，是以先进的资产阶级文明代替愚昧落后的封建体制。至今，上述各项措施继续起着良好作用，并普及到世界各国。

对法国大革命和九三年的阶级生死搏斗的正确描写，是这部小说的基本价值所在。雨果捍卫法国大革命，包括雅各宾派一系列正确政策的立场，鲜明地表现了他的民主主义思想，体现出真知灼见。《九三年》以雄浑的笔触真实地再现了十八世纪末的法国历史面貌，是描绘法国大革命的一部史诗。

不过，对于雅各宾派的所作所为，雨果并没有完全加以肯定。雅各宾派为什么会失败？人们有各种各样的看法，雨果也进行了哲理的沉思。在他看来，尽管一方面是刀光剑影，以暴力对付暴力，但另一方面，应有仁慈，要以人道对人道或非人道。他认为，雅各宾派滥杀无辜，没有实行人道主义政策，以致垮台。这一沉思表现在小说结尾。人们历来对这个结尾争论不休，难以得出结论，小说的魅力却很大程度来源于此。从艺术上看，《九三年》的结尾是出人意料的，同时写得扣人心弦。

叛军首领、布列塔尼亲王朗特纳克被围困在图尔格城堡，他要求以被他劫走、作为人质的三个小孩来交换，请蓝军司令官戈万放了他，戈万断然拒绝。可是朗特纳克得到别人帮助，从地道逃了出来。突然他听到三个孩子的母亲痛苦的喊声：三个孩子快要被大火吞没了。朗特纳克毅然折回来，冒着危险，救出三个小孩，他自己则落到共和军手里。戈万震惊于朗特纳克舍己救人的人道主义精神，经过激烈的思想斗争，认为应以人道对待人道，便放走了朗特纳克。特派代表西穆尔丹是戈万小时候的老师，他不顾广大共和军战士的哀求，坚决执行“任何军事领袖如果放走一名捕获的叛军便要处以死刑”的法令，铁面无私地主张送戈万上断头台。就在戈万人头落地的一刹那，他也开枪自杀。

西穆尔丹、戈万和朗特纳克是小说中的三个主要人物，他们之间的纠葛从政治观点的敌对，转化为是否实施人道主义的冲突。雨果认为恻隐之心是“人皆有之的普遍生活的沉淀，最冥顽不化者也不例外”。朗特纳克的情况就是这样，“母亲的呼喊在他内心深处唤醒了人类古老的恻隐之心”，“他从黑暗又退回光明。他筹划了罪行，又破坏了罪行”。对此，戈万在沉思时发现，“从魔鬼中走出了英雄”，朗特纳克不再是杀人者，而是救人者；不再是恶魔，这个拿着屠刀的人变成了“光明的天使”；他赎回了种种野蛮行为，救了自己的灵魂，变成无罪的人。

小说这种戏剧性的变化像异峰突起，使矛盾达到白热化。如何处置与评价朗特纳克和戈万的行为，构成了人物之间的冲突，也引起读者不同的看法。毫无疑问，与其说是戈万在沉思，不如说这是雨果的想法。倘若朗特纳克是个一般的保王党人或一般的叛军指挥官，他舍身去救三个处在大火包围中的小孩，那么这还是可以想象的。令人费解的是，朗特纳克是个异常冷酷的人，他出现时曾经毫不怜悯地枪杀蓝军中随军的女人，正是他劫走了三个尚不懂事的孩子，作为向共和军要挟的人质，也正是他要放火烧死他们，准备同归于尽。试问：这样铁石心肠的人，内心怎么还能容纳得下人道主义思想？他怎么会在一时之间改变本性，产生人道主义？雨果并没有描绘在这一瞬间，他内心的思想活动，因而读者也无从理解这一行动的可信性。不能不说，雨果没有拿出充分的依据去证明这个恶贯满盈的人(或者说恶魔)是怎么放下屠刀，立地成佛的。所以，朗特纳克返回去救三个孩子的行动，只是对作者的“慈悲心连心肠最硬的人也有”这一观点十分概念化的图解。

至于戈万，他的行动倒是描写得有根有据的。雨果早有交代，说他在打仗时很坚强，可是过后很软弱；他待人慈悲为怀，宽恕敌人，保护修女，营救贵族的妻女，释放俘虏，给教士自由。他的宽大不是无原则的，他曾对西穆尔丹说，他赦免了战败后被俘获的三百个农民，因为这些农民是无知的，但他不会赦免朗特纳克，因为朗特纳克罪大恶极，即使是他的叔祖也罢。法兰西才是他的兄长，而朗特纳克是祖国的叛徒。他和朗特纳克誓不两立，只能你死我活。然而，他又有一些想法，与他的司令官身份很不相称。例如，他认为路易十六是一只被投到狮子堆里的羊，他想逃命和防卫是很自然的，虽然他一有可能便会咬人。最主要的是，他认为“恐怖政治会损害革命的名誉”，推翻帝制不是要用断头台来代替它，“打翻王冠，但是要保护头脑。革命是和谐而不是恐怖……对我来说，‘赦免’是人类语言中最美的字眼……在战斗中我们是敌人的敌人，胜利后我们就是他们的兄弟了”。这些话为他后来的行动埋下了伏笔，虽然是雨果的观点，但与人物的思想是融合在一起的。

戈万的行动同雨果对雅各宾派的看法有关，雨果对雅各宾党的恐怖政治是颇有微词的。在他的笔下，雅各宾党三巨头狂热多于理智，只知镇压，不懂仁政，语言充满火药味，浑身散发出平民的粗俗气息。他们所执行的恐怖政治在一定条件下起了作用，但同时也包含着弊病。戈万认为对旧世界是要开刀的，然而外科医生需要冷静，而不是激烈，“恐怖政治会损害革命的名誉”。共和国不需要一个“怕人的外表”。从这种观点出发，戈万放走朗特纳克是顺理成章的。应该说，雨果在小说里发表的见解既非全对，亦非全错。对于保王党人的武装叛乱和残忍屠杀平民的行为，革命政权只有以眼还眼，这样才能保存自身。但也无可讳言，雅各宾党矫枉过正，存在滥杀现象，这就是为什么雅各宾党的专政维持不了多久，连罗伯斯比尔也上了断头台的原因。据马迪厄的《法国革命史》考证，一七九四年，当局嫌断头机行刑太慢，便辅之以炮轰、集体枪毙、沉船，一次就处死几百人。因此，雨果提出胜利后应实施宽大政策，是针对革命政权的极端政策而发的，具有合理、正确的因素。但戈万之所以放走朗特纳克，是基于这样的考虑：敌人也能实行人道主义，共和军就不能实行人道主义吗？这里，雨果走向了另一个极端。他的观点集中表现为这句话：“在革命的绝对性之上，是人性的绝对性。”雨果将革命和人道主义割裂开来是错误的。革命与人道主义可以统一，而且应该统一起来。就拿资产阶级革命来说，这是对罪恶的、不人道的封建制度的清算，而代之以更人道的社会制度；自由、平等、博爱，就是以人道主义为基础的，比起封建主义的人身依附关系、贵族特权、森严的等级制度要前进一大步。然而，在有敌对阶级存在的社会中，尤其在尚未取得最终胜利的紧急关头，不可能也不应该实行宽大无边的、绝对的人道主义，否则就是对人民不人道。以朗特纳克来说，就算他果真救出三个孩子，自己束手就擒，对于革命的一方来说，完全可以根据他的情况做出合理的符合人民利益的判决，而不一定非要处以极刑。当然，共和军不会这样处理。但是，放走了他，后果会怎样呢？他必然与革命政府为敌，再次纠集叛军，攻打共和军，屠杀无辜的百姓，犯下非人道的罪行。从效果来说，戈万放走朗特纳克的行动，对人民来说，是不符合人道原则的。以上分析说明，无论雅各宾党，还是雨果本人，都未能处理好革命与人道的关系问题。

西穆尔丹是作为戈万的对立面而出现的，虽然他也是一个革命者。小说中，他是革命政府的化身。尽管早先他是教士，但他爱憎分明，他能用嘴去吸一个病人喉部的脓疮，可他决不会为国王这样做。他认识到革命的敌人是旧社会，“革命对这个敌人是毫不仁慈的”。然而他是一个“冷酷无情的人”，没有人看见他流过眼泪，他自认为不会犯错误，别人无可指摘。他既正直又可怕。他虽然崇高，“但他是在孤立中，在崎岖中，在冷冷的疏远中表现崇高”。他忠于雅各宾党的信条和各项恐怖政策，他向委任于他的国民公会保证:“假如那委托给我的共和党领袖走错了一步，我也要判处他死刑。”他屡次警告戈万:“在我们这个时代，仁慈可以成为一种叛逆。”他的誓言和警告都成了事实。在判处戈万死刑之后，他再一次同戈万交锋。戈万纵横捭阖，畅谈他的理想，西穆尔丹无言以对，败退下来。他承认戈万的话有道理，但是他不可能改变自己的观点，内心处于不可克服的矛盾之中。“他盲目自信，像箭一样，眼中只有箭靶，直直奔向箭靶。在革命中最可怕的莫过于笔直的路线了。西穆尔丹笔直朝前走，不留余地。”他亲手处死了自己“精神上的儿子”和学生、他的战友，最后在痛苦与惶惑中开枪自尽。通过他的悲剧，雨果批判了只讲暴力，不讲人道，只知盲目执行，不会灵活处置的革命者。西穆尔丹是有代表意义的、相当真实的一个形象。

作为浪漫派的领袖，雨果的浪漫手法在《九三年》中得到了充分的表现。雨果的一个重要的浪漫手法是将无生命或非人的事物，描绘得如同有生命的物体一样神奇、动人心魄、令人惊叹。小说开篇对战舰上大炮的描写是一个很好的例证。在这艘名为巨剑号的军舰上，一尊二十四斤重弹的大炮从炮座上滑脱了，它变成了一头怪物，它在舰上滚来滚去，旋转，冲撞，击破，杀害，歼灭，又像撞城锤在任性地撞击城墙："物质完全自由了，这个永恒的奴隶似乎在报复。我们所称作没有生气的物体仿佛突然将内部的邪恶全部发泄了出来，它失去了耐心，暗暗进行古怪的报复。无生物的愤怒是最不留情的。这个狂暴的庞然大物像豹一样跳跃，像大象一样沉重，像老鼠一样灵巧，像斧子一样坚决，像涌浪一样出其不意，像闪电一样骤然，像坟墓一样充耳不闻。它沉甸甸的，却像玩具球一样弹来跳去……风暴会停止，飓风会过去，海风会停息，折断的桅杆可以更换，进水洞可以堵上，火灾可以扑灭，但怎样对付这个庞大而凶狠的铜家伙？拿它怎么办？"这门大炮完全解除了军舰的战斗力。雨果丰富的想象力将这个场面描绘得令人叹为观止。就是在这样一个悲壮的场面中，朗特纳克出现了，显出他的严厉、冷峻和刚毅。这个阴惨惨的、色彩神秘的开场给小说定下了悲剧的调子。雨果就以这样的笔法，营造出残酷的、命运捉摸不定的气氛，具有浓郁的浪漫色彩。雨果认为这种浪漫手法同样能达到真实，他在小说中说："历史有真实性，传奇也有真实性。传奇的真实和历史的真实在性质上是不同的。传奇的真实是在虚构中去反映现实。"浪漫手法与写实手法殊途同归。

众所周知，雨果是运用对照手法的大师。他在《〈克伦威尔〉序》中曾经指出："丑在美的旁边，畸形靠近着优美，丑怪藏在崇高背后，美与恶共存，光明与黑暗相伴。"这条准则始终指导着雨果的创作。《九三年》同样运用对照手法，不过，这部小说不像《巴黎圣母院》那样运用人物形体的对照或形体与心灵的对照。小说三个主要人物的对照表现在思想上：朗特纳克性格残酷无情，顽固不化，具有不达目的不罢休的坚定，也具有成为领袖的威严和果敢。他心中并无一丝人道感情，只是在最后才人性复现。西穆尔丹同样坚定不移，朗特纳克坚信保王主义，他则坚信共和主义，特别是坚信恐怖政治。他反对实施仁慈，不相信人道主义是放之四海而皆准的原则。应该说，他比朗特纳克的心肠更硬，对维护自己的信念更加一丝不苟。这两个人物都受到雨果的批判。戈万既有实行革命的坚定性，又有面对复杂现实的灵活性。他是雨果心目中人道主义的化身：他为了人道主义而不惜牺牲自己的生命。这三个人物思想上的对照与矛盾，有力地推动了情节的发展。

雨果的小说技巧在《九三年》中达到了更成熟的地步。小说情节的进展异常紧凑，看不到多少闲笔和题外话，不像《巴黎圣母院》和《悲惨世界》那样，常常出现大段的议论或枝蔓的情节。作者的议论融合到人物的思想中，成为塑造人物不可或缺的部分，这是更高明的手法。从结构上说，小说环环相扣，一步步推向高潮。高潮以三个小孩的遭遇为核心，以三个主要人物的思想交锋为冲突，写得紧张而扣人心弦。这部小说虽然篇幅不大，却堪与卷帙浩繁的历史小说相媲美，成为不可多得的上乘之作。

郑克鲁

目录

卷一　在海上

卷三 在旺代

卷一

在海上

第一章　索德雷树林

一七九三年五月的最后几天，一支军队来到位于阿斯蒂耶的那座令人生畏的索德雷树林。他们是在桑泰尔率领下由巴黎来到布列塔尼地区的几个营中的一个，在残酷的战争中伤亡惨重，现在剩下不到三百人。经过阿尔戈恩、雅马普、瓦尔米战役以后，巴黎志愿军的第一营由原有的六百人减至二十七人，第二营只剩下三十三人，第三营只剩下五十七人。这是惊心动魄的战斗时期。

从巴黎派来旺代地区的军队共九百一十二人。每个营配备有三门大炮。人员是紧急招募的。四月二十五日，在戈耶任司法部长，布肖特任陆军部长的情况下，忠告区[①]提议向旺代地区派志愿军。公社[②]委员吕班提出报告，五月一日，桑泰尔已经准备就绪：派出一万两千人、三十门野战炮以及一个炮兵营。这支迅速组成的军队在士兵与下级军官的比例上做了改变，人员配备比较合理，因此至今仍被视作典范。在今天，正规部队的组建也是按照这种模式进行的。

四月二十八日，巴黎公社对桑泰尔的志愿军下了这道命令："决不

---

① 法国大革命时，巴黎分为四十八个行政区。

② 一七八九—一七九五年的巴黎公社是革命的市政府。另一个巴黎公社(一八七一年)是无产阶级专政政权。

宽恕，毫不留情。”到了五月底，从巴黎来的一万两千人中，已死亡八千人。

走进索德雷树林的这一营人十分警惕地观察前后左右，慢慢搜索。克莱贝将军说过：“士兵后背也长眼睛。”他们已经走了很久。现在大概几点钟了？是上午还是下午？难以判断，因为在这些盘根错节的荆棘丛里，永远是黄昏，从来就是阴暗的。

索德雷树林是个悲惨的地方。一七九二年十一月，内战就是在这片树丛中开始它的罪恶的。凶残的瘸子穆斯克东正是从这致命的丛林中出来的。林中发生过大量的谋杀，更令人毛骨悚然。没有比这更可怕的地方了。士兵们小心翼翼地前进。处处是花。周围是颤动的枝条组成的厚墙，从那里飘下绿叶迷人的清香，幽暗的绿色中有着斑驳的阳光。地上长着菖兰花、鸢尾花、水仙花、报春的小黄花、春天的藏红花，它们是这层厚厚的植物地毯的点缀和花边，地毯上麇集着形形色色的苔藓，从毛虫形直到星形。士兵们轻轻拨开树枝，蹑手蹑脚地一步步走。小鸟在刺刀上方啾鸣。

从前，在和平时期，人们在索德雷树林里玩“乌伊什巴”，就是在黑夜里追逐小鸟，现在人们玩的是追逐人。

丛林里长满了桦树、山毛榉和橡树。地面平坦，人走在苔藓和厚草上悄然无声。没有小道，或者说有几条小道，但很快便消失了。还有些枸骨叶冬青、野黑刺李树、蕨草、芒柄花丛、高高的荆棘。十步之外的人是根本看不见的。

枝条中有时掠过一只苍鹭或黑水鸡，表明附近有沼泽。

士兵在行进，盲目地往前走，忐忑不安，又害怕撞上寻找的对象。

时不时地出现野营的痕迹：地面被火烧过，草被踩平了，还有用木棍搭成的十字架和血迹斑斑的树枝。有人在这里煮过汤，在那里做过弥撒，在另一处包扎过伤员。但是，从这里经过的人已无影无踪。他们现在在哪里？可能很远，也可能近在咫尺，正握着短铳枪藏在树林里。树林似乎荒寂无人。士兵们更加警惕。荒僻引起怀疑。看不见人，就更有理由害怕。这是一片歹徒出没的森林。

这里很可能有陷阱。

三十位精兵在一位中士的率领下远远地走在大部队前面去执行侦察任务。随军的女食贩与他们同行。女贩们乐于随先遣队同行，当然这要冒险，但能开开眼。好奇心是女人勇气的一种表现形式。

这支小小的先遣队突然战栗起来，这是猎人们常有的战栗，它表明快到兽穴了。矮树丛中央仿佛有人在呼吸，树叶仿佛还晃动了几下。士兵们相互示意。

当侦察兵执行警戒和搜索任务时，军官们不需要介入。该做的事自然而然地就做了。

不到一分钟，有动静的地方就被包围了。士兵们举枪对准它，从四面八方瞄准荆棘丛中央那个阴暗的地方，手指扣住扳机，眼睛盯着，只等中士下令就开枪射击了。

这时那位女贩壮着胆子往荆棘丛里看。中士正要喊“开火”时，女贩却喊道：“停下！”

她转身对士兵说：“别开枪，同志们。”

于是她奔向丛林深处。人们跟着她。

那里确实有人。

在茂林深处有一片小小的林中空地，它呈圆形，是烧树根的木炭窑留下的。在它边上，有一个由树枝形成的房间式洞穴，它半开着，像一个放床的凹室。那里有一个女人，她坐在苔藓上，正给一个婴儿喂奶，膝头上是另外两个满头金发的孩子，他们在熟睡。

这就是陷阱。

“你在这里干什么？”女贩喊道。

女人抬起头。

女贩又愤怒地说：

“你疯了，待在这里！”

接着又说：

“你差一点就没命了！”

她又对士兵们说：

“这是个女人。”

“当然，我们看见了！”一位士兵说。

女贩继续说：

“来林子里送死！怎么干这种蠢事！”

女人吓坏了，惊慌失措，呆若木鸡，像是在做梦。她看看四周，看着那些长枪、马刀、刺刀和凶狠的面孔。

两个孩子醒了，哭叫起来。

“我饿了。”一个孩子说。

“我害怕。”另一个孩子说。

最小的孩子继续吃奶。

女贩对她说：

“你最乖。”

母亲吓得说不出话来。

中士朝她喊道：

“你别怕，我们是红色无檐帽营。”

女人全身颤抖不已。她瞧着中士，那是一张粗糙的脸，只看得见眉毛、髭须和火炭般的两只眼睛。

“就是从前的红十字营。”女贩说。

中士接着问道：

“你是谁，太太？”

女人惊恐万状地打量他。她瘦削、年轻、苍白，衣衫褴褛，戴着布列塔尼农妇粗大的披肩风帽，脖子上系着一床毛毯，像雌性动物一样毫不在意地露出赤裸的乳房。她既没有穿袜子也没有穿鞋，两只脚在流血。

“这是个穷人。”中士说。

那里有一个女人，她坐在苔藓上，正给一个婴儿喂奶，膝头上是另外两个满头金发的孩子，他们在熟睡。（P5）

女贩用粗声粗气，但仍不失女性温柔的口吻问道：

“你叫什么名字？”

女人喃喃地说了几个字，几乎听不清：

“米歇尔·弗莱夏。”

这时，女贩用粗大的手抚摸婴儿的小脑袋，问道：

“小家伙多大了？”

母亲没有听懂。女贩又说：

“我问你她多大了？”

“呵！”母亲说，“一岁半。”

“够大了，”女贩说，“她不该再吃奶，应该断奶了。我们给她喝汤。”

母亲开始放心了。睡醒的那两个孩子好奇甚于恐惧，正在欣赏羽饰。

“呵！”母亲说，“他们真饿坏了。”

接着又说：

“我没有奶了。”

“我们会给他们东西吃，”中士大声说，“也给你。不过还有一件事。你是什么政治观点？”

女人瞧着中士，没有回答。

“你听见我的问题了吗？”

女人结结巴巴地说：

“我很年轻就被送进修道院，但我结了婚，我不是修女。修女们教我说法语。村子被人放火烧了，我们急急忙忙逃了出来，我连鞋也来不及穿。”

“我是问你的政治观点。”

“我不知道。”

中士又说：

“现在常有女奸细。女奸细是要枪毙的。来，你说吧，你不是波希米亚人吧。你的祖国在哪里？”

她仍旧瞧着他，仿佛听不懂。中士重复说：

“你的祖国在哪里？”

“我不知道。”她说。

“怎么，你不知道哪里是你的老家？”

“呵，老家，我知道。”

“那好，哪里是你的老家？”

女人回答说：

“西斯夸尼亚庄园，在阿泽教区。”

这回中士吃惊了。他沉思片刻，问道：

“你是说……”

“西斯夸尼亚。”

“那可不是祖国。”

“那是我老家。”

女人想了一下又说：

“我明白了，先生，您是法国人，我是布列塔尼人。”

“那又怎样呢？”

“这不是同一个地方。”

“可这是同一个祖国呀！”中士喊叫了起来。

女人又说：

“我从西斯夸尼亚来。”

“西斯夸尼亚就西斯夸尼亚吧。你家里人是在那里吗？”

“是的。”

“他们做什么？”

“他们全死了。我没有亲人了。”

中士是个爱说话的人，又继续审问：

“见鬼，你总有亲戚吧，至少从前有。你是谁？说话呀。”

女人听着，目瞪口呆，这句“至少从前有”不像是人的语言，而像是动物的吼叫。

女贩感到自己应该介入了。她又抚摸吃奶的孩子的头，用手拍拍另外两个孩子的脸颊。

“吃奶的女孩叫什么名字？”她问道，“这是个女孩吧。”

母亲回答说：“若尔热特。”

“老大呢？这淘气鬼是男孩吧？”

“勒内-让。”

“小的呢，他也是男孩吧，脸颊鼓鼓的。”

“胖阿兰。”母亲说。

“这些孩子多好哇，”女贩说，“都已经像大人了。”

中士继续问：

“你说吧，太太，你有家吗？”

“有过。”

“在哪里？”

“在阿泽。”

“你为什么不待在家里？”

“家被烧掉了。”

“谁干的？”

“不知道。是战争。”

“你从哪里来？”

“从那里。”

“你去哪里？”

“不知道。”

“说正题吧，你是谁？”

“不知道。”

“你不知道你是谁？”

“我们是逃难的人。”

“你是哪一派？”

“不知道。”

“是蓝党还是白党[①]？你和谁站在一起？”

“和我的孩子们。”

沉默。女贩说：

“我没有生过孩子，没有时间生孩子。”

中士又问道：

“那你的父母呢？听我说，太太，告诉我们你父母是什么人。我叫拉杜，我是中士，我是从谢尔什米迪街来的，我父母原先在那里，我可以谈我的父母。你谈谈你的父母吧。他们原先是什么人？”

“他们姓弗莱夏，就这些。”

“是呀，弗莱夏是弗莱夏，拉杜是拉杜，可总有个职业吧。你父母的职业是什么？原先是干什么的？现在干什么？你的这些弗莱夏，他们弗莱夏些什么呢？”

“他们种地。我父亲是残废，不能做工。他挨过老爷——他的老爷，我们的老爷——的棍子，这还算老爷开恩，因为父亲偷了一只兔子，这够死罪，老爷发善心，让手下人只打了我父亲一百棍，从那时就落下了残疾。”

“还有呢？”

“我爷爷是胡格诺派[②]，被本堂神甫送去服苦役。那时我很小。”

“还有呢？”

“我公公是私盐贩子，被国王送上了绞架。”

“那你丈夫呢，他是干什么的？”

“那些天里他打仗。”

“为谁打仗？”

“为国王。”

---

① 蓝党是法国大革命时期的激进派，白党是保皇派。

② 十六至十八世纪法国天主教徒对新教徒的称呼。

“还有呢？”

“为领主老爷。”

“还有呢？”

“为本堂神甫先生。”

“真是他妈的该死的畜生！”一位士兵大声说。

女人一惊，显得惶惶不安。

“你瞧，太太，我们是巴黎人。”女贩和蔼地说。

女人双手合十高声说：

“呵，天主耶稣基督！”

“不要迷信！”中士说。

女贩在那女人身边坐下，将最大的孩子拉到自己两膝之间，孩子乖乖地听从了。儿童常常莫名其妙地安然顺从或认生害怕，大概内心里有一种暗示吧。

“我可怜的好心大嫂老乡，你有这么漂亮的孩子，多好哇。我能猜出他们的年龄，老大四岁，弟弟三岁吧。你瞧瞧，吃奶的这小家伙可真贪嘴。呵，小鬼！别这样啃妈妈，好不好？我说，太太，你别怕，你应该加入我们这个营，和我一样干活。我叫乌扎尔德，这是绰号。我喜欢叫乌扎尔德，不喜欢像我母亲一样叫比科尔诺小姐。我是伙食贩。军队相互开火、相互残杀时，给他们酒喝的女人就叫伙食贩，干这行的人可不少。我们两人的脚差不多大，我把鞋给你。八月十日[①]我在巴黎，给过韦斯特曼[②]酒喝，一切顺利。我看见路易十六上断头台，就是人们称作的路易·卡佩。他不愿意。你听听看，就在一月十三日[③]，他还烧栗子吃，和家里人笑笑闹闹哩。后来他也不得不在我们称作的摇板上躺下，没穿礼服上装，没穿鞋，只穿着衬衫、凸纹

① 一七九二年八月十日，巴黎起义公社袭击议会，国王被“停职”。

② 参加八月十日革命行动的法国将军。

③ 路易十六于一七九三年一月二十一日被处死。

布外衣、灰呢短裤和灰色丝袜。这些我可是亲眼见过。运他来的马车涂的是绿漆。我看你就来我们这里吧，这个营里都是好小伙子。你来当第二号伙食贩，我教你怎么干，呵，简单得很。你带上桶和铃铛，走到闹哄哄的、枪弹炮弹飞来飞去的地方，你大声喊：‘孩子们，谁要喝一口？’这是再简单不过的了。我呀，无论是谁，我都给酒喝，给白军，也给蓝军，我是蓝军，是忠诚的蓝军，但我的酒是给所有人的。伤员们总是口渴。人死是不分观点的。人们死时应该相互握手。打仗真是件蠢事！你来我们这里吧。我要是被打死了，你就接我的班。你瞧，我就是这个脾气，但我既是好心的女人又是正直的男人。你不要害怕。”

女酒贩停住了，那女人喃喃地说：

“我们原先的邻居叫玛丽-让娜，仆人叫玛丽-克洛德。”

此刻，拉杜中士正在训斥那个士兵：

“闭嘴，你吓坏了这位太太。在女人面前不该说粗话。”

“对有教养的人来说这也是不折不扣的屠杀呀。”士兵反驳说，“这些人可真是奇怪，岳父被领主打残废了，爷爷被神甫发配服苦役，父亲被国王吊死了，可他们还打仗，真他妈的，还不造反，还为领主、神甫、国王卖命！”

中士喝道：

“在队伍里不许说话！”

“不说话，中士。”士兵又说，“可是，这样漂亮的女人为了教士去送死，这总说不过去吧。”

“士兵，”中士说，“我们这里可不是梭枪俱乐部。别耍嘴皮子。”

接着他转身问那个女人：

“你丈夫呢，太太？他在干什么？他现在怎么样？”

“没了。被杀死了。”

“在哪里？”

“在树篱那边。”

"什么时候？"

"三天以前。"

"是谁干的？"

"不知道。"

"怎么，你不知道是谁杀死了你丈夫？"

"不知道。"

"是蓝军？是白军？"

"是一颗子弹。"

"三天以前？"

"是的。"

"在哪个方向？"

"靠埃尔内。我丈夫倒下了，就是这样。"

"他死了以后，你干什么呢？"

"领着孩子逃走。"

"去哪里？"

"往前走呗。"

"在哪里过夜？"

"地上。"

"吃什么呢？"

"不吃东西。"

中士以军人的方式噘起嘴，髭须碰到了鼻子。

"不吃东西？"

"在荆棘里找去年剩下的黑刺李和桑果，还有越橘种子、蕨草的嫩枝。"

"好嘛，等于什么也没有说。"

最大的孩子仿佛听懂了，说："我饿。"

中士从衣袋里掏出一块配给面包，递给母亲。母亲将它掰成两半给了孩子们。两个小家伙贪婪地啃起来。

“她自己一口也不吃。”中士咕哝说。

“因为她不饿。”一位士兵说。

“因为她是母亲。”中士说。

孩子们停了下来。

“我渴。”一个孩子说。

“我渴。”另一个孩子也说。

“这个鬼树林里没有小溪吗？”中士问。

女酒贩从腰带上摘下那只和小铃铛挂在一起的铜杯，旋开斜背在身上的木桶的开关，往杯里倒了几滴酒，将杯子凑近孩子们的嘴唇。

第一个孩子喝了，做了个鬼脸。

第二个孩子喝了，吐了出来。

“这可是好喝的东西。”女贩说。

“是烈烧酒？”中士问道。

“对，上等酒，可他们是农民。”

接着，她擦擦杯子。

中士又问：

“你就这样逃命吗，太太？”

“只能这样呗。”

“穿过田野，好像有人跟在后面？”

“我拼命跑，然后走，然后倒下来。”

“可怜的教民！”女贩说。

“人们在打仗，”女人结结巴巴地说，“周围都是枪弹。我不知道他们要干什么。我丈夫被打死了，我只明白这一点。”

中士用枪托敲着地，大声说：

“愚蠢的战争！真他妈的！”

女人接着说：

“昨天夜里，我们在一棵埃穆斯里睡的觉。”

“四个人？”

“四个人。”

“睡觉？”

“睡觉。”

“那是站着睡觉了。”中士说，接着又转身对士兵们说，“同志们，这里有一种枯死的空心树，里面只容得下一个笔直站立的男人。这些野人管这树叫埃穆斯。有什么办法呢？他们不可能是巴黎人呀。”

“在树洞里睡觉！”女贩说，“还带着三个孩子！”

“要是孩子叫喊起来，过路的人只听见树在喊‘爸爸，妈妈’，可什么也看不见，那可真古怪。”中士说。

“幸好现在是夏天。”女人叹息说。

她看着地面，一副无可奈何的神气，目光中流露出对灾难的困惑。

士兵们默默无语，在苦难的女人四周围成一圈。

一个寡妇，三个孤儿，逃亡，遗弃，孤独，四面八方轰响的战火，饥饿，干渴，以草根为食，以天空为屋顶。

中士走近女人，瞧着吃奶的婴儿。婴儿放开了奶头，轻轻转过头，用漂亮的蓝眼睛瞧着向她俯身的那张野兽般毛茸茸的、令人害怕的脸，微笑了起来。

中士直起身来，一颗大泪珠在脸颊上滚下，停在髭须尽端，像一粒珍珠。

他提高声音说：

“同志们，由于这一切，我决定咱们营收养这些孩子。同意吗？咱们收养这三个孩子。”

“共和国万岁！”士兵们高呼。

“好，一言为定。”中士说。

于是他将两手伸到母亲和孩子的头部上方：

“这就是红色无檐帽营的孩子们。”

女贩兴奋得跳了起来，喊着说：

“一顶帽子下的三个脑袋[①]。”

接着她又大哭起来，狂热地亲吻那可怜的寡妇，说道：

“这小家伙看上去已经很淘气了。”

“共和国万岁！”士兵们再次喊道。

中士对那位母亲说：

“来吧，女公民。”

① 富有寓意的文字游戏，表示三个人共一个观点。这是大革命时期人们的梦想。——原编者注

一个寡妇，三个孤儿，逃亡，遗弃，孤独，四面八方轰响的战火，饥饿，干渴，以草根为食，以天空为屋顶。（P15）

第二章　巨剑[1]号轻巡航舰

一　交混在一起的英国和法国

一七九三年春，当法兰西的国土四面受敌，吉伦特派的失势成为感人的趣闻时，在芒什海峡的群岛上发生了下面这件事。

六月一日傍晚，太阳落山前大约一小时，在泽西岛上一个名叫晚安的荒凉小海湾里，一艘巡航舰正扬帆出航。此刻雾气弥漫，出海航行十分危险，因此对逃跑是最有利不过了。船上的人员是法国人，但船属于仿佛为了警戒而驻守泽西岛东端的英国小舰队。指挥舰队的是布伊翁家族的图尔多韦尼亲王，巡航舰正是奉他之命去执行一项紧急而特殊的任务。

这艘巡航舰在领港协会注册为巨剑号。它外貌是货船，其实是战舰。它像商船一样笨重、平和，但你千万可别上当。它是为了双重目的而建造的：诡计和武力。能骗就骗，骗不了就打。为了执行今夜的任务，二层舱里装的是三十门大口径短炮。也许考虑到风暴，也许更为了使船显得温厚可亲，大炮都隐蔽了起来，被三条铁链固定住，前

---

① 苏格兰人所特有的战剑。

身靠在堵住的舱口上，从外面什么也看不见。舷窗堵住了，舱门盖上了，仿佛给这艘巡航舰戴上了面具。正规巡航舰只是在甲板上设置大炮，而这艘为了奇袭和陷阱而设计的巡航舰，甲板上没有大炮，我们刚才看到，它的大炮设置在二层舱里。巨剑号的外形粗大而矮壮，但速度极快。它的船体在英国海军中最为坚固，战斗力几乎不亚于驱逐舰。它没有后桅，只有一个带简单小桅帆的小桅。舵的形状相当讲究，十分罕见，只有一个几乎独一无二的弯曲肋骨，南安普敦造船厂为它花去了五百英镑。

船上的人员全部是法国人，有流亡国外的军官和开小差的水手。他们都是精选出来的：好水手、好士兵、好保皇派。他们崇拜三件东西：船、剑、国王。

除了船员以外，船上还有半个海军步兵营，必要时他们可以登陆。

巨剑号的船长是布瓦贝尔特洛伯爵，他曾获圣路易骑士勋章，是旧日皇家海军中一名优秀军官。大副是拉维厄维尔骑士，曾在王室卫队中指挥奥什[①]任中士的那个连队。驾驶员是泽西岛最精明的舵手菲利普·格拉夸尔。

人们猜到这艘船要去执行不同寻常的任务。的确，刚才有一个人上了船，神情仿佛是去做一件特殊的事。他是一位高大健壮的老人，身体挺得直直的，面孔严肃，显得既年老又年轻，很难猜出他的年龄。这种人虽然老迈却精力充沛，白发苍苍却目光炯炯，论精力有四十岁，论威望有八十岁。他跨上船时，身上那件出海穿的大衣微微张开，露出里面那条名叫布拉古-布拉的宽大长裤、带腿套的长靴以及山羊皮上衣，这种上衣的面子是镶有丝花边的皮革，里子是横七竖八的粗毛。这是布列塔尼农民的装束。这种老式的布列塔尼上衣有两种用途：节庆和劳动。它可以两面穿，或是毛面朝外，或是绣面朝

① 法国将军(一七六八——一七九七)，曾击败登陆法国的流亡贵族(一七九五)。

外；平时是兽皮，星期天是盛装。这位老人身上的农民服装似乎已经穿了很久，两膝和两肘都磨损了，仿佛更增加了这种故意制造的真实性。出海穿的大衣是用粗料子做的，很像是渔夫的破衣。老人戴一顶时新的圆帽，帽顶很大，帽檐很宽，将帽子拉低就像乡下人，在帽子一侧插上标志绦子，就像军人。老人像农民一样将帽子拉低，既无绦子也无标志。

泽西岛总督巴尔卡拉斯勋爵和图尔多韦尼亲王亲自将老人送到船上安顿下来。王公们的密探，曾为国王的大弟弟阿尔图瓦伯爵当保镖的热朗布尔亲自安排老人的舱室，甚至周到而恭敬地提着箱子跟在老人后面，虽然他本人也是地道的贵族。离船上岸时，他对那位农民深深一鞠躬，巴尔卡拉斯勋爵对老人说："祝您成功，将军。"图尔多韦尼亲王也说："再见了，表兄。"

"农民"，船员们立刻在短促的交谈中用这个名字来称呼那位乘客。他们并不知道更多的事，但他们明白这位农民并不是农民，就像他们的战舰不是货船一样。

风不大。巨剑号离开晚安湾，驶过布莱湾，抢风航行，过了一会儿在逐渐深浓的夜色中渐渐缩小，最后完全消失。

一小时以后，热朗布尔回到圣埃利埃家中，通过南安普敦的信使，向约克公爵总部的阿尔图瓦伯爵发出一封快信：

> 阁下：已经出发。成功在望。一周内，格朗维尔至圣马洛的整个海岸将燃烧起来。

四天前，来格朗维尔视察瑟堡海防军的马恩省代表[①]普里厄尔曾从密使手中收到信件，字迹与前一封快信相同，内容如下：

---

① 即国民公会派驻各地及军中的特派员。

代表公民：设有隐蔽炮台的巨剑号战舰将于六月一日涨潮时分出发，将一个人送到法国海岸。此人的特征如下：高大、年老、白发、农民装束、贵族的手。明日我再详告。他将于二日清晨登陆。通知巡航队截获战舰，将此人斩首。

二　被黑夜笼罩的船和乘客

巨剑号没有向南朝圣卡特琳驶去，而是船头朝北然后又向西绕行，果断地驶进瑟克岛和泽西岛之间被称作迷航通道的海峡。当时两岸都没有灯塔。

太阳完全下山了。夜很黑，比一般的夏夜更黑。这是月夜，但是厚厚的，不像夏季而像秋季的云层将天空遮住了，看来只有当月亮在天边沉落时，它才露面。几片乌云悬吊在雾气迷茫的海面上。

这深沉的黑暗是天赐良机。

驾驶员格拉夸尔的意图是从泽西岛右边，盖尔内西岛左边绕过去，大胆地航行在哈诺艾和多佛尔的礁石之间，驶向圣马洛海岸的某个港湾。这条航线比走曼吉埃礁的航线要长，但是更安全，因为法国巡逻队的警戒重点通常是圣埃利埃和格朗维尔之间。

如果顺风，不出意外，升起全部船帆的话，格拉夸尔估计在天亮以前可以抵达法国海岸。

一切顺利。巨剑号驶过了大鼻角。将近九点钟时，用海员的话说，天气开始赌气了。起了风浪，好在这是顺风，海浪虽大，但不凶猛。然而，有时海浪打上船头。

被巴尔卡拉斯勋爵称作将军、被图尔多韦尼亲王称作表兄的那位“农民”安详而严肃地在甲板上踱步，行走自如，仿佛没有感觉到船的颠簸。有时他从外衣口袋里掏出一块巧克力，掰下一小块吃。他虽然满头白发，但牙齿仍然完好。

他不和任何人说话，有时只和船长说几个字，船长毕恭毕敬地听着，似乎认为这位乘客比自己更有权指挥。

在浓雾的掩护下，巨剑号巧妙地顺着泽西岛北坡长长的峭壁行驶，有时贴近岸边，因为在泽西岛和瑟克岛之间是可怕的皮埃尔德里克礁石。格拉夸尔站在船舵前，一一指出拉格雷夫德里克礁、大鼻角、普莱蒙礁；船穿行在这些礁石之间，可以说是摸索前进，但十分稳妥，舵手仿佛在自己家中，对大洋了如指掌。巨剑号船头没有灯光，唯恐在这受监视的海域被人发觉。大雾是值得庆幸的机会。船抵大埃塔克时，浓雾弥漫，连高高的石柱都难以看清，只听见圣乌昂钟楼敲十点钟，这表明一直是顺风。一切顺利。由于贴近拉科尔比埃尔，海浪变得汹涌起来。

十点钟以后不久，布瓦贝尔特洛伯爵和拉维厄维尔骑士将那位农民装束的老人送回舱室，也就是船长本人的舱室。老人进去时，低声对他们说：

“你们是知道的，先生们，必须保密。在爆发以前保持沉默。这里只有你们知道我的名字。”

“我们会守口如瓶。”布瓦贝尔特洛伯爵说。

“而我，即使面对死亡，我也不会说的。”老人说。

然后他走进舱室。

三　交混在一起的贵族和平民

船长和大副又回到甲板上，肩并肩走着，一面在交谈。他们显然在谈论那位乘客。下面就是被海风吹到黑暗中的谈话的大致内容。

布瓦贝尔特洛凑到拉维厄维尔耳边低声说：

“我们看看他能不能当军事领袖。”

拉维厄维尔回答说：

“目前他是王公。”

“算是吧。”

“在法国是贵族，但在布列塔尼是亲王。”

“就像拉特雷穆瓦伊家族、罗昂家族一样。”

“他是他们的盟友。”

布瓦贝尔特洛又说：

“在法国，在国王的华丽马车里，他是侯爵，就像我是伯爵，你是骑士一样。”

“华丽马车时代早已过去了。”拉维厄维尔大声说，“现在我们是在坟墓里。”

沉默。

布瓦贝尔特洛接着说：

“找不到法国亲王，只好找布列塔尼亲王了。”

“没有斑鸫……不，没有雄鹰，只好找乌鸦了。”

“我宁可要秃鹫。”布瓦贝尔特洛说。

“那当然！有尖利的嘴和爪子。”

“我们看看吧。”

“对，”拉维厄维尔又说，“我们应该有军事领袖了。我同意丹代尼阿克的看法：军事领袖和火药！是的，船长，我几乎认识所有的军事领袖，有才干的和没有才干的，昨天的、今天的和明天的，但是没有一个人具有我们所需要的战争才干。在那个见鬼的旺代地区，我们需要的是将军兼检察官。必须骚扰敌人，与他们争夺磨坊、灌木丛、沟渠和石子，与他们捣乱，利用一切，抓住一切，多杀人以儆效尤，不能打瞌睡，也不能手软。在农民军队里，现在只有英雄，没有首领。德·埃尔贝一文不值，勒斯居尔有病，邦尚心慈手软，他是好心人，但这很愚蠢。拉罗什雅克兰是很好的少尉，西尔兹善于平原作战，不善于游击战，卡特利诺是幼稚的大车夫，斯多弗莱是狡猾的猎场看守，贝拉尔无能，布兰维利埃可笑，夏雷特可恶，还有剃须匠加斯东，真他妈的莫名其妙，如果让理发匠来指挥贵族，那我们和共和派又有什么区别呢，我们又何必和革命派争吵不休呢？”

“这是因为可恶的革命也传染到我们身上了。”

“法国染上了疥疮。”

“第三等级这块疥疮。”布瓦贝尔特洛说，“只有英国能使我们摆脱困境。”

“毫无疑问，英国会成功的，船长。”

“在这以前情形可不太妙。”

“是呀，处处都是乡巴佬。在君主制下，德·莫勒弗里埃先生从前的猎场看守人斯多弗莱当上了统率全军的将军，在共和制下，德·卡斯特里公爵的看门人的儿子帕什当上了部长，真是旗鼓相当！旺代的交战双方也真古怪，一方是啤酒商桑泰尔，一方是理发师加斯东！”

“亲爱的拉维厄维尔，这个加斯东，我看还不错。他在打盖梅内那一仗时，指挥有方。他让三百名蓝军自己给自己挖坑，然后不动声色地把他们都枪毙了。”

“妙，不过我干得不会比他差。”

“那是当然。我也一样。”

“伟大的战争行为需要贵族来完成。”拉维厄维尔又说，“战争是骑士的事，不是理发师的事。”

“不过，在第三等级里也有能人，例如钟表匠若利。他在佛朗德勒军团当过中士，现在是旺代的首领。他指挥沿海的一帮人。他有个儿子是共和派。父亲在白军，儿子在蓝军，面对面打了一仗。父亲俘虏了儿子，而且朝他脑袋开了一枪。”

“此人倒不错。”拉维厄维尔说。

“保皇派的布鲁多[①]。”

---

① 古罗马政治家，推翻王政，建立共和国。其子参与王政复辟阴谋，布鲁多为维护共和，坚决要求依法处以死刑，并亲自监刑。

“但是让那些叫科克罗，叫让-让，叫穆兰-穆兰，叫福卡尔，叫布米，叫舒普的人来指挥，毕竟是无法容忍的。”

“亲爱的骑士，敌人那边不也同样气恼吗？我们这边尽是平民，他们那边尽是贵族。无套裤汉党居然由德·康克洛伯爵、德·米朗达子爵、德·博阿尔南子爵、德·瓦朗斯伯爵、德·居斯蒂侯爵、德·比龙公爵来指挥，你想他们会高兴吗？”

“真是乱成一团！”

“还有德·夏尔特公爵！”

“平等之子①。呵，这家伙什么时候能当上国王？”

“永远也当不上。”

“他正朝王位走哩，靠的是罪恶。”

“但是恶习使他难以如愿以偿。”

又是沉默。布瓦贝尔特洛接着说：

“他想和国王言归于好，他来看望国王。我当时在场，在凡尔赛宫，有人朝他的后背吐唾沫。”

“从大楼梯顶上？”

“是的。”

“干得好。”

“我们管他叫心怀叵测的波旁。”

“他是秃脑袋，长着脓疮。他是弑君者，呸。”

拉维厄维尔又接着说：

“我在乌桑时和他在一起。”

“在圣灵号上？”

“对。”

“要是他听从海军司令奥尔维利埃的信号顺风稳住，那英国人就

---

① 菲利浦·平等，即路易-菲利浦-约瑟夫·德·奥尔良公爵，其子德·夏尔特公爵即一八三〇—一八四八年任法国国王的路易·菲利浦。

过不来了。”

“是呀。”

“他是不是躲在底舱？”

“不是，但是可以这么说。”

于是拉维厄维尔大笑起来。

布瓦贝尔特洛接着说：

“有些人是傻瓜，拉维厄维尔，你刚才提到的那个布兰维利埃，我认识他，在近处见过他。最初，农民的武器是矛枪，他大概想把农民培养成矛兵，让他们操练斜刺和直刺，梦想使这些野人成为正规军，教他们怎样击破方阵的角，怎样组成空心方阵。他用那套老军事术语叽里呱啦地说，他不说班长，而是用路易十四时代的称呼说伍长。他固执地要把这些偷猎者组成团队。他手下有些正规连队，连队的士官们每晚排成圆圈，第一连的中士低声将口令与逆口令传给任副职的士官，后者又传给下一个人，这样一一传过去，直传到最后一位士官。有位士官没有起立脱帽接受口令，就被他免了职。你可以想象这种办法行不行得通。这个傻瓜不明白应该用农民的方式对付农民，把粗野的村夫变成军人是不可能的事。是的，我认识这位布兰维利埃。”

他们又走了几步，各想各的心事。

谈话又继续进行。

“对了，当彼埃尔真被打死了吗？”

“是的，船长。”

“在孔代城下？”

“在帕马尔营地，中了一颗炮弹。”

布瓦贝尔特洛叹了口气：

“德·当彼埃尔伯爵。这也是我们的人，但是站在他们那边。”

“祝他一路顺风！”拉维厄维尔说。

“夫人们呢？她们在哪里？”

“在特里雅斯特。”

“还在那里？”

“是的。”

拉维厄维尔叫了起来：

“呵！共和国！一点小事引起多大的破坏！这场革命无非是由于几百万法郎的赤字罢了。”

“小事不可不提防。”

“真是糟透了。”拉维厄维尔说。

“是的，拉鲁阿里死了，迪德雷斯内是傻瓜。那些主教都是可怜的鼓动者，比如拉罗舍尔的库西主教，普瓦提埃的博普瓦圣奥莱尔主教，吕松的梅尔西主教，他是德·埃夏塞里夫人的情人……”

“您知道，她叫塞尔旺托，埃夏塞里是那片地的名字。”

“还有阿格拉那个假主教，他是不知什么地方的本堂神甫。”

“是多尔的。他叫吉若·德·福尔维尔。他很勇敢，他在战斗。”

“需要士兵时却只有教士！主教不成主教，将军不成将军！”

拉维厄维尔打断了布瓦贝尔特洛说：

“船长，您舱室里有《箴言报》吗？”

“有的。”

“此刻巴黎在上演什么？”

“《阿代尔和博兰》，还有《洞穴》。”

“我真想去看看。”

“您会看到的。一个月以后我们就在巴黎了。”

布瓦贝尔特洛沉思片刻，又说：

“至迟不出一个月。这是温德哈姆先生对胡德大人说的。”

“这么说，船长，并不是一团糟了。”

“会好起来的，当然，如果布列塔尼这场战争打得好的话。”

拉维厄维尔点点头，又说：

“我们的海军步兵要登陆吗，船长？”

“如果海岸是在我们手里，就登陆，否则就不登陆。打仗嘛，有时必须破门而入，有时又必须悄悄溜进去。打内战应该口袋里揣一把假钥匙。随机应变。重要的是军事首领。”

布瓦贝尔特洛若有所思地继续说：

“拉维厄维尔，您认为迪厄齐骑士如何？”

“年轻的？”

“对。”

“当指挥官？”

“对。”

“他善于在平原上打阵地战。至于丛林嘛，只有农民熟悉。”

“那么您只能接受斯多弗莱将军和卡特利诺将军了。”

拉维厄维尔想了一下说：

“必须有一位亲王，法兰西的亲王，王族的亲王，真正的亲王。”

“为什么？亲王们都是……”

“胆小鬼。这我知道，船长。但他能使傻小伙子们瞪大眼睛。”

“可是，亲爱的骑士，亲王们不肯来。”

“那就不要他们吧。”

布瓦贝尔特洛做了一个机械性动作，用手紧紧捂住头，仿佛要从里面挤出什么主意来。他又说：

“总之，我们试试这位将军吧。”

“他是大贵族。”

“您想他能行吗？”

“只要他是好样的。”拉维厄维尔说。

“也就是说冷酷无情。”布瓦贝尔特洛说。

伯爵和骑士相互看了一眼。

“布瓦贝尔特洛先生，您这话说对了。冷酷无情，对，这正是我们所需要的。这是一场你死我活的战争，到了血腥厮杀的关头了。弑君者将路易十六斩了首，我们要将弑君者五马分尸。是的，我们需要的将军应该是毫不留情的人。在昂儒和上普瓦图，首领们都宽宏大量，大方得没有边，所以一切都不顺。而在马雷和雷兹，首领们残忍凶暴，所以一切都顺顺当当，因为夏雷特对帕兰绝不手软，一报还一报。”

布瓦贝尔特洛还没来得及回答，拉维厄维尔的话就突然被一个绝望的尖叫声打断，同时传来一种闻所未闻的嘈杂声，它们都来自船的内部。

船长和大副朝中舱急忙奔过去，但是进不去。炮手们都惊慌失措地跑上了甲板。

刚刚发生了一件可怕的事。

四　TORMENTUM BELLI[①]

炮组中，一门二十四斤重弹的大炮脱开了。

这大概是海上最可怕的事故了。航行在大海上的战舰最怕的就是这个。

一门大炮，挣断了缆绳后，就突然变成一头奇怪的、超自然的野兽。机器变成了妖魔。这个庞然大物在轮子上跑动，像台球一样冲来撞去，随着船的纵横颠簸而起伏摇摆，来来去去，跑跑停停，似乎在沉思，接着又跑起来，像利剑一样从船的这一头冲到那一头，快速旋转、避开、逃跑、直立、碰撞、打洞、扼杀、消灭。它仿佛是击墙的撞锤，而这个撞锤是铁的，墙是木头的。物质完全自由了，这个永恒的奴隶似乎在报复。我们所称作没有生气的物体仿佛突然将内部的邪恶全部发泄了出来，它失去了耐心，暗暗进行古怪的报复。无生物的愤怒是最不留情的。这个狂暴的庞然大物像豹一样跳跃，像大象一样

---

① 拉丁文，意为战争机器。——原编者注

沉重，像老鼠一样灵巧，像斧子一样坚决，像涌浪一样出其不意，像闪电一样骤然，像坟墓一样充耳不闻。它沉甸甸的，却像玩具球一样弹来跳去。它猛然做九十度回旋。怎么办？怎样控制它？风暴会停止，飓风会过去，海风会停息，折断的桅杆可以更换，进水洞可以堵上，火灾可以扑灭，但怎样对付这个庞大而凶狠的铜家伙？拿它怎么办？你可以叫狗听话，叫牛惊愕，叫蟒蛇迷惑，叫老虎害怕，叫狮子心软，但你没有任何办法来对付这个恶魔，这个挣开索链的大炮。你没法杀死它，因为它是死的，但它又是活的，它那险恶的生命是无限的。它下面有底板，船使底板上下颠簸，大海使船上下颠簸，风又使大海上下颠簸。这个灭绝者又是玩具，受到船、浪、风的操纵，因此它的生命极为可怕。你拿这个机器怎么办？怎样才能预防它来去、回旋、停顿和撞击？对船壳板的每一次撞击都可能将它撞破。怎样才能判断它可怕的迂回跑动？它很像是很有主见，但又时时改变主意，改变方向的炮弹。怎样才能避免必须避免的事？令人恐怖的大炮在跑动，向前，向后，向右撞一下，向左撞一下，迅速逃跑，令人猝不及防；它粉碎障碍，将人像苍蝇一样压碎。底板的摇摆不定使形势十分危急。怎样制服任性、倾斜的底板呢？船腹里仿佛关着霹雳，它时时想逃出来，就仿佛在地震的上空滚动着雷霆。

刹那间，全体船员都站了起来。事故的责任在于那门炮的炮长，他没有拧紧固定铁链的螺母，也没有系牢大炮的四个轮子，因此在底垫板与炮架中间有空隙，两个底台互不一致，最后炮索脱开，钢绳断裂，大炮在炮架上失去了平衡。防止炮身倒退的固定炮索，在当时还没有。一阵海浪打在舷门上，没有系牢的大炮便往后一退，粉碎了铁链，开始在中舱里可怕地游荡起来。

要知道这种奇异的滑动是什么样子，你不妨想象一滴水在玻璃上滚动。

当铁链断裂时，炮手们都在炮队里，有的人聚在一起，有的人三三两两，都忙于筑工事做战前准备。大炮前后滑动，在这群人中打了一个洞，一下子压死了四个人，接着又左右滑动，将第五个可怜的人劈成两半，而且撞到左舷船板上，将另一门炮撞坏。刚才听到的求救呼声就是这时发出的。人们都涌向楼梯，刹那间炮室里空无一人。

大炮现在独自一人，无所顾忌了。它是自己的主人，也是这条船的主人，可以为所欲为。即使在战斗中也谈笑自若的船员们都在发抖。恐怖的气氛是难以描述的。

布瓦贝尔特洛船长和拉维厄维尔大副是两个勇敢无畏的人，但他们也在楼梯口站住了，面色苍白、沉默无语、迟疑不决地朝中舱看。这时有一个人用手肘推开了他们，走下楼梯。

这人就是他们的乘客，那位农民，他们刚才议论的那个人。

他走下楼梯，站住了。

五　VIS ET VIR[①]

大炮在中舱里来回游荡，好像是世界末日里有生命的战车。风灯在炮室的艄柱下摇晃，使景象更显得光怪陆离、令人眩晕。在剧烈的奔跑中，大炮的形状淡化了，有时在光亮中显得幽黑，有时又在黑暗中反射出朦胧的白色。

它继续在处决这条船。它已经击碎了另外四门大炮，在船壳板上撞出了两条大缝，幸好它们在吃水线以上，但是如果起了狂风，海水就会灌进来。大炮疯狂地撞击船的肋骨，肋骨十分坚固，承受得住，因为弯木具有特殊的坚固性。然而在这个大棒的捶击下它发出撕裂声。大棒似有出奇的分身术，同时向四面八方撞击。将一粒铅弹放在瓶中摇晃，其撞击也不会如此疯狂、如此迅速。四个轮子在被压死的人身上滚来滚去，将尸体压断，压成碎块，压得支离破碎，五具尸体

① 拉丁文，可译为：暴力与人。——原编者注

变成了二十截肢体，在炮室里滚动。死者的头颅似乎在呼喊，鲜血在地面上随着船的左右摆动而弯弯曲曲地流淌。护板多处损坏，开始有裂缝。整条船上充满了这可怕的噪声。

船长很快就镇静下来，命令大家从方形舱口往中舱扔下一切可以减轻和阻止狂暴撞击的东西：床垫、吊床、备用的船帆、成卷的缆绳、海员行李袋，还有装着伪指券[①]的包裹。这种包裹在船上有不少，因为英国人把这种无耻勾当看作是光明正大的事。

然而这些破东西能起什么作用呢？谁也不敢下去将它们放在该放的地方。几分钟后，它们就被压得粉碎。

海浪不大不小，正好使这次事故造成最大的恶果。要是来一场风暴就好了，它也许会使大炮翻倒，等它四轮朝天时，人们就可以制服它了。然而，此刻破坏愈来愈严重。嵌在龙骨构架上，从底舱直到甲板的桅杆像粗大的圆形支柱，但它却被擦伤，甚至有裂痕。在大炮抽搐式的撞击下，前桅出现了裂缝，主桅也受到损伤。炮群分崩离析。在三十门大炮中，十门大炮已无法使用。船壳板上的裂缝越来越多，船开始进水了。

老人下到中舱后像石头人一样站在楼梯下面，目光严峻地瞧着这片废墟。他一动不动，似乎无法在炮室里迈步。

挣脱羁绊的大炮每一个动作都使船遭到破坏。海难迫在眉睫。

必须立即阻止这场灾难，否则就是灭亡。必须当机立断。但谈何容易？

这门大炮是名副其实的战士！

必须制止这可怕的疯子。

必须揪住这个闪电。

必须击倒这个霹雳。

布瓦贝尔特洛对拉维厄维尔说：

---

① 一七八九—一七九七年流行于法国的证券，后当作通货使用。

“您相信天主吗，骑士？”

拉维厄维尔回答说：

“相信。不信。有时候信。”

“起风暴时？”

“是的，还有现在这种时刻。”

“的确，只有天主能解救我们。”

人们都沉默着，任凭大炮噼里啪拉地横冲直撞。

拍击船身的汹涌波浪与大炮的撞击里应外合，像是两个大锤在轮流敲打。

突然，在这个被大炮任意冲撞的、无法接近的场地上，出现了一个手执铁棒的人。他就是这场灾祸的肇事者，是这门大炮的炮长和主人。他的玩忽职守酿成了这场事故。既然闯了祸，他便想弥补，于是一手握着撬棒，一手拿着打活结的操舵索，从方形舱口跳了下去。

于是出现了一件残酷的事，一个不寻常的场面。大炮向它的炮手进行攻击，物质与智力搏击，物与人决斗。

那人握着铁棒和绳索站在角落里，背靠着船的肋骨，两腿稳稳地像两根钢柱。他面色惨白，冷静而悲壮，站着一动不动，等待时机。

他等待大炮从身边滚过。

这位炮手熟悉他的大炮，它似乎也应该熟悉他。他们在一起生活很久了。他曾无数次地将手伸进它口中。这是他熟悉的妖怪。他对它说话，像对自家的狗一样。

“来呀。”他说，也许他真爱它。

他似乎希望它滚过来。

然而，滚过来就是扑过来。那他就完了。怎样才能不被压死，这就是难题。大家都惶恐不安地瞧着。

人们都屏住呼吸，也许老人除外，他站在中舱里，与那两位斗士在一起，是这场拼杀的见证人。

他本人也可能被大炮压碎。他纹丝不动。

在他们下面，盲目的海浪在指挥战斗。

炮手接受这场可怕的肉搏，向大炮挑战，然而，海水的无常波动此刻恰恰使大炮处于静止状态，仿佛受到了惊吓。“你来呀!”炮手说。大炮似乎听见了。

它猛然向他扑去。他闪开了。

战斗开始了。奇异的战斗。不堪一击的人与无坚不摧的炮进行较量。血肉之躯与钢铁野兽决斗。一边是强力，一边是心灵。

这一切都在昏暗中进行，仿佛是模糊不清的奇迹。

心灵。奇怪的是，大炮仿佛也有心灵，充满仇恨和愤怒的心灵。这个瞎妖怪也有眼睛，它在窥视人，它诡计多端，至少看上去如此。它在窥测良机。这是一只巨型铁虫，但居心叵测，或者似乎居心叵测。有时这只庞大的蝗虫撞着炮室低矮的天花板，然后又跌落下来，四轮着地，就像老虎四爪着地一样，接着又继续追逐。而他呢，像蛇一样灵活、敏捷，在这霹雳般的攻击下巧妙地扭动，避免打击。他避免了打击，但船身却在撞击下不断损坏。

大炮身上还留着一小截断了的铁链。它不知怎么回事缠绕在炮闩纽的螺钉上。链子的一端固定在炮架上，另一端悬空，它在大炮四周疯狂地旋转，使大炮跳得更猛。螺钉像一只手，紧紧攥着这条铁链，于是撞击加抽打，铁拳加铁鞭。大炮周围是一阵令人恐惧的旋风。这条铁链使战斗更为复杂。

然而，那人还在战斗。有时甚至是他在进攻。他拿着撬棒和绳子沿着船壳板爬过去。大炮似乎明白了，看穿了诡计，于是逃跑。那人勇敢地追了过去。

不能再继续下去了。大炮仿佛在想:“好了！该结束了!”于是停下来。结局临近了。大炮处于暂停状态，似乎在酝酿——因为在众人眼中它是有生命的——凶残的念头。猛然间，它朝炮手扑过去，炮手朝旁边闪身，让它过去，而且笑着喊道:“再来一次!”大炮愤怒了，撞坏了左舷的一门炮，接着又像从看不见的投石器上射出的石弹，朝右舷冲过去，炮手闪开了，但有三门大炮倒塌了。此刻，大炮仿佛成了瞎子，不知自己在干什么，背朝着炮手，从后向前冲，撞坏了艄柱，在船首墙上撞出了一条裂缝。炮手躲在楼梯下面，与目睹这一切的老人只隔几步远。他举着撬棒。大炮似乎看见了他，不掉头就向后急退，直扑向他，像斧子一样迅速。炮手被逼到船板前，必死无疑。全船的人都惊呼起来。

一直站立不动的老人此时扑了过去，比凶残的撞击更为迅速。他抓住一包伪指券，冒着被压死的危险，将纸包扔到了大炮的轮子中间。这是个关键性的危险动作，但他做得利索而精确，即使熟悉迪罗瑟尔的《海炮操作规程》全部内容的人也很难做到。

那个小包起到了缓冲作用。一粒小石子可以制止一个大东西，一根树枝可以阻止雪崩。那门大炮踉跄了一下。炮手抓住这可怕的东西，将铁棒伸进后轮的辐条之间。大炮停住了。

大炮倾斜着。炮手用铁棒一撬，将它翻倒。沉重的大炮四轮朝天，像大钟倒塌一样丁零当啷直响，满身大汗的炮手奋不顾身地扑过去，将舵索的活结套在被打翻的怪物的铜颈上。

结束了。人胜利了。蚂蚁战胜了庞然大物。侏儒俘获了雷霆。

士兵和水手都鼓起掌来。

全体船员带着缆绳和铁链拥了上来，不一会儿，大炮就被系得结结实实的。

炮手向那位乘客致谢。

“先生，您救了我的命。”他说。

老人恢复了无动于衷的表情，没有回答。

六　天平的两端

人胜利了，但是也可以说大炮胜利了。全船覆没的危险虽然消除，但舰艇却不能起死回生。破坏之严重难以弥补。船壳板上有五条裂缝，其中一条大裂缝位于船头。三十门大炮中有二十门躺倒在那里。被抓住和拴住的那门大炮已无法使用，炮闩纽的螺钉损坏了，无法瞄准。炮队只剩下九门炮。底舱进水。必须立即修补破损的地方，立即排水。

现在人们去看中舱了，它令人触目惊心。关着暴跳如雷的大象的笼子也不会如此残破不堪。

决不能让敌人发现这艘巡航舰，然而，另一项工作刻不容缓，即拯救这条船。于是人们不得不放上几盏风灯来照亮甲板。

船员们全心投入悲惨的工作，想的是生死问题，无心顾及其他，因此在这段时间里没有注意船外的情况。雾越来越浓，天气变了。船被风任意吹着，已经偏离了从泽西岛到盖尔内西岛的平坦航道，过于偏南。海涛汹涌。巨浪亲吻着舰艇张开的伤口，这是可怕的亲吻。海的摇晃充满了威胁。微风已转为北风。狂风，也许风暴，正在酝酿之中。四个浪花以外一片迷茫。

船员们急急忙忙地对中舱进行简单的修补，堵住水洞，将劫后余生的大炮扶正。此刻，那位老人又走上了甲板。

他靠在主桅杆上。

他没有注意船上的动静。拉维厄维尔骑士已命令海军步兵在主桅两侧排成散兵线。水手长一声哨子，忙于操作的水手也都在桅桁上排列好。

布瓦贝尔特洛伯爵朝乘客走过去。

走在船长后面的是一个惶恐不安、喘息不定、衣衫不整的人，但神情却似乎满意。

这就是刚才在关键时刻显示出制服恶魔的胆量，并且战胜了大炮的人。

伯爵对农民打扮的老人敬了一个军礼，说道：

“将军，这就是那个人。”

炮手按照规定的姿势，两眼低垂，站在那里。

布瓦贝尔特洛伯爵又说：

“将军，鉴于这个人的行为，长官们是否应该做点什么？”

“我想是的。”老人说。

“那请您下命令吧。”布瓦贝尔特洛接着说。

“该由您下命令，您是船长。”

“可您是将军。”

老人瞧着炮手说：

“走过来。”

炮手走了一步。

老人朝布瓦贝尔特洛伯爵转身，从他身上摘下圣路易十字勋章，将它戴在炮手的宽大上衣上。

“乌拉！”水手们喊道。

海军士兵们举枪致敬。

老人又用手指着那位兴高采烈的炮手说：

“现在该枪毙他了。”

惊愕替代了欢呼。

于是，在坟墓般的寂静中，老人提高声音说：

“疏忽大意断送了这条船，它大概无法补救了。航海就是与敌人周旋。船在海上航行就像是军队在作战。风暴是隐蔽的，它并没有消失。整个大海就是陷阱。大敌当前，任何错误都应该处以死刑，错误是无法弥补的。勇敢应该受到褒奖，而疏忽应该受到惩罚。”

这番话一字一句，缓慢地，庄严地，以冷酷无情的节奏响着，仿佛是斧子在一下一下地砍橡树。

老人瞧着士兵们说：

“执行吧。”

那个戴着闪闪发光的圣路易十字勋章的人低下了头。

在布瓦贝尔特洛伯爵的示意下，两位水手下到中舱取来吊床当裹尸布。出发以来就一直待在军官舱中祈祷的随船神甫也来了。一位中士从散兵线中调出十二名士兵，将他们排成两行，每行六人。那位炮手一言不发，站到了这两排人中间。神甫手举十字架走过来，来到炮手身边。中士说："开步走。"行刑队慢慢朝前走，抬着裹尸布的水手跟在后面。

船上一片阴森的寂静。远处的风暴在呼啸。

几秒钟后，黑暗中响起枪声，闪过一道光，接着一切重归于寂静，传来身体落水的声音。

老人仍旧靠在主桅上，抱着双臂在沉思。

布瓦贝尔特洛用左手食指指着他，低声对拉维厄维尔说：

"旺代有首领了。"

七　航海就是下赌注

这艘巡航舰的前途又当如何呢？

云层整夜与海浪为伍，现在终于低低垂下，遮盖了地平线，像大衣一样罩在大海上。四处是浓雾。即使对完好无损的航船而言，形势也十分险峻。

除了大雾还有涌浪。

人们利用时间减轻船的重量，清理大炮造成的破坏，将拆散的大炮、断裂的炮身、扭曲或脱钉的肋骨、破碎的木片或铁片，统统扔进海里。人们打开了舷门，让尸体和用盖舱帆布包裹的破碎肢体从木板上滑进海里。

大海开始咆哮。风暴并不迫在眉睫，恰恰相反，暴风的声音似乎在地平线上越来越弱，狂风在朝北移动，但是海浪滔天，这说明海底情况不妙。如此破损的船无力抵御震撼，大浪会置它于死地。

格拉夸尔在舵位上，若有所思。

面对逆境泰然自若，这是海上指挥员的习惯。

拉维厄维尔在险境中仍然是乐天派，他走近格拉夸尔说：

“怎么样，舵手，风暴这下失算了。想打喷嚏也没有成功。我们会摆脱困境的。会有顺风的，肯定。”

格拉夸尔严肃地回答：

“有风就有浪。”

既无笑容，也无愁容，水手就是这样。格拉夸尔的回答有一层惴惴不安的含意。一条漏水的船遇上海浪就会很快沉没。格拉夸尔说这句预言时稍稍皱起眉头。在大炮和炮手那场灾难以后，拉维厄维尔的轻松快活的话也许说得太早了。海上总有什么东西会带来噩运。大海是诡秘的，你永远不知道它在做什么。千万要警惕。

拉维厄维尔感到应该严肃起来，问道：

“我们现在在哪里，舵手？”

“在天主的旨意里。”

舵手是主人。他怎么做，怎么说，都应该由着他。

何况舵手们向来寡言少语。拉维厄维尔走开了。

他向舵手提的问题，视野给了他回答。

突然间，大海出现了。

滞留在海浪上的雾幕裂开了，在黄昏般的朦胧中，暗中起伏的波涛一望无际，于是人们看到了下面的景象。

天空仿佛顶着一个云层的盖子，但是云和海不再相连。东方发白，那是太阳在升起，西方也发白，那是月亮在沉落。这两个白色相互对视，在天边形成两条窄窄的淡色光带，中间是阴暗的大海和黑暗的天空。

在这两条光带前有黑影，笔直的、一动不动的黑影。

在西边，在被月光照射的天空下，矗立着三块高耸的岩石，像是克尔特人的糙石巨柱。

在东边，在清晨苍白的地平线上，矗立着八艘帆船，它们排列整齐，可怕地相互隔开。

那三块岩石是礁石，那八艘帆船是舰队。

身后是十分险恶的曼吉埃礁，前面是法国巡航队。西边是深渊，东边是屠杀。人们处于海难与战争之间。

面对礁石，这条船的船体已经被穿破，帆缆索具已经脱散，桅杆的根基已经松动；面对战斗，船上的三十门大炮中，二十一门已经损坏，最好的炮手也已死去。

拂晓的光线很弱，还残留着一点夜色。黑暗甚至可以维持很久，因为它来自云层，云层很厚，很高，也很深，像拱顶一样结实。

风终于吹散了下面的雾气，使船偏离航道，朝曼吉埃礁驶去。

船疲惫已极，破败不堪，几乎不再听从舵手指挥。与其说它在行驶，不如说它在漂流，而且它被海浪鞭打，听任海浪为所欲为。

险恶的曼吉埃礁，当时比今日更尖利可怕，因为这个深渊上的好几个堡垒今天都被海水的不停冲击削平了，礁石的形状也在改变。海浪被称作lames①是有道理的，因为每一个潮汐都像在拉锯。就当时而言，触到曼吉埃礁必定粉身碎骨。

至于法国巡航队，这是康卡尔舰队，在杜歇船长的指挥下后来赫赫有名，莱吉尼奥称这位船长为“杜歇老爹”②。

形势危急。在大炮肆虐的时候，船已不知不觉地偏离了航道，不是驶向圣马洛，而是驶向格朗维尔。即使它能升帆航行，曼吉埃礁也挡住了去泽西岛的归路，法国舰队又使它无法到达法国海岸。

但是，没有风暴，而是像舵手所说，起了波浪。在狂风的抽打下，海水在海底尖石上滚动，汹涌无比。

大海从来不立刻说它要什么。深渊中无奇不有，甚至也有刁钻。几乎可以说大海自有其程序，它前进又后退，肯定又否定，酝酿风暴

---

① 法文lame可指巨浪、刀口、刀片、锯条。

② 《杜歇老爹报》是一七九〇—一七九四年间十分激进的革命报纸。

又取消，允诺深渊又悔约食言，威胁北方又打击南方。整整一夜，巨剑号处于浓雾之中，以为风暴将至。大海却背弃前言，但是却是以一种残暴的方式。它策划的是风暴，实现的却是礁石。这仍然是海难，只不过是另一种形式罢了。

在礁石上被粉碎和在战斗中被消灭。这两个敌人相互补充。

拉维厄维尔豪迈地笑着说：

“这边是触礁，那边是打仗。我们两边都中了彩。”

八　九等于三百八十

巡航舰几乎成了残骸。

在灰白色的闪光中，乌云密布，朦胧的天际在不断变化，浪涛神秘地涌散，这一切具有坟墓般的庄严。除了凶猛的风以外，一切都悄然无声。灾难威严地从深渊中升起。它不像是袭击，而像是显圣。礁石中没有一丝动静，敌船上也无一丝动静，这是一种巨大的寂静。这是真的吗？更像是掠过海面的梦。传奇中就有这种景象。巡航舰被夹在礁石魔鬼和舰队幽灵之间。

布瓦贝尔特洛伯爵低声向拉维厄维尔下命令，后者便下到炮队，接着船长抓起望远镜，走过去站在舵手的侧后方。

格拉夸尔正在尽一切努力使船漂在波涛之上，因为如果它的侧面受到风浪，它肯定会翻倒。

“舵手，”船长说，“我们在哪里？”

“朝曼吉埃方向。”

“在它的哪一面？”

“不好的一面。”

“海底如何？”

“尖石。”

“能下锚吗？”

“反正终是一死。”舵手说。

船长用望远镜往西看，观察曼吉埃礁，接着又转向东方，观察可以见到的帆船。

舵手仿佛在自言自语：

“这是曼吉埃礁。从荷兰飞来的笑鸥，还有黑鸥，都以它为中途站。”

此时船长已经数清了帆船的数目。

的确是八条船，它们整齐地排开，在水上显出作战的姿势。中间是一艘有三层甲板的高高的船。

船长向舵手提问：

“你认识这些船吗？”

“那当然。”

“是什么？”

“是舰队。”

“法国的？”

“魔鬼的。”

沉默片刻。船长又问：

“全部巡航队都在这里？”

“不是全部。”

的确，四月二日，瓦拉泽曾向国民公会宣布有十艘三桅战舰和六艘战列舰在芒什海峡游弋，船长想起了这件事。

“不错，那支舰队有十六艘船，这里只有八艘。”船长说。

“其余的分散在整个海岸上，它们在窥伺。”

船长一面用望远镜观察，一面喃喃地说：

“一艘三层甲板的战舰，两艘一级战舰，五艘二级战舰。”

“可我也在窥伺它们哩。”格拉夸尔喃喃地说。

“真是好船，”船长说，“我也稍稍指挥过。”

“我可是从近处看过。它们的特点都装在我的脑子里，决不会弄错。”

船长把望远镜递给舵手：

“舵手，你看得清那艘多甲板船吗？”

“是的，船长，那是黄金海岸号。”

“这是他们改的名字，以前叫勃艮第等级号。这是艘新船，有一百二十八门大炮。”

船长从衣袋里掏出一个小本和一支铅笔，在小本上写下128这个数目。

他又接着问：

“舵手，左舷第一艘是什么船？”

“是老练号。”

“一级战舰。五十二门炮，它是两个月前在布雷斯特装配的。”

船长在小本上写下数字52。

“舵手，左舷第二艘船呢？”

“山林仙女号。”

“一级战舰。四十门十八斤重弹的大炮。它去过印度，战功卓著。”

他在数字52下面写上40，然后抬起头：

“现在看看右舷。”

“船长，都是一级战舰，一共五艘。”

“从旗舰数起，第一艘是什么？”

“果断号。”

“三十二门十八斤重弹的大炮。第二艘呢？”

“里什蒙号。”

“同样的火力。还有呢？”

“无神论者号。”

“对航海来说，这可是个怪名字。还有呢？”

“卡利普索号。”

“还有呢？”

“攻占者号[1]。”

“五艘战舰，每艘三十二门大炮。”

船长在前几个数字下写上160。

“舵手，你认清了吧？”

“而您呢，船长，您了解它们。识别当然要紧，了解可更重要。”

船长眼睛盯着小本，嘴里在做加法。

“一百二十八，五十二，四十，一百六。”

这时拉维厄维尔回到了甲板上。

“骑士，”船长说，“我们面对的是三百八十门大炮。”

“好的。”

“您正好视察回来，拉维厄维尔，精确地说，我们有多少炮可以用？”

“九门炮。”

“好的。”布瓦贝尔特洛说。

他从舵手那里拿回望远镜，观看地平线。

八艘沉默的黑色战舰似乎一动不动，但是越来越大。

它们在缓慢地接近。

拉维厄维尔敬了一个军礼：

“船长，这是我的报告。我原先对这艘巨剑号存有戒心。突如其来地上了一艘既不了解你或者也不爱你的船，这是叫人头疼的事。英国船会背叛法国人。那门该死的大炮已经证明了这一点。我检查了一下，船锚很好，不是熟铁块，而是杵锤焊成的锻铁。锚环十分坚固。缆绳是上等的，便于操作，长度合乎标准，一百二十法寻。还有大量的火药。死了六位炮手。每门炮可发射一百七十一枚炮弹。”

---

① 军舰名称是根据《海军档案》中一七九三年三月的舰队介绍。——原编者注

“因为只剩下九门炮了。”船长喃喃地说。

布瓦贝尔特洛将望远镜对准地平线。舰队仍在缓慢地接近。

海炮有一个优点：三个人便能操作；但也有一个缺点：与普通大炮相比，射程不远，落点不准，因此必须让敌舰进入射程以内。

船长低声下达命令。全船一片寂静。没有响起战斗准备的铃声，但人们都在做战斗准备。无论是对付海浪还是对付敌人，这艘船都失去了战斗力。人们尽量利用这艘战舰的残骸，将大缆和备用缆绳堆在主甲板的通道上，靠近操舵索，以便在必要时加固桅杆。人们整理好伤员的岗位，而且按照当时的航海习俗，在甲板上拉上防护网，这样可以避枪弹，但避不了炮弹。人们取来口径检查器，虽然这样做稍稍晚了一点，谁会想到会出这么多事呢。每个水手都领到一个弹盒，腰间插上两把枪和一把匕首。人们叠起吊床，校正炮口，准备好枪，放好斧子和铁钩，整理好弹药筒舱和炮弹舱，将火药舱打开。每个人都站到自己的岗位上。在做这一切时没有任何人说话，仿佛身在临终病人的卧室里。迅速而阴森。

接着，船停住了。它像三桅战舰一样有六个锚，这六个锚都抛了下去，船首是警戒锚，船尾是小锚，靠大海的侧面是防波锚，靠礁石的侧面是退潮锚，右舷是八字锚，左舷是主锚。

那九门完好的大炮都对准同一个方向，敌人的方向。

敌人的舰队也在悄悄地完成战斗准备。八艘舰艇现在排成半圆圈，曼吉埃礁好比是弦。巨剑号被封锁在这个半圆圈内，又被自己的锚捆住，它背靠礁石，也就是背靠着海难。

这好比是一群猎犬围着一头野猪，猎犬不再吠叫，而是露出狞牙。

双方似乎都在等待。

巨剑号的炮手们已经就位。

布瓦贝尔特洛对拉维厄维尔说：

“我一定要先开火。”

“挑逗一下开开心。”拉维厄维尔说。

九　有人脱险

老人没有离开甲板，他在观察一切，脸上毫无表情。

布瓦贝尔特洛走近他说：

“先生，准备工作已经完成。我们现在紧紧抓住我们的坟墓，决不松手。我们或者当敌舰的俘虏，或者当礁石的俘虏，或者向敌人投降，或者触礁沉没，没有别的选择，只剩下一条出路，死亡。战斗总比海难好，宁可被打死不愿被淹死。说到死亡，我喜欢火而不喜欢水。然而，死亡是我们这些人的事，与您无关。您是被王公们选派的人，负有重要使命：指挥旺代战争。没有了您，君主制可能就完了，因此您必须活着。我们的荣誉要求我们留在这里，而您的荣誉却在于离开这里。您要离开这条船，将军。我给您一个人和一条小艇。绕道去法国海岸并非不可能，因为天还没有亮，海浪很高，海面阴暗。您会脱险的。有时候，逃跑就是胜利。”

老人严肃地点点头，沉着地表示同意。

布瓦贝尔特洛伯爵提高声音喊道：

“士兵们，水手们。”

所有的动作都停止了。所有的人，从船的各处，朝船长转过头来。

船长继续说：

“我们中间的这个人代表国王。他被托付给我们，我们应该保护他。他是法国王室需要的人。他将代替王公成为旺代的首领，至少我们希望如此。他是一位重要的军官，原本要和我们一同登陆法国，而现在他必须离开我们独自去登陆。拯救头脑，就是拯救一切。”

“对！对！对！”全体人员喊道。

船长继续说：

“他将冒极大的危险。登陆可不是件容易的事。小艇不能太小，否则抵御不了巨浪；也不能太大，否则躲不过敌人的舰队。必须找一个安全地点登陆，最好是在富热尔，而不要在库唐斯附近。我需要一名身强力壮的水手，划船和游泳的好手。他必须是本地人，熟悉航道。现在天还是黑的，小艇可以离开大船而不被敌人察觉。再说，很快会升起硝烟，把小艇完全掩盖起来。小艇很轻，不会搁浅。豹被逮住，可鼬却溜走了。我们没有出路，可是他有。小艇用桨划开，敌舰看不见。而且，在这段时间，我们这里会和敌人逗着玩的，是吧？”

“对！对！对！”全体人员喊道。

“一分钟也不要耽搁了。”船长说，“有谁自告奋勇？”

黑暗中一位水手走出队列说：

“我。”

十　他能脱险吗？

几分钟后，一艘专供船长使用的、名叫交通艇的小船驶离了大船。小船上有两个人，船尾是那位老年乘客，船头是那位“自告奋勇”的水手。夜还很黑。水手遵照船长的指示，奋力划桨，朝曼吉埃礁驶去。没有别的出路。

在这以前，人们往小船上扔了一些食物，一袋硬饼干，一大块熏牛舌，还有一大桶淡水。

交通艇离开大船时，那位面对深渊仍嬉笑自如的拉维厄维尔从舵舱的艉柱上俯身向小艇告别，冷笑着说：

“逃得快，淹死得更快。”

“先生，”舵手说，“别再开玩笑了。”

距离迅速拉开，小船离大船已经相当远了。舵手顺着风浪使小船急速驶远，它在黑暗中起伏颠簸，被汹涌的浪尖遮盖。

海面上有一种难以说明的阴沉等待。

突然，在大洋广阔而嘈乱的寂静中，响起了一个声音，它被传声筒放大，好像被古代悲剧的青铜面具放大一样，几乎是超人的声音。

那是布瓦贝尔特洛船长在说话。

“国王的水手们，”他喊道，“现在将白旗钉在主桅杆上。我们将最后一次看到太阳升起。”

巡航舰上一声炮响。

“国王万岁！”全体人员喊道。

于是从地平线上传来另一个巨大的呼声，它显得遥远而模糊，但还听得出是：

“共和国万岁！”

接着是三百个霹雳般的巨响在深深的海洋上轰鸣。

战斗开始了。

海面上硝烟弥漫，火光闪烁。

炮弹落在水中溅起水柱，激起四面八方的波浪。

巨剑号开始向那八艘敌舰喷射火焰。在它周围排成半圆形的敌舰也炮弹齐发。地平线燃烧了，很像是海中喷发的火山。战争的巨大血影在风中摇动，舰只像幽灵一样时而出现时而隐没。在这个红色的底幕前可以看见巨剑号的黑色轮廓。

主桅杆的顶上是百合花图案的旗帜。

小船上的两个人默默无言。

曼吉埃礁的三角形浅滩是由海底的三角形贝礁组成，面积比整个泽西岛还大。它被海水淹没，它的最高点是大潮时露出水面的高台，与它相连的是东北方向的六块巨石，巨石排成直线，仿佛是残破的巨墙。高台与六块礁石之间有一个峡口，只有吃水很浅的船才能通过。过了峡口便是大海。

划船的水手将船驶进峡口，于是曼吉埃礁便将战争与小船隔开了。小船在窄狭的水道中灵巧地滑行，在左右两侧的礁石中迂回。现在礁石遮住了战争，天边的亮光和猛烈的枪声开始减弱，这是因为小船越来越远。然而，炮声仍在继续，巨剑号仍在奋力坚持，它要放完它一百九十一枚舷侧炮弹，直到最后。

小船很快便驶进了自由水域，驶离了礁石，驶离了战争，驶出了炮弹的射程。

渐渐地，起伏不平的大海开始明亮起来，曾被黑暗突然遮住的光带越来越宽，形状各异的水花溅散成一根根光束，点点白光在波涛滚滚的海面上波动。天亮了。

小艇逃脱了敌人，但最困难的还在前面。它逃过了炮击，但是还没有逃过海难。它只是大海上一条小小的船，没有甲板，没有帆，没有桅杆，没有罗盘，只有一双桨；在大洋和风暴面前，它犹如任凭巨人摆布的微粒。

这时，在这片广袤和寂静中，坐在船头的水手抬起那张在晨光中泛白的脸，死死盯着船尾的人，说道：

“被您枪杀的那个人，就是我的兄弟。”

第三章　阿尔马洛

一　话就是道[1]

老人慢慢抬起头。

对他说话的人约莫三十岁。前额被海风吹得黝黑，眼神奇特，在农民天真的瞳孔中闪着水手的精明目光。他两手紧握着桨，态度温和。

他的皮带上有一把匕首、两支枪和一串念珠。

“你是谁？”老人问道。

“我刚才对您说过。”

“你想对我怎么样？”

那人放开桨，抱着双臂回答说：

“杀您。”

“随你便。”老人说。

那人提高声音：

“您做准备吧。”

---

① 此处借用《圣经·约翰福音》中的语式：“道就是神。”——原编者注

"准备什么？"

"准备死。"

"为什么？"

沉默片刻。这个问题似乎使那人发愣，他又说：

"我说我要杀您。"

"可我问你为什么？"

水手眼中闪过一道光：

"因为您杀了我兄弟。"

老人平静地说：

"我最初救了他的命。"

"不错。您先是救了他，后来又杀了他。"

"不是我杀了他。"

"那是谁？"

"他的过失。"

水手张开嘴瞧着老人，接着又愤愤地皱起眉头。

"你叫什么名字？"老人问。

"阿尔马洛，不过您不必知道我的名字，因为您就要被我杀死。"

这时太阳升起来了。一缕阳光正照着水手的脸，使这张充满野性的脸变得十分明亮。老人仔细地端详他。

大炮还在轰响，但时断时续，像临死前的抽搐一样。大片硝烟沉落在地平线上。舵手不再划桨了，小艇随波逐流。

水手右手握着腰间的枪，左手拿着念珠。

老人站了起来：

"你信天主？"

"我们在天上的父。"水手回答说。

他还画了一个十字。

"你母亲还在世吗？"

"在。"

他又画了一个十字，说道：

“好了，我给您一分钟，老爷。”

于是他上子弹。

“你为什么叫我老爷？”

“您本来就是领主老爷，这看得出来。”

“你有领主老爷吗？”

“有的，是位大老爷。没有领主老爷怎么活呢？”

“他在哪里？”

“不知道。他离开了家乡。他是德·朗特纳克侯爵，德·丰特内子爵、布列塔尼的亲王。他是七森林的主人。我没有见过他，但他仍然是我的主人。”

“你要是见到他，会服从他吗？”

“那是当然。不服从不就成了异教徒。应该服从天主，然后服从国王，国王好比是天主，还要服从领主老爷，他好比是国王。不过这没有关系。您杀了我兄弟，我应该杀您。”

老人回答说：

“首先，我杀了你兄弟是有道理的。”

水手紧握住手枪说：

“快点。”

“好吧。”老人说，接着又平静地问：

“神甫在哪里？”

水手瞧着他：

“神甫？”

“是的，神甫。我给了你兄弟一位神甫，你也该给我一位神甫。”

“我没有。”水手说，接着又说，“大海上哪里找神甫呢？”

战斗的炮声在一紧一松地抽搐，越来越远。

“此刻他们正在那边死去，他们可有神甫。”老人说。

“是的，”水手喃喃地说，“他们有神甫先生。”

老人又说：

“你使我的灵魂沉沦，这可是严重的事。”

水手低下头，若有所思。

“你使我的灵魂沉沦，”老人说，“你也使你自己的灵魂沉沦。听我说，我可怜你。你想怎么做就怎么做吧，而我呢，我刚才只是做了我该做的事，先是救了你兄弟的命，后来又夺去他的生命。现在我也在做我该做的事：拯救你的灵魂。想一想吧。这是你的事。你听见炮声了吗？那边的人们正在丧失生命，在绝望中死去。丈夫再也见不到妻子，父亲再也见不到儿女，兄弟再也见不到兄弟，像你一样。而这是谁的错？是你兄弟的错。你信天主，对吧？那么，你知道，此刻天主也在受难，通过他虔诚的儿子法兰西国王——像童年耶稣一样的儿子——在唐普勒塔里受难。天主在布列塔尼教会里受难。天主在受难，因为教堂被玷污，福音书被撕碎，祈祷屋被践踏，神甫被谋杀。我们乘坐这只正在沉没的小艇是为了什么？为了救援天主。如果你兄弟恪尽职守，如果他尽到忠实审慎的仆人的职责，那么大炮的灾难就不会发生，巨剑号就不会失去控制，不会偏离航道，不会撞上敌舰而沉没。那么，此刻我们这许多人都会在法国登陆，我们仍然是英勇无畏的战士和海员，我们会欢欢喜喜、高高兴兴地展开白旗，挥举军刀去拯救勇敢的旺代农民，拯救法兰西，拯救国王，拯救天主。这就是我们原先想做也能做到的，而现在只剩下我一个人来完成了。但是你却反对。这是一场亵渎宗教者反对宗教，弑君者反对国王，撒旦反对天主的斗争，而你站在撒旦一边。你兄弟是魔鬼的第一助手，你是魔鬼的第二助手。他开的头，由你来完成。你帮助弑君者反对国王，帮助亵渎宗教者反对教会。你夺去天主的最后希望，因为当我这个国王的代表不再存在时，村庄将继续燃烧，家庭将继续哭泣，教士将继续流血，布列塔尼将继续受苦，国王将继续当囚犯，耶稣基督将继续蒙难。而这一切将是谁造成的？是你。也罢，这是你的事。我把你看错了，我看错了人。是的，不错，你说得对，我杀了你兄弟。他很勇敢，我奖励了他；他犯了大错，我惩罚了他。他没有尽责，但我尽了责。我还会这样做。奥雷的圣安娜[1]正看着我们，我对她发誓，在同样的情况下，我也会枪毙我的儿子，就像枪毙你兄弟一样。现在，由你决定吧，不过我可怜你。你欺骗了你的船长。你，作为基督徒，没有信仰。你，作为布列塔尼人，没有荣誉感。人们将我托付给你，是以为你忠诚，而你却报之以叛变。你答应他们要保护我的生命，而你给他们的却是我的死亡。你知道你此刻葬送的是谁吗？是你自己。你从国王那里夺去我的生命，你把你自己的来生交给魔鬼。来吧，干你的罪行吧。很好，你丢掉进天堂的机会。由于你，魔鬼将取得胜利；由于你，教堂将倒塌；由于你，异教徒们将继续将教堂的钟铸成大炮，用原该拯救人的东西去屠杀人。就在此刻，曾为你受圣洗而鸣响的钟可能正在杀害你母亲。去吧，去帮助魔鬼。别停下。是的，我处决了你兄弟，但是你要明白，我是天主的工具。呵！你要审判天主的工具！你要审判空中的霹雳？卑鄙的人，你将受到霹雳的审判！当心你要干什么。你知道我能得到赦罪吗？不知道吧。你干吧，干你想干的事。你可以把我投进地狱，你也一同下地狱。你手里掌握着我们两人的地狱。该向天主作出交代的是你。只有我们两人面对面地待在地狱里。继续你的事吧，结束它，完成它。我是老人，而你年轻，我手无寸铁，而你有武器。动手吧。”

老人说这番话时，站在船上，声音盖过了海的喧嚣。在海浪的颠簸中，他时而在阴影中时而在光亮处。水手面色苍白，大滴的汗珠从前额落下，全身像树叶一样颤抖，并且不时地亲吻念珠。当老人说完时，他扔下枪跪了下来。

“宽恕我，老爷！宽恕我。”他喊道，“您说话像是仁慈的天主。我错了，我兄弟也错了。我要竭尽全力弥补他的罪行。您指挥我吧。您下命令吧。我一定服从。”

---

① 奥雷附近有圣安娜的朝圣处。

"我宽恕你。"老人说。

二　农民的记忆与统帅的才干

小艇上的食品并非毫无用处。

这两位逃亡者不得不迂回航行了漫长的三十六个小时才抵达海岸。他们在大海上过了一夜，夜色美好，但是对于逃亡者来说月光太亮了。

他们先是远离法国，驶到泽西岛方向的大海上。

他们听见从被摧毁的巨剑号传来最后几声炮响，好比是狮子被林中猎手击毙时的最后吼声，接着，海面上沉寂下来。

巨剑号像复仇号一样沉没，但巨剑号得不到光荣。反对自己国家的人不能算英雄。

阿尔马洛是一位非凡的水手。他凭着灵巧和智慧做出了奇迹。随机应变地在礁石、浪涛和敌人之间迂回航行，真是杰作。风减弱了，大海又变得温和了。

阿尔马洛避开曼吉埃礁中的岩柱区，绕过牛堤，在那里躲避了几个小时。退潮时在北面露出一小片圆形水域，使他们得到了休息。接着小艇又朝南行驶，居然在格朗维尔和肖赞群岛之间溜过，而没有被这两处的警戒队发觉。船驶进圣米歇尔海湾，这是很大胆的事，因为敌舰的锚地康卡尔就在附近。

第二天黄昏，太阳落山前大约一小时，小艇驶过圣米歇尔山，在沙滩上靠岸，这片沙滩一向荒寂无人，因为它很危险，人容易陷下去。

幸好此刻正涨潮。

阿尔马洛尽可能地将小艇朝前划，试试沙地，感到地面很结实，便将船搁浅，自己跳到岸上。

老人随后也迈过船沿，观察四周。

“老爷，”阿尔马洛说，“这里是库万农河的入海口，右边是博瓦尔，左边是于伊内，正前方的钟楼是阿尔德冯。”

老人向小船弯下腰，拿起一块饼干放进衣袋里，对阿尔马洛说：

“别的你都拿走。”

阿尔马洛将剩下的肉和饼干装进袋子，将袋子背在肩上，问道：

“老爷，我该在前面带路还是跟在后面？”

“既不带路也不跟着。”

阿尔马洛吃惊地看着老人。

老人又说：

“阿尔马洛，我们要分手了。两个人无济于事，要不就是上千人，要不就是一个人。”

他停住了，从衣袋里掏出一个绿丝花结，它有点像饰结，中央绣着金色的百合花。老人接着问：

“你识字吗？”

“不识字。”

“很好。识字的人很麻烦。你记性好吗？”

“好。”

“很好。听我说，阿尔马洛。你向右，我向左。你去富热尔方向，我去巴祖热方向。你背着口袋，那样更像农民。把武器藏起来，从篱笆上砍一根木棍，爬过高高的黑麦庄稼地，从围墙后面溜过去，跨过栅栏，越过田野，避开行人，避开路和桥。别进蓬托尔松。哦，你得过库万农河。你怎么过去？”

“游过去。”

“很好，那里还有一个浅滩。你知道在哪里吗？”

“在昂塞和老维埃尔之间。”

“很好。你的确是本地人。”

“可是天快黑了。老爷去哪里过夜呢？”

“我自有办法。你呢，你去哪里过夜？”

“有的是空心老树。当水手以前我是农民。”

“扔掉你的水手帽，它会暴露你身份的。你可以去弄一顶风帽。”

“呵！哪里都能找到雨帽。哪位渔夫都肯把雨帽卖给我的。”

“那好，现在你听我说。你熟悉树林吗？”

“全都熟悉。”

“整个地区的？”

“从努瓦尔蒙蒂埃直到拉瓦尔。”

“你也熟悉名字吗？”

“我熟悉树林，我熟悉名字，我熟悉一切。”

“你什么也不会忘记？”

“不会的。”

“那好。现在你注意听，你一天能走多少路？”

“十法里[①]，必要的话，十五、十八、二十法里。”

“会有必要的。我对你说的话，你一个字也不能忘。你去圣托班树林。”

“朗巴尔附近？”

“对。在圣里厄尔和普莱代利阿克之间的沟壑边上有一株大栗树，你到了那里就站住，你看不见任何人。”

“其实那里有人，我知道。”

“你就呼叫。你会呼叫吗？”

阿尔马洛鼓起脸颊，身体转向大海，发出猫头鹰的呜呜声。

声音仿佛来自黑夜的深处，它逼真而阴森。

“好，”老人说，“你行。”

他将那个绿丝花结递给阿尔马洛：

“这花结代表我的指挥权。你拿着。目前谁也不能知道我的姓名。

① 法国古里，约合四公里。

有这个花结就够了。上面的百合花是王后在唐普勒监狱里绣的。”

阿尔马洛一条腿跪了下来，战战兢兢地接过有百合花的花结，将嘴唇凑上去，但又突然停住，仿佛害怕似的。

“我能亲吻吗？”他问道。

“能，你不是也亲吻十字架吗？”

阿尔马洛亲吻了百合花。

“站起来。”老人说。

阿尔马洛站起身，将花结藏在胸前。

老人继续说：

“你好好听着。命令是：起来反抗，毫不留情。你去到圣托班树林边上呼叫。你呼叫三次。到了第三次，就会有人从地下钻出来。”

“从树下的洞里，我知道。”

“这个人是普朗什诺，人称国王之心。你把花结给他看，他会明白的。然后你就找一条没人走的路去阿斯蒂耶树林。你见到一个两膝朝外翻的男人，他的绰号是短枪，因为他毫不留情，你对他说我爱他，叫他把他的教区发动起来。然后你去库万邦树林，它离普洛埃尔梅一法里。你也像猫头鹰一样叫，也会有人从洞里出来，他是蒂奥先生，普洛埃尔梅的司法官，曾经是所谓制宪议会的成员，是代表正确一方的。你叫他将库万邦城堡武装起来。城堡的主人是流亡国外的德·居埃侯爵。沟壑、小树林、崎岖不平的地区都是作战的好地方。蒂奥先生是个正直、聪明的人。接着你去圣乌安图瓦，找让·朱安，他在我眼中是真正的首领。接着你去维尔昂格洛兹，去找吉泰尔，人们叫他圣马丹，你叫他当心一个名叫库尔梅斯尼尔的人，他是老古皮尔·德·普雷费尔的女婿，是阿尔让唐的雅各宾党的头目。你要牢牢记住这些。我什么也不写，也不能写。拉鲁阿里写了一个名单，结果把一切都断送了。然后你去鲁热费树林，那里有米埃莱特，他能靠一根长竿跳越沟壑。”

“这种长杆叫作费尔特。”

“你会用吗？”

“不会用就不能算是布列塔尼人，不能算是农民了。长杆是我们的朋友，它使我们的手臂和腿更长。”

“也就是说使敌人缩小，使路程缩短。好东西。”

“有一次我靠它对付了三个盐税局的人，他们还挂着马刀呢。”

“什么时候的事？”

“十年以前。”

“国王在位时？”

“那当然。”

“这么说，你那时就开始斗了？”

“是的。”

“和谁斗？”

“我也不知道，真的。当时我贩私盐。”

“很好。”

“那时叫作抗盐税。盐税和国王是一回事吗？”

“也是也不是。不过你不必弄明白。”

“请老爷原谅我向老爷提问题。”

“咱们继续吧。你熟悉图尔格吗？”

“当然，我是那里的人。”

“怎么？”

“是的，因为我是帕里尼埃人。”

“不错，图尔格离帕里尼埃很近。”

“图尔格，我再熟悉不过了。那座巨大的圆形城堡是我领主老爷的家产。旧楼和新楼之间有扇大铁门，大炮也轰不开。新楼里有一本关于圣巴托罗缪[1]的大书，从前常常有些好奇的人去看。草里还有青蛙，我小时常逗它们玩。还有那个地道，我知道它，现在可能只有我

① 一位殉教的圣徒。

一人知道它了。”

“什么地道？你想说什么？”

“从前，图尔格被包围的时候，城堡里的人可以从地道逃到森林去。”

“不错，确实有这种地道，朱佩利埃尔城堡、于诺代城堡、尚佩翁塔楼都有，可是图尔格没有。”

“有的，老爷。老爷说的这些地道我不知道，我只知道图尔格的地道，因为我是那里的人，而且只有我知道。人们从来不谈它，不许谈，因为它在德·罗昂大人的战争期间起过作用。我父亲知道这个秘密地道，带我去看过。我知道这个秘密，能进去也能出来。我可以从森林里进到塔楼，也可以从塔楼里去到森林，神不知鬼不觉。等敌人来时，塔楼里空空如也。这就是图尔格。呵，我太熟悉它了。”

老人沉默了一会儿说：

“显然你弄错了，要是有这样一个秘密地道，我肯定会知道。”

“老爷，肯定有。有一块可以转动的石头。”

“是吗？你们这些农民，你们相信有转动的石头，唱歌的石头，还有夜里去近旁小溪喝水的石头。都是神话。”

“可我让石头转动过……”

“就像有人听见石头唱歌一样。伙计，图尔格是一个安全、坚固的城堡，易于防守，靠地道逃跑，这想法未免太幼稚了。”

“可是，老爷……”

老人耸耸肩：

“别浪费时间，还是谈正事吧。”

他那断然的语气使阿尔马洛无法坚持。

老人接着说：

“继续刚才的话吧。你听我说。从鲁热费，你去蒙谢弗里埃树林，那里有杜兹的首领贝内迪克西蒂。他也是好样的。让部下枪毙人时他念餐前经[1]。打仗就不能温情。从蒙谢弗里埃出来，你就去……”

他停住了。

“我把钱给忘了。”他说。

他从衣袋里掏出一个钱包和一个钱夹，放到阿尔马洛手中。

“这钱夹里有三万法郎的指券，大概三利弗尔十个苏，指券当然是伪造的，但是真的也不见得更值钱。注意，钱包里有六十个金路易。我把一切都给你。在这里我不需要任何东西。再说，最好是人们在我身上搜不出钱来。我接着说吧。你从蒙谢弗里埃去昂特兰，在那里去见德·弗罗泰先生，从昂特兰去朱佩利埃尔，去见德·罗什科特先生，从朱佩利埃尔去诺瓦里厄，去见博杜安神甫。你都记住了吗？”

“像天主经一样。”

“你去圣布里斯昂科格勒见迪布瓦-吉先生，去莫拉内见德·蒂尔潘先生，那个镇子修筑了防御工事，你再去贡蒂埃城堡见德·塔尔蒙亲王。”

“一位亲王会和我说话吗？”

“我不是在和你说话吗？”

阿尔马洛摘下帽子。

“所有的人一看见王后的这朵百合花都会热情接待你。别忘了你去的地方有山岳派和傻瓜。你要乔装打扮，这很容易。共和派都很蠢，只要你穿上蓝衣服，戴一顶三角帽，再别上一个三色帽徽，你便可以通行无阻。军团没有了，军服没有了，部队番号没有了，谁爱穿什么乱七八糟的东西都可以。你去默尔韦见戈利埃，人称大皮埃尔。然后你去帕尔内营地，那里的人脸都被熏黑了，他们把小石子装进枪筒，再塞进双倍的火药，因此枪声很响，他们干得不错，你特别要告诉他们，要杀、杀、杀。然后你去黑牛营地，它是在山上，在夏尔尼树林中央，然后你去阿瓦内营地、绿营、蚂蚁营。然后你去高船

---

① 贝内迪克西蒂的字面意思即餐前经。

壳，也叫高牧场，那里住着一位寡妇，她女儿嫁给了特雷通，绰号英国人。高船壳是在凯兰教区。你去到埃皮内勒舍弗勒伊、西耶勒吉约姆、帕拉恩，去见那些在森林里的人。你会找到朋友的，你派他们去梅恩河上游和下游。你会在韦吉教区看见让·特雷通，在班尼翁看见无悔者，在邦尚看见尚博，在梅宗塞尔看见科尔班兄弟，在圣让絮尔埃弗看见小无畏者，他也叫布尔杜瓦佐。等你做完这些事，将起来反抗，毫不留情的口号传遍四方时，你就去参加大军，天主和国王的大军，它就在那一带。你会看见那些活着的首领：德·埃尔贝先生、德·勒斯居尔先生、德·拉罗什雅克兰先生，你把代表指挥权的花结给他们看，他们会明白的。你只不过是水手，不过卡特利诺也只是赶车的。你把我的话告诉他们：现在应该同时进行两场战争，大战和小战。大战造声势，小战收实效。旺代战争正规，朱安党叛乱不正规，但是在内战中，不正规的是最好的。战争的优劣取决于它的破坏程度。”

他停了一下又说：

“阿尔马洛，我跟你讲这些话。有些词你听不懂，但你明白事理。我见你如何驾船，我就对你产生了信任。你不会几何学，却在海上表现出惊人的灵巧。谁会驾船就会指挥起义。既然你对大海应付自如，我肯定你能圆满完成我给的任务。我再说一点。这一点你可以对首领们说，按你的方式大致说说就很好了。我喜欢森林战甚于平原战。我不想将十万名农民排列在蓝军的枪口和卡尔诺先生的炮口下。不出一个月，我会将五十万杀手埋伏在树林里。共和军就是我们的偷猎对象。偷猎就是作战。我是丛林战略家。好了，这个词你不懂，没关系，你懂得这一点：毫不留情！四面埋伏！我愿意多一点朱安党叛乱，少一点旺代战争。你还要告诉他们英国人站在我们这一边。我们对共和国进行里外夹攻。欧洲会援助我们。让共和国完蛋吧。国王们对它进行王国的战争，我们对它进行教区的战争。你这样对他们说，明白吗？”

“明白。应该烧光杀光。”

“对。”

“毫不留情。”

“对，不管他是谁。”

“我去到各处。”

“但要当心，在这些地方随时会送命。”

“死亡与我无关。走第一步时穿的也许就是最后一双鞋。”

“你很勇敢。”

“要是有人问起老爷的名字呢？”

“现在还不能说。你就说你不知道，这也是实情。”

“我在什么地方再见到老爷？”

“在我将去的地方。”

“那我怎么知道呢？”

“所有的人都会知道。不出一个星期，人们会谈论我，我会做出儆戒的例子，为国王和天主教报仇。你会看出来人们谈论的就是我。”

“明白了。”

“别忘记我的话。”

“您放心。”

“现在你走吧。愿天主指引你，走吧。”

“我会按您说的一切去做。我将去，我将说，我将服从，我将指挥。”

“很好。”

“如果我成功……”

“我授你圣路易骑士勋章。”

“和我兄弟一样。如果我不成功，您将下令枪毙我。”

“和你兄弟一样。”

“一言为定，老爷。”

老人低下头，仿佛陷入严肃的沉思。当他抬起头时，已是独自一人。阿尔马洛成了地平线上渐渐缩小的黑点。

太阳刚刚下山。

白海鸥和黑海鸥都回来了，大海不是它们的家。

空中弥漫着黑夜之前的不安。雨蛙在叫，沙锥叫着从水塘中飞起。云雀、乌鸦、甲虫，都在做黄昏时分的鼓噪，岸边的鸟儿相互呼应，但是没有一丝人声。这是深沉的寂静。海湾里没有船，田野上没有人。放眼望去是一片荒凉。高高的大蓟在沙地上颤动。黄昏时的白色天空给沙岸洒下一大片灰白光线。在远处，阴暗平原上的水塘像是平贴在地面上的锡片。风从海上吹来。

第四章　泰尔马什

一　沙丘顶上

老人等到阿尔马洛消失后才紧紧大衣，行走起来。他走得很慢，若有所思。阿尔马洛是去博瓦尔，而他朝于伊内方向去。

在他身后矗立着圣米歇尔山那庞大的三角形黑影，上面有三重冕式的大教堂和铁甲式的堡垒，还有面朝东方的两座巨大的塔楼，一座是圆的，一座是方的，塔楼与山分担教堂和村子的重量。圣米歇尔山之于大西洋好比是凯乌卜金字塔之于沙漠。

圣米歇尔山海湾里的流沙在难以察觉地移动沙丘。当时在于伊内和阿尔德冯之间有一座很高的沙丘，今天已不复存在。沙丘的尖顶被春分时节的风削平了。这座沙丘不同寻常，一来它相当古老，二来它顶上有一块里程石，它竖立于十二世纪，是为了纪念阿弗朗什主教会议，会议谴责了对圣托马·德·康托贝里的暗杀。从沙丘顶上，可以看见整个地区，判明方向。

老人朝沙丘走去，登上了沙丘。

他到达丘顶，看到里程石四角有四块界石，便在一块界石上坐了下来，背靠在里程石上，开始观察脚下的那张地图。他似乎在寻找一条熟悉的路。广阔的地区在暮色中显得朦胧，只有地平线轮廓清晰，在白色天空下呈一条黑线。

他看到十一个村镇的一堆堆的屋顶，还有好几法里以外的高高的海岸钟楼，必要时这些钟楼可以为航海者指明方向。

几分钟以后，老人在这片朦胧中似乎找到了他寻找的东西。他的目光停留在一个有树、墙和屋顶的地方，它是一个佃农庄园，夹在平原和树丛中，依稀可见。老人满意地点点头，仿佛在暗自说：就是这里。于是他用手指在空中勾画一条穿越篱笆和庄稼的路，并且不时地观察一个模模糊糊的、不成形的东西。这东西在庄园上房的屋顶上飘动。老人似乎在问自己：这到底是什么？由于是黄昏，它的颜色和形状都很模糊。它在飘动，肯定不是风向标，也绝不可能是旗帜。

老人疲乏了，坐在界石上悠悠忽忽起来，疲乏的人刚一休息就是这样。

每天都有一个可以称作万籁俱寂的时辰，那是宁静的时刻，黄昏时分。此时正是这个时刻，老人在享受它，他在看，他在听。什么？宁静。就连凶狠的人也有他们的忧郁时刻。突然间，有人声从这里经过，它没有干扰宁静，更是更衬托出这片宁静。那是女人和孩子的声音。有时在黑暗中有这种意想不到的欢乐之声。由于荆棘丛生，老人看不见发出这些声音的人，他们在沙丘脚下朝平原和森林走去。清亮的声音一直传到丘顶上那位沉思的老人耳中，声音很近，他一字不漏地都听见了。

一个女人的声音在说：

“快一点，弗莱夏。是从这里走？”

“不，走那边。”

对话在这一高一低的两个声音中进行：

“我们现在住的那个佃户庄园叫什么？”

“埃尔布昂帕伊。”

“还远吗？”

“再走一刻钟。”

“咱们快一点赶去喝汤。”

“咱们真是晚了。”

“应该跑。但是你的小家伙都累了，我们又是两个女人，抱不动这三个孩子。你已经抱了一个，弗莱夏，她像是块铅。这个小贪吃鬼，你给她断了奶，但是老抱着。这习惯可不好，得让她走走！呵，活该，汤一定凉了。”

“呵！你给我的鞋真好，好像是专为我做的。”

“这总比光脚强吧。”

“你快一点，勒内-让。”

“就是他让我们耽误了。他一碰见小姑娘就说话。像个大男人。”

“唉呀，他还不满五岁。”

“喂，勒内-让，你干吗和村里的小姑娘说话？”

一个男童的声音回答：

“因为我认识她。”

女人又说：

“怎么，你认识她？”

“是的，”小男孩说，“今天早上她给了我虫子。”

“呵，真了不起！”女人叫了起来，“我们才来了三天，他这个小不点儿就有情人了。”

声音远去。一切归于寂静。

二　AURES HABET，ET NON AUDIET[①]

老人一动不动，他不在思考，几乎也不在冥想。在他四周是宁静、平和、信赖、孤独。沙丘上还很亮，平原几乎进入黑夜，而树

① 拉丁文，可译为：他有耳朵，但听不见。这是《圣经·诗篇》中一句话的变体。——原编者注

林里就完全是黑夜了。月亮从东方升起，淡蓝色的天顶上挂着几颗星星。老人虽然满腹心事，情绪激动，却沉入一种难以表达的、无限的宽容大度之中。他感到心中升起了隐隐的曙光，也就是希望，如果希望这个词可以表达对内战的期盼的话。就眼前来说，他刚刚逃离凶狠无情的大海来到陆地，危险似乎都已烟消云散。没有人知道他的名字，他独自一人，敌人不知他在哪里。他没有留下任何踪迹，因为海面不保留任何东西。他已无影无踪，无处可寻。他感到极大的宽慰，差一点睡着了。

这位无论是心态还是处境都为所有这些纷扰所困的老人，在此刻的宁静中感受到一种奇异的魅力。大地和天空一片寂静。

他只听见从海上吹来的风，风声是持续的低音，久而久之，几乎不再是声音了。

突然间，他站起身来。

他的注意力骤然间被惊醒，他瞧着地平线。有什么东西使他的目光凝定不动。

他注视的是在他前方，在平原远处的科尔默雷的钟楼。钟楼上发生了不寻常的事。

钟楼轮廓清晰。楼顶上有一个锥形体，在塔身与锥形体之间是钟室，钟室呈方形，镂空，没有防风板，四面八方都能看见，这是布列塔尼风格。

而此刻，这个钟室仿佛在均匀有序地一开一合。高高的窗子一会儿全白，一会儿全黑，一会儿漏出后面的天空，一会儿又挡住了，一会儿明亮，一会儿光亮又被遮住，一开一合，持续不断，就像锤子敲打铁砧一样很有规律。

这座科尔默雷的钟楼在老人正前方，离他大约两法里远。老人朝右边看看，地平线上矗立着巴盖-皮康的钟楼，它的钟室也像科尔默雷钟楼一样一开一合。

老人瞧瞧左方的塔尼钟楼，它的钟室也像巴盖-皮康的钟室一样一开一合。

老人瞧瞧地平线上一个又一个钟楼，左边是库尔蒂、普雷西、克罗隆、克鲁瓦阿弗朗香的钟楼，右边是库万农河峡、莫尔德雷、帕镇的钟楼，对面是蓬托尔松的钟楼。

所有钟楼上的钟室都一黑一亮。

这是什么意思？

这表明所有的钟都在摆动。

它们一黑一亮，肯定在猛烈摆动。

怎么回事？显然是在敲警钟。

人们在敲警钟，疯狂地敲警钟。四面八方，所有的钟楼，所有的教区，所有的村镇都在敲警钟，而他什么也听不见。

这是因为一来距离太远，声音传不到这里；二来从相反方向刮来的海风将陆地的声音更吹向内陆。

四方的钟在猛烈地敲，而他这里是一片沉静，还有比这更阴森的吗？

老人瞧着，听着。

他听不见警钟，只能看见。看见敲警钟，这是多么奇异的感觉。

大钟在指摘谁？

警钟是针对谁的？

三　大字的效用

显然有人在被追捕。

谁？

这个刚强的人战栗了一下。

不可能是他。人们不可能猜到他来了。驻这个地区的特派员们不可能知道，因为他刚刚登陆。巨剑号已经沉没，没有一个人能死里逃生，何况即使在巨剑号上，除了布瓦贝尔特洛和拉维厄维尔以外，谁也不知道他的姓名。

钟楼继续它们猛烈的游戏。老人仔细观察，本能地数数，思绪起伏不定，从一种猜测跳到另一种猜测，从深深的安全感转到可怕的危机感。然而，这警钟可以有多种解释。老人最后一再安慰自己说："总之，谁也不知道我来了，谁也不知道我的名字。"

几分钟以来，在他头部上方，在他身后，有一种轻微的响动，仿佛是树叶的沙沙声。他最初没有留意，声音在继续，也可以说在坚持。他终于回过头来，的确有一个东西，是一张纸。在他头部上方，里程石上贴着一张大告示，正在被风吹落。它贴上去不久，因为纸还发潮，又在招风的地方；风与它嬉戏，慢慢将它撕下。

老人是从另一面爬上沙丘的，没有看见这张告示。

他踩上坐着的那块界石，用手抚平被风吹起的告示一角。天空宁静，六月的黄昏很长。沙丘下部昏暗不清，但顶上仍然明亮。告示的一部分是用大号字印刷的，借着暮色他还能看清楚，这就是他看到的：

统一和不可分割的法兰西共和国

我，马恩省的普里厄尔，派驻瑟堡海防军的人民代表，发布命令如下：前贵族德·朗特纳克侯爵，德·丰特内子爵，所谓的布列塔尼王公，已在格朗维尔海岸偷偷登陆。我宣布此人不受法律保护，并悬赏捉拿。凡知情告发者，无论该犯是死是活，都将得到六万利弗尔的赏金。赏金将用黄金，而不用指券支付。瑟堡海防军即将派遣一个营前去搜索前贵族德·朗特纳克侯爵。各市镇务必予以协助。

此命令于一七九三年六月二日，于格朗维尔市政府发布。

签署人：普里厄尔马恩省

这个名字下面还有另一个签名，但字体小得多，由于光线不足，无法看清。

老人将帽檐压到眼睛上，将大衣领一直拉到下巴，然后迅速走下沙丘。在这个明亮的丘顶滞留下去显然毫无意义。

他也许在丘顶待得太久了，丘顶仍然是唯一明亮的地方。

他下到山脚，进入黑暗，放慢了脚步。

他按照刚才勾画的路线朝佃户庄园走去，可能认为那边更安全吧。

一片荒寂。在这个时刻没有人从这里走。

他来到荆棘后面，站住，脱下大衣，将上衣的皮里翻到外面，又用绳捆好破大衣然后系在脖子上，这才又开步走。

月光泻地。

他来到两条路的交叉口，那里有一个古老的石十字架。十字架的底座上有一块白色正方形，大概是和刚才看到的一样的告示。他走近告示。

“您去哪儿？”一个声音问道。

他转过身来。

树篱中站着一个人，像他一样身材高大，像他一样年老，像他一样满头白发，但衣衫比他更褴褛。几乎和他一模一样。

此人拄着一根长棍，又接着问：

“我问您去哪儿。”

“首先我这是在哪儿？”老人回答说，声音平静，带几分高傲。

“您是在塔尼领地。我是领地上的乞丐，您是领主。”

“我？”

“是的，您是德·朗特纳克侯爵。”

四　凯门鳄

德·朗特纳克侯爵——我们以后可以这样称呼他——沉重地回

答说：

“对。去告发我吧。”

那人继续说：

“我们两人都在自己家里，您在城堡，我在丛林。”

“结束吧。动手吧。去告发我吧。”侯爵说。

那人又问：

“您是去埃尔布昂帕伊庄园吗？”

“是的。”

“您可别去。”

“为什么？”

“那里有蓝军。”

“有多久了？”

“三天。”

“农场和村民们抵抗了吗？”

“没有。他们敞开了大门。”

“呵！”侯爵说。

那人用手指着稍远处，树梢上方露出了庄园的屋顶。

“您看见屋顶了吗，侯爵先生？”

“看见了。”

“您看见屋顶上有什么吗？”

“有东西在飘动。”

“是的。”

“是旗帜。”

“三色旗。”那人说。

侯爵在丘顶时，引起他注意的就是这个东西。

“是在敲警钟吧？”侯爵问道。

“是的。”

“为了什么？”

“当然是为了您。”

“可是我听不见。”

“因为是逆风。”

那人又接着问：

“您看见告示了？”

“是的。”

“他们在通缉您。”

他朝庄园那边看了一眼又说：

“那里有半个营。”

“共和派？”

“巴黎来的。”

“好，我们去吧。”侯爵说。

他朝庄园走了一步。

乞丐抓住他的手臂说：

“别去。”

“那您叫我去哪儿？”

“去我家。”

侯爵瞧着乞丐。

“您听我说，侯爵先生，我的家并不好，但是安全，它是比地窖还低矮的小窝，海藻当地板，树叶青草当顶棚。您来吧。您去佃户庄园会被打死的。在我家里您可以睡一觉。您一定很累吧。明早蓝军又要开拔，那时您愿意去哪里都行。”

侯爵端详这个人，问道：

“那么您是站在哪一边？共和派？保皇派？”

“我是穷人。”

“既不是保皇派，也不是共和派？”

“我想不是。”

“您拥护国王还是反对国王？”

“我没有时间想这些。”

“您对眼前发生的事怎么看？”

“我没有饭吃。”

“可是您还救我。”

“我看到您被宣布不受法律保护。法律是什么东西？这么说一个人可以在法律之外？我不明白。那我呢，我是在法律之内，还是在法律之外？不知道。饿死，这是在法律之内吗？”

“您挨饿有多久了？”

“一辈子。”

“但是您救我？”

“是的。”

“为什么？”

“因为我说：这个人比我还穷，我有权呼吸，而他连这也没有。”

“的确如此。那么您救我？”

“当然，我们现在是兄弟了，老爷，我乞讨面包，您乞讨生命。我们是两个乞丐。”

“可您知道他们悬赏我吗？”

“知道。”

“怎么知道的？”

“我看了告示。”

“您识字？”

“是的，我还会写字。为什么我非得是粗人呢？”

“既然您识字，又看过告示，那么您知道告发我的人可以得到六万法郎的赏金。”

“这我知道。”

“不是指券。”

“是的，我知道，是黄金。”

“六万法郎可是一大笔钱，您知道吗？”

“知道。”

“谁告发我就能发大财。”

“那又怎样呢？”

“发大财！”

“我正是这样想的。我看到您时就想：既然告发这个人就能得到六万法郎，就能发大财，那我得赶紧把他藏起来。”

侯爵跟着穷人走了。

他们走进一个矮树丛，那里就是乞丐的窝棚。这是一株高高的橡树给他留下的房间，房间挖在树根下面，上面盖着树枝。里面阴暗、低矮、隐蔽，从外面根本看不见。房间可以容纳两个人。

“我就想到可能来客人。”乞丐说。

其实，在布列塔尼，这种地下居室并不像一般所认为的那样罕见，农民称它为卡尔尼肖，这个称呼也可以指厚墙中间的藏匿处。

房间里有几个罐子，一个用稻草或洗净晒干的海藻铺成的床，一条粗毛毯，还有几根油脂灯芯、火石和空心的熊奶草，这就是火柴。

他们弯下腰，爬了几步，进入那个被粗大的树根切割成奇形怪状的房间，在那一大堆当床铺用的干海藻上坐了下来。进口处的那两个树根之间有空隙，从那里射进一丝光线。黑夜已经来临，但是视力总能适应黑暗，在黑暗中最终看到微光。月光的反射使进口处泛出朦胧的白色。在一个角落里有一罐水、一块荞麦饼和一些栗子。

“吃饭吧。”穷人说。

他们分享栗子，侯爵拿出他的饼干。他们啃同一块黑麦饼，轮流捧着罐子喝水。

他们交谈起来。

侯爵开始询问这个人：

“看来，发生还是没发生事情，对您都一样？”

“差不多吧。你们这些人是领主，这是你们的事。”

“可是，发生……”

“那是在上面。”

乞丐又接着说：

“再说，在更上面还有别的事呢，太阳升起，月亮盈缺，我关心的是这些。”

他捧着水罐喝了一口，又说：

“多好的新鲜水！”

他又接着说：

“您觉得这水怎么样，老爷？”

“您叫什么？”侯爵问道。

“我叫泰尔马什，人们叫我凯门鳄。”

“我知道。凯门鳄是本地话。”

“意思是乞丐。我还有个绰号：老头。”

他又接着说：

“人们叫我老头已经四十年了。”

“四十年！可当初您还年轻呀。”

“我从来就没年轻过。而您呢，侯爵大人，您永远年轻。您的腿像二十岁的年轻人，您爬上大沙丘，而我已开始走不动了，走不到四分之一法里我就累了。但是我们年龄相仿。有钱人比我们强，他们每天都有吃的，吃饭就能保健康。”

他停顿一下，又说：

“什么穷人、富人，这是件讨厌的事，引出许多祸害，至少这是我的感觉。穷人想当富人，富人不愿当穷人，我看这大概就是实质问题。我不管这些。出什么事由它去，我既不站在债主，也不站在债户一边。我知道欠债要还。就是这样。我不愿意国王被杀，但我说不清为什么。再说，人家对我说：可是从前，为了一点小事你们就被吊在树上。可不是，我就见过一个人被吊死，只因为他朝国王的狍开了一枪，他还有老婆和七个孩子呢。公说公有理，婆说婆有理。”

他再次沉默，然后说：

“您知道，我不明白到底是怎么回事。人们来来去去，出了一件又一件事，我呢，我在这里，在星辰下面。”

泰尔马什停住了，凝神片刻，又说：

“我懂一点接骨，算是医生吧，我熟悉各种草，会用草药。农民看见我聚精会神地看着半空，以为我是巫师，我喜欢遐想，他们就以为我什么都知道。”

“您是本地人？”侯爵问道。

“我没有离开过这地方。”

“您认识我？”

“当然。上次见到您是在两年前。您经过这里，从这里去英国。刚才我看见丘顶上有个人，个子高高的。布列塔尼人都是小矮个，很少有大高个子。我仔细看，再说我先就看到告示了。我说：嘻！等您从沙丘上下来，在月光下我就认出您了。”

“可我不认识您。”

“您见过我，但是没有看见我。”

凯门鳄泰尔马什接着说：

“我可看见了您。乞丐和行人的目光是不一样的。”

“从前我遇见过您吗？”

“经常遇见，因为我是您的乞丐，我是您城堡前那条路顶头的穷人。您有时给我施舍，给予者是不看的，而接受者却留心看。乞丐就是密探。我伸出手，您看见的只是那只手，您往我手里扔下施舍，我早上有了它，晚上才不挨饿。有时，我整整一天一夜没东西吃。有时，一个苏就是生命。您救过我的命，我现在回报您。”

“您真是在救我。”

“是的，我在救您，老爷。”

泰尔马什的声音变得严肃起来：

“但有一个条件。”

“什么条件？”

“您来这里不是为了作恶。”

“我来是为了行善。”侯爵说。

“睡觉吧。”

他们在海藻床上并排躺下。乞丐立刻就睡着了。侯爵虽然很累，但仍然遐想片刻，接着，在黑暗中瞧瞧穷人，倒了下来。睡在这张床上就是睡在地上。他乘机将耳朵贴着地面细听。地下有一种隐约的嗡嗡声，我们知道声音在地底深处可以传得很远。那是钟声。

警钟在继续。

侯爵睡着了。

五　署名戈万

朗特纳克醒来时，天已经亮了。

乞丐站在那里，不是在窝棚里，这里根本站不直，而是站在外面，站在门口。他拄着那根木棍，脸上有一线阳光。

“老爷，”泰尔马什说，“塔尼的钟楼刚刚敲过早上四点钟，我听见了四下钟声。风向一定变了，现在是从内陆来的风。没有别的声音。警钟停止了。庄园和埃尔布昂帕伊镇上平静无事。蓝军在睡觉，要不就是已经走了。最大的危险过去了。我们最好分手吧。我该走了。”

他指着地平线上的一个点。

“我去这边。”

接着又指着相反的方向：

“您呢，您去那边。”

乞丐向侯爵严肃地摆摆手，表示告别。

他又指着晚餐剩下的东西说：

“您要是饿就把栗子带走。”

不一会儿，他消失在树林里。

侯爵起身，朝泰尔马什指引的方向走去。

这是迷人的时刻，用诺曼底农民的老话叫作“清晨的诱鸟笛”，金翅鸟和麻雀在叽叽喳喳。侯爵顺着昨天来的小路走，走出树林来到有石头十字架的那个路口。告示还在那里，在朝阳下发白，仿佛很欢快。他想起告示下方还有几行字他没有看清，因为字体太小，当时的光线昏暗。他走到十字架的底座前，果然，在告示下方，在马恩省的普里厄尔的签名下面，还有两行小字：

前贵族德·朗特纳克侯爵一旦被发现，将被立即处死。

签署人：戈万

营长、远征队指挥

“戈万！”侯爵说。

他站住了，紧盯着告示，凝神深思。

“戈万！”他重复说。

他走开，又转身瞧十字架，然后又走回来，再一次看告示。

接着他慢慢走远。如果有人靠近他就会听见他在低声念叨：

“戈万！”

他走上一条深深的凹路，从那里看不见在他左边的庄园的屋顶。他顺着一个小山丘走，山丘上全是开花的荆豆，是一种长着长刺的品种。山丘顶上有一个尖尖的土堆，当地人称作“兽头”。在山丘脚下是一片树林。树叶仿佛浸泡在光亮中。整个大自然充满了清晨深深的欢乐。

突然这个景致变得可怕了，好像是猛地杀出一支伏兵。野蛮的喊声和枪声像龙卷风一样袭击充满阳光的田野和树林，从庄园那边升起了浓烟，浓烟中夹杂着明亮的火舌，庄园和小镇仿佛成了一捆燃烧的稻草。这一切突如其来，阴森可怕。宁静转眼化为狂暴，晨曦中突然出现地狱，恐怖骤然而至。埃尔布昂帕伊那边在打仗。侯爵站住了。

谁处于这种情况也会像他一样，好奇心战胜了危险感，总得弄明白是怎么回事，哪怕因此送命。朗特纳克从低凹的小路登上旁边的小丘。在那里他会被人看见，但他能看见四周。几分钟后，他来到小丘顶上，极目眺望。

的确发生了枪杀和火灾。他听见了喊叫声，看见了火光。庄园似乎成了灾难的中心。什么灾难？埃尔布昂帕伊庄园遭到了袭击？被谁？是战斗吗？也许是枪决？按照一项革命法令，蓝军经常放火烧掉反叛的庄园和村庄，以示惩罚。例如，庄园和村镇如果没有按照法令砍倒树木，没有在丛林中为共和国骑兵开辟通道，就统统被放火烧掉。就在前不久，埃尔内附近的布尔贡教区就是这样被烧毁的。埃尔布昂帕伊莫非也是这样？很明显，那项法令所规定的战略通道在塔尼和埃尔布昂帕伊的丛林和土地上并未实现。这是惩罚吗？占据庄园的先遣队是否接到了命令？这支队伍大概属于绰号“恶魔队”的远征队吧。

侯爵站在丘顶观望，山丘四周是枝蔓庞杂的荒野丛林，人称埃尔布昂帕伊围场，但它像树林一样大，一直延伸到庄园，而且像布列塔尼所有的丛林一样，里面有纵横交错的沟壑、小道、凹路，这是使共和派军队迷途的迷宫。

如果这是处决，那么它一定十分残暴，因为它很短暂。残暴的事总是速战速决的。残酷的内战也具有这种野蛮性。侯爵一面做种种揣测，犹豫着该下山还是该留下，一面在聆听、窥伺。这时枪杀的喧嚣停止了，或者说散开了。侯爵看到仿佛有一支狂暴和欢快的队伍在丛林中散开。树下出现了令人畏惧的骚动。人们从庄园扑向树林，敲着进攻的鼓点，但不再有枪声。这很像是围猎：搜索、追逐、捕捉，显然他们在搜索一个人。声音显得分散而深沉。话声混杂交错，有气愤的，有得意的，嘈乱而喧哗。他什么也听不清。突然，好比烟雾中显出了一个轮廓，这片喧哗中出现了一个清楚明确的东西，是一个名字，一个被上千个声音重复的名字，侯爵清楚地听到这个喊声：

“朗特纳克！朗特纳克！德·朗特纳克侯爵！”

人们寻找的人就是他。

六 内战中的波折

突然，在他周围，四面八方都同时出现了长枪、刺刀和军刀，阴暗中还有一面三色旗，他耳边是一片呼声“朗特纳克”，在他脚下的荆棘和树枝中间出现了一些狂暴的面孔。

侯爵独自一人站在丘顶，从树林的任何角落都能看见他。他看不清呼喊他名字的人，但是他们都看得见他。如果树林里有一千支枪，那么他就是枪靶。他只看见丛林中那些狂热地盯住他的眼睛。

他脱下帽子，将帽檐卷起，从一株荆豆上摘下一根长长的干刺，从衣袋里掏出一个白色饰结，用长刺固定住卷起的帽檐，将饰结固定在帽子上，然后重新戴上帽子，前额和饰结都露在外面。他大声说话，仿佛听众是整个树林：

“我就是你们要找的人。我是德·朗特纳克侯爵，德·丰特内子爵，布列塔尼亲王，皇家军队的少将。你们动手吧。瞄准！开枪！”

他两手拉开山羊皮外衣，露出胸膛。

他朝山下看，寻找瞄准他的枪口，却看见四周的人都跪了下来。

他听见响亮的喊声：“朗特纳克万岁！老爷万岁！将军万岁！”

与此同时，帽子被扔上半空，军刀在欢快地挥舞，丛林里举起了一大片木棍，棕毛软帽在棍顶舞动。

在朗特纳克周围是一群旺代人。

这群人一看见他便跪了下来。

据传说，在古老的图林根森林里，有一种奇异的生物，一种有几分像人的巨型动物，罗马人把它视作可怕的野兽，希腊人视它为神灵的化身，因此它有时被消灭，有时被崇拜，全凭运气。

侯爵此刻的感受大概与这种生物类似；他原准备被人当作恶魔，却突然被人奉为神灵。

那许多闪着逼人光芒的眼睛盯着侯爵，流露出一种粗野的爱。

这些人拿着长枪、军刀、长柄镰刀、十字镐和木棍，都戴着有白色饰结的大毡帽或棕色软帽，还有许多念珠和护身符。他们穿着膝头开口的宽大短裤、毛皮上衣、皮护腿套，露着膝弯，披着长发，有些人神色残暴，但所有的目光都显得幼稚。

一个面貌端正的年轻男人穿过跪着的人群，大步朝侯爵走来。他和农民一样，戴一顶有白色饰结的翻边毡帽，穿一件皮毛上衣，但是他的两只手很白净，衬衣是细布料，上衣外面有一条白绸肩带，末端挂着一把金柄宝剑。

他爬到山顶，扔下帽子，解下肩带，单腿跪下，将肩带和宝剑献给侯爵，说道：

“确实，我们一直在找您。总算找到您了。这是指挥剑，这些人现在都属于您。我曾当过他们的指挥官，现在被提升当您的士兵了。请接受我的敬意，大人。请下命令吧，将军。”

接着他发出一个信号，于是从树林中走出几个人，他们拿着一面三色旗，一直走到侯爵面前，将旗帜扔到他脚前。这就是侯爵刚才在树丛中隐约看见的旗帜。

“将军，”献出宝剑和肩带的年轻人说，“这旗帜是我们刚从埃尔布昂帕伊庄园的蓝军手中夺来的。大人，我叫加瓦尔，曾是拉鲁阿里侯爵的人。”

“很好。”侯爵说。

于是他平静而严肃地戴上肩带。

接着，他抽出宝剑，在头上挥舞。

“起立！”他喊道，“国王万岁！”

人们都站了起来。

于是在树林深处响起了狂热的欢呼声："国王万岁！侯爵万岁！朗特纳克万岁！"

侯爵转身问加瓦尔：

"你们有多少人？"

"七千人。"

他们走下山丘，农民们拨开荆豆丛为德·朗特纳克开路，加瓦尔继续说：

"大人，很简单，一句话就能说清楚。我们原先只缺一个火星。共和国的告示表明您来了，于是这里的人就为效忠国王而起来暴动了。我们还从格朗维尔市长那里得到秘密通知，他是我们的人，他救过奥利维埃神甫。昨天夜里敲响了警钟。"

"为了谁？"

"为了您。"

"呵！"侯爵说。

"所以我们来了。"加瓦尔说。

"你们有七千人？"

"今天是七千，明天是一万五千。这是本地的效率。德·拉罗什雅克兰先生参加天主教军队时，人们敲响了警钟，一夜之间，六个教区：伊泽尔内、科尔格、埃肖布鲁瓦尼、奥比埃、圣托邦、尼埃伊，让他带走了一万人。没有军火，他们又去一位石匠家找到六十斤炸药，都给德·拉罗什雅克兰先生带走了。我们刚才想您大概在树林里，所以就来了。"

"你们攻击了埃尔布昂帕伊农场的蓝军？"

"由于逆风，他们没有听见警钟，没有防备。他们受过愚蠢的村民的热情接待。今天早上我们包围了农场，蓝军正在睡觉，我们一下子就把他们解决了。我这里有一匹马，您肯赏脸接受吗，将军？"

"好的。"

一位农民牵来一匹马，它像战马一样套着鞍辔。侯爵不需要加瓦尔的帮助，翻身上马。

“乌拉！”农民们喊了起来。这种英国式的呼喊在布列塔尼-诺曼底沿海是常见的，因为这个地区与芒什海峡的岛屿往来频繁。

加瓦尔行了一个军礼，问道：

“您的司令部设在哪里，大人？”

“先设在富热尔森林。”

“这是属于您的七座森林之一，侯爵先生。”

“我需要一位教士。”

“我们这里有一位。”

“是谁？”

“埃尔布雷教堂的副本堂神甫。”

“我认识他。他去过泽西岛。”

一位教士从队伍中走了出来，说道：

“我去过三次。”

侯爵转过头：

“您好，神甫先生，您有的是工作。”

“那太好了，侯爵先生。”

“您要听许多人忏悔，当然是愿意忏悔的人。我们决不强迫。”

“侯爵先生，”教士说，“加斯东在盖梅内就强迫共和派忏悔。”

“他是理发师嘛。”侯爵说，“死亡应该是自由的。”

加瓦尔刚才走开去下了几道命令，这时走了回来：

“将军，我听您吩咐。”

“首先是去富热尔森林会合。让大家散开，分头去。”

“这命令已经下达了。”

“你不是说蓝军受过埃尔布昂帕伊的热情接待吗？”

“是的，将军。”

“你烧了农场吗？”

“烧了。”

“烧了村子吗？”

“没有。”

“把它烧掉。”

“蓝军想抵抗，但他们只有一百五十人，我们有七千人。”

“他们是哪个部分的？”

“桑泰尔的部下。”

“国王被杀头时，就是这个桑泰尔指挥击鼓的。这么说，这营人是从巴黎来的了？”

“半营人。”

“它叫什么？”

“将军，它的旗帜上是：红色无檐帽营。”

“这是些残暴的野兽。”

“伤员该怎么办？”

“结果掉。”

“俘虏呢？”

“枪毙。”

“差不多有八十人。”

“统统枪毙。”

“还有两个女人。”

“也枪毙了。”

“还有三个孩子。”

“把他们带走，将来再处理。”

说完，侯爵便策马走了。

七决不宽恕（公社的口号）

毫不留情（王公们的口号）

当这件事在塔尼附近进行时，乞丐已经朝克罗隆走去。他钻进沟壑，在大片暗淡的树荫下行走，对一切都漠不关心，对什么都毫不在意，正如他自己所说，他遐想而不沉思，因为沉思者是有目的的，而遐想者却没有。他漫步游荡，走走停停，这里摘一根野酸模的嫩芽充饥，那里喝一口泉水解渴，有时抬头倾听远处的喧哗，然后又沉入令人陶醉的大自然魅力之中，让太阳照晒褴褛的衣衫。他也许听到了人声，但他聆听的是鸟鸣。

他年老、迟钝，不能走远路。正如他对德·朗特纳克侯爵所说，四分之一法里的路就使他感到疲乏。他朝十字阿弗朗香方向转了一小圈，回来已是傍晚了。

过了马塞不远，小路通向一个高坡，那里没有树木，可以看得很远，西边，直到大海，一览无余。

一股烟吸引了他的注意力。

烟是最可爱，也是最可怕的东西。有祥和的烟，也有阴险的烟。烟，烟的厚度，烟的颜色，各有不同，它表示的或是和平或是战争，或是友爱或是仇恨，或是款待或是坟墓，或是生命或是死亡。在树林间升起的烟可以象征世上最迷人的东西——壁炉，或者世上最可憎的东西——火灾。有时，人的一切幸福或不幸都寓于这随风飘散的烟中。

泰尔马什看到的烟令他不安。

这是一股黑烟，夹杂着突如其来的红光，仿佛大火时明时暗，即将熄灭，这股烟升起在埃尔布昂帕伊上空。

泰尔马什加快步伐朝黑烟走去。他很累，但想看个究竟。

他来到一座小山顶，靠着山坡就是那个小镇和庄园。

小镇和庄园已荡然无存。

一堆破房子在燃烧，这就是埃尔布昂帕伊。

茅屋燃烧比宫殿燃烧更令人心碎。燃烧着的茅屋一片凄惨。灾祸袭击贫困，好比是秃鹰扑向蚯蚓，这里有一种违反情理的东西，使人难受。

《圣经》上有个传说：一个人观看了火灾后变成了石像。泰尔马什在刹那间也变成了石像。他眼前的景象使他一动不动。这场灾祸是在寂静中完成的。没有呼叫声。浓烟中听不到人的叹息。这场烈火在继续，它要完全吞没这个村子。除了屋架的爆裂声和茅草的噼啪声外，没有其他任何声音。有时浓烟裂开一条缝，于是露出了倒塌的屋顶和张着大嘴的房间，烈火中能看出各种各样的红色：朱红色的内室，鲜红色的破衣烂衫，大红色的蹩脚家具。泰尔马什面对这场凶恶的灾难，头晕目眩。

与房屋毗连的栗树林中，有几棵树也着了火，燃烧起来。

泰尔马什在倾听，想听见一个声音，一声呼救，一声叫喊。然而，除了火舌以外，没有任何动静。除了大火以外，一切都悄然无声。难道人都逃光了？

埃尔布昂帕伊那些活泼、勤劳的人在哪里？这个小镇的居民怎么样了？

泰尔马什走下山坡。

他面对的是一个不祥的谜。他不慌不忙地走近它，目光凝止不动。他像影子一样朝这片废墟慢慢走去，感到自己是这座坟墓的幽灵。

他来到曾经是庄园大门的地方，往院子里看，院墙已经没有了，院子和周围的村子连成一片。

他至今所见到的一切算不了什么，只不过是可怕的事，真正的恐怖此刻才出现在他面前。

在院子中央有一堆形状模糊的黑东西，它的一侧被火光照着，另一侧被月光照着。这是一堆人，这些人已经死了。

在这堆死人周围，有一大摊液体还在冒气，它反射出火光，但它的红色并非来自火光，这是血。

泰尔马什走过去，对地上的这些身体逐一察看，它们全部是尸体。

月光照射着，火光也照射着。

这是士兵的尸体，他们全都光着脚，鞋子被人拿走了，武器也被人拿走了。他们还穿着军服，那是蓝色的。在这一堆肢体和脑袋中，这里那里可以看见一些别着三色帽徽的、被打穿的军帽。这些人是共和派，是驻扎在埃尔布昂帕伊农庄，昨天还活蹦乱跳的巴黎人。从尸体的整齐位置来看，他们是被处决的。他们被就地枪决，而且有条不紊。他们都死了。这一堆里听不见一丝喘息。

泰尔马什一一看过去，一个也不漏掉，尸体遍身是弹孔。

枪杀者大概走得匆忙，来不及掩埋尸体。

泰尔马什正要走时，眼光落在院里一截矮墙上，看见从墙角后面露出来的四只脚。

这四只脚比别的脚小，脚上穿着鞋。泰尔马什走近看，这是女人的脚。

墙后面并排躺着两个女人，其中一人穿着制服，旁边是一只破碎的空桶，这是随军女贩，她头部中了四枪，已经死了。

泰尔马什察看另一个女人。她是农民，脸色发灰，张着大嘴，双眼紧闭。她头上没有伤口。她的衣服大概因为穿得太久而破烂不堪，在她倒下时张开了，胸部半露在外面。泰尔马什将她的衣服完全扯开，看到她肩头有一个圆圆的枪眼。锁骨已经断了。他瞧着苍白的奶头。

“母亲和奶妈。”他喃喃地说。

他摸摸她。她并不冰凉。

除了锁骨被打断和肩头的伤口外，她没有别的伤口。

他将手放在她胸口上，感到微弱的跳动。她没有死。

泰尔马什直起身来，用可怕的声音喊道：

“这里有人吗？”

“是你呀，凯门鳄？”一个声音回答，声音很低，几乎听不见。

与此同时，一个脑袋从废墟的洞里钻了出来。

接着，在另一座破房子里出现了另一张面孔。

这是两个躲起来的农民，仅有的幸存者。

他们熟悉凯门鳄的声音，所以放心地从躲藏的角落里钻了出来。

他们朝泰尔马什走去，全身仍在剧烈地颤抖。

泰尔马什能呼叫，但说不出话来。强烈的激动就是这样。

他用手指着躺在他脚下的那个女人。

“她还活着吗？”一位农民问。

泰尔马什点点头。

“那个女人也活着？”另一位农民问。

泰尔马什摇摇头。

最先出来的那个农民说：

“别的人都死了吧？我看见了。我正在地窖里。感谢天主，这种时刻没有妻儿老小真是万幸。我的房子被烧了，耶稣基督！所有的人都被杀了。这个女人带着三个孩子，三个很小的孩子。孩子喊：‘妈妈！’女人喊：‘我的孩子呀。’他们杀了母亲，带走了孩子。我都看见了，天呵！天呵！天呵！他们屠杀完就走了。心满意足。他们带走了那三个孩子，杀死了母亲。不过她没有死，对吧，她没有死。喂，凯门鳄，你想你能救她？我们帮你把她抬到你那里去？”

泰尔马什点点头。

农场旁边是树林。他们很快就用叶簇和蕨草搭了一个担架，将仍然一动不动的女人放上去，开始在荆棘丛里行走，一位农民抬着头，另一位抬着脚，泰尔马什扶着女人的手臂号脉。

两位农民边走边说，月光照着他们中间那个流血女人苍白的面孔。他们感慨万端：

“都杀光了！”

“都烧光了！”

“呵！老天爷！这还算人吗？”

“是那个高个子老头下的命令。”

“对，是他指挥的。”

“枪杀时我没有看见他。他在场吗？”

“不，他走了。不过一切都是由他指挥的。”

“那么这一切都是他干的。”

“他说：‘杀吧！烧吧！毫不留情！’”

“他是一位侯爵？”

“是的，是我们的侯爵。”

“他叫什么？”

“德·朗特纳克先生。”

泰尔马什抬头望天，喃喃地说：

“早知如此！”

卷二

在巴黎

第一章　西穆尔丹

一　这个时期巴黎的大街小巷

人们生活在大庭广众之中。人们将饭桌搬到大门外用餐。女人们坐在教堂前的石阶上一面用旧布做纱团，一面唱着马赛曲。蒙梭公园和卢森堡公园都成了练兵场。所有的十字路口上都有紧张忙碌的兵工厂，它们当着过路行人的面制作长枪，并赢得掌声。人们满怀豪情地微笑。人们去剧院，就像伯罗奔尼撒战争[①]期间的雅典。街上贴着海报：“蒂翁维尔之围”“火中脱险的母亲”“无忧者俱乐部”“女教皇之首让娜”“士兵哲学家”“村庄里爱的技巧”。德军逼近国门，据说普鲁士国王已在歌剧院订好了包厢。一切都令人害怕，但是谁也不怕。杜埃的梅尔兰罪恶地炮制了一道阴险的反嫌疑分子法令，它使断头台的铡刀悬在所有人的头上。一位姓塞朗的检察官被人揭发后，居然穿着睡袍和拖鞋坐在窗口吹笛子，等着被人带走。似乎谁都没有时间。人人都是急匆匆的。没有一顶帽子上没有饰结。女人们说：“我们戴红色无檐帽很漂亮。”巴黎仿佛在大搬家。旧货铺里堆满了王

① 公元前四三一—公元前四〇四年，斯巴达与雅典争夺希腊霸权的战争。

冠、主教冠、金色的木权杖和百合花饰，这是皇室王族的旧东西。君主制在被拆毁。旧衣店里贱卖的是教士的无袖长袍和主教的紧袖法衣。在波尔谢龙郊区和朗波诺酒馆，有人穿着白色宽袖法衣，披着襟带，骑在披着祭袍的驴子上，拿着附近教堂的圣体盒去打酒喝。在圣雅克街，一些赤脚的铺路工人拦住鞋贩的手推车，大家凑钱买了十五双鞋，托国民公会转交给士兵。到处都是富兰克林、卢梭、布鲁多以及马拉的半身像。在克洛什·佩尔斯街那座马拉的胸像下面，有一段文字，它被罩在黑木框的玻璃下面，这是马拉对马卢埃有根有据的公诉，旁边有这两句话："上述细节是由西尔韦·巴伊的情妇提供的。她是忠诚的革命者，给予我慷慨的帮助。签名：马拉。"在罗亚尔广场上，喷泉上的字 Quantos effundit in usus[①]！被两大幅胶颜料画遮住了，一幅画表现的是卡耶·德·热尔维尔在国民议会上揭露阿尔的"渣滓们"的集结，另一幅画表现的是路易十六乘着华丽的皇室马车从瓦雷返回巴黎，车厢下面用绳子系着一块长木板，木板两端各站着一位身背刺刀长枪的士兵。为数极少的大商店开门营业。流动的小针线摊，小摆设摊，由女人拉着车走街串巷，它们靠蜡烛照明，蜡油滴在商品上。戴着金色假发的前修女经营着露天商店。在一个小摊上替人缝补袜子的这个女工是伯爵夫人，那个女裁缝是侯爵夫人，德·布弗莱夫人住在她府邸附近的阁楼上。报贩们沿街叫卖"消息报纸"。脖子藏在领带下的人[②]被称作病子颈病人。流动歌手多如牛毛。保皇派歌手皮图被群众喝倒彩，但他十分勇敢，进监牢达二十二次之多，而且在革命法庭受审，因为他曾经拍着屁股，称它为"公民爱国心"。当他看到自己可能因此掉脑袋时，他叫了起来："有罪的不是我的脑袋，而是它的反面！"法官们都笑了起来，于是他得救了。这个皮图常常嘲笑时髦的希腊名字和拉丁名字，他最喜欢唱的是一位补鞋匠，丈夫

---

① 拉丁文，可译为：用之不竭。

② 指当时保皇派中的风雅之士，他们衣着讲究，脖子上系一个很大的领带。

叫 Cujus[①]，妻子叫Cujusdam[②]。人们跳卡马尼奥舞，不再唱“骑士与贵妇”，而是唱“男公民与女公民”。人们在被毁的隐修院里跳舞，祭坛上放着油灯，圆拱的十字形木头上放着四根蜡烛，舞步下面是坟墓。人们穿着暴君蓝的上衣，在“自由软帽”上别着用白、蓝、红的宝石做成的别针。黎世留街改名为法律街，圣安托万郊区改名为光荣郊区，在巴士底广场上立一座大自然的雕像。人们相互指出行人中的某些名人：夏特莱、迪迪埃、尼科拉和加尔尼埃·德洛内。他们总是在木匠迪普莱家门口守夜[③]。伏朗总是跟在囚车后面去断头台，从不错过机会，称这是“做红色弥撒”。蒙弗拉贝尔这位革命派陪审员和侯爵，被称作八月十日。军事学院的学员列队游行，国民公会的法令称他们为“战神的见习生”，民众称他们为“罗伯斯比尔的年轻侍从”。弗雷龙发表声明，揭露嫌疑分子的“谈判主义”罪行。保皇派的花花公子们聚集在市政厅前，嘲笑公证婚姻，并且守在新人经过的地方，说他们是“市政夫妻”。在荣军院，圣人和国王们的雕像都戴上了红色无檐帽。人们坐在路口的界石上玩牌，玩牌游戏也进行了革命，国王变成了神灵，贵妇变成了自由神，侍从变成了平等神，王牌变成了法律神。人们在公园里耕地，用犁铧在杜伊勒利宫里翻土。此外，还出现了对生活的某种傲慢的厌恶，特别是在失势者一方。有人写信给富吉埃-坦维尔：“请发善心帮我解脱生命吧，这是我的地址。”香塞内兹被逮捕，因为他在罗亚尔宫大喊：“什么时候进行土耳其革命？我倒想看看奥斯曼王朝变成共和国。”满城都是报纸。理发店的学徒当众编卷女人用的假发，老板就在一旁高声朗读《箴言报》，还有些人聚在一起，指手画脚地评论迪布瓦-克朗塞的《理解报》或者《贝尔罗兹神甫号角报》。理发师有时也兼卖肉食，于是人们看见在一

① 拉丁文，意为某人，发音与法文Couillon(笨蛋)相近。——原编者注

② 同①。

③ 罗伯斯比尔住在那里。

个戴着金发的脑袋模型旁边，悬挂着火腿和香肠。一些商贩在公共道路上卖“流亡贵族酒”，一位商贩炫示五十二种酒。旧货商兜售竖琴形状的钟和公爵夫人式沙发。一位理发师在招牌上写着：“为僧侣剃须，为贵族梳头，为第三等级打扮①。”人们去昂儒街——从前的妃子街——一百七十三号找马尔丹抽牌算命。面包匮缺，煤炭匮缺，肥皂匮缺。从外省来了一群群的奶牛，在街上走。在瓦莱，羔羊肉卖到十五法郎一斤。公社出布告，规定每人每十天有一斤肉。商店门前排起了队，其中一个队成为家喻户晓的话题，它从小方块街的一家杂货店一直排到蒙托尔格伊街中段。排队叫作“牵绳”，因为排队的人按顺序用手抓住一条长绳。在这种穷困中，女人们既勇敢又柔顺。她们整夜在面包店前排队。权宜之计在革命时期起了作用。广泛的穷困是由革命所采取的危险措施造成的，其中之一是指券，另一个是最高限价；指券是杠杆，最高限价是支撑点。但这种经验主义拯救了法国。不论是科布伦茨的敌人，还是伦敦的敌人都在指券上做投机买卖。一些姑娘来来去去，一面兜售薰衣香草水、松紧袜带、发辫，一面倒卖指券。在维维埃内街的路边高台阶上，有倒卖指券的人，他们穿着沾满污泥的鞋，油腻腻的头发上戴一顶狐尾毛帽。在瓦洛瓦街上，也有浪荡公子，他们穿着油亮的靴子，戴着绒毛帽，嘴里叼着牙签，和姑娘们很亲热。他们像小偷一样受到人民的追捕，保皇派却称之为“积极公民”。然而，除此以外，很少有偷窃。严重的匮缺，坚忍的廉洁。光着脚的人，饥肠辘辘的人从平等宫的珠宝商橱窗前走过时，严肃地低下眼睛。安托万区的人去搜查博马舍②家时，一个女人在花园里摘了一朵花而挨了人民一耳光。四立方米的木头卖四百法郎，街上有人锯自家的木床。冬天，饮用水冻住了，一车水卖到二十苏，所有的人都成了水夫。一枚金路易值三千九百五十法郎。坐一趟出租马车

① 嘲弄的双关语。剃须、梳头、打扮可分别译为纠缠、殴打、嘲笑。

② 法国作家(一七三二—一七九九)。

要花六百法郎。坐了一天马车后常有这样的对话："车夫，我该给你多少钱？""六千利弗尔。"乞丐说，"发发慈悲吧，救救我。我需要二百三十利弗尔买双鞋。"桥头上矗立着大卫雕刻和绘制的巨像，梅尔西埃[①]贬之为"巨大的木头小丑"。这些巨像象征联邦主义[②]和联盟[③]的失败。人民坚定不移。他们欢庆王权已经告终。志愿者蜂拥而来，贡献他们的胸膛。每一条街都派出一个营。各区的区旗往来穿梭，旗上印着各自的格言。嘉布遣会区的旗帜上写的是"谁也强不过我们"，另一面旗帜上是"没有贵族，只有贵心"。所有的墙上都贴着大大小小的告示，白的、黄的、绿的、红的、印刷的或手写的："共和国万岁！"儿童也结结巴巴地唱"一切会好起来"这支歌。

这些儿童代表无可限量的未来。

后来，玩世不恭的巴黎取代了壮烈的巴黎。热月九日[④]以前和以后的巴黎具有迥然不同的革命面貌。塔利安的巴黎接替了圣茹斯特[⑤]的巴黎。这正是天主经常安排的反题，在西奈[⑥]以后立刻出现了拉库尔蒂伊区[⑦]。

这是群众性狂热。八十年[⑧]前就曾出现过这种现象。人们摆脱路易十四像摆脱罗伯斯比尔一样，迫切需要空气。因此，这个世纪以摄政会议开始，以督政府结束。两个恐怖时期之后是两次纵情狂欢。法兰西高高兴兴地从清教徒的隐修院逃了出来，就像当初逃出君主制的隐修院一样。

热月六日以后，巴黎变得欢快了，一种近乎放荡的欢快，不健康

---

① 法国作家(一七四〇—一八一四)。

② 指吉伦特派于一七八九年提出的将法国分而治之的主张。

③ 指欧洲君主的反法联盟。

④ 即一七九四年七月二十七日罗伯斯比尔倒台。

⑤ 塔利安与圣茹斯特都是山岳派，前者较温和。

⑥ 此处喻指山岳派。

⑦ 巴黎一区，酒店甚多。

⑧ 路易十四于一七一五年去世，与罗伯斯比尔倒台相隔约八十年。

的欢快。生的狂热取代了死的狂热，伟大消失了，出现了特里马尔奇奥[①]，他叫格里莫·德·拉雷尼埃尔，他办了《美食家年鉴》。人们去罗亚尔宫的中二楼用餐，由女子乐队吹吹打打的音乐伴奏。“里戈东人”[②]拉着琴，独领风骚。人们去梅奥饭店，在盛满香料的小盘碟中品尝“东方”晚餐。画家博兹画女人，那是些天真可爱的妙龄姑娘的头像，她们做出“上断头台者”的姿势，也就是说穿着红衬衣，袒胸露肩。人们不再去被毁的教堂里狂舞，而是去舞厅：吕吉厄里舞厅、吕盖舞厅、万泽尔舞厅、莫迪伊舞厅、拉蒙托齐埃舞厅。再看不见表情严肃的女公民用旧布做纱团了，取而代之的是素丹的后妃、野女人和仙女。再看不见士兵那满是鲜血、泥土和灰尘的光脚了，取而代之的是女人那饰有钻石的光脚。欺诈与无耻一同再度出现。上面有供应商，下面有“小偷小摸”。在巴黎，扒手多如牛毛，人人都要看好自己的“吕克”，也就是钞票夹。消遣方式之一是去司法大楼广场观看女小偷坐小凳示众，她们的裙子可得束紧。剧院散场时，一些小男孩为轻便马车拉客，一面喊道：“男公民，女公民，这里有两个位置。”报贩叫卖的不再是《老科尔得利报》或《人民之友报》，而是《小丑信札报》和《顽童请愿书报》。德·萨德侯爵[③]主管旺多姆广场的梭枪区。反作用既欢快又残酷，九二年的“自由的龙骑兵”以“匕首骑士”的名字再生。与此同时，舞台上出现了这个怪人——约克里斯[④]。出现了“美妙女人”[⑤]以及超过美妙女人的“不可思议的”女人。人们用矫揉造作、可笑又可气的字眼来赌咒。人们从米拉博[⑥]一直后退到博贝什[⑦]。巴黎就这样来来回回，像是巨大的文化钟摆，从这一端摆到

① 古罗马作家佩特罗尼乌斯笔下的人物，以喜爱豪华盛宴著称。

② 十七、十八世纪流行的轻快舞曲和乐曲。

③ 法国作家（一七四〇——一八一四），曾从军并在法国革命中任职。

④ 法国戏剧及民间语言中的傻瓜。

⑤ 指督政府期间仿古希腊罗马服饰的高雅女人。

⑥ 法国政治家（一七四九——一七九一），著名雄辩家。

⑦ 丑角演员（一七九一——一八四〇）。

那一端，从泰尔莫皮尔[①]摆到戈摩尔[②]。九三年以后，革命奇怪地消失了，世纪似乎忘记将它开创的事业来个圆满的结束。狂欢之神莫名其妙地插了进来，占据首位，使世界末日的恐怖退居第二；它遮住了巨大的景象，而且在恐怖之后放声大笑。悲剧消失在滑稽模仿中，在天边，狂欢节的烟雾隐约抹去了美杜莎[③]。

然而，在此刻，即在九三年，巴黎的街道还保留着革命开始时那种伟大与狂暴的面貌。街道自有其雄辩家——瓦尔莱推着他的活动棚子到处走，站在棚顶向路人发表演说；街道自有其英雄——其中一位自称“铁棍队长”；街道自有其宠儿——《红爪》小册子的作者居弗鲁瓦。在这些小有名气的人中间，一些人居心不良，另一些人正直不阿，其中一位秉性耿直、不徇私情者，名叫西穆尔丹。

二　西穆尔丹

西穆尔丹有一颗纯洁但忧郁的良心。他推崇绝对性。他当过教士，这是严重的事。只要有什么东西在人心中造成了黑夜，人就会像天空一样处于黑暗的宁静之中。西穆尔丹的教士生活在他心中造成了黑夜。一日为教士，终身为教士。

造成黑夜的东西也会留下星星。西穆尔丹品德高尚又具有真知灼见，但这一切只在黑暗中闪烁。

他的故事讲起来很简单。他在乡村里当过本堂神甫，又在一个大户人家当过家庭教师，后来他继承了一笔小小的遗产，便脱离了教门。

---

① 公元前五世纪希腊发生一场恶战的地方。

② 《圣经》传说中因道德败坏而遭天火的城市。

③ 希腊神话中的蛇发女怪，其目光使人变为石头。

这是一个执拗倔强的人。他善于沉思，就像人们善于使用钳子一样。凡有一个念头，他必定穷究到底。他思考起来奋不顾身。他通晓所有的欧洲语言，以及几种其他语言。他不停地学习，因此能保持童贞之身，但这种压抑是再危险不过了。

作为教士，他信守誓言，这也许是出于骄傲，出于偶然，或者出于高贵，但是他没能保持信仰。科学摧毁了他的信仰，教条在他身上消失了。于是，他审视自我，感到自己仿佛是残废人。既然无力摆脱教士的过去，他便努力重新塑造自身，而且是以严峻的方式塑造。既然他失去了家庭，他便以祖国为家；既然他不能娶妻，他便以人类为妻。这种巨大的充盈其实是空虚。

他的父母是农民，他们送他去当教士原是想让他脱离人民，然而他又回到人民中间。

而且他是满怀激情地回到人民中间。他以一种可怕的柔情关怀受苦的人。他从教士变为哲学家，从哲学家变为角斗士。路易十五在位时，他已经模糊地信仰共和制了。是哪种共和制呢？也许是柏拉图的共和制，也许还是德拉孔[①]的共和制。

既然不许他爱，他便开始仇恨。他仇恨谎言、君主制、神权政治以及他的教士道袍。他仇恨现在，呼唤未来。他预感到未来，隐约看到未来，猜到未来既可怕又壮丽。他明白，要解决人类可悲的苦难，必须出现某种事物，它既是复仇者也是解放者。他早早地就崇拜灾难。

一七八九年，这场灾难来临时西穆尔丹已做好准备。他投身于人类这场波澜壮阔的变革之中，这是必然的，对他这种素质的人来说也是义无反顾的。必然性是不会为情所动的。他经历了轰轰烈烈的革命年代，经历了令他战栗的波涛：八九年巴士底狱的倒塌——对人民苦刑的终结，九〇年六月十九日封建制度的终结，九一年瓦雷之后王

---

① 公元前七世纪的雅典立法者，以严厉著称。

权的终结[1]，九二年共和国的成立。他目睹革命兴起，他是不怕这个巨人的。不仅如此，革命的成长壮大给他注入了活力。他已经年老——五十岁——而且教士比一般人老得更快。但他也开始成长。一年又一年，他看到革命在日趋壮大，他也和它一样成长起来。最初他担心革命流产，他观察它，发觉它合乎情理，便愿它成功。当革命越来越令人畏惧时，他感到宽慰。他希望这个头顶未来星辰的米涅瓦也是帕拉斯[2]，而且以毒蛇面具为盾牌。他希望神灵在必要时用目光向魔鬼投去地狱之火，以牙还牙。

他就是这样过到了九三年。

九三年是战争的一年。欧洲反对法国，法国反对巴黎。什么是革命呢？就是法国对欧洲的胜利，巴黎对法国的胜利。因此，九三年这可怕的时刻举足轻重，比本世纪的任何时期都更伟大。

欧洲进攻法国，法国进攻巴黎，还有什么比这更悲惨的呢？这是史诗性的悲剧。

九三年是紧张的一年。风暴骤起，夹杂着愤怒和崇高。西穆尔丹在风暴中感到自在。这种狂乱、野蛮及壮美的形势很适合他的胸怀。他像海鹰一样，内心深沉宁静，外表却喜欢冒险。有些人长着翅膀，暴烈而平静，他们生来就是为了迎接巨风的。喜爱风暴的心灵是存在的。

西穆尔丹具有恻隐之心，但仅仅是对穷人。在令人厌恶的痛苦前，他奉献自己，不嫌弃做任何事，这就是他的善心。他乐于行善，其方式既丑陋又完美。他专门去亲吻脓疮。面貌丑陋的善举往往难以做到，但却受到他的偏爱。有一天，主宫医院的一位病人因喉部肿块而窒息，危在旦夕，这种脓疮发出恶臭，极为难看，而且可能有传染性，必须立即除掉。西穆尔丹正在那里，他将嘴贴到脓疮上吸脓，吸

① 指一七九一年路易十六出逃，在瓦雷被捕，被押回巴黎。

② 前者为罗马智慧女神，后者是它的希腊名字，即雅典娜的别名，多以战神面貌出现。

满了一嘴后吐掉再吸，就这样吸干了血脓，拯救了病人。那时他还穿着教士袍，有人对他说："你要是为国王这样做，就会被提升为主教。"西穆尔丹回答说："我不会为国王这样做的。"这个行动和这句话使他在巴黎的阴暗街区里颇得人心。

因此，他能使那些受苦的、哭泣的、发出威胁的人按照他的话去做。当群众愤怒地反对囤积居奇分子时，激愤情绪往往产生过激的错误，西穆尔丹说一句话便阻止了错误，使圣尼古拉码头装载肥皂的船免遭抢劫，使聚集在圣拉扎尔道口拦车的愤怒人群散开。

八月十日以后两天，是西穆尔丹带领人民去推倒国王的雕像的。雕像倒下时造成了伤亡。在旺多姆广场，一个叫兰内·维奥莱的女人将绳子套住路易十四的脖子，她拉绳时被倒下的雕像压死。路易十四的这个雕像已经站立了一百年，它于一六九二年八月十二日被竖立，于一七九二年八月十二日被拆毁。在协和广场，一个名叫甘盖尔洛的男人咒骂拆毁者是恶棍，便被打死在路易十五雕像的底座上。这个雕像被粉碎后，被制成铜币，只有一只手臂得以幸免，那就是路易十五以罗马皇帝的姿势伸出的右臂。在西穆尔丹的要求下，人民交出了这只手臂，并派代表将它送给在巴士底狱里囚禁了三十七年的拉蒂德。拉蒂德曾被这位国王——其雕像曾俯视巴黎——送进巴士底狱，戴着脚镣手铐，在狱底度过一年又一年。当时谁能告诉他这座监狱将被摧毁，这座雕像将倒塌，他将走出坟墓，而君主制将进入坟墓呢？谁能告诉他，他这个囚徒将成为这只铜手，这只签署他的入狱令的铜手的主人呢？谁能告诉他那位卑劣的国王将只剩下这只铜手臂呢？

西穆尔丹属于这一类人：他们内心有声音，他们倾听这个声音；他们看上去心不在焉，其实他们专心致志。

西穆尔丹什么都懂又什么都不懂。他懂科学却不懂生活。因此他严峻刻板。他像荷马笔下的忒弥斯女神一样蒙着双眼。他盲目自信，像箭一样，眼中只有箭靶，直直奔向箭靶。在革命中最可怕的莫过于笔直的路线了。西穆尔丹笔直朝前走，不留余地。

西穆尔丹认为，在社会大变革时期，极端点是最牢靠的阵地——这是以逻辑代替情理的人们的通病。他走得比国民公会更远，比公社更远，他属于主教府。

之所以称作主教府，是因为会议地点是主教的老府邸。这些会议与其说是聚会，不如说是大杂烩。一些沉默无语却意味深长的观众列席会议，就像列席公社会议一样，用加拉的话说，他们身上“有多少个口袋就有多少支枪”。主教府是一个奇异的大杂烩，世界和巴黎的大杂烩，这并不矛盾，因为巴黎是各国人民心脏跳动的地方。在主教府，平民的激奋达到白热化。与主教府相比，国民公会显得过于冷静，公社显得过于温和。主教府是一个具有火山气质的革命组织。它包纳一切：无知、愚蠢、廉洁、英勇、愤怒、监视。布伦瑞克在这里有他的密探。主教府中有人可与斯巴达人媲美，也有人该蹲监狱。大多数人狂热而正直。吉伦特派通过暂任国民公会议长的伊斯纳尔之口，说了这句可怕的话：“当心，巴黎人。你们的城市将片瓦不留。会有一天谁也不知道巴黎曾在何处。”这句话促使了主教府成立。有些人，我刚才说过，各个民族的人，感到必须团结在巴黎周围。西穆尔丹加入了这个小团体。

这个团体对反动分子进行反击。它是在公众对暴力的需求中诞生的——这是革命神秘而可怕的一面。主教府借助这股强大的力量，立刻壮大起来。在巴黎的大动荡中，开炮的是公社，敲警钟的是主教府。

西穆尔丹单纯而固执，他认为只要是为了真理，一切都是合理的，因此他能超越极端的派别。坏蛋们感到他正直而暗中高兴，因为罪恶可以以德行作为掩护。他们既局促又满意。建筑师帕卡瓦曾利用拆毁巴士底狱的机会，私下出卖砖石，而且，当他负责粉刷路易十六的牢房时，极力在墙上涂满铁栅、镣铐和铁项圈；圣安托万区的雄辩家贡雄行为可疑，人们后来发现了他的受款收据；美国人富尔尼埃在七月十七日向拉法耶特开枪，据说是被拉法耶特买通的；从比塞特来的昂里奥曾当过仆人、小丑和奸细，后来成为将军并且指挥大炮瞄准国民公会；拉雷尼原是夏特尔教区的代理主教，竟然以《杜歇老爹报》代替日课经。所有这些人都对西穆尔丹敬畏三分；在西穆尔丹可怕而真诚的单纯面前，他们有时不得不放弃更大的恶行。圣茹斯特就是这样使施奈德慑服的。主教府里主要是贫穷和激进的人，他们都是好心人，信任西穆尔丹，并且追随他。西穆尔丹有位助理，或者称为副官，这就是拥护共和制的教士丹儒，人民喜欢他高大的身材，给他起了一个绰号，叫作七尺神甫。这位人称梭枪将军的勇敢首领以及那位绰号大尼古拉的特吕雄都能追随西穆尔丹到天涯海角。特吕雄曾大胆地试图救出朗巴尔夫人[①]，挽着她的手臂跨过尸体。要是没有理发师夏尔洛残酷的恶作剧，他能把她救出来。

公社监视国民公会，主教府监视公社。西穆尔丹为人正直，不好权术，曾阻止帕什——伯尔农维尔称作的黑人——的多起阴谋。在主教府，西穆尔丹与所有的人平等相待。多布桑和莫莫罗常求教于他。他和古斯曼说西班牙语，和皮奥说意大利语，和阿瑟说英语，和佩雷拉说佛来芒语，和奥地利人普罗利——一位亲王的私生子——说德语。他在不和睦中进行调解，因此他的处境微妙而举足轻重。埃贝尔也惧怕他几分。

在这个时期，在这些悲剧性的团体中，西穆尔丹具有毫不留情者的威力。他本人无懈可击，自认永远正确。谁也不曾见他流泪，这是一种冰冷的、难以达到的德行。他是令人畏惧的正人君子。

对教士而言，革命没有中间道路。一位教士投身于这场明显而非凡的冒险，无非出于两种动机，或是高尚的动机或是卑下的动机。他或是无耻或是崇高。西穆尔丹崇高，但他是在孤立中，在崎岖中，在冷冷的疏远中表现崇高，在四周的悬崖峭壁中表现崇高。高山就有这种险恶的童贞。

---

① 王后玛丽-安托瓦内特的女友，在九月恐怖中被杀(一七四九—一七九二)。

西穆尔丹貌不惊人，衣着随便，外表贫寒。他年轻时受过剃发礼，年岁大了便成了秃头，几根稀疏的头发变成灰白色。他前额宽大，对观察者来说这是一个标记。他说话时生硬、热情而庄严，声音短促，语气武断，严肃地撇着嘴，目光明亮而深邃，整个面孔表现出一种难以说清的愤慨。

这就是西穆尔丹。

今天没有人知道他的名字。历史上常有这种可怕的陌生人。

三　未被斯蒂克斯河浸泡的角落①

这样一个人是不是人呢？全人类的仆人能有私情吗？他是否只有灵魂而没有心灵？这种包罗万象、容纳众生的巨大感情能为某人所有吗？西穆尔丹能够爱吗？我们说：能。

他年轻时在一个可以称作王公的家庭里当教师。他的学生是主人的儿子和继承人。他爱这个学生。爱儿童是自然而然的事。有什么事不能原谅儿童呢？即使儿童是领主、亲王、国王，也会得到原谅的；他那无辜的年龄使人忘记家族的罪恶，他的弱小使人忘记等级的距离；他那么小，以至人们忘记他是大人物。奴隶原谅儿童当他的主人。黑人老头喜爱白人小男孩。西穆尔丹狂热地爱这个学生。儿童有一个难以言喻的特点，即你可以将全部爱倾泻到他身上。西穆尔丹身上的爱，可以说全部倾泻到这个孩子身上。这个温顺的、天真无邪的孩子被西穆尔丹的孤独的心所捕获。他以全部的爱去爱他，既像父亲、兄长，又像朋友、创造者。这是他的儿子，不是指肉体，而是指精神。他不是父亲，这也不是他的作品，但他是主人，这是他的杰作。他将这位小领主培养成人，谁知道呢？也许成为伟人。这是他的

① 希腊神话中地狱的最大河流。在河水中浸泡后便刀枪不入、无懈可击。

梦想。他把自己的全部优点都传授给学生——那位年轻的子爵，主人家对此一无所知，不过，培养智力、毅力和正直品德难道也必须得到批准吗？他把自己可怕的美德病毒注射给学生，将自己的信念、良知、理想输进学生的血管，将人民的灵魂灌进这位贵族脑中。

精神能哺育。智力是乳房。喂奶的乳母和喂思想的家庭教师有相似之处。有时，家庭教师比生父更配得上是父亲，乳母也往往比生母更配得上是母亲。

西穆尔丹对学生怀着这种精神上的深挚父爱。一看见孩子他就动情。

应该说明一点。西穆尔丹替代孩子的父亲并不难，因为孩子没有父亲，他是孤儿。他的父亲去世了，母亲也去世了，只有一位瞎眼的祖母和一位不在身边的叔爷照看他。后来祖母也去世了，作为一家之主的叔爷远离家族的古老城堡。他是出身大贵族的军人，又在宫中担任多项职务，便住在凡尔赛宫，并常去军队视察，留下那孤儿独自待在荒僻的城堡里。因此，从各种意义上说，家庭教师就是主人。

还有一点：西穆尔丹是看着他这个学生长大的。孤儿年幼时患了重病，生命垂危，是西穆尔丹不分昼夜地守护他。医生治病，看护救命，西穆尔丹救了孩子的命。不仅学生的教养、知识、学问归功于他，学生的痊愈和健康也归功于他。学生的思想归功于他，学生的生命也归功于他。人往往喜爱受惠于自己的人，西穆尔丹喜爱这个孩子。

生活中自然而然的分离出现了。西穆尔丹在完成了教育以后，不得不离开已成年的学生。这种分离之冷酷是人们意识不到的。主人家心安理得地辞退家庭教师——他留下了思想；辞退乳母——她留下了肺腑！西穆尔丹领了工钱，被赶出大门，从上层社会出来，又回到下层社会。大人物和小人物之间的门关上了。那位年轻领主生来就是军官，很快被任命为上尉，并且出发去某地驻防。卑微的家庭教师内心早已不是顺从的教士了，便急忙回到教会的阴暗底层，即所谓的下层教士中去，于是他失去了学生的音信。

革命来临。他一直怀念被他培养成人的那个学生，这种怀念虽然被庞杂的公众事务所掩盖，但并未熄灭。

塑造雕像并赋予它生命，这是很美妙的；塑造智慧并赋予它真理，这更美妙。西穆尔丹是塑造灵魂的皮格马利翁[①]。

精神也能生孩子。

这个学生，这个孩子，这个孤儿，是西穆尔丹在世上唯一爱的人。

然而，像他这样的人，在这种感情中，能做到无懈可击吗？

我们将拭目以待。

---

① 传说中的塞浦路斯国王。他爱上了自己塑造的雕像，并让爱情女神赋予它生命。

第二章　孔雀街的小酒馆

一　弥诺斯、厄阿克、拉达芒特[①]

孔雀街上有一家称作咖啡店的小酒馆。酒馆里有一个后间，今天已成为历史遗迹了。一些大人物有时在那里秘密碰头。这些人影响极大，引人注目，因此不敢在公开场所交谈。一七九二年十月二十三日，山岳派和吉伦特派正是在这里交换了著名的亲吻。在那个不祥之夜[②]里，加拉正是来这里探听消息的，虽然他在《回忆录》中予以否认。他将克拉维埃尔带到博内街的安全处后，便叫马车停在罗亚尔桥上等待警钟。

一七九三年六月二十八日，在后间的桌子旁边坐着三个人。他们坐的椅子相互隔开，每人坐在桌子的一边，第四边是空着的。此刻大约是晚上八点钟，街上是亮的，这间房里已是黑夜了。天花板上挂着一盏带有油罐的油灯为桌子照明，这在当时已算奢侈品了。

三人中的第一位年轻，面色苍白，神态严肃，嘴唇很薄，目光冷静。他的脸颊在神经质地抽搐，这妨碍他微笑。他扑了粉，戴着手

---

① 希腊神话中地狱冥府的三位判官。——原编者注

② 指一七九二年三月九日至十日夜。吉伦特派处境险恶，唯恐发生屠杀。——原编者注

套，衣服刷得笔挺，纽扣扣得整齐，浅蓝色上装上没有一丝褶痕。米黄色套裤，白色长袜，带银扣的鞋，高领带，前襟上有褶形装饰。另外两位，一位是巨人，一位是侏儒。高个子那位不修边幅，穿着宽大的鲜红色呢上装，散开的领带垂到前襟装饰以下，露着脖子，外衣敞开着，上面的纽扣有些已经掉落，脚上是翻口长靴。他的头发胡乱竖着，虽然还可以看出发式和修饰的痕迹。他的假发里有马鬃。他脸上有麻子，两眉之间是恼怒的皱纹，嘴角上是和善的褶纹，嘴唇很厚，牙齿很大，拳头粗壮，眼睛明亮。小个子的那位面色发黄，坐在那里仿佛是畸形人。他朝后仰着头，眼睛里布满血丝，脸上有几块白斑，平帖、油腻的头发上系着一条手绢，前额低矮，嘴巴大而可怕。他穿着长裤、拖鞋和一件似曾是白缎子的坎肩，坎肩外面罩一件粗呢外套，外套的褶纹显露出一个硬硬的、笔直的线条，大概是匕首。

第一个人叫罗伯斯比尔，第二位叫丹东，第三位叫马拉。

他们单独待在这间内室里。丹东面前有一只杯子和灰尘扑扑的一瓶酒，这令人想起路德[①]的啤酒杯。马拉面前有一杯咖啡，罗伯斯比尔面前是一些文件。

文件旁边有一个笨重的墨水盒，它是铅制的，呈圆形，刻有条纹，本世纪初上小学的人都记得这种墨水盒。一支羽毛笔被扔在墨水盒旁边。文件上放着一个大铜印章，上面刻着“帕卢瓦作”，外形是一个巴士底狱的精细小模型。

一张法国地图摊在桌子中央。

守在门口和门外的是马拉的看门狗、科尔得利街十八号的跑腿伙计——洛朗·巴斯。后来，在六月二十八日以后两周，七月十三日，这个巴斯就用椅子砸破了一个名叫夏洛特·科尔戴[②]的女人的头，而此时科尔戴还在冈城想入非非。洛朗·巴斯负责送《人民之友报》的

---

① 宗教改革家马丁·路德在餐桌上常常侃侃而谈。

② 暗杀马拉的女人(一七六八—一七九三)。

稿样。这天晚上，他随主人来到孔雀街的咖啡馆，奉命为马拉、丹东和罗伯斯比尔看门，不让任何人进来，除非来人属于救国委员会、公社或主教府。

罗伯斯比尔不愿将圣茹斯特拒之门外，丹东不愿将帕什拒之门外，马拉不愿将古斯曼拒之门外。

会议已经开了很久，议题是桌上那摊文件，罗伯斯比尔已经朗读过了。他们开始提高嗓门，仿佛愤怒在他们中间鸣响。从外间只能听见只言片语。在当时，公众论坛似乎使人们习惯于使用听的权利。书记员法布里西于斯·帕里常从锁眼里偷看救国委员会在干什么。顺便说一句，他这样做并非毫无用处，因为正是他在一七九四年三月三十日至三十一日夜间去向丹东报信的。洛朗·巴斯将耳朵贴在丹东、马拉和罗伯斯比尔密谈室的门上。他为马拉做事，但他是主教府的人。

二　MAGNA TESTANTUR VOCE PER UMBRAS[①]

丹东使劲地将椅子往后一推，站起来大声说：

“听我说。只有一件事十万火急：共和国在危难中。我只知道一件事：从敌人手中拯救法国。为此要不惜一切！一切！一切！一切！以各种办法来应付各种危险。处处是危险，我也就什么也不顾了。我的思想是一头母狮。必须采取彻底的措施。干革命不能假装正经。涅墨西斯[②]不是假装正经的女人。我们要变得恐怖可怕，要讲究实效。大象奔跑时还看该往哪里下脚吗？我们要粉碎敌人。”

---

① 拉丁文，是对维吉尔诗句的借用，可译为：他们彼此高声做证，声音响彻黑暗。——原编者注

② 希腊神话中的复仇女神。

罗伯斯比尔、丹东、马拉在酒馆（P109）

罗伯斯比尔轻声回答说：

“我也愿意这样。”

他又接着说：

“但是要弄清敌人在哪里。”

“在外面，我把他们赶出去了。”丹东说。

“在里面，我在监视他们。”罗伯斯比尔说。

“那我就再把他们赶走。”丹东说。

“内部的敌人不能赶走。”

“那拿他们怎么办？”

“消灭他们。”

“我同意。”丹东说。

他又接着说：

“我跟你说，罗伯斯比尔，敌人在外面。”

“我跟你说，丹东，敌人在内部。”

“他们在边境上，罗伯斯比尔。”

“他们在旺代，丹东。”

“你们平静下来，”第三个声音说，“敌人无所不在，你们完蛋了。”

说话的是马拉。

罗伯斯比尔瞧着马拉，平静地说：

“不要再泛泛而谈了。我可以说得具体，这里有事实。”

“书呆子！”马拉喃喃地说。

罗伯斯比尔将手放在摊在面前的文件上，说道：

“我刚才给你们读了马恩省的普里厄尔送来的急件，也向你们通报了热朗布尔提供的消息。丹东，听我说，与外国交战算不了什么，内战才是关键。与外国交战只是在臂肘上擦破点皮，内战却是破坏肝脏的溃疡。我刚才说的话归结到一点：旺代。在此以前，旺代有好几个首领，兵力分散，而现在它正开始集中，它将有一位统一的指挥员……”

“土匪头子。”丹东说。

“这就是，”罗伯斯比尔继续说，“六月二日在蓬托尔松附近登陆的那个人。请注意，这次登陆与我们派往外省的代表遭逮捕在时间上是一致的，在同一天，六月二日，科特多尔的普里厄尔和罗姆在巴耶被卡尔瓦多斯的叛逆分子逮捕。”

“而且被押送到冈城城堡。”丹东说。

罗伯斯比尔接着说：

“我继续归纳这些快件。他们正在组织大规模的丛林战，同时英国人准备登陆。旺代人和英国人，这是布列塔尼和不列颠[①]。菲尼斯泰尔省的休伦人和科尔努阿伊地区的图皮人讲的是同一种语言。我把截获到的皮伊塞的信给你们看了，信上说‘给起义者发放两万套红制服[②]，就能使十万人揭竿而起’。等到农民都参加暴动，英国人就该登陆了。这里是地图，我们来看看吧。”

罗伯斯比尔将手指放在地图上，继续说：

“英国人可能在康卡尔至潘波尔之间选择登陆点。克雷格会挑选圣布里厄湾，康沃利斯会挑选圣卡斯特湾。这是细节。卢瓦尔河左岸被旺代叛军占领，至于昂瑟尼至蓬托尔松之间那二十八法里的开阔地带，有四十个诺曼底教区已答应协助。登陆将在三个地点进行：普莱兰、伊菲尼阿克和普莱纳夫。从普莱兰可以去到圣布里厄克，从普莱纳夫可以去到朗巴尔。第二天他们就会到达迪南，那里有九百名英国俘虏，同时他们将占领圣儒昂和圣梅昂，在那里留下骑兵。第三天，两支队伍分头推进，一支从圣儒昂推向贝代，另一支从迪南推向天然堡垒贝什雷尔，并且建立两个炮兵阵地。第三天他们抵达雷恩。雷恩是布列塔尼的钥匙。谁掌握雷恩谁就掌握一切。雷恩一陷落，夏托纳夫和圣马洛就保不住。目前在雷恩有一百万发子弹和五十门野战

① 布列塔尼和不列颠，在法语中是同一词：Bretagne。

② 英军制服。——原编者注

炮……”

“他们会抢光的。”丹东小声说。

罗伯斯比尔接着说：

“我这就说完。从雷恩兵分三路，一路攻富热尔，一路攻维特雷，一路攻勒东。由于桥梁已被破坏，敌人会使用浮桥和厚木板，你们已经看到这个细节了。敌人的骑兵将由向导带领通过可以涉水而过的地方。从富热尔推向阿弗朗什，从勒东推向昂瑟尼，从维特雷推向拉瓦尔。那时南特会投降，布雷斯特会投降。勒东打开维兰的大门，富热尔打开诺曼底的大门，维特雷打开巴黎的大门。两星期后，匪军人数将达到三十万，整个布列塔尼都将拥护法国国王。”

“也就是英国国王。”丹东说。

“不，法国国王。”罗伯斯比尔说。

他又接着说：

“法国国王更可怕。驱逐外国军队只需要十五天，消灭君主制可需要一千八百年。”

丹东坐了下来，手肘枕在桌子上，两手抱着头遐想起来。

“你们看到危险了吧？”罗伯斯比尔说，“维特雷向英国人敞开巴黎的大门。”

丹东抬起头，两只紧握的大拳头敲着地图，仿佛在敲铁砧一样：

“罗伯斯比尔，当初凡尔登不是也向普鲁士人敞开巴黎的大门吗？”

“那又怎么样呢？”

“怎么样，我们会赶走英国人，就像当初赶走普鲁士人一样。”

丹东又站了起来。

罗伯斯比尔的冷手搭在丹东发热的拳头上。

“丹东，香槟省不喜欢普鲁士人，而布列塔尼喜欢英国人。收复凡尔登，那是对外国作战，而收复维特雷却是内战。”

接着，他用冷静而深沉的声音说：

“这可大不一样。”

他又说：

“你坐下吧，丹东。别用拳头敲，好好看看地图。”

然而丹东完全陷于自己的思路之中，他大声说：

“真没道理！灾难在东边，你却偏说是在西边。罗伯斯比尔，我承认英国在大西洋上蠢蠢欲动，然而，西班牙不是在比利牛斯山蠢蠢欲动，意大利不是在阿尔卑斯山蠢蠢欲动，德意志不是在莱茵河上蠢蠢欲动吗？此外还有远处的俄罗斯大熊。罗伯斯比尔，危险是一个圆圈，我们在圈里头。外部有联盟，内部有叛逆。在南方，塞尔旺向西班牙打开法国的大门。在北方，迪穆里埃[1]向敌人投降。再说敌人主要威胁巴黎，而不是荷兰。尼尔温登抹杀了瓦尔米和雅马普。哲学家拉博·圣埃蒂安这个新教徒和叛徒，和蒙泰斯基乌有勾结。军队伤亡惨重。现在没有一个营超过四百人。英勇善战的双桥团只剩下一百五十人。帕马尔营地已失陷。吉韦只剩下五百袋面粉。我们在朗多后退，维尔姆瑟进逼克莱贝。美因茨英勇地陷落，孔代和瓦朗西安都由于有叛徒而陷落，当然，保卫瓦朗西安的尚塞尔和保卫孔代的老费罗都不愧是英雄，就像保卫美因茨的默尼埃一样。可是其他人都叛变了。达尔维尔在埃克斯拉夏佩尔叛变，穆东在布鲁塞尔叛变，瓦朗斯在布雷达叛变，纳伊在林堡叛变，米朗达在马斯特里奇叛变，斯唐热叛变，拉努叛变，利戈尼埃叛变，迪荣叛变，这都是迪穆里埃的恶劣影响，必须严惩以儆效尤。我认为居斯蒂的反方向行军十分可疑，我怀疑他不想攻占科布伦茨，而想攻占法兰克福是为了钱。不错，法兰克福可以为战争提供四百万法郎，但是与粉碎流亡贵族的巢穴相比，这算得了什么？这是叛变。默尼埃六月十三日阵亡，克莱贝现在孤立无援，布伦瑞克却不断壮大，步步进逼，而且在攻克的法国堡垒上都插上德国旗帜。布兰登堡的这位总督现在居然成了欧洲的主宰。

---

① 法国将军(一七三九—一八二三)，曾在瓦尔米和雅马普战役中战胜普军和奥军，后在尼尔温登战败，投降奥军。

他吞并我们的省份，还会吞并比利时的，你们瞧着吧。我们好像在为柏林工作。如果这样继续下去，不予纠正，那么，法国革命仅仅有利于波茨坦了，革命的唯一后果是为小小的腓特烈二世扩大了疆土。我们杀了法国国王，却为普鲁士国王卖力。”

丹东可怕地大笑起来。

马拉微微一笑，说道：

“你们各有各的想法，你，丹东，你想的是普鲁士，而你呢，罗伯斯比尔，你想的是旺代。我也来说说。你们看不见真正的危险，那就是咖啡店和赌场。舒瓦瑟尔的咖啡店是雅各宾派，傀儡咖啡店是保皇派，约会咖啡店攻击国民卫队，圣马丹门的咖啡店却拥护国民卫队，摄政咖啡店反对布里索，科拉扎咖啡店却拥护布里索，普罗科普咖啡店崇拜狄德罗，法兰西剧院咖啡店崇拜伏尔泰，圆顶咖啡店的顾客撕毁指券，圣马尔索咖啡店的顾客情绪激愤，马努里咖啡店为面粉问题争论不休，富瓦咖啡店里喧嚣打斗，在佩龙咖啡店里，金融大胡蜂在嗡嗡叫。这可是严重的情况。”

丹东不笑了。马拉仍在微笑。矮子的微笑比巨人的大笑更为可怕。

“你在开玩笑吧，马拉？”丹东责怪地说。

马拉扭扭腰，这是他的著名姿势。他脸上的笑容消失了：

“呵，你总是这样，丹东，在国民公会上你称我‘马拉这小子’。听我说，我宽恕你。我们正经历一个愚蠢的时刻。呵！你说我开玩笑？我是怎样一个人？我揭露了夏佐，我揭露了佩西翁，我揭露了凯尔塞，我揭露了莫尔通，我揭露了迪弗里什-瓦拉泽，我揭露了利戈尼埃，我揭露了默努，我揭露了巴恩维尔，我揭露了让索内，我揭露了比龙，我揭露了利东和尚邦，我做错了吗？我嗅得出叛徒身上的叛逆味道，我认为应该抢在罪行以前揭露罪犯。你们说的话，我在头一天就说过了。我向大会提出过一项关于刑法的完整方案。我做了些什么呢？我要求你们对各区进行训练，让它们遵守革命纪律，我叫人启封了那三十二包文件，我索取了罗朗手中的钻石，我证明了布里索分子给公安委员会提供了空白逮捕证，我指出了兰代关于卡佩罪行的报告中的疏漏，我投票赞成在二十四小时内处死暴君，我为莫孔塞伊和共和者这两个营队辩护，我阻止了公开宣读纳尔博和马卢埃的信，我提出了保护伤员的动议，我叫人取消了六人委员会，我在蒙斯事件中预感到迪穆里埃的叛变，我要求逮捕十万名流亡贵族的亲属作为人质以换回被出卖给敌人的特派员，我建议宣布任何代表一旦越过壁垒就被视作叛徒，我揭露了罗朗派在马赛风波中的真面目，我一再要求悬赏平等之子，我为布肖特辩护，我要求点名，好把伊斯纳尔逐出国民公会，我要求宣布巴黎人无愧于祖国。正是因为这些事，卢韦骂我是傀儡，菲尼斯泰尔省要求驱逐我，卢登城要求逮捕我，勒库安特-皮伊拉沃建议国民公会宣布我神经错乱。呵！丹东公民，你不想听听我的意见，又何必叫我来参加你们的密谈呢？难道我要求参加了吗？恰恰相反，与罗伯斯比尔和你这样的反革命分子私下会谈，我根本不感兴趣，何况我早已料到你不理解我，你和罗伯斯比尔一样不理解我，罗伯斯比尔和你一样不理解我。难道这里就没有国务活动家了？难道必须向你们讲授政治入门，必须讲得一清二楚？我说的无非是一点：你们两人都错了。危险既不像罗伯斯比尔说的那样在伦敦，也不像丹东说的那样在柏林。危险在巴黎，原因在于缺乏统一、各行其是——以你们两人为首，原因在于有识之士遭排挤，无政府状态……”

“无政府状态！”丹东打断他说，“是谁造成的？不就是你吗？”

马拉接着说：

“罗伯斯比尔，丹东，危险在于这一大批咖啡店，这一大堆赌场，这一大堆俱乐部：黑人俱乐部、联盟派俱乐部、贵妇俱乐部、公正者俱乐部等等。公正者俱乐部是由克莱尔蒙-托内尔建立的，它在一七九〇年是拥护君主制的，是克洛德·福谢教士理想的社会圈子，此外还有由报人普吕多姆建立的毛帽俱乐部等等，这还不算你罗伯斯比尔的雅各宾俱乐部和你丹东的科尔得利俱乐部。危险在于饥荒，是饥荒使搬运工布兰将帕卢市场的面包师弗朗索瓦·德尼吊死在市政厅前的路灯柱上，而法庭又将吊死德尼的搬运工布兰吊死。危险在于纸币一再贬值。在唐普勒街，过路的老百姓看到地上有一张一百法郎的指券说：'不值得弯腰去拾。'投机分子，囤积居奇分子，这就是危险。居然在市政厅插上黑旗，真是得寸进尺。你们逮捕了德·特兰克男爵，但这远远不够。你们得扭断这个老监狱阴谋家的脖子。拉贝尔泰什在雅马普挨了四十一军杖，现在国民公会议长为他戴上公民花冠，谢尼埃又大加吹捧，你们以为事情就了结了吗？这是滑稽戏，是杂耍！呵，你们就是不看看巴黎。呵！危险就在身边，而你们非要去远方寻找。你的暗探有什么用，罗伯斯比尔？公社里有你的帕杨，革命法庭有你的科凡阿尔，公安委员会有你的大卫，救国委员会有你的库雄。你瞧我消息灵通吧。好，你们要明白，危险就悬在你们头上，危险就在你们脚下。有人在玩弄阴谋，阴谋，阴谋。街上的行人相互交换报纸，相互点头示意。在地窖和阁楼，在罗亚尔宫的木头长廊里藏着六千名没有公民身份的人——回来的流亡贵族、保皇派的花花公子和持刀的反革命。面包店前排起了长队。老太婆们站在门口合着双手说：'什么时候才太平呀？'你们在执行委员会关着门密谈，但这没有用，谁都知道你们谈了些什么。举个例子，罗伯斯比尔，你昨天对圣茹斯特说：'巴尔巴鲁开始长肚子了，逃跑起来会碍事的。'是的，危险无处不在，但主要是在中心。在巴黎，前贵族们在策划阴谋，革命派却光着脚，三月九日被逮捕的贵族又被放出来了，优种马没有被送到边境线上牵引大炮，而是在街上溅污行人，四斤的面包卖到三法郎十二苏，戏院里演的是不堪入目的戏，而罗伯斯比尔将把丹东送上断头台。"

"呸！"丹东说。

罗伯斯比尔专心致志地看地图，马拉突然叫了起来：

"现在需要一位独裁者，罗伯斯比尔，你知道我要求有一位独裁者。"

罗伯斯比尔抬起头：

“我知道，马拉，或者是你或者是我。”

“或者是我或者是你。”马拉说。

丹东咕哝道：

“独裁！居然想到独裁！”

马拉看见丹东皱起眉头，接着说：

“听着。我们做最后的努力，达成一致吧。这是形势的要求。我们不是在五月三十一日行动日这件事上达成过一致吗？吉伦特派只是枝节问题，全局问题更重要。你们有些话是正确的，但是我说的是真话，不折不扣的真话，完完全全的真话。南方有联盟派，西方有保皇派，在巴黎，国民公会和公社你争我夺，在边境，居斯蒂后退，迪穆里埃投敌，这一切意味着什么？分崩离析。我们需要什么？统一。统一是得救之路，但是要快。巴黎必须掌握革命的领导权。如果我们浪费一小时，明天旺代分子就可能到达奥尔良，普鲁士人就可能到达巴黎。后一点我同意你，丹东，前一点我同意你，罗伯斯比尔。总之，结论是专政。建立专政，我们三个人代表革命。我们是塞尔贝尔[①]的三个脑袋，一个脑袋说话，就是你，罗伯斯比尔，一个脑袋咆哮，就是你，丹东……”

“还有一个脑袋咬人，就是你，马拉。”丹东说。

“三个脑袋都咬人。”罗伯斯比尔说。

片刻的沉默，接着又开始了明争暗斗的谈话。

“你听我说，马拉，结婚前总得互相了解吧。你怎么会知道昨天我对圣茹斯特说的话呢？”

“这是我的事，罗伯斯比尔。”

“马拉！”

“我有责任去打听消息，这是我的事。”

---

① 希腊神话中看守地狱的巨犬，有三个脑袋。

“马拉！”

“我喜欢打听。”

“马拉！”

“罗伯斯比尔，我不但知道你对圣茹斯特说什么，也知道丹东对拉克鲁瓦说什么，也知道在泰阿坦码头上，在流亡贵族的美女们常去的拉布里夫的公馆里发生了什么事，还知道在离戈内斯不远的蒂尔的房子里发生了什么事，这座房子属于前邮政总监瓦尔默朗热，从前莫里和卡扎莱斯常去，后来西埃耶斯和韦尔尼奥常去，现在有人每星期去一次。”

马拉说“有人”时，眼睛瞧着丹东。

丹东叫了起来：

“我要是有一分权力，那就厉害了。”

马拉接着说：

“我知道你说了什么，罗伯斯比尔，我也知道在唐普勒塔里发生了什么。路易十六在那里喂得肥肥的，仅仅在九月份这一个月里，这一家公狼、母狼和小狼就吃了八十六筐香桃，而与此同时，人民却在挨饿。我知道这件事，我也知道罗朗曾经藏在竖琴街上一栋开向后院的房子里，我也知道在七月十四日的梭枪中，有六百支是由奥尔良公爵的锁匠福尔铸造的，我也知道西耶里的情妇圣伊莱尔家有什么事。举行舞会时，老西耶里在纳夫代马蒂兰街的黄色客厅里亲自用白垩擦地板，比佐和凯尔塞在那里吃过饭，二十七号萨拉丹在那里吃饭，和谁在一起？罗伯斯比尔，和你的朋友拉祖尔斯？”

“胡扯，”罗伯斯比尔说，“拉祖尔斯根本不是我的朋友。”

他若有所思地接着说：

“伦敦有十八家工厂印假指券。”

马拉继续说，声调平静，但微微颤抖，令人畏惧：

“你属于重要人物。是的，我什么都知道，尽管圣茹斯特说什么‘国家机密’……”

马拉强调这几个字，又瞧瞧罗伯斯比尔说：

“我知道勒巴多次邀请大卫去品尝他的未婚妻伊丽莎白·迪普莱——也就是你罗伯斯比尔未来的弟媳——的烹调手艺。我知道你们在饭桌上谈了什么。我是人民的巨眼，我从地窖深处观看。是的，我看得见，是的，我听得见，是的，我知道。你们只满足于小事，你们自我陶醉。罗伯斯比尔讨他的德·夏拉布尔夫人的赞赏，而德·夏拉布尔夫人的父亲德·夏拉布尔侯爵在达米安[①]被处死的晚上还和路易十五玩惠斯特牌。是的，你们不可一世。圣茹斯特戴着高领带，勒让德尔衣冠楚楚，新礼服，白坎肩，还有前襟花饰，为了让人忘记他穿过围裙。罗伯斯比尔以为历史会对他在立宪会议上穿橄榄绿礼服，在国民公会上穿天蓝色礼服感兴趣。他卧室的墙上都是他的画像……”

罗伯斯比尔用比他更平静的声音打断他：

“而你，马拉，所有的阴沟里都有你的画像……”

他们用闲聊的语气继续讲，不慌不忙，使对答和反驳更显得激烈。威胁带上了讽刺的口吻。

“罗伯斯比尔，你曾经把要求推翻王位的人称作‘人类的堂吉诃德’。”

“而你呢，马拉，八月四日[②]以后，在你的《人民之友报》第五五九期上——很好，我记得期号——你要求将头衔归还给贵族。你说‘公爵永远是公爵’。”

“罗伯斯比尔，在十二月七日的会上你替罗朗夫人辩护，反对维阿尔。”

“当雅各宾派攻击你时，是我兄弟为你辩护的，马拉，这能证明什么呢？什么也证明不了。”

“罗伯斯比尔，我们知道你曾在杜伊勒里宫对加拉说：‘我对革命

---

① 曾以小刀刺杀路易十五未遂，被处以磔刑。

② 指一七八九年八月四日，废除封建特权。

感到厌烦了。'”

“马拉，十月二十九日，你就是在这里，在这个小酒店里拥抱了巴尔巴鲁。”

“罗伯斯比尔，你曾对比佐说：‘共和国，这是什么玩意？'”

“马拉，你曾在这个小酒店里请三个马赛人一同进餐。”

“罗伯斯比尔，你让巴黎中央菜场的一位搬运工提着木棍护送你。”

“而你，马拉，八月十日前夜，你让比佐帮你逃往马赛，冒充骑马师。”

“在九月份的大批处决期间，你藏了起来，罗伯斯比尔。”

“而你，马拉，你抛头露面。”

“罗伯斯比尔，你曾把红色无檐帽扔到地上。”

“是的，当叛徒炫耀它时。迪穆里埃的装饰就是对罗伯斯比尔的玷污。”

“罗伯斯比尔，当夏托维厄的士兵们经过时，你拒绝蒙上路易十六的头。”

“我所做的甚于蒙头，我砍了他的头。”

丹东插了进来，好似火上加油。

“罗伯斯比尔，马拉，你们都冷静下来。”他说。

马拉听见自己的名字放在罗伯斯比尔之后，不高兴地转过头说：

“丹东管什么闲事？”

丹东跳了起来：

“管什么闲事？就管这个。兄弟之间不该自相残杀。既然两人都为人民效力，就不该争权夺利。国外战争、国内战争已经够我们受了。我们再起内讧就太过分了。是我成就了革命，我不愿意有人毁坏它。我管的就是这个。”

马拉没有提高声音：

“还是想想你自己的交代吧。”

“交代？”丹东叫了起来，“你去问问阿尔戈恩的隘道，问问被解放的香槟省，问问被收复的比利时，问问那些军队，有多少次我在那里用胸膛抵抗枪弹！你去问问革命广场，问问一月二十一日的绞架，问问被践踏在地的王位，问问断头台这位寡妇……”

马拉打断说：

“断头台是处女，你可以躺在它身上，但不能使它受孕。”

“你怎么知道？”丹东说，“我就能使它受孕。”

“瞧着吧！”马拉说。

他微笑。

丹东见他微笑，喊道：

“马拉，你这人躲在暗处，可是我，我在明处，在光天化日之下。我憎恨蛇一样的生活。我不喜欢躲藏。你住地窖，我住在街上。你不和人交往，而我呢，谁路过都能看见我，和我说话。”

“漂亮小伙子，你愿意上我这里来吗？”马拉咕哝说。

他收敛了笑容，用断然的语气说：

“丹东，你讲讲那笔三万三千埃居的现金吧。蒙莫兰以国王的名义付给你，作为你在夏特莱的检察官职位的补偿。”

“七月十四日有我。”丹东高傲地回答。

“还有家具储藏室？王冠上的钻石？”

“十月六日有我。”

“还有你的 alter ego① 拉克鲁瓦在比利时进行的盗窃。”

“六月二十日有我。”

“还有给蒙唐西埃的贷款。”

“是我鼓动人民将国王从瓦雷押回的。”

“还有歌剧院，它是用你提供的钱建造的。”

“是我武装了巴黎各个区。”

① 拉丁文，意为密友、亲信。

“还有司法部那十万利弗尔的秘密款项。”

“是我领导了八月十日的行动。”

“还有制宪会议二百万法郎的秘密开支，你就拿走了四分之一。”

“我阻止了进攻的敌人，抵挡了国王们的联军。”

“婊子！”马拉说。

丹东神色可怕地站了起来，叫道：

“是的，我是婊子，我出卖肉体，但拯救了世界。”

罗伯斯比尔又啃起指甲来。他既不会大笑，也不会微笑。丹东的闪电式大笑，马拉的刺戳式微笑，他都不会。

丹东又说：

“我像大海，有涨潮和退潮。退潮时人们看见我的浅底，涨潮时人们看见我的浪涛。”

“你的泡沫。”马拉说。

“我的风暴。”丹东说。

马拉像丹东一样站了起来，大发雷霆。顷刻之间，蛇变成了龙。

“呵，”他喊道，“呵！罗伯斯比尔！呵！丹东！你们不肯听我的话！好吧，我告诉你们，你们完蛋了！你们的政策陷入绝境，无法再往前走。你们没有出路了，你们的行为关闭了所有的门，只留下坟墓的门了。”

“这正是我们的伟大。”丹东说。

他又耸耸肩。

马拉继续说：

“丹东，你要当心。韦尔尼奥也长着大嘴和厚嘴唇，眉毛也是气鼓鼓的，像你和米拉博一样也有麻子，但是这并没有阻止五月三十一日的‘行动日’。呵！你在耸肩，有时耸肩会耸掉脑袋的。丹东，我告诉你，你的粗嗓门，松散的领带和靴子，小夜宵，大口袋，这可关系到路易泽特。”

路易泽特是马拉对断头台的爱称。

他又接着说：

“至于你，罗伯斯比尔，你是温和派，但这也没有用。你涂脂抹粉，衣服笔挺，头发卷卷的，很是讲究，你扬扬得意，傲慢不驯，但你照样会在格雷夫广场被处死。你可以读读布伦瑞克的声明，你也会受到弑君者达米安那样的待遇，你现在穿得整整齐齐，就等将来被五马分尸了。”

“你是科布伦茨亡命贵族的应声虫！”罗伯斯比尔咬着牙说。

“罗伯斯比尔，我不是任何人的应声虫。我是万事万物的呼声。你们还年轻。你多大，丹东？三十四岁。你呢，罗伯斯比尔，三十三岁。我呢，我一直活着，我是人类古老的痛苦。我有六千岁。”

“不错，”丹东反驳说，“六千年以来该隐[①]就藏在仇恨里，就像癞蛤蟆藏在石头里一样。现在石头裂开，该隐跳到人间来了，这就是马拉。”

“丹东！”马拉喊道，眼中闪过一丝苍白的光。

“怎么了？”丹东说。

这三个巨人就这样交谈着。霹雳般的争吵。

三　神经末梢的颤抖

谈话暂停。三个巨人各想各的心事。

狮子因水蛇而不安。罗伯斯比尔面色苍白，丹东却满脸通红，两人都激动得颤抖。马拉的浅黄褐色瞳孔暗淡了；冷静，一种急剧的冷静出现在这个人——这个使令人畏惧者畏惧的人——脸上。

丹东感到自己输了，但不愿认输，说道：

“马拉高谈专政和统一，但他只有一种力量，瓦解的力量。”

---

① 《圣经》中亚当和夏娃的长子，因忌妒杀害其弟。

罗伯斯比尔张开紧闭的薄嘴唇，接着说：

“我同意安纳夏尔西·克卢兹的看法。我说：不要罗朗，也不要马拉。”

“我呢，”马拉说，“我说：不要丹东，也不要罗伯斯比尔。”

他死死盯住他们俩，又说：

“我给你一个忠告，丹东。你在恋爱，你想再结婚，别再过问政治了，聪明一点。”

他朝门口后退一步，准备出去，并且阴沉地向他们告别：

“永别了，先生们。”

丹东和罗伯斯比尔打了一个寒战。

正在这时，从厅室深处传来一个声音：

“你错了，马拉。”

大家都转过头来。在马拉大发雷霆时，他们没有注意从里面的门里进来了一个人。

“是你，西穆尔丹公民？”马拉说，“你好。”

的确是西穆尔丹。

“我说你错了，马拉。”西穆尔丹又说。

马拉脸色铁青，他苍白时就是这样。

西穆尔丹又说：

“你是有用的人，但罗伯斯比尔和丹东是不可缺少的人。为什么威胁他们呢？联合！联合！公民们！人民需要我们联合。”

他的出现犹如浇了一盆冷水，就像在家庭争吵中出现了外人，他即使不能解决问题，也至少能产生表面上的平静。

西穆尔丹朝桌子走去。

丹东和罗伯斯比尔都认识他。他们在国民公会上注意到这个名声不大的强人，人民都和他打招呼。然而，罗伯斯比尔拘泥于形式。他问道：

“公民，你是怎样进来的？”

“他是主教府的人。”马拉说，声音里有某种顺从的语调。

马拉与国民公会对抗，他领导公社，惧怕主教府。

这是规律。

米拉博感到罗伯斯比尔在心灵深处颤动，罗伯斯比尔感到马拉在颤动，马拉感到埃贝尔在颤动，埃贝尔感到巴伯夫在颤动。当地层稳定时，政治家就可以在上面行走，但是最革命的政治家脚下也有一个地下层，即使最大胆的人，一旦感到他们在头上制造的运动波及脚下时，便会不安地停下来。

善于将出自贪欲的运动与出自原则的运动加以区别，克服前者，促进后者，这便是大革命家的才能与德行。

丹东看到马拉软下来了，便说：

“呵！西穆尔丹公民可不是多余的人。”

于是他向西穆尔丹伸出手，并接着说：

“当然，我们要向西穆尔丹公民说明形势。他来得正好。我代表山岳派，罗伯斯比尔代表救国委员会，马拉代表公社，西穆尔丹代表主教府，让他来裁决吧。”

“好的，”西穆尔丹严肃而简单地说，“是怎么回事？”

“关于旺代。”罗伯斯比尔回答。

“旺代！”西穆尔丹说。

他又接着说：

“这可是严重的威胁。如果革命会死，就一定死于旺代。一个旺代比十个德意志还可怕。法兰西要活下去，就一定要消灭旺代。”

这简单几句话赢得了罗伯斯比尔的好感。

但是罗伯斯比尔提出了问题：

“你当过教士吧？”

西穆尔丹的教士气质没有逃过罗伯斯比尔的眼睛，他从西穆尔丹的外表看出了他的内心。

西穆尔丹回答：

"是的，公民。"

"这有什么关系呢？"丹东叫了起来，"好教士可比别的人强。革命时期，教士变为公民，就像大钟变成钱币和大炮一样。当儒是教士。多努是教士。托马·兰代是埃弗勒的主教。罗伯斯比尔，你在国民公会坐在马西厄旁边，他就是博汶的主教。八月十日起义委员会里就有代理主教沃儒瓦。夏博是嘉布遣会修士。在网球场上宣誓的是修士热尔，主张宣布国民议会高于国王的是奥德朗神甫，要求立宪会议取消路易十六席位上的华盖者是古特神甫，提出废除君主制的是格雷瓜尔神甫。"

"由笑剧演员科洛·戴尔布瓦附议。"马拉冷笑说，"他们两人完成了这件大事。教士推翻王座，演员把国王拉下来。"

"还是谈谈旺代吧。"罗伯斯比尔说。

"那么出了什么事？"西穆尔丹说，"这个旺代地区到底发生了什么？"

罗伯斯比尔回答：

"是这样：它有了首领。它会变得十分可怕。"

"首领是谁，罗伯斯比尔公民？"

"前贵族德·朗特纳克侯爵，自称布列塔尼王公。"

西穆尔丹动了一下，说：

"我认识他。我在他家当过教士。"

他思索片刻又说：

"当军人以前，他曾是女人圈中的男人。"

"就像比龙公爵曾经是洛赞公爵一样。"

西穆尔丹若有所思，又说：

"是的，他从前寻欢作乐，现在一定很可怕。"

"无恶不作。"罗伯斯比尔说，"他烧村庄，杀伤员，屠杀俘虏，枪毙妇女。"

"妇女？"

"是的，其中有一位三个孩子的母亲。不知道这些孩子现在怎样了。再说，他是统帅，他善于作战。"

"的确，"西穆尔丹说，"他参加过汉诺威战役，士兵们当时说：上有黎塞留，下有朗特纳克。这个朗特纳克是真正的将军。你可以和你的同事迪索尔谈谈。"

罗伯斯比尔沉思片刻，又和西穆尔丹谈了起来：

"可是，西穆尔丹公民，这个朗特纳克来到了旺代。"

"有多久了？"

"三个星期。"

"应该宣布他不受法律的保护。"

"做过了。"

"应该悬赏他的头。"

"做过了。"

"应该宣布将重金酬谢抓获他的人。"

"做过了。"

"说明不是付指券。"

"做过了。"

"而是付黄金。"

"做过了。"

"应该送他上断头台。"

"这是将要做的。"

"谁做？"

"你。"

"我？"

"对，你将是救国委员会的全权代表。"

"我同意。"西穆尔丹说。

罗伯斯比尔用人一向极为果断，这是政治家的优点。他从面前的文件中抽出一张白纸，上面印有笺头：**统一和不可分割的法兰西共和**

国救国委员会。

“是的，我同意。”西穆尔丹继续说，“以牙还牙。朗特纳克凶暴，我也将凶暴，和他死战一场。如果天主允许，我将为法兰西除掉他。”

他停了一会儿又说：

“我是教士，不管怎样，我相信天主。”

“天主已经老了。”丹东说。

“我相信天主。”西穆尔丹无动于衷地又说。

罗伯斯比尔阴沉地点点头，表示同意。

西穆尔丹又问：

“我将被派到什么人那里去？”

“与朗特纳克作战的远征队指挥官。不过我要提醒你，他是贵族。”

丹东叫了起来：

“你这话真好笑。贵族又怎么了？贵族和教士一样。好贵族就是优秀分子。对贵族有偏见，肯定或否定，赞成或反对，都不对。罗伯斯比尔、圣茹斯特不也是贵族吗？弗洛雷尔·德·圣茹斯特。阿纳夏尔西·克卢兹是男爵。我们的朋友夏尔·赫斯是赫斯-罗坦堡诸侯国的亲王和在位君主的兄弟。马拉的密友蒙托是德·蒙托侯爵。革命法庭里有一位陪审员是教士，维拉特，还有一位陪审员是贵族，勒鲁瓦，他是德·蒙弗拉贝尔侯爵，这两人都很可靠。”

“你还忘了革命陪审团团长……”罗伯斯比尔说。

“昂托内尔？”

“昂托内尔侯爵。”罗伯斯比尔说。

丹东接着说：

“当彼埃尔也是贵族，不久前为了共和国战死在孔代城下，博佩尔也是贵族，他宁可自杀也不肯向普鲁士打开凡尔登的城门。”

“不过，”马拉咕哝说，“当孔多塞说‘格拉克兄弟[1]是贵族’时，

---

① 公元前罗马的平民辩护士。

丹东却喊道：‘所有的贵族都是叛徒，从米拉博开始，连你孔多塞也在内。’”

这时，响起了西穆尔丹深沉的声音：

“丹东公民，罗伯斯比尔公民，你们的信任也许是对的，但是人民不信任，他们不信任也没有错。当一位教士负责监视一位贵族时，他就负起了双重责任，他必须十分坚定。”

“那是当然。”罗伯斯比尔说。

“而且毫不留情。”西穆尔丹又加了一句。

罗伯斯比尔说：

“说得很好，西穆尔丹公民。你要和一位年轻人打交道。你的年龄有他的两倍。你将影响他。你要引导他，但要爱惜他。看来他具有军事才干，所有的报告在这一点上都完全一致。他的部队是从莱茵河军团抽调去旺代的。他从边境上下来，在边境上他表现得既英勇又善谋略。他出色地指挥远征队，两个星期以来，使那位老德·朗特纳克侯爵一败涂地。他镇压叛军，驱逐他们，最后会把他们赶到海边，赶到大海里去。朗特纳克具有老将的狡诈，而他具有年轻统帅的无畏气概。已经有人嫉妒他，与他为敌了。莱谢尔将军就嫉妒他……”

“这个莱谢尔，”丹东打断说，“他还想当大将哩！人们拿他做文字游戏：要上夏雷特必须用莱谢尔[①]；可是他被夏雷特打败了。”

罗伯斯比尔又说：

“莱谢尔不愿意别人打败朗特纳克。旺代战争之所以糟糕，就糟糕在这种你争我夺。我们的士兵是英雄，但缺乏指挥。一位普通的轻骑兵上尉谢兰用军号吹着‘会好起来’的曲子，居然走进了索米尔城，占领了它，其实他还可以继续前进，去占领肖莱，但是他没有接到命令，只好停下。必须对旺代的所有指挥部进行整顿。警戒部队太

① 莱谢尔（Léchelle）与梯子（l’échelle）同音，夏雷特（Charette）意为大车，因此这是同音异义的文字游戏，可译为：得登梯子才能上大车。

分散，兵力太分散，分散的军队是瘫痪的军队，这就是把整体化为细屑。帕拉梅营地只剩下帐篷了。在特雷吉埃和迪南之间有上百个毫无用处的小哨所，完全可以把它们合成一个师来守卫整个海岸线。莱谢尔在帕兰的支持下，借口守卫南部海岸而撤离了北部海岸，因此向英国人敞开了法国的大门。朗特纳克的计划是鼓动五十万农民暴动，让英国人在法国登陆。远征队的年轻指挥官步步紧逼朗特纳克，击败了他，但没有得到莱谢尔的允许，而莱谢尔是他的上司，因此告发了这个年轻人。上面对这件事意见有分歧。莱谢尔想枪毙他，但是马恩省的普里厄尔想提升他为将军。”

“我看这年轻人不错，有才干。”西穆尔丹说。

“但他有一个缺点。”

这是马拉的插话。

“什么缺点？”西穆尔丹问。

“宽大。”马拉说。

马拉又继续说：

“这种人打仗时很硬，然后就软了。宽大为怀，不咎既往，慈悲心肠，既保护修女又拯救贵族的太太小姐，他还能放跑俘虏，释放教士。”

“这是严重的错误。”西穆尔丹低声说。

“是罪行。”马拉说。

“有时是。”丹东说。

“常常是。”罗伯斯比尔说。

“几乎永远是。”马拉说。

“在和祖国的敌人打交道时，这样做永远是罪行。”西穆尔丹说。

马拉朝西穆尔丹转过身：

“如果一个共和派首领放跑了一个保皇派首领，你拿他怎么办？”

“我会像莱谢尔一样，下令枪毙他。”

“或者送他上断头台。”马拉说。

“两者必居其一。”西穆尔丹说。

丹东笑了起来：

“这两者我都喜欢。”

“你肯定能遇上其中之一。”马拉低声说。

他的目光又从丹东转到西穆尔丹身上：

“这样说来，西穆尔丹公民，如果一位共和派首领动摇，你会砍下他的脑袋?”

“二十四小时以内。”

“那好，”马拉说，“我同意罗伯斯比尔的意见，将西穆尔丹公民派到海岸部队远征队指挥部去，他将是救国委员会的特派员。那位指挥官叫什么名字?”

罗伯斯比尔回答说：

“是一位前贵族。”

接着他便翻阅文件。

“我们让教士去看管贵族。”丹东说，“我不信任单独行动的教士，也不信任单独行动的贵族，但是当他们在一起时，我就放心了。他们相互监视，事情就好办了。”

西穆尔丹眉宇间所特有的愤怒表情更为明显，但是他大概认为丹东的话不无道理，没有转头看丹东，而是用严厉的声调大声说：

“由我负责的共和派指挥官稍有闪失就会被处死。”

罗伯斯比尔眼睛看着文件说：

“这是他的名字，西穆尔丹公民，由你全权负责的指挥员是一位前子爵，名叫戈万。”

顿时，西穆尔丹脸色苍白，惊呼道：

“戈万!”

马拉注意到西穆尔丹的脸色。

“戈万子爵!”西穆尔丹又说。

“是的。”罗伯斯比尔说。

“怎么样？”马拉死死盯住西穆尔丹问道。

片刻的沉默。马拉又说：

“西穆尔丹公民，按照你本人提出的条件，你同意成为派驻戈万指挥部的特派员吗？这事算定了吗？”

“定了。”西穆尔丹回答。

他的脸色越来越苍白。

罗伯斯比尔拿起身边的笔，在有“**救国委员会**”笺头的信纸上缓慢而工整地写了几行字，签上名，将纸和笔递给丹东，丹东签了名，马拉一直盯着西穆尔丹苍白的面孔，在丹东之后也签了名。

罗伯斯比尔收回那张纸，写上日期，递给西穆尔丹。纸上写的是：

共和二年

任命西穆尔丹公民为救国委员会全权特派员，前往海岸部队远征队戈万公民的指挥部。

罗伯斯比尔—丹东—马拉

签名

一七九三年六月二十八日

革命历，即公民历，当时还不具有合法性。一七九三年十月五日，在罗姆的提议下，它才经国民公会通过。

西穆尔丹看这张纸时，马拉一直瞧着他。

马拉轻声说，仿佛在自言自语：

“这件事应该用国民公会的法令或救国委员会的特别决议加以明确。还有事要做。”

“西穆尔丹公民，你住在哪里？”罗伯斯比尔问道。

“商业胡同。”

“噫，我也住在那里。”丹东说，“我们是邻居了。”

罗伯斯比尔接着说：

“一分钟也不能耽误了。明天你将收到救国委员会全体委员签署的正式委任状。这张纸是对委任状的确认，主要是使菲利波、马恩省的普里厄尔、勒库安特、阿尔吉埃等执行代表们信任你。我们知道你是怎样的人。你的权力是无限的。你可以使戈万成为将军，也可以送他上断头台。明天三点钟你就能拿到委任状。你什么时候动身？”

“四点钟。”西穆尔丹说。

于是他们分了手。

马拉回到家里，对西蒙娜·埃弗拉尔说明天他要去国民公会。

第三章　国民公会

一　国民公会

（一）

我们走近巅峰。

这就是国民公会。

在这个顶峰前，目光凝停不动。

人类地平线上从未出现过如此的高峰。

有喜马拉雅山，也有国民公会。

国民公会可能是历史上的最高点。

当国民公会活着时——因为议会是有生命的——人们不理解它，而人们当时所无法理解的正是国民公会的伟大。人们太恐惧了，看不到它的夺目光辉。一切伟大的事物都包含神圣的恐怖。赞赏平庸和土丘，这是很容易的。然而高耸的东西，例如天才、高山、会议、杰作，如果从近处看，就会使人骇然。任何巅峰都显得过高，攀登起来十分吃力。你会在峭壁上气喘吁吁，在坡路上滑倒，在崎岖不平的地方撞伤，但崎岖正是它的美。激流汹涌，表明近处有悬崖。云雾遮住山顶，攀登与坠落都令人胆战心惊。因此，恐惧盖过赞赏。你体验到一种奇异的感觉，你厌恶伟大。你看见深渊而看不见崇高；你看见魔鬼而看不见奇才。当初人们就是这样看待国民公会的。它应该受到雄鹰的赞赏，却受到近视眼者的藐视。

今天国民公会已成遗迹，它在宁静而悲壮的远方，在深邃的天空中勾画出法兰西革命的巨大侧影。

（二）

七月十四日是解放。

八月十日是打击。

九月二十一日是建立。

九月二十一日，秋分、平衡。Libra①，天秤。用罗姆的话说，共和国是在平等与公正的标志下成立的。灿烂的群星宣告了共和国。

国民公会是人民的第一个化身。正是国民公会揭开了新的伟大的一页，从此开始了今天的历史。

任何思想都必须有一个看得见的包装，任何原则都必须有一个居所。教堂就是神的居所。教义必须有自己的殿宇。当国民公会诞生时，第一个要解决的问题就是给它找居所。

首先挑选的是马内日大厅，后来挑选了杜伊勒里宫。人们在马内日大厅搭上了框架、布景，采用了大卫涂的暗灰色，摆上一排排长椅，一个方形讲坛，平行的壁柱，像砧板一样的基座，长而直的艄柱，容纳拥挤人群的长方形蜂房式的公众席，罗马式顶棚，希腊式帷幔；国民公会就被安置在这些直角和直线中，暴风骤雨就被安置在这个几何图形中。在讲坛上，红色无檐帽被涂成灰色。保皇派嘲笑这顶灰色的红色无檐帽，嘲笑这个虚饰的大厅，纸搭的建筑，混凝纸浆拼凑的圣所，污泥和唾沫构成的先贤祠。它很快就会消失的！圆柱是用木桶板做的，圆穹是用板条做的，大理石是画的，墙壁是用布做的，

① 拉丁文，意为天秤。

而在这临时搭制的场景中，国民公会做出了永恒的事业。

当国民公会在马内日大厅开会时，大厅墙上贴满了国王从瓦雷被押回时布满巴黎街头的标语。一张标语是："国王回来了。为国王鼓掌者，将处以鞭刑；侮辱国王者，将处以绞刑。"另一张是："安静。别脱帽。国王将受审。"另一张是："国王早就瞄准了法兰西，没有射中，现在该法兰西射击了。"还有一张是："法律！法律！"国民公会正是在这里审判路易十六的。

一七九三年五月十日，国民公会移至杜伊勒里宫，杜伊勒里宫改名为民族宫。会议厅位于两座楼之间，一座是团结楼即原先的钟楼，另一座是自由楼即原先的马尔桑楼。弗洛尔楼改名为平等楼。让·比朗大楼梯直通会议厅。会议厅在二楼，一楼成了长长的守卫厅，里面塞满了守卫国民公会的各兵种的武器和行军床。国民公会有一支仪仗队，叫作"国民公会的精锐部队"。

一条三色带将开会的宫殿与行人来来往往的花园隔开。

（三）

我们再看看会议厅吧。这个可怕地方的一切都使人们感兴趣。

一进门，首先映入眼帘的，是两扇大窗之间的那尊高高的自由神雕像。

会议厅曾是国王的剧场，现在成为革命的舞台。它长四十二米，宽十米，高十米，是维加拉尼所建。高雅华丽的大厅上方是原始的梁架，它在九三年承受了人民的重量。梁架上有公众席，还有一个值得一提的细节：公众席的唯一支撑是一根木柱，一根跨度为十米的整木。如此结实的女像柱实在不多。它一年又一年承受革命的猛烈涌动。它承受过欢呼、热情、咒骂、起哄、喧哗、乱哄哄的愤怒与暴动。它没有被压垮。在国民公会以后，它见识过元老院。雾月十八日它被替换了。

佩尔西埃用大理石柱子换下了这根木柱，但石柱没有维持多久。

建筑师们的理想有时很奇怪。里沃利街的建筑师的理想是炮弹的笔直射程。卡尔斯鲁厄城的建筑师的理想是扇面。一七九三年五月十日召开国民公会的那个大厅，其建筑师的理想似乎是巨大的衣柜抽屉：既高又长又平。贴着这个平行四边形的一边有一个宽宽的半圆形，这是呈阶梯形的代表席，既无平面桌又无斜面桌。勤于写作的加朗-库隆只好枕着膝盖写。在代表席对面是讲坛，讲坛前有勒佩勒蒂埃-圣-法尔若的半身雕像，讲坛后是议长席。

雕像的头稍稍挡住了讲坛的边沿，因此后来被挪开了。

阶梯部分有呈半圆形的、依次而上的十九排座位，两端的座位逐渐延伸。

在下面，在讲坛前的马蹄铁状地方，有执达员。

在讲坛一侧的墙上，有一个用黑木框住的、约九法尺[①]高的牌子，上面是两页《人权宣言》，中间用权杖隔开。另一侧的墙上是空的，后来挂上了同样的黑木框，里面是共和二年宪法，两页之间是一把利剑。在讲台上方，演说者的头部上方，从两个挤满了人的、深深的包厢里伸出了三面巨大的三色旗，它们微微抖动，几乎平铺在一个祭台上；祭台上写着《法律》，后面矗立着一个像圆柱一般高的、巨大的罗马束棒，仿佛是言论自由的保障。紧贴着墙是笔直的、巨大的雕像，它们面对代表。议长右边是利库尔戈斯[②]的雕像，左边是梭伦[③]的雕像，山岳派上方是柏拉图的雕像。

这些雕像的底座是简单的方块石，它们立在大厅四周那一圈长长的突饰上，突饰是议会与人民的分界线，观众把臂肘支在突饰上。

《人权宣言》的那个黑木框架高及突饰，触到柱顶盘，破坏了直线，因此夏博对瓦迪埃说："真是难看。"

---

① 法国古长度单位，约为三百二十五毫米。

② 传说中的斯巴达立法者。

③ 公元前雅典政治家，雅典民主的先驱者。

雕像头戴橡树花冠或月桂花冠。

从四周的突饰垂下大褶皱的绿色帷幔，上面有深绿色的花冠，它装饰了国民公会所在的大厅的底层。帷幔上方的墙壁呈冷冷的白色。墙上挖出了两层公众席，下层是方形，上层是圆形，仿佛是用打洞钳挖成的，既无线脚也无叶饰；当时实行的还是维特吕维乌斯[①]的建筑规范，柱顶盘的下楣上加拱门饰。大厅的两侧各有十个公众席，纵面两端各有两个巨大的包厢，一共是二十四个观众席，都堆满了人。

下层看台的观众挤出了木栏杆，凡是突出的建筑部位上都有观众。上层看台有一根结结实实的、长长的铁护栏，使观众不致被上楼的嘈杂人群挤得摔下来。然而，有一次，有个人掉了下来，正碰到博汶的主教马西厄身上，没有摔死，说道："噫！主教还有点用处嘛。"

国民公会的大厅可以容纳两千人，起义时容纳三千人。

国民公会召开两次会议，白天一次，夜晚一次。

议长面前有厚厚一沓文件，上面有金色的钉头。他的桌子是由四个单腿有翼的魔鬼抬着，它们仿佛是从《启示录》里出来列席革命的，大概是从以西结[②]的车上卸下来为桑松[③]拉车的吧。

议长的桌子上有一个几乎像钟的大铃，一个宽宽的铜制墨水瓶，一个用羊皮纸面装订的对开本，那是会议记录。

一些被砍下的脑袋，被梭镖尖挑着，在这张桌子上沥干。

要走上讲台，先得上九级阶梯。阶梯又高又陡，相当费劲。有一天让索内终于在阶梯上踉跄了一下，他说："这简直是上断头台。"卡里埃对他喊道："你现在学学吧。"

大厅四角的墙上显得空荡荡，建筑师在上面配了些装饰：斧头朝外的束棒。

---

① 公元前一世纪建筑师，著有《论建筑》一书。

② 《圣经》中的预言家，曾见异象：四个奇形怪状的活物和四个轮子。

③ 巴黎一刽子手家族，其中一人曾处决路易十六。

讲台左右两侧各有一个带底座的枝形烛架饰，它高十二法尺，顶端是四对带油罐的油灯。每个公众厢座里都有这样一个烛架饰。烛架底座上刻着圆圈，人民称它是“断头颈圈”。

代表座席逐渐上升，几乎触及公众席的突饰。代表和人民可以对话交谈。

公众席的出口外是迷宫般的走廊，那里喧闹嘈杂。

国民公会将杜伊勒里宫挤得满满的，并且波及附近的饭店，龙格维尔饭店、夸尼饭店。如果布雷德福德勋爵的信属实，那么，在八月十日以后，王宫里的家具就搬到了夸尼饭店，花了两个月才将杜伊勒里宫搬空。

委员会都安置在大厅附近的楼馆里，立法、农业和商业在平等楼，海运、殖民地、财政、指券、救国在自由楼，国防在统一楼。

公安委员会与救国委员会由一条阴暗的走廊直接相连，走廊里无论白天黑夜都点着灯，各种间谍来来往往，但是没有人说话。

国民公会的证人席被挪动过好几次。一般它位于议长的右边。

在大厅两端，各有两堵笔直的隔板，它们一左一右将同心半圆形阶梯会场与墙壁隔开，因此在隔板与墙壁之间有一条窄而深的走道，走道上有两扇深色的方门，人们从那里进出。

代表们则直接从朝向斐扬平台的门中进出。

白天从窗户透进的光线很苍白，黄昏时的灯光很微弱，因此大厅永远阴暗，有一种黑夜的气氛。黑夜的昏暗加上灯光的昏暗，夜间会议便显得十分阴森。谁也看不清谁。从大厅的这一端到那一端，从右到左，一堆堆模糊的面孔相互辱骂。人们相遇不相识。有一天，莱涅洛跑上讲台时在台阶上撞了一个人，便说：“对不起，罗伯斯比尔。”“你当我是谁了？”一个粗哑的声音回答。“对不起，马拉。”莱涅洛说。

在下面，在议长席的左右两侧，有两个保留的公众席。国民公会里居然还有特殊观众，真是奇事。这两个公众席有帷幔。在柱顶盘的下楣中央有两条由金流苏装饰的帷幔。人民的公众席则是空无装饰的。

所有这一切都显得威严、粗犷、正规。粗犷之中合乎规矩。这几乎就是革命。国民公会的大厅提供了后来被艺术家们称作“穑月建筑”的最完整的典范。它庞大而纤弱。当时的建筑师们认为对称就是美。文艺复兴风格在路易十五时期已经结束，出现了反作用。高贵变成了平淡无奇，纯净变成了呆滞刻板。在建筑中也存在假正经。艺术在十八世纪令人炫目的形式与色彩的盛宴之后，开始禁食，只承认直线。这种进步的结果是丑陋。艺术变成了空骨架，这就是现象，是审慎和节制带来的弊病。艺术风格朴实得近乎干瘪。

且不说政治热情，单就建筑而言，这个大厅也令人战栗。人们模糊想起原先的剧场，由花环装饰的包厢、天蓝色和大红色的天花板、多刻面的分枝吊灯、晶莹闪亮的多枝烛台、闪色壁饰、窗帘和帷幔上众多的爱神和仙女、表现皇族情爱的各种金色绘画和雕刻，它们曾使这个严厉场所充满了微笑，而现在，四周是僵硬笔直的线条，像钢铁一样冰冷而尖利，仿佛布歇[1]被大卫[2]砍了头。

（四）

谁看见了大会就不再想到会场。谁看到戏剧就不再想到剧场。没有什么比国民公会更为畸形，也更为崇高的了。英雄成堆，懦夫成群。山上是猛兽，沼泽里是蛇。今天已成为幽灵的那些斗士当年正是在那里争斗和生活的，他们相互摩擦、相互挑衅、相互恫吓。

巨人的名单。

右边是吉伦特派——大批思想家，左边是山岳派——一群角斗士。一边是：布里索，他接管了巴士底狱的钥匙；巴尔巴鲁，他使

---

① 画家与室内装饰家（一七〇三—一七七〇），擅长田园或神话题材。

② 画家（一七四八—一八二五），国民公会委员，后为拿破仑作画。

马赛人对他言听计从；克尔韦莱冈，他手下的布雷斯特营驻扎在圣马尔索郊区；让索内，他树立了代表对将军的霸权；致命的加代，一天晚上他在杜伊勒里宫随皇后看了熟睡的王太子，并亲吻孩子的前额，却让孩子的父亲人头落地；萨尔，他是揭露山岳派与奥地利密切交往的神秘人物；西耶里，右派的瘸子，正如库东是左派的双残腿；洛兹·迪贝雷，他被一位记者称作“无赖”，便请记者吃饭，说道：“我知道‘无赖’不过是指‘与我们意见不同的人’”；拉博·圣埃蒂安，他在一七九〇年的年历开头写了这句话：“革命已经结束”；基内特，他是推翻路易十六者中之一位；冉森派教士加缪，他起草了教士公民法，相信副祭帕里的奇迹，在卧室的光墙上钉着七法尺高的基督圣像，每晚在像前下跪；福谢，他是教士，但与卡米耶·戴穆兰一起制造了七月十四日；伊斯纳尔，他的罪行是这句话：“巴黎将被毁”，而当时布伦瑞克正好说：“巴黎将被烧光”；雅科布·迪蓬，他最先喊出：“我是无神论者”，对此罗伯斯比尔回答说：“无神论是贵族政治”；朗儒伊内，一个强硬的、有远见、有头脑的勃艮第勇士；迪科，他是布瓦耶-丰弗雷德的欧里阿尔[1]；勒贝吉，他是巴尔巴鲁的彼拉季斯[2]，因罗伯斯比尔尚未被送上断头台而辞职；里肖，他反对巴黎各区成为永久性机构；拉祖尔斯，他曾发出致命的名句：“感恩戴德的民族有祸了！”后来又在断头台前改变初衷，对山岳派掷去这句高傲的话：“我们死去是因为人民在沉睡，你们将死去是因为人民将觉醒”；比罗托，他促成了不可侵犯性的废除，因此无意中铸成了铡刀，而且为自己立起了断头台；夏尔·维雅特，他用这句话为自己开脱：“我不愿意在刀下投票”；卢韦，他是小说《福布拉斯》的作者，后来在罗亚尔宫和洛多伊斯卡一起开书店；梅尔西埃，他写了《巴黎图景》，呼道：“所

① 古罗马史诗《埃涅阿斯纪》中主人公的战友。

② 古希腊悲剧中的挚友典型。

有的国王都感到后颈上有一月二十一日[1]”；马雷克，他担心的是“旧限价的乱党”；记者卡拉，他在断头台上对刽子手说：“我真不想死，想看看下文”；维热，他自称是梅延-卢瓦尔第二营的掷弹手，在受到公众席的起哄时喊道：“只要公众席一出声，我们就全体退席，举着军刀向凡尔赛宫进发”；比佐，他后来因饥饿而死；瓦拉泽，他后来自刎而死；孔多塞，他后来因携带诗剧《贺拉斯》而泄露身份，死在改名为平等镇的皇后镇；佩西翁，一七九二年他被群众崇拜，一七九三年被恶狼吞食；此外还有二十多人，如蓬泰库朗、马尔博兹、利东、圣马丹、迪索尔（他译过尤维纳利斯[2]的作品并参加过汉诺威战役）、布瓦洛、贝尔特朗、莱斯泰尔-博汶、勒萨日、戈梅尔、加尔迪安、曼维埃尔、迪普朗蒂埃、拉卡兹、昂蒂布尔，在他们前面还有一位巴尔纳夫[3]式人物，名叫韦尔尼奥。

在另一面有：安托万-路易-莱翁-弗洛雷尔·德·圣茹斯特，他面色苍白，额头很窄，五官端正，眼光神秘，忧郁而深沉，二十三岁；梅尔兰·德·蒂翁维尔，德国人称他“火鬼”；杜埃的梅尔兰，他是制定反嫌疑分子法的罪魁祸首；苏布拉尼，牧月一日巴黎人民曾请他任将军；原本堂神甫勒邦，他用洒过圣水的手拿军刀；比若-瓦雷内，他设想过未来的司法，没有法官，只有仲裁人；法布尔·戴格朗蒂，他发明了一项可爱的东西，共和历，就好比鲁热·德·利尔获得非凡的灵感作了《马赛曲》一样，不过这两人都仅此一次；马尼埃尔，他是公社的检察官，曾说：“死一个国王算不得是少了一个人”；古戎，他曾进入特里普施塔特、纽施塔特和施派尔，目睹普军逃窜；拉克鲁瓦，他由律师变成了将军，并在八月十日前六天获圣路易骑士

① 即路易十六被处死的那一天，一七九三年一月二十一日。

② 古罗马诗人。

③ 立宪君主派(一七六一——一七九三)，曾颇有影响，后死在断头台上。

勋章；弗雷龙-泰尔西特[①]，他是弗雷龙-佐利奥斯[②]之子；吕尔，国王铁柜的无情搜查者，注定要自取灭亡的共和派，后来当共和国灭亡时，他也自杀；伏谢，他有魔鬼的灵魂和死尸的面孔；康布拉，他是杜歇老爹的朋友，曾对吉奥坦说："你是斐扬派，可你女儿[③]是雅各宾派"；雅戈，当有人埋怨他让犯人赤身露体时，他粗暴地回答："监牢就是石头做的衣服"；雅沃格，他是圣德尼皇陵可怕的掘墓人；奥斯兰，这位放逐者在家中私藏了一位被放逐者夏里夫人；邦塔博尔，他主持会议时示意公众席喝倒彩；记者罗贝尔，他是凯拉利奥小姐的丈夫，那位小姐写道："罗伯斯比尔和马拉都不来我家，罗伯斯比尔愿意时会来的，马拉永远不会"；加朗-库隆，当西班牙介入对路易十六的审判时，他高傲地要求大会不要屈尊地宣读一位国王致另一位国王的信；格雷瓜尔，他是主教，最初提倡早期基督教，后来在帝制下由共和派变为伯爵；阿马尔，他说："整个地球都认为路易十六有罪。由谁来裁决呢？别的星球"；鲁耶，一月二十一日他反对在新桥鸣炮，说："国王掉脑袋应该和别人一样，不声不响"；谢尼埃，他是安德烈的兄弟；瓦迪埃，他也曾把枪放在讲台上；帕尼，他对莫莫罗说："我希望马拉和罗伯斯比尔在我家餐桌旁拥抱。""你住在哪里？""夏朗东[④]。""那就不奇怪了"；勒让德尔，他是法国革命的屠夫，就像普赖德曾是英国革命的屠夫一样，他对朗朱伊内喊道："过来，让我宰了你。"朗朱伊内回答："你先得颁布法令，宣布我是牛"；科洛·戴尔布瓦，他是位阴阳怪气的演员，脸上戴着古代的面具，上面有两张嘴，一张说"是"，一张说"不"，一张同意，一张反对，他在南特痛斥卡里埃，在里昂神化夏利埃，将罗伯斯比尔送上断头台，将马拉送进先

---

① 荷马的《伊利昂记》中可笑而懦弱的人物。

② 古希腊诡辩家，以批评荷马著称。

③ 吉奥坦(Guillotin)是法国议员(一七三八—一八一四)，一七八九年国民议会通过了他发明的断头机，以他的名字命名为Guillotine，即他的女儿。

④ 帕尼管理夏朗东的神经病院。

贤祠；热尼西厄，他要求对凡持有“路易十六被害”纪念章者一律判死刑；莱奥纳尔·布尔东，他是小学教师，曾接待汝拉山的长者[①]；海员托普桑、律师古比约、商人洛朗·勒库安特、医生迪埃姆、雕塑家塞尔让、画家大卫、亲王约瑟夫·平等。此外还有勒库安特·皮伊拉沃，他要求宣布马拉“患痴呆症”；罗贝尔·兰代，是他创造了这个令人不安的大章鱼：公安委员会是它的头，它的二万一千条肢体覆盖全国，即革命委员会；勒伯夫，关于他吉雷-迪普雷曾在《假革命者的圣诞节》中写了这句诗：

勒伯夫[②]见到勒让德尔便牛吼起来。

还有托马斯·佩恩，他是美国人，慈悲为怀；阿纳夏尔西·克洛兹，他是德国人、男爵、百万富翁、无神论者、埃贝尔派的天真汉；勒巴，他是迪普莱的朋友，正直廉洁；罗韦尔，他是罕见的为恶而恶的人，因为为艺术而艺术的确存在，超过人们的想象；夏尔利埃，他要求称呼贵族时用“您”；塔利安，他悲哀而无情，出于爱好而制造了热月九日[③]；康巴塞雷，他是检察官，后来成为王公；卡里埃，他是检察官，后来成为残暴者；拉普朗什，有一天他喊道：“我要求给警炮以优先权”；蒂里奥，他要求革命法庭的陪审员采用口头表决；瓦兹省的布尔东，他向香邦提出决斗，揭发佩恩，又被埃贝尔揭发；法约，他提议向旺代地区“派一支纵火部队”；塔沃，他在四月十三日几乎成为吉伦特派和山岳派之间的调解人；维尔尼埃，他要求吉伦特派和山岳派的首领们去当普通一兵；雷贝尔，他在美因茨闭门不出；布尔博特，他在攻占索米尔时坐骑被击毙；甘贝尔托，他指挥瑟堡海

---

① 伏尔泰曾避难于汝拉山区的费尔尼。

② 字意为牛。

③ 即罗伯斯比尔被逮捕之日。

防军；雅尔-庞维耶，他指挥拉罗舍尔海防军；勒卡尔庞蒂埃，他指挥康卡尔分队；罗贝尔若，拉斯塔特的敌军正设下陷阱等他；马恩省的普里厄尔，他在营地里戴着骑兵上尉无流苏的旧肩章；萨尔特的勒瓦瑟尔，他只用一句话就使圣阿芒营的指挥官赛朗被人杀死；雷维尔雄、摩尔、森特的贝尔纳、夏尔·里夏、勒尼尼奥，在这群人之上是一位米拉博式的人物，名叫丹东。

在这两个阵营之外，伫立着一个使他们敬畏的人，就是罗伯斯比尔。

（五）

恐怖和畏惧在他们面前弯腰，恐怖可能是高贵的，而畏惧是卑下的。在豪迈气概、英雄主义、牺牲精神、激愤狂热之下，是一大群毫无生气的无名人。坐在会场最低处的叫作平原派，那里的一切都飘浮不定，人们怀疑、犹豫、退却、拖延、窥视，人人自危。山岳派是精英，吉伦特派也是精英，平原派是群众。平原派的集中代表是西埃耶斯。

西埃耶斯是一个高深但变得空洞的人。他停留在第三等级，未能上升到人民。有些人生来只能半途而废。西埃耶斯称罗伯斯比尔是老虎，罗伯斯比尔称他是鼹鼠。这位玄学家达到的不是智慧，而是谨慎。他是革命的朝臣，而不是革命的仆人。他拿起铁锹和人民一同去马尔斯校场劳动，但与亚历山大·德·博尔阿内套在一辆车上。他建议铁腕政策，但不使用。他对吉伦特派说："让大炮也站在你们一边吧。"有些思想家是斗士，例如韦尔尼奥身边的孔多塞，丹东身边的卡米耶·戴穆兰，也有些思想家考虑的是生存，例如西埃耶斯身边的人。

最慷慨的酿酒槽里也有酒渣。在平原派下面还有沼泽派。可怕的停滞下面是利己主义。胆小鬼在默默的战栗中等待。这是再悲惨不过的了。忍辱含垢，忍气吞声，用奴颜盖住怒容。他们在厚颜无耻地畏惧，什么怯弱行为都做得出来。他们喜欢吉伦特派，却挑选了山岳派；他们决定了结局。他们朝成功者倾斜，将路易十六交给韦尔尼奥，将韦尔尼奥交给丹东，将丹东交给罗伯斯比尔，将罗伯斯比尔交给塔利安。他们将活着的马拉示众，将死去的马拉奉若神明。他们支持一切直到某一天推翻一切。他们最善于将摇摇欲坠的东西最后推倒。在他们看来，你根基深厚，他们才为你服务；你若摇摇欲坠，那就是对他们的背叛。他们是多数，他们是力量，他们是恐惧，由此产生公然的卑鄙行径。

由此产生了五月三十一日、芽月十一日、热月九日[①]这些由巨人结织，由侏儒解结的悲剧。

（六）

与这些充满热情的人在一起的是一些充满幻想的人。这里有各种形式的乌托邦：赞成断头台的好战形式与废除死刑的天真形式，它对帝王是幽灵，对人民是天使。有些头脑在战斗，有些头脑在酝酿。有人想的是战争，有人想的是和平。卡尔诺的大脑就想出了十四支军队，让·德布雷的大脑就想出了大同世界民主联盟。在这些狂热的雄辩之中，在这些响亮的吼声中，有一些含蕴丰富的沉默。拉卡纳尔沉默，但在脑中策划了国民公共教育；朗特纳沉默，但创办了小学；雷韦利耶尔-莱波沉默，但幻想将哲学提到宗教的高度。另一些人思考的则是更小、更实际的细节问题。吉通-莫尔沃研究的是改善医院，梅尔研究的是消除实际上的奴役，让-邦-圣安德烈研究的是取消债狱及民事拘禁，罗姆研究的是整理档案，科朗-菲斯蒂埃研究的是成立解剖室和自然历史博物馆，吉奥蒙研究的是内河航运和埃斯考河水坝。艺术有它狂热的信徒甚至艺术迷。一月二十一日，当国王在革命广场被斩首时，瓦兹省的代表贝扎尔去圣拉扎尔街一家陋室里观看在

① 分别指反吉伦特派的“行动日”、丹东被清洗、罗伯斯比尔被逮捕。

那里被发现的鲁本斯的画。艺术家、演说家、预言家、像丹东那样的巨人，像克洛兹那样童心未泯的人、斗士和哲学家，大家都奔向同一目标：进步。什么也无法使他们困惑。国民公会之所以伟大就在于从人们所称不可能性中寻找现实性的部分。在它的一端是紧盯着权利的罗伯斯比尔，在另一端是紧盯着义务的孔多塞。

孔多塞是个富于遐想、思路清晰的人，而罗伯斯比尔是个实际行动的人。在衰老的社会的最后危机中，行动有时意味着消灭。革命有两面山坡，一面是上坡，一面是下坡，每面山坡上都依次排列着所有的季节，从冰雪到鲜花。山坡上的每一段都产生与其气候相适应的人，从生活在阳光下的人到生活在霹雳下的人。

（七）

人们相互指着左边走道的隐蔽处，罗伯斯比尔曾在那里对克拉维埃尔的朋友加拉说了这句可怕的话："克拉维埃尔在哪里呼吸就在哪里搞阴谋。"还是在这个适于私下密谈和低声埋怨的角落里，法布尔·戴格朗蒂和罗姆争吵，责备罗姆把日历上的诚月篡改成热月。人们相互指着那七位上加龙省代表并排坐着的角落，他们首先被点名对路易十六作出裁决，便依次回答，马伊："死刑"，戴尔马："死刑"，普罗让："死刑"，卡莱："死刑"，埃拉尔："死刑"，于连："死刑"，德萨比："死刑"。这是充斥全部历史的永恒回响，自从人类有了法庭，它总是使法庭墙壁发出坟墓的回响。人们在嘈乱的众多面孔中，指出那些闹哄哄地赞成悲惨下场的人，其中有：帕加内尔，他说："死刑。国王只有死才有点用处。"米约，他说："如果不存在死刑，那么今天也应该发明死刑。"老拉弗龙·迪特鲁伊耶，他说："赶快处死。"古比约，他说："立刻送上断头台，拖延更加重死罪。"西埃耶斯简单明了地说："死刑。"蒂里奥拒绝了比佐的提议："什么！基层议会！什么，四万四千个法庭！无休止的审判，路易十六的脑袋都变白了才会掉下来！"奥居斯坦-邦·罗伯斯比尔，他在兄弟后面叫道："有扼杀人民、宽恕暴君的仁慈吗？死刑！缓刑就是用暴君们的裁决来替代人民的裁决。”富斯杜瓦尔这位贝尔纳丹·德·圣彼埃尔的接班人说：“我憎恶人类流血，但是国王的血不是人血。死刑。”让-邦-安德烈说：“暴君不死，人民就没有自由。”拉维孔特里发表名言：“只要暴君在呼吸，自由就会窒息。死刑。”夏托纳夫-朗东喊道：“将末代路易处死！”居亚尔亚表达了愿望：“处决翻倒的障碍！”翻倒的障碍就是王位。泰利埃说：“我们应该用路易十六这颗炮弹向敌人射击。”还有那些宽容者：让蒂说：“我赞成徒刑，制造一个查理一世就是制造一个克伦威尔。”邦卡尔说：“流放。我想看见天下第一王被迫去劳动谋生。”阿尔布伊说：“放逐，让这个活着的鬼魂去别的王国流浪。”藏吉阿科米说：“关起来。留着这个卡佩吓唬别人。”夏依翁说：“让他活着，我不愿意他死后被罗马奉为圣人。”当这些判决从严厉的口中说出，一一散落在历史中时，观众席上有些盛装打扮、袒胸露肩的女人看着手中的名单数票数，并且在每个投票者名字下面刺几针。

悲剧所过之处，留下的是憎恶与悲悯。

看国民公会——不论它处于哪一阶段——就是重温对卡佩王朝末代国王的审判。一月二十一日的事件似乎渗入了国民公会的一切行动。令人畏惧的大会充满了一种致命的气息，它吹过燃烧了十八个世纪的、古老君主制的蜡烛，将它吹灭。在一位国王身上对所有的国王进行裁决，这就是对过去展开大清算。不论人们参加哪一次国民公会会议，会场上总有路易十六上断头台的影子。观众们相互告知凯尔塞辞职了，罗朗辞职了，两塞弗尔省的代表迪夏泰尔让人将他连同病床一同抬到会场，并在奄奄一息中投票反对死刑，引起了马拉的嘲笑。人们用眼睛寻找那位代表——他如今已被历史遗忘——他在三十七小时的会议后，厌烦至极，在座位上昏昏睡去，执达员唤醒他投票，他半眯着眼睛说：“死刑！”然后就又睡着了。

当路易十六被判死刑时，罗伯斯比尔的生命只剩下一年半，丹东只剩下一年零三个月，韦尔尼奥只剩下九个月，马拉只剩下五个月零三个星期，勒佩勒蒂埃·圣法尔若只剩下一天。人类的气息是多么短暂而可怕！

（八）

人民从一扇开着的窗户来观看国民公会，那扇窗户就是公众席，而当窗户不够用时，人民便打开大门，于是平民涌进了会场。群众涌入国民公会，这是历史上最惊人的景象之一。一般说来，这种闯入都是善意的。平头百姓与当政官员融洽一致。然而人民的这种友善十分可怕，因为他们曾在三小时内就夺取了荣军院的大炮和四万支长枪。会议时时被打断，或是代表团、请愿书，或是致敬、献礼。妇女们扛来了圣安托万区的荣誉梭枪，英国人为赤脚士兵送来了两万双鞋。《箴言报》写道：“奥比尼昂的本堂神甫兼德罗姆营的指挥官阿尔努公民，要求上前线并保留其本堂神甫职位。”巴黎各区的代表用担架抬来托盘、圣盘、圣餐杯、圣体显供台、一堆堆金银和红宝石，这是一大群衣衫褴褛的人献给祖国的，他们要求的回报只是在国民公会上跳卡马尼奥舞。什纳尔、纳尔博和瓦利耶尔到场唱歌，歌颂山岳派；布朗峰区带来了勒佩勒蒂埃的胸像；一位妇女将红色无檐帽戴在议长头上，议长亲吻她；“槌球场区的女公民们”向“立法者们”掷去鲜花；“祖国的学生们”跟在乐队后面前来感谢国民公会“开创了本世纪的繁荣”；法兰西卫队区的妇女们献上了玫瑰花；香榭丽舍大街区的妇女们献上一个橡树王冠；唐普勒区的妇女们来到会场，宣誓“只和真正的共和派团结一致”；莫里哀区送来一枚富兰克林纪念章，国民公会决定将它挂在自由神像的王冠上；被称为“共和国之子”的孤儿院的孩子们穿着制服列队走过；九二年区的年轻姑娘们穿着白色长袍来到会场，第二天，《箴言报》就这样写道：“议长从一位年轻美女的天真无邪的手中接过一束鲜花。”演说者向群众致敬，有时还奉承群众，说：“你是不会错的，你是无可挑剔的，你是崇高的。”人民有孩子气的一面，喜欢甜食糖果。有时，叛乱穿越会场，来时气势汹汹，去时心平气和，就像罗讷河流经莱芒湖一样，进湖时污浊不堪，出湖时清澈碧蓝。

有时情况不太平静，于是昂里奥让人将大炮抬到杜伊勒里宫门前。

（九）

国民公会释放出革命，同时也产生文明。它是大火炉，也是大熔炉；恐怖在锅中翻滚，进步也在锅中沸腾。从这堆杂乱的阴影中，从这些狂舞的乱云中，透射出宛若永恒法则的强烈光束。这些光束一直留在地平线上，在人民的天空中永远清晰可见，它们就是：公正、宽容、善良、理智、真理、仁爱。国民公会宣布这个伟大真理："一位公民的自由在另一位公民的自由的开始处结束。"这简简单单的一句话归纳了人与人关系的全部内容。国民公会宣布贫穷是神圣的；残疾是神圣的——盲人和聋哑人由国家收养；未婚母亲的生育是神圣的——国民公会安慰她们，使她们振作起来；儿童是神圣的——孤儿由祖国抚养；清白无辜是神圣的——对无罪释放的被告赔偿损失。国民公会谴责贩卖黑人，废除奴隶制。它宣告公民团结，颁布义务教育法，在巴黎建立师范学校，在省会建立中心学校，在市镇建立小学。它创立了音乐戏剧学院和博物馆。它确立了统一的法典、统一的度量衡、统一的十进制。它建立了法国财政，以公共信贷取代了帝制下的长期破产。它为交流提供了电报，为老年人提供了养老院，为病人提供了干净的医院，为教育提供了综合工科学校，为科学提供了经度研究室，为人类精神提供了科学院。国民公会既有国家性，也有世界性。它颁布了一万一千二百一十条法令，其中三分之一涉及政治，三分之二涉及人类。它宣布普遍道德是社会的基础，普遍觉悟是法律的基础。而这一切，废除奴隶制、宣扬友爱、保护人类、匡正人心、将劳动法则变为权利，使之不再是难以承受的，而是有益的、巩固国家资产、教育儿童和救济儿童、宣扬文艺和科学、在所有的顶峰点燃光明、援助一切困苦者、宣布一切原则，国民公会做了这一切，虽然它腹中有旺代这条七头蛇，肩上有国王们这群老虎。

（十）

庞大的场所。这里有一切典型：人、非人、超人。这是由众多对抗组成的史诗。吉奥坦回避大卫，巴齐尔侮辱夏博，加代嘲笑圣茹斯特，韦尔尼奥蔑视丹东，卢韦攻击罗伯斯比尔，比佐揭发平等，尚邦斥责帕什，所有的人都憎恶马拉。此外还有许多人！阿尔蒙维尔，他开会时戴红色无檐帽，因此绰号是红色无檐帽，他是罗伯斯比尔的朋友，然而，为了保持平衡，他希望“在将路易十六斩首后，将罗伯斯比尔斩首”；马西厄，他是仁慈的拉穆雷特主教的同事和复制品，这位主教的名字令人想到轻浮的爱情①；莫尔比昂的勒阿尔迪，他对布列塔尼的教士们痛加斥责；巴雷尔，他依附多数派，路易十六出庭受审时，他是议长，他与帕梅拉的关系就等于卢韦与洛多伊斯卡的关系；多努，他是奥拉托利会会员，曾说“要争取时间”；迪布瓦-克朗塞，马拉曾对他耳语密谈；德·夏托纳夫侯爵、拉克洛、埃罗·德·塞谢尔，当昂里奥高呼“炮手们，各就各位”时，埃罗·德·塞谢尔后退了；于连，他把山岳派比作塞尔莫皮尔②战役；加蒙，他希望为妇女保留一个专用席；拉卢瓦，他在会上赞扬主教戈贝尔，因为戈贝尔来到国民公会摘下主教帽，戴上红色无檐帽；勒孔特，他喊道“看谁先还俗”；费罗，他的人头曾受到布瓦西-当格拉的敬礼，在历史上留下这个问题：布瓦西-当格拉是向人头还是向矛枪致敬？是向牺牲品还是向凶手致敬？还有迪普拉两兄弟，一个是山岳派，一个是吉伦特派，他们像谢尼埃兄弟一样相互仇恨。

从这个讲台上发出了许多令人眩晕的话语，言者也许无意，但话

---

① 拉穆雷特（Lamourette）与轻浮爱情（l’amourette）同音。

② 公元前五世纪的战役，波斯人大胜斯巴达人。

语有时像革命的预言，在它们以后，事实仿佛突然表现出强烈的不满，似乎对刚刚听见的话不以为然；事实似乎对话语感到气恼；灾难愤愤而来，仿佛被话语激怒了，这就好比是在山上一说话就能引起雪崩。多一个字就会引起倒塌。如果没有说话，事情就不会发生。有时事件好似具有暴躁易怒的性格。

伊丽莎白[①]夫人就是这样掉脑袋的，出于演说者的话所引起的误解。

在国民公会，语言的放肆无度是理所当然的。在辩论中，威胁恫吓满天飞，而且相互碰撞，好比是大火中的火星。佩西翁："罗伯斯比尔，说正题！"罗伯斯比尔："正题就是你，佩西翁，我这就说，你等着吧。"一个声音喊道："处死马拉！"马拉说："马拉死了就再没有巴黎了，巴黎死了就再没有共和国了。"比佑-瓦雷恩站起来说："我们要……"巴雷尔打断了他："你的口气像国王……"有一天菲利波说："有人向我拔出了剑。"奥杜安说："议长，你叫凶手遵守秩序。"议长说："等一等。"帕尼说："议长我请你遵守秩序。"人们哄堂大笑。勒库安特说："尚德布的本堂神甫状告主教福谢，因为主教不许他结婚。"一个声音说："我就不明白，既然福谢有情妇，为什么不许别人娶老婆？"另一个声音说："神甫，娶老婆吧！"观众也参加对话。他们对大会以亲密的"你"相称。有一天，代表吕昂走上讲台，他的屁股这半边比那半边大得多。一位旁听者喊道："朝右边转过来呀，你不是有大卫式的半边屁股吗[②]？"人民就是这样随随便便地和国民公会说话。然而有一次，一七九三年四月十一日，在一片嘈杂中，议长下令逮捕了一位阻碍发言的观众。

有一天——老比奥纳罗蒂是这次会议的见证人——罗伯斯比尔发言，讲了两个小时，有时死盯住丹东——这是很严重的——有时斜眼

---

① 即路易十六的妹妹。

② 吕昂及大卫均为山岳派。大卫的画作中有相当现实主义的裸体画。

瞧着丹东——这更糟糕。他用密集的火力猛击丹东，最后气势汹汹地说了许多充满杀气的话："我知道谁是阴谋家，我知道谁行贿，谁受贿，我知道谁是叛徒。他们就在这个会场上。他们听见我们说话，我们看见他们，我们盯住他们。让他们瞧瞧自己头上吧，那里有法律的利剑；让他们看看自己的良心吧，那里有他们的耻辱。他们得小心点！"罗伯斯比尔说完后，丹东脸朝天花板，眯着眼睛，一只手臂从椅背上垂下，整个身体向后仰，哼哼道：

卡代·鲁塞尔[①]夸夸其谈
不长的话就叫短话。

于是诅咒铺天盖地而来："阴谋家！""凶手！""恶棍！""捣乱分子！""温和派！"人们对着布鲁多的胸像相互揭露。斥责、辱骂、挑衅。双方怒目而视，挥舞拳头，露出短枪和匕首。讲台上火光熊熊。有些人慷慨陈词，仿佛背后是断头台。人头起伏摆动，既惊恐又可怖。山岳派、吉伦特派、斐扬派、温和主义派、恐怖主义派、雅各宾派、科尔德利派；十八位弑君教士。

所有这些人都是随风四散的青烟！

（十一）

人们随风摆动。

但这是奇风。

成为国民公会之一员，就是成为大洋中的一个波浪。大人物更是如此。推动力来自上天。国民公会中有一种意志，它是所有人的意志，又不属于任何人。这个意志是一种思想，一种无法驾驭的巨大思想，它在上空的暗处吹动。我们称它为革命。当这个思想经过时，有

① 一七九二年流行于革命军中的民歌。

人被压倒，有人被抬起，有人像泡沫一样被吹走，有人撞到礁石上粉身碎骨。这个思想知道自己去哪里，而且推着深渊前行。将革命归之于人，就等于将潮汐归之于波浪。

革命是无名氏的行动。你可以说它好或坏，这要看你期望的是未来还是过去，但是你必须让做它的人去做。革命似乎是大事件和大人物相互结合而成的共同事业，其实不然，它只是事件的结果。事件在花费，付钱的是人；事件在口授，签名的是人。七月十四日签名的是卡米耶·戴穆兰，八月十日签名的是丹东，九月二日签名的是马拉，九月二十一日签名的是格雷瓜尔，一月二十一日签名的是罗伯斯比尔。然而，戴穆兰、丹东、马拉、格雷瓜尔、罗伯斯比尔不过是记录员。这些巨大卷页的非凡而阴森的撰稿人有一个名字，**神**，有一个面具，**命运**。罗伯斯比尔是信仰神的，当然！

革命是内在现象的一种表现形式，这现象从四面挤压我们，我们称之为必然性。

面对这种令人不解的、错综复杂的善行与痛苦，历史提出了：**为什么**？

因为。这是一无所知者的回答，也是无所不知者的回答。

在这些既蹂躏文明又使之复苏的灾难性关口前，很难对细节做出判断。根据结果来责怪或赞扬人，就好比根据总数来责怪或赞扬数字。该来的一定来，该刮的风一定刮。这种劲风不会破坏永恒的宁静。真理与公正始终在革命的上方，宛如风暴之上的星空。

（十二）

这就是巨大的国民公会；它好比是人类在四面黑暗的袭击下所维护的营地；它好比是被包围的思想大军在黑夜里发出的火光；它好比是深渊峭壁上一座巨大的精神营地。历史上没有任何东西能与它相比，它既是议会又是群氓，既是正式选举会议又是十字街头，既是权威机关又是平民大众，既是法庭又是被告。

国民公会始终随风而倒，但这风出自人民之口，它是神的气息。

八十年后的今天，每当国民公会出现在人们脑海中时，无论是历史学家还是哲学家，都会停下来沉思。这些巨大的影子所到之处不可能不引起人们的注意。

二　幕后的马拉

正如他对西蒙娜·埃弗拉尔所说，在孔雀街会谈的第二天，马拉就来到了国民公会。

国民公会里有一位马拉派侯爵，路易·德·蒙托，他后来赠送国民公会一座顶上有马拉胸像的十进制座钟。

马拉进来时，夏博刚刚走近蒙托，说道：

“前贵族……”

蒙托抬起眼睛：

“为什么叫我前贵族？”

“因为你就是前贵族。”

“我？”

“你不是侯爵吗？”

“从来不是。”

“呵？”

“我父亲当兵，我祖父是织布工人。”

“你胡说些什么呀，蒙托？”

“我不姓蒙托。”

“那你姓什么？”

“我姓马里邦。”

“其实这和我有什么关系呢，”夏博说，接着又从牙缝中漏出一句话，“谁都抢着说自己不是侯爵。”

马拉在左边的走道上站住了，瞧着蒙托和夏博。

马拉每次来都引起喧哗，但离他很远，离他近的人们则默不作声。马拉不在乎，他蔑视“沼泽里的呱呱叫声”。

在下排阴暗的座位上，瓦兹省的库佩、普吕内尔、维拉尔（主教，后来是法兰西学院院士）、布特鲁、佩蒂、普莱夏尔、博内、蒂博多、瓦尔德吕什都相互指着马拉。

“瞧，马拉！”

“他没生病？”

“是生病了，瞧他穿着睡袍。”

“睡袍？”

“可不是！”

“他这人为所欲为。”

“竟敢穿着睡袍来国民公会！”

“他不是戴着桂冠来过吗？当然可以穿睡袍来了。”

“脸是铜色，牙齿是铜绿色。”

“睡袍像是新的。”

“什么料子？”

“棱纹平布。”

“有条纹。”

“瞧瞧翻领。”

“是皮子。”

“老虎皮。”

“不，是白鼬皮。”

“假白鼬皮。”

“他还穿着长袜！”

“真古怪。”

“带扣的鞋。”

“银扣！”

“康布拉的木鞋是不会原谅他的。”

其他座位上的人假装没看见马拉，谈着别的事。桑托纳克斯对迪索尔说：

“你知道吗，迪索尔？”

“什么？”

“前贵族德·布里埃内伯爵。”

“他曾经和前公爵德·维勒鲁瓦一起坐牢。”

“不错。”

“我认识他们两人。怎么了？”

“他们胆战心惊，一看见监狱看守的红色无檐帽就鞠躬，有一次他们还不肯玩皮克牌，因为牌上有国王和皇后。”

“后来呢，怎么了？”

“昨天他们上了断头台。”

“两个人？”

“两个人。”

“他们在监狱里表现得怎么样？”

“胆小鬼。”

“在断头台上呢？”

“很勇敢。”

迪索尔感慨道：

“死比生容易呀。”

巴雷尔正在宣读一份报告，内容是旺代的叛乱。莫尔比昂派出了九百人和一些大炮去支援南特。勒东受到农民的威胁。潘伯夫遭到攻击。海军监视船在曼德兰附近游弋以防止登陆。从安格朗德到莫尔，卢瓦尔河左岸全都是保皇党的炮队。三千农民控制了波尔尼克，喊道：“英国人万岁！”巴雷尔念的是桑泰尔致国民公会的信，信的结尾如下：“七千农民攻打瓦恩，被我们击退了，我们缴获了四门大炮……”

“多少俘虏?”一个声音打断说。

巴雷尔继续念……附言:“我们没有俘虏,因为我们不再抓俘虏。[①]”

马拉始终一动不动,他没有听,仿佛在专注地思考一件严重的事。

他手里拿着一张纸,在手指间搓揉着。谁要是展开它,就会看到莫莫罗的这几行字,它们大概是对马拉的探询的回答:

> 对特派员的绝对权力,简直毫无办法,特别是救国委员会的特派员。热尼西厄在五月六日的会议上说:“每个特派员都比国王还厉害。”但这话也无济于事。他们掌握着生死大权。昂热的马萨德·圣阿芒的特吕拉尔、马尔塞将军身边的尼翁、萨布勒军中的帕兰、尼奥尔军中的米尼埃,他们都有极大的权力。雅各宾俱乐部甚至任命帕兰为准将(旅长),一切都说是形势所迫。救国委员会的特派员使主将无法行动。

马拉将那张纸揉成一团放回衣袋,慢慢朝蒙托和夏博走去,那两人还在聊天,没有看见他进来。

夏博说:

“不管你是马里邦还是蒙托,你听我说,我刚从救国委员会出来。”

“他们在干什么?”

“派一位教士去监视一位贵族。”

“呵!”

“像你这样的贵族……”

“我不是贵族。”蒙托说。

---

① 《箴言报》第十九卷,八十四页。——原编者注

“派一位教士去……”

“你这样的教士。”

“我不是教士。”夏博说。

两人都笑了起来。

“你说清楚一点。”蒙托说。

“是这样的。一位叫西穆尔丹的教士作为全权特派员被派到一位叫戈万的子爵身边去。这位子爵指挥着海岸军的远征队。因此既要防止贵族弄虚作假，也要防止教士叛变。”

“这很简单嘛，”蒙托说，“只要事关生死就行了。”

“我正是为这来的。”马拉说。

他们抬起头来。

“你好，马拉，”夏博说，“你很少来开会。”

“医生嘱咐我沐浴。”马拉回答说。

“别太相信沐浴了。”夏博说，“塞内克[①]就是沐浴时死的。”

马拉微微一笑：

“夏博，这里没有尼禄。”

“这里有你。”一个粗嗓子说。

这是丹东，他正经过这里去他的座位。

马拉没有回头。

他在蒙托和夏博两张脸中间俯下头说：

“听我说，我来是为了一件重要的事。我们三个人中间，必须有一个人今天在国民公会上提出一项议案。”

“我不干。”蒙托说，“他们不听我的，我是侯爵。”

“我呢，他们也不会听的，我是嘉布遣会修士。”夏博说。

“至于我，他们也不会听的，我是马拉。”

一阵沉默。

---

① 公元一世纪的罗马哲学家，曾是暴君尼禄的家庭教师，后受到尼禄贬谪，自杀而死。

马拉满腹心事，不愿回答询问，但是蒙托还是大胆地提出了问题：

“马拉，你想要什么法令？”

“任何军事领袖，一旦放跑了反叛分子俘虏，一律判死刑。”

夏博插嘴说：

“这项法令已经有了，是在四月底通过的。”

“那就是说，有等于没有。”马拉说，“在整个旺代地区，哪里都有人放跑俘虏，而且我们也没惩罚他们的避难所。”

“马拉，这是因为这项法令失效了。”

“夏博，那就应该让它重新生效。”

“当然。”

“因此应该在国民公会上讲讲。”

“马拉，大可不必，救国委员会就足够了。”

“如果救国委员会在旺代的所有市镇张贴这项法令，再挑两三个惩办对象，目的不就达到了吗？”蒙托说。

“要挑大人物，”夏博说，“挑将军。”

马拉低声说：“的确，这就够了。”

“马拉，”夏博又说，“你自己去找救国委员会吧。”

马拉盯着他，即使对夏博来说，这也不是愉快的事。

“夏博，”马拉说，“救国委员会是在罗伯斯比尔家，我不去他家。”

“那我去吧。”蒙托说。

“好的。”马拉说。

第二天，救国委员会向各处发出命令，要求在旺代地区的城镇村庄张贴这项法令并严格执行：凡是与土匪及叛乱分子越狱逃跑有牵连者一律处死刑。

这项法令只是第一步，国民公会后来走得更远。几个月以后，共和二年雾月十一日（一七九三年十一月），由于拉瓦尔城开门接纳旺代逃亡者，国民公会通过法令：任何接纳叛乱分子的城市都将被夷为平地。

另一方面，欧洲的王公们在布伦瑞克的宣言——它是由流亡贵族授意，由奥尔良公爵的总管兰农侯爵起草的——中声明：手执武器的法国人都将被枪决；如果国王掉一根头发，巴黎将被夷为平地。

一方是残忍，一方是野蛮。

卷三

在旺代

第一章　旺代

一　森　　林

那时在布列塔尼有七座森林。旺代是教士叛乱的象征，叛乱的同谋犯是森林。黑暗相互掩护。

那七座布列塔尼森林是：多尔与阿弗朗什之间的富热尔森林；方圆八法里的普兰塞森林；布满溪涧的班蓬森林，它与班尼翁之间几乎无法通行，但与保皇派小镇孔科尔内之间却畅通无阻；雷恩森林，那里可以听见共和派教区的警钟，这些教区在城市附近为数众多，皮伊塞正是在这里失去了福卡尔；马什库尔森林，它的林中猛兽就是夏雷特；加尔纳什森林，它属于拉特雷穆瓦伊家族、戈万家族和罗昂家族；布罗塞利昂德森林，它属于仙女。

布列塔尼一位贵族的头衔是七森林领主。他就是布列塔尼王公德·丰特内子爵。

布列塔尼王公的确存在过，他不同于法国王公。罗昂家族就是布列塔尼王公。森特的加尔尼埃在共和二年雪月十五日致国民公会的报告中是这样形容德·塔尔蒙亲王的：“这位土匪国王、曼恩和诺曼底的君主。”

一七九二年至一八〇〇年的布列塔尼森林有其独特的历史，它与传奇般的旺代的宏大历史合为一体。

历史有其真理，传奇也有其真理。传奇真理不同于历史真理。传奇真理是以现实作为结果的臆造。然而，历史和传奇都有同一个目的：描绘过眼烟云的人背后的永恒的人。

只有用传奇来补充历史才能完整地解释旺代。用历史说明全局，用传奇说明细节。

旺代当之无愧。旺代是奇迹。

这场愚昧者的战争，既愚蠢又辉煌，既可憎又壮丽，它使法兰西忧伤和自豪。旺代是创伤，也是光荣。

在某些时刻，人类社会会提出谜语，这些谜语在智者眼中化为光明，在愚者眼中化为黑暗、暴力与野蛮。哲人不愿提出责难，因为他想到问题所产生的混乱。问题所经之处莫不留下云雾般的阴影。

要想理解旺代，必须考虑这种对抗，一边是法国革命，另一边是布列塔尼农民。一边是这些无法比拟的大事：咄咄逼人的恩惠、愤怒的文明、过激的进步、难以理解的大幅度改良，另一边是严肃古怪的野人，那位眼睛清澈的长发人：他以牛奶和栗子为生；他只看得见自己的茅屋顶，自己的篱笆和壕沟；他能识别附近各村庄的钟声；他的水只用来解渴；他穿着有丝织装饰图案的皮外衣；他没有文化而且喜好装饰，往衣服上刺画就像他的祖先克尔特人在脸上刺画一样；他尊敬虐待他的主人；他操的是死语言，这等于让他的思想住进坟墓；他赶牛，磨镰刀，为黑麦除草，做荞麦面饼；他崇敬犁铧甚于崇敬祖母；他信仰圣母和显圣；他跪拜在圣坛前，也跪拜在矗立于荒原中央的神秘巨石前；他在平原上是农夫，在海边是渔夫，在荆棘丛中是偷猎人；他爱他的国王，他的领主，他的教士，他的虱子；他经常在荒寂的大沙滩上静立沉思，阴郁地倾听大海。

请想想这样的盲人能接受如此的光明吗？

二　人

农民有两个支撑点：养活他的田野和藏匿他的树林。

布列塔尼的树林当时的景象，今天已很难想象。那是一座座城市。盘根错节的荆棘和树枝，没有什么比这更聋、更哑、更蛮荒的了。这些广袤的丛林是静止和沉默的居所，这里有死一般的、坟墓一般的孤寂。如果你像闪电一样猛然劈开树木，就会在阴影中看到麇集的人群。

窄窄的圆井口被石头和树枝遮住，井道先成垂直线，后成水平线，在地底成漏斗形扩宽，最后抵达暗室。这就是坎比兹[①]在埃及发现的暗室，也是韦斯特曼在布列塔尼发现的暗室，只不过在埃及是沙漠，在布列塔尼是森林；在埃及地窖里是死人，在布列塔尼地窖里是活人。在米斯东树林里，有一个十分荒僻的林中空地，它下面全是地道和小室，里面有一群神秘的人来来往往，这个林中空地就叫作“大城”，另一处林中空地也与此相仿，外表荒凉，地下却十分拥挤，它叫作“皇家广场”。

这种地下生活在布列塔尼自古有之。在任何时代，人总在逃避人，因此才在树根下挖筑了爬虫的洞穴。它们在德落伊教祭司时期就出现了，有的和石桌坟一样古老。传说中的鬼魂、历史上的恶魔，都曾从这个黑暗国度的上方经过：特塔泰斯[②]、恺撒、奥埃尔[③]、内奥梅纳[④]、英王之子热奥弗鲁瓦、铁腕阿兰、彼埃尔·莫莱克、法国的布洛瓦家族、英国的蒙特福特家族、国王们、公爵们、布列塔尼的七

---

① 公元前六世纪波斯国王，曾征服埃及。

② 克尔特种族之神，战神。

③ 六至十九世纪间布列塔尼的几位公爵。

④ 九世纪布列塔尼领袖。

位男爵、领主法庭的法官们、与雷恩伯爵争吵的南特伯爵、匪兵强盗、大部队、勒内二世、罗昂子爵、国王任命的总督们、把农民吊在德·塞维涅夫人[1]窗下的"善良的肖尔公爵"、十五世纪的领主屠杀、十六十七世纪的宗教战争、十八世纪那三万条专门追逐人的狗，在这种种可怕的践踏之下，人民决定藏匿起来。他们最初是为了逃避克尔特人，后来是克尔特人逃避罗马人，布列塔尼人逃避诺曼底人，新教徒逃避天主教徒，走私贩逃避盐税局。他们最初是躲进森林，后来藏到地下。这是动物的对策。暴政使民族沦落到如此地步！两千年来，形形色色的专制主义：夺城掠地、封建割据、狂热盲从、苛捐杂税逼得惶惑和可怜的布列塔尼走投无路。这是一种残酷无情的狩猎，只是形式有所不同罢了。人钻进地洞。

当法兰西共和国突然出现时，布列塔尼人的心中已充满了恐怖——愤怒的一种形式，布列塔尼的树林中已充满了地洞。布列塔尼反叛了。强加于它的解放反而使它感到受压迫，奴隶们常产生这种误会。

三　人和森林的默契

悲惨的布列塔尼森林又扮演起了老角色，成为这次叛乱的仆从和同谋，正像它从前一样。

这些森林下面仿佛是石珊瑚，布满四通八达、奇异非凡的交通网，还有各种坑道和小室。没有窗子的小室每间可容纳五六人。在那里会感到呼吸困难。有些奇怪的数字可以说明农民大叛乱组织得何等严密。在伊尔和维兰省塔尔蒙亲王避难的佩尔特森林里，听不见一丝人声，看不见一点人影，但地下却藏着福卡尔手下的七千人。在莫尔

---

① 十七世纪法国女作家，以书信著称。

这种地下生活在布列塔尼自古有之。

（P167）

比昂省的默拉克森林，也看不见任何人，地下却藏着八千人。佩尔特和默拉克还不算是布列塔尼的大森林。在森林里走动是极可怕的，因为地下有迷宫，里面蹲着许多战士；伪装的荆棘丛像是一大块阴森的海绵，当革命这只大脚踩上去时，内战就会喷射出来。

营队无影无踪，却时时在窥伺。共和国军不知它们在哪里，它们却在共和国军脚下游动，突然冒出地面，然后又消失在地下，跳出来时声势浩大，然后又无影无踪；它们无所不在又化整为零，先是雪崩，后是细屑，仿佛是伸缩自如的巨人；它们战斗时是巨人，消失时是侏儒；它们是具有鼹鼠特性的美洲豹。

不仅仅有森林，还有树林；城市之下有村庄；森林之下有荆棘丛。森林由分散在四处的、错综复杂的树林相连。古堡成了堡垒，村庄成了营地，农庄里布下了圈套和陷阱，租田地设下了沟渠和树木屏障，这些就是对付共和国军的一张大罗网。

这个整体就是当时人称的博卡热地区。

这里有许多树林：属于让·朱安的米斯东树林，它中央有一个水塘；属于塔伊费尔的热恩树林；属于喧闹者古日的于伊瑟里树林；属于私生子库尔蒂耶的夏尔尼树林，库尔蒂耶别名圣徒保罗，是黑牛营地的首领；属于雅克先生的比尔戈树林，他是位神秘人物，后来神秘地死在朱瓦尔代伊的地道里；夏罗树林，皮穆斯和小王子在那里受到夏托纳夫守军的攻击后，去到共和国军中生擒了几位掷弹手，押回来当俘虏；厄勒瑟里树林，它是隆格费哨所溃败的见证人；奥尔树林，旺代人在那里监视雷恩和拉瓦尔之间的那条路；格拉维尔树林，这是一位拉特雷穆瓦伊亲王玩滚球赢来的；北海岸的洛尔热树林，它先由贝尔纳·德·维尔纳夫，后由夏尔·德·布瓦阿尔迪统治；离丰特内不远的巴尼亚树林，勒斯居尔在那里向夏尔博斯挑战，夏尔博斯以一当五，接受了挑战；迪龙代树林，这是昔日秃头查理之子嫩枝阿兰和埃里斯布曾经争夺的地方；克罗克卢树林，它位于荒原的边沿，科克罗在这里将俘虏剃成平头；克鲁瓦-巴达伊树林，银腿和莫里埃尔在这里淋漓尽致地相互辱骂；索德雷树林，就是我们看到的被一营巴黎人搜索的那座树林。还有其他许多树林。

在好几座森林和树林里，地底下不仅有以首领洞穴为中心的村庄，地面上也有藏在树丛下的低矮茅屋的小村庄，它们为数众多，有时将森林挤得满满的。炊烟泄露它们的秘密。米斯东树林里有两个小村庄享有盛名，一个是莱唐附近的洛里埃尔；另一个是圣乌安图瓦方向的那堆窝棚，它叫吕德博。

女人们生活在茅屋里，男人们生活在墓室里。战争期间他们利用精巧的地道和克尔特人的古老坑道。女人给藏在地下的男人送食物。也曾有男人被人遗忘而饿死。这种人很笨，不会推开井盖。井盖一般是用苔藓和树枝做的，十分巧妙，从外面看和杂草一模一样，从里面却可以随意开合。人们挖掘这些地洞时十分仔细，挖出的土被扔到附近的水塘里。井的内壁和底层都铺上了蕨草和苔藓。他们管这个隐蔽处叫作“窝棚”，待在那里还不错，只是没有阳光和火，也没有面包和空气。

随随便便地从地下回到人间，不合时宜地钻出地面，这是很危险的事，因为你可能正撞上一支行进的部队。令人畏惧的树林。双重陷阱。蓝军不敢进去，白军不敢出来。

四　他们的地下生活

这些躲在动物穴洞里的人常感烦闷。有时他们趁着黑夜不顾一切地爬出来，去到附近的荒原上跳舞。有时他们用祈祷来消磨时间。布尔杜瓦佐说：“让·朱安叫我们整天祈祷。”

麦束节时，下曼恩的人从地洞上来去参加庆祝活动，几乎无法阻止他们。有些人甚至异想天开，绰号穿山甲的德尼打扮成女人去拉瓦尔看戏，然后再钻回地洞。

他们会突然遭到杀戮，从囚室转入坟墓。

有时他们掀开井盖，听听远方是否在打仗，用耳朵追寻战争。共和派的枪声是整齐的，保皇派的枪声是分散的，他们根据这一点来判断。如果齐射的枪声突然中止，那表明保皇派被打败了，如果断续的枪声不中止，而且扩至天边，这表明保皇派占了上风。白军乘胜追逐，但蓝军从不追逐，因为他们害怕深入敌境。

这些地洞里的战士消息十分灵通，信息的传播迅速而神秘。他们毁坏了所有的桥梁，拆毁了所有的大车，但是还能相互告知一切、通知一切。森林与森林之间，村庄与村庄之间，农场与农场之间，茅屋与茅屋之间，树丛与树丛之间，都有密使驿站。

一位外表痴呆的农民在走动，空心棍里装的是急件。

一位名叫博埃蒂杜的原制宪会议成员向他们提供空白的新式共和国护照，有了这个，他们在整个布列塔尼通行无阻。这位叛徒手中有一大沓这种护照。要对他们进行突然袭击是不可能的。皮伊塞写道："四十多万人虔诚地严守秘密。"

这个四边形地区南临萨布勒至图阿尔一线，东临图阿尔至索米尔一线以及图河，北临卢瓦尔河，西临大西洋。它仿佛共一个神经系统，某一地点发生颤动，整个地区便摇晃起来。刹那间消息便从努瓦尔蒙蒂埃传到吕松。克鲁瓦-莫里诺营地出了什么事，拉卢营地也了如指掌，仿佛飞鸟在传递信息。共和三年穑月七日，奥什写道："他们真好像有电报。"

这是些小集团，就像苏格兰一样，各个教区有各个教区的首领。我父亲参加过这场战争，所以我可以谈论一番。

五　他们的战争生活

许多人只有梭镖。上等猎枪可不少。博卡热的偷猎者和洛鲁的走私贩是世上最灵巧的射手。他们是奇怪、可怕而勇敢的斗士。招募三十万人的法令一颁布，六百个村庄都响起了警钟，各处都爆发了大火。普瓦图和昂儒在同一天爆发叛乱，其实在一七九二年七月八日，即八月十日前一个月，这片凯尔巴德荒原上就响起了最初的轰鸣声。阿兰·勒德莱是拉罗什雅克兰和让·朱安的先驱，但他的名字今天已被遗忘。保皇派强迫所有的健壮男人跟他们走，否则处死。他们征用大车、拉车的牲口和粮食。很快，萨皮诺就招了三千士兵，卡特利诺一万士兵，斯多弗莱两万士兵，而夏雷特就成了努瓦尔蒙蒂埃的主人。保皇派发动叛乱：德·塞波子爵在上昂儒，德·迪厄齐骑士在维兰与卢瓦尔之间，隐士特里斯唐在下曼恩，理发师加斯东在盖梅内城，教士贝尔尼埃在其他各处。要煽动这么多人并不费事。在一位宣过誓的本堂神甫，即所谓的宣誓派教士的圣体龛内放一只大黑猫，举行弥撒时猫突然跳出来，农民惊呼道："这是魔鬼！"于是整个村镇都暴动了。教堂的告解座上吐出炽热的火。为了攻击蓝军，跨越沟壑，他们使用费尔特那种十五法尺长的长杆，用来战斗和逃跑。农民进攻共和国军的方阵时，有时在战场上遇见一个十字架或一座小教堂，他们便不顾激烈的战斗跪拜在地，在敌人的扫射下朗朗祈祷。有幸活着的人在念完《玫瑰经》后再起身扑向敌人。唉，何等的巨人！他们可以一面奔跑，一面上子弹，这是他们的本事。你想让他们相信什么，他们就相信什么。有些教士用细绳将另一些教士的脖子勒红，对农民说："这些被砍头的人复活了。"农民有他们自己的荣誉感。他们敬仰费斯克，这位共和派旗手倒在刀下时还紧握着旗杆。农民也爱嘲笑逗趣，称结了婚的共和派教士"成为无套裤汉的无圆帽汉[①]"。他们最初害怕大炮，但是举着长棍扑上去，而且缴获了几门大炮，最先缴获的是一门漂亮的青铜炮，他们为它取名"传教士"；第二门炮是在天主教战争期间铸造的，上面刻着黎世留的纹章和圣母像，他们叫

---

① 即教士成了革命派。圆帽是教士的标志。这是利用谐音的俏皮话：sans-culottes和sans-calottes。

它“玛丽-雅娜”。他们丢失丰特内时也丢失了玛丽-雅娜，六百位坚定的农民倒在了这门大炮周围；后来他们夺回了丰特内，为的是夺回玛丽-雅娜，并且给它披上百合花旗，堆上鲜花，让过路的妇女亲吻它。然而，两门炮未免太少。玛丽-雅娜是斯多弗莱缴获的，卡特利诺感到嫉妒，便从潘昂芒热出发，进攻雅莱，缴获了第三门大炮。福雷斯特又进攻圣弗洛朗，缴获了第四门大炮。另外两位首领，舒普和圣波尔，更为巧妙，他们砍伐树干乔装大炮，用假人装作炮手，居然用这支被他们大胆嘲笑的炮队打退了在马勒伊的蓝军。这是他们的黄金时代。后来，当夏尔博斯打败拉马尔索尼埃尔时，农民们在不光彩的战场上扔下了三十二门带英国纹章的大炮，于是英国付钱给法国王公们，向“……大人提供资金，因为有人对皮特先生说这是得体的”，一七九四年五月十日朗蒂阿这样写道。默利内在三月三十一日的报告里说：“叛乱分子们高呼‘英国人万岁！’”农民们仍然抢劫。这些虔诚信徒是窃贼。野蛮人有些恶习，后来受到文明的指摘。皮伊塞在《回忆录》第二卷第一百八十七页上写道：“我多次使普莱朗村免遭抢劫。”在四百三十四页上，他又说自己的人不进蒙福尔：“我绕了一圈，免得雅各宾派的房屋遭抢劫。”农民洗劫肖莱，将夏朗抢劫一空，错过了格拉维尔，洗劫维尔迪厄。他们将拥护蓝军的乡下人称为“雅各宾群”，并且格杀勿论。他们像士兵一样喜欢杀戮，像土匪一样喜欢屠杀，以枪毙“笨蛋”，即市民，为乐，称之为“开荤”。在丰特内，他们之中的一位教士，巴尔博坦神甫，用马刀砍死了一位老人。在圣日耳曼絮尔伊尔，他们之中的一位贵族队长一枪打死了村镇的检察官，抢走了他的表。在马尔库什，他们对共和派进行定量处决，每天三十人，一共五个星期。每三十人叫作“一串”。他们让这一组人站在挖好的坑前，然后用枪扫射，中弹者便落进坑内，有时还没有死，但也立即被掩埋。我们核对了这些习俗。地区议长儒贝尔双手都被锯断。他们给蓝军俘虏戴上一种特制的、锋利的手铐，在公共广场吹着猎号将他们击毙。夏雷特的签名是“博爱——骑士夏雷特”，他像马拉一样头上系一条手绢，正是他烧毁了波尔尼克城，将居民烧死在房屋内。在这个时期，卡里埃十分可怕。以恐怖对恐怖。这位布列塔尼叛乱者几乎和希腊叛乱者一样：短外衣、绑腿、穿着希腊男短裙一样的肥长裤，斜背着长枪。他像是土匪。亨利·德·拉罗什雅克兰二十一岁时就带上长棍和两支手枪参加了战争。旺代军有一百五十四个师。它们进行正规的围城战，围困布雷絮伊尔达三天之久。在一个耶稣受难日，一万农民用大炮轰袭萨布勒城。他们居然在一天之内摧毁了从蒙蒂涅到库尔布韦伊之间的十四个共和国军宿营地。在图阿尔高高的城墙上，有人听见拉罗什雅克兰和一个小伙子这段精彩的对话："卡尔！""我在这儿。""让我踩上你的肩头。""上来吧。""你的枪。""拿去吧。"于是拉罗什雅克兰就跳进了城，不用云梯就攻占了往日被迪盖斯克兰围困的炮楼。旺代人爱枪弹甚过爱金路易。他们看不见本村的钟楼时便哭泣。对他们来说，逃跑是最简单的事了，队长喊道："扔掉木鞋，带着枪跑！"缺乏弹药时，他们便念经祈祷，然后去抢共和军炮兵的弹药车；后来德·埃尔贝向英国索取弹药。敌人逼近时，旺代人便把伤员藏在麦子长得高高的地里或者茂密的蕨草里，等打完仗再去接他们。他们没有制服，穿着破烂，农民和贵族一样，弄到什么穿什么。罗杰·穆利尼埃戴着包头布，穿一件从拉弗莱什的戏装商店里拿来的古代骑兵短上衣。德·博维利埃穿的是检察官的袍子，毛软帽上又戴一顶女帽。所有的人都戴着肩带，系白色腰带。级别以领结来表示。斯多弗莱是红结，拉罗什雅克兰是黑结。从未走出诺曼底的半吉伦特派温普凡戴的是冈城革命派的袖章。队伍里也有女人：德·勒斯居尔夫人，她后来成为拉罗什雅克兰夫人；苔蕾丝·德·莫利安，她是拉鲁阿里的情妇，曾烧毁教区首领们的名单；德·拉罗什福科夫人，她年轻美丽，手持军刀将农民集合在卢梭山城堡的大塔前；还有那位人称阿达姆骑士的安托瓦内特·阿达姆，她英勇无畏，后来被俘，敌人枪决她时，出于尊敬，让她站着。这个史诗的时代是残酷的。人变成了暴徒。德·勒斯居尔夫人故意让坐骑从退出战斗倒在地上的共和派身上踩过去，说他们是“死人”，其实可能是伤员。男人们有时背叛，女人们却从不背叛。法兰西剧院的弗勒里小姐从拉鲁阿里转向马拉，但这是出于爱情。队长往往和士兵同样无知。德·萨皮诺先生常犯拼写错，o 与 au 相混。首领们相互敌视。马雷地区的队长们喊道：“打倒高原的人！”他们的骑兵不多，也很难组成连队。皮伊塞写道：“一个男人会高高兴兴地把两个儿子给我，但是如果我问他要一匹马，他就会变得冷冰冰的了。”长杆、长柄叉、长柄镰刀、新旧长枪、偷猎刀、长铁扦、带铁皮和钉子的短粗木棍，这些就是他们的武器。有些人胸前挂着用两根死人骨头做的十字架。他们大吼大叫地进行袭击，突然从四面八方涌来，从树林、山丘、幼林、凹路冒出来，散开成钩形，开始杀戮、消灭、摧毁，然后便无影无踪。他们穿过共和派村镇时，砍倒自由之树，放火烧掉，并且围着火跳舞。他们所有的行动都在夜间进行。永远令对方措手不及，这是旺代人的习惯。他们可以一声不响地走六十公里，不踩死一根草。晚上首领们举行战前会议，决定第二天早上攻击哪里的共和军哨所，然后他们便上子弹，念祷文，脱掉木鞋，赤脚走在欧石南和苔藓上，不出声，不说话，屏住呼吸，像猫一样在黑夜里行走。

六　一方水土养一方人

旺代至少有五十万叛乱者，包括女人和小孩。五十万战士，这是蒂凡·德·拉鲁阿里提供的数字。

旺代得到联邦派的协助，有吉伦特派作为同谋。洛泽尔省给博卡热送来三万人。布列塔尼的五个省加上诺曼底的三个省，结成八省联盟。埃弗勒与冈城结盟，市长肖蒙和名人加尔当巴是埃弗勒驻叛军中的代表。冈城的比佐、戈尔萨和巴尔巴鲁、穆兰的布里索、里昂的夏桑、尼姆的拉博·圣埃蒂安、布列塔尼的梅兰和迪夏泰尔都给这场大火吹气。

有两个旺代：进行森林战的大旺代和进行丛林战的小旺代，这就是夏雷特和让·朱安的不同之处。小旺代幼稚，大旺代腐化。小旺代更好。夏雷特当上了侯爵、王军里的中将，并获得圣路易大十字勋章。让·朱安仍旧是让·朱安。夏雷特近乎土匪，让·朱安近乎游侠骑士。

至于那些高贵的首领：邦尚、勒斯居尔、拉罗什雅克兰，他们估计错了。天主教大军是一种荒诞的尝试，必会引来灾难。农民风暴袭击巴黎，村镇联军围困先贤祠，在《马赛曲》旁边唱圣诗和祷文，用木鞋来践踏才智，这种设想不是无稽之谈吗？勒芒和萨弗内惩罚了这种疯狂。旺代无法越过卢瓦尔河。旺代无所不能，唯独迈不过卢瓦尔河。内战不是掠夺领土。恺撒越过莱茵河完成了事业，拿破仑越过莱茵河扩大了战功，拉罗什雅克兰越过卢瓦尔河却遭灭顶之灾。

真正的旺代叛乱是在旺代地区的叛乱。在那里它无懈可击，不仅如此，它神出鬼没。旺代人在家乡是走私贩、庄稼汉、士兵、牧人、偷猎者、自由射手、敲钟人、农民、奸细、凶手、虔诚教徒、林中野兽。

拉罗什雅克兰仅仅是阿基琉斯①，让·朱安是普洛透斯②。

旺代叛乱流产了。另一些叛乱却成功了，例如瑞士。瑞士人在山间的叛乱与旺代人在森林中的叛乱是有区别的。环境几乎永远起决定性影响，因此瑞士人的斗争是为了理想，旺代人的斗争是为了偏见。前者飞翔，后者爬行；前者为人类而战，后者为孤独而战；前者要求自由，后者要求孤立；前者捍卫市镇，后者捍卫教区。莫拉的英雄们喊道："市镇！市镇！"前者面临悬崖，后者面临泥坑；前者置身激流水花之中，后者置身散发热病的死水洼中；前者头顶蓝天，后者头顶

---

① 荷马史诗《伊利昂记》中的英雄，只有脚跟有懈可击。

② 希腊神话中的海神，能任意变形。

荆棘；前者在顶峰，后者在暗处。

山峰和凹地给人的教育是迥然不同的。

高山是堡垒，森林是陷阱，前者培养勇气，后者培养诡诈。古代人让神灵住在山顶，让林神住在荆棘丛中。林神是半人半兽的野人。自由国度里有亚平宁山脉、阿尔卑斯山脉、比利牛斯山脉、奥林匹亚山。巴那斯是山。勃朗峰是威廉·退尔[①]的强大助手。在印度诗歌中，神灵对黑暗进行宏伟的斗争，而在斗争的远处和上方矗立着喜马拉雅山。希腊、西班牙、意大利、瑞士以山作为象征，辛梅里、日耳曼或布列塔尼以树林作为象征。森林是野蛮的。

地形导致人的许多行动，它是人的同谋，远远超出我们的想象。当你面对险恶的自然环境时，你真想为人开脱而归咎于大自然。你感到大自然在暗中挑衅。有时，沙漠毒化意识，特别是不开化的意识。意识可以是巨人，它产生了苏格拉底和耶稣；意识也可以是侏儒，它产生了阿特柔斯[②]和犹大。偏狭的意识很快就成为地上的爬虫。昏暗的树林、荆棘和刺，树下的沼泽，这是它注定的环境，这环境用邪恶的思想神秘地渗透意识。虚幻的视觉、无法解释的幻影、对时空的惊愕，使人处于一种半宗教、半兽性的恐惧中。这种恐惧在平时会导致迷信，而在紧张时期会导致暴行。幻觉举着火把为谋杀照亮道路。土匪总是头脑发昏。神奇的大自然有两重性，它使大智者目眩，使蛮荒者失明。人愚昧无知，沙漠上又充满幻象，此刻，除了智力的黑暗外又加上孤独的黑暗，于是在人身上出现了深渊。某些崖石，某些沟壑，某些矮林，某些穿过林木的、黄昏时分的僻野栅栏，都促使人去做疯狂和残酷的事。我们甚至可以说某些地点心怀叵测。

班尼翁和普莱朗之间的那座阴暗小丘曾目睹了多少悲惨场面呵！

广阔的视野将心灵引向博大，而狭窄的视野产生偏狭，因此有时

---

① 十四世纪的瑞士传奇英雄。

② 希腊神话中的人物，仇恨自己的兄弟。

大心灵被迫成为小头脑，让·朱安就是一例。

片面性思想仇恨全面性思想，这就是围绕进步的斗争。

家园、祖国，这两个词总结了全部旺代战争，局部思想与总体思想之争，农民与爱国者之争。

七　旺代结束了布列塔尼

布列塔尼历来是反叛者。在两千年中，它每次都反叛有理，但最后一次它错了。然而，无论是反对革命还是反对君主制，反对特派代表还是反对公爵重臣等总督，反对指券还是反对盐税，也不管战斗的是什么人物，是尼科拉·拉潘、弗朗索瓦·德·拉努、普吕维奥队长、德·拉加纳什夫人还是斯多弗莱、科克罗、勒尚德利埃·德·彼埃尔维尔，也不管是在德·罗昂先生率领下反对国王还是在德·拉罗什雅克兰先生率领下拥护国王，其实布列塔尼进行的始终是同一场战争，即用地方性反对中央性。

这些古老的省份是厌恶流动的一潭死水。风不能使它们恢复生气，反而激怒它们。菲尼斯泰尔省是法国的终端，人的活动范围在那里结束，多少个世纪的进军在那里中止。"停下！"这是大洋对陆地、野蛮对文明的吼声。每当作为中心的巴黎发出推动力，无论这推动力来自王朝还是来自共和国，也无论它是朝向专制还是朝向自由，对布列塔尼来说，都是新东西，于是它就反对。别打扰我们！你们想干什么？马雷地区拿起了长柄叉，博卡热地区拿起了短枪。我们在立法和教育方面的一切尝试、一切创举，我们的百科全书、我们的哲学、我们的天才、我们的光荣都在乌鲁[①]面前搁浅。巴祖热的警钟威胁法国革命，法乌荒原反对喧闹的公共广场，高牧场的大钟向卢浮宫的塔楼

① 布列塔尼北部城镇。下文中的巴祖热、法乌、高牧场分别位于南部、西部和东部。

宣战。

可怕的耳聋。

旺代叛乱是一个令人悲伤的误会。

巨型殴斗、大规模的无端争吵、漫无边际的叛乱，它们在历史上留下一个名字，一个世人皆知的黑名字：旺代。旺代为逃离者卖命，对自私者忠贞不贰，为怯懦者赴汤蹈火；旺代没有心计，没有战略，没有战术，没有计划，没有目标，没有首领，没有职责；旺代表明了意志可以化为无能；旺代既有骑士风度又野蛮粗暴；旺代荒谬至极，它修筑栅栏不让光明照亮黑暗；旺代是愚昧，它对真理、正义、权利、理智、解放进行长期的、愚蠢而壮丽的反抗。长达八年的恐怖，十四省遭殃，田地荒芜，庄稼被毁，村庄被烧，城市化为废墟，房屋被抢劫，女人和孩子被屠杀，茅屋被付之一炬，人心被利剑刺伤，文明的浩劫，皮特先生的期望，这就是这场战争，这场无意识的弑君尝试。

总之，旺代表明必须从各个方向戳破古老的布列塔尼阴影，必须从各个角落用光明之箭刺穿这些荆棘，因此旺代推动了进步。灾难常常以阴暗的方式来安排事物。

第二章　三个孩子

一　PLUS QUAM CIVILIA BELLA[①]

一七九二年的夏天多雨。一七九三年的夏天酷热。由于内战，布列塔尼几乎没有道路了，然而人们还是趁着明媚的夏季旅行。干土路就是最好的道路了。

七月份宁静的一天，太阳落山后约一个小时，有位骑马人从阿弗朗什来到那个叫克鲁瓦布朗夏尔的小客店。这家小客店是进蓬托尔松的第一站，招牌上写着“零售美味苹果酒”。几年前这招牌还在。这一天很热，但开始起风了。

这位旅行者身披一件宽大的斗篷，连马的臀部都被罩住了。他头戴一顶有三色帽徽的大帽子。在这个从篱笆后放冷枪，把帽徽当枪靶的地方，这种打扮是很危险的。系在颈部的斗篷微微张开，双臂可以活动自如，双臂下面是三色腰带以及腰带上方露出的两只手枪柄。从斗篷下露出一截马刀。

马匹停下，惊动了客店，店门打开，老板举着灯走了出来。这是

① 拉丁文，取自古罗马诗人卢卡努斯的史诗《法尔萨利亚》中的诗句，可译为：这不仅仅是内战(战争扩至家庭内部)。——原编者注

黄昏时分，大路上还是白天，房屋里已是黑夜了。

客店老板看看帽徽，说道：

“公民，您住店？”

“不。”

“您去哪儿？”

“多尔。”

“那您应该回阿弗朗什，要不就留在蓬托尔松。”

“为什么？”

“多尔那边在打仗。”

“呵！”客人说，接着又说：

“给我的马喂点燕麦。”

客店老板拿来饲料槽，往槽里倒下一袋燕麦，解开马匹，马便喘着大气吃起来。

谈话继续进行。

“公民，您这匹马是征用的吗？”

“不是。”

“是您自己的？”

“对，是我花钱买的。”

“您从哪里来？”

“巴黎。”

“不是直接来的吧？”

“不是。”

“我想也不是。路都断了，不过还有驿车。”

“只到阿弗朗什。我是在阿弗朗什下驿车的。”

“呵！过不多久法国就没有驿车了。现在没有马。马价从三百法郎涨到六百法郎。草料贵得惊人。我原先是驿站老板，现在成了小客店老板。驿站老板从前有一千一百一十三位，其中两百位都辞职不干了。公民，您是按新价格表付车钱的吗？”

"是的，按五月一日的价格。"

"客车是二十苏，小车是十二苏，货车是五苏。这匹马是在阿朗松买的？"

"是的。"

"您今天跑了一天？"

"从大清早起。"

"还有昨天？"

"还有前天。"

"我明白了。您是从东弗龙和莫尔丹那边过来的。"

"还有阿弗朗什。"

"我看，公民，您该休息休息了。您一定很累。您的马也肯定累了。"

"马可以累，人可不能累。"

客店老板又盯着旅客。这是一张严肃、沉着而严厉的面孔，头发呈灰白色。

老板朝荒寂无人的大路看了一眼，说道：

"您就这样一个人赶路？"

"我有护卫。"

"在哪里？"

"我的马刀和枪。"

客店老板给马提来一桶水。马饮水时，他又端详客人，心里想：

"不管怎么样，他像是教士。"

客人问道：

"您说多尔那边在打仗？"

"是的。正在开战哩。"

"谁和谁打？"

"一位前贵族和另一位前贵族。"

"您是说……"

"一位拥护共和国的前贵族和一位拥护国王的前贵族。"

“可现在没有国王了。”

“还有太子呢。这两位前贵族还是亲戚哩，真是怪事。”

客人注意地听。老板继续说：

“他们两人一老一少，是叔爷和侄孙。叔爷是保皇派，侄孙是革命派。叔爷指挥白军，侄孙指挥蓝军。呵！他们可是毫不留情。这是你死我活的战争。”

“你死我活？”

“是的，公民，您瞧，您想看看他们相互的见面礼吗？这张告示是那老头下令到处张贴的，每座房屋、每棵树上都有，连我门上也贴了一张。”

老板把灯移近贴在一扇门板上的一张纸。这告示是用特大号字写的，客人的视线越过坐骑，可以看到：

德·朗特纳克侯爵荣幸地通知其侄孙德·丰特内子爵：侯爵先生如有幸抓获子爵先生，将坚决予以枪决。

“这里还有对方的回答呢。”老板接着说。

他转过身，用灯照亮另一张告示，它贴在另一扇门上，与前一张告示相呼应。上面写道：

戈万通知朗特纳克，一旦抓住他将立即枪决。

老板继续说：

“第一张告示是昨天贴到我门上的。今早又贴上了第二张告示。真是针锋相对。”

客人低声说了几句话，仿佛在自言自语，老板听见了，但不明白是什么意思：

“对，这不仅仅是国内战争，还是家内战争。应该这样。不错。

民族的振兴需要这种代价。”

客人盯着第二张告示，手举到帽檐向它致敬。

老板继续说：

“您瞧瞧，公民，是这么回事，城市和大镇上的人拥护革命，乡下人反对革命，也可以说城里人是法国人，乡下人是布列塔尼人。乡下人说我们笨手笨脚，我们说他们土里土气。贵族和教士站在他们那边。”

“不是所有的贵族和教士吧。”

“那当然，公民。我们这里不就有一位子爵反对一位侯爵吗？”

接着他又自言自语：

“而且和我说话的这位大概就是教士。”

客人问道：

“这两个人中间谁占了上风呢？”

“到现在为止是子爵，当然很不容易。老头子很厉害。他们是本地的贵族，戈万家族。这个家族分两个支系，大系的家长是德·朗特纳克侯爵，小系的家长是戈万子爵，他们今天互相拼打。这样的事树木是不会干的，但人却干得出来。这位德·朗特纳克侯爵在布列塔尼很有势力。在农民眼中他是王公。他登陆那一天，一下子就召集了八千人，不出一个星期就有三百个教区参加暴动。他要是能占领一小段海岸，英国人就会登陆。幸好他这位侄孙在那里，真是巧事。戈万指挥共和军把叔爷给顶了回去。朗特纳克登陆以后，屠杀了一批俘虏，还枪毙了两个女人，其中一个女人有三个孩子，一营巴黎士兵曾经收养了孩子，所以对这次枪杀十分气愤。这个营叫作红色无檐帽营，它剩下的人不多，但打起仗来是猛虎，他们加入了戈万的部队，所到之处，势如破竹。他们要为那两个女人报仇，要找回那三个孩子。他们不知道那个老头把孩子们弄到哪里去了，所以特别恼火。要是没有那三个孩子，这场仗也许还不至于打到这个地步。子爵是位好心、善良的年轻人，但侯爵是个可怕的老头，农民们管这一仗叫作圣米歇尔和贝尔泽布[1]之战。您大概知道圣米歇尔是本地的天使吧。在海湾里，在海水中间，有一座山是属于他的。据说他打败了魔鬼，把它埋在另一座山下，它离这里不远，叫作通布莱。”

“是的，”客人喃喃地说，“Tumba Beleni[2]，即贝勒吕斯、贝吕斯、贝尔、贝利阿、贝尔泽布之墓。”

“看来您了解情况。”老板说，然后又自言自语，“显然他懂拉丁文，他是教士。”

他又对客人说：

“是呀，公民，在农民看来，天使与魔鬼又开战了。当然，他们认为保皇派将军是天使，革命党指挥官是魔鬼，其实哩，要是真有魔鬼，那该是朗特纳克，要是真有天使，那该是戈万。您不吃点什么吗，公民？”

“我有一壶水和一块面包。您还是给我讲讲多尔的事吧。”

“是这样的。戈万指挥海岸军中的远征队。朗特纳克想在各处发动暴动，让下诺曼底支援布列塔尼，好向皮特敞开国门，用两万英国人和二十万农民来支援旺代大军。戈万粉碎了这个计划。他坚守海岸，将朗特纳克赶向内陆，将英国人赶下了海。朗特纳克到过这里，被他赶跑了。他夺回了蓬托博，把朗特纳克赶出了阿弗朗什，赶出了维尔迪厄，使他到不了格朗维尔，而且想方设法将他赶进富热尔森林，好围困起来。昨天一切还很顺利。戈万率领部队到过这里。但是，形势突变。那个狡猾的老头进行突然袭击，据说是朝多尔方向去的。如果他占领多尔，将大炮——他是有大炮的——摆上多尔山，那么英国人就可以在这个海岸登陆，一切就都完了。戈万是有头脑的人，他一看情况紧急，顾不得向上请示和等待命令，当机立断，下令备鞍上马，套上炮车，拉上队伍就出击。就这样，当朗特纳克扑向多

---

① 在基督教中分别为大天使和大魔鬼。

② 拉丁文。

尔时，戈万扑向朗特纳克。这两个布列塔尼人将在多尔相互拼杀。这将是一场凶猛的拼杀。他们现在已经开始了。”

“从这里去多尔要多久？”

“部队带上给养车，至少得走三小时。不过他们已经到了多尔。”

客人侧耳细听，说道：

“确实，我仿佛听见炮声。”

老板也仔细听：

“不错，公民，还有排射的枪声，像是撕布的声音。您该在这里过夜，去那边没有好处。”

“我没法停下来。我得赶路。”

“您错了。我不知道您要办什么事，但是去那边太危险，除非这关系到您在世上最珍惜的……”

“的确如此。”客人说。

“……譬如您的儿子……”

“差不多吧。”客人说。

老板抬起头自言自语：

“可这位公民像是一位教士。”

他想了一下又喃喃地说：“不过教士也会有孩子呀。”

“给我套马吧，”客人说，“我该付多少钱？”

他付了钱。

老板将食槽和水桶放到墙边，走回来说：

“既然您一定要走，那么听听我的劝告吧。您显然要去圣马洛，但不要从多尔走。去圣马洛有两条路，一条路走多尔，一条路顺海岸。两条路都不近。顺海岸要经过布雷埃尼的圣乔治、谢吕埃克斯、伊雷尔埃维维埃。您从多尔北面，康卡尔南面过去。公民，您走完这条街就会看见两条大路，左边那条路去多尔，右边那条路去布雷埃尼的圣乔治。您听我说，如果您去多尔，肯定会遇上屠杀，所以别向左转，要向右转。”

“谢谢您。”客人说。

接着他便策马飞驰而去。

天已经黑了，他钻进黑暗中。

他在老板的视线中消失了。

他来到街尾那两条路的岔口，听见客店老板在远处喊道：

“向右转！”

他向左转。

二 多 尔

按照教堂文件的描述，多尔是布列塔尼的西班牙式法国城市。其实它不是一座城，而是一条街，一条古老的哥特式大街，左右两侧都是带木柱的房屋，房屋错落不齐，因此在这条宽敞的街上形成岬角和拐角。城里的其他部分是纵横交错的小巷，它们与中心大街相连，犹如小溪汇入大河。多尔城位于多尔山脚下，它没有设防，既无城门，也无城墙，因此无法抵御围困者，但是那条街倒是可以抵挡一阵。房屋形成的岬角——五十年前还在——以及大街两旁的柱廊使大街成为坚固可守的战场。有多少房屋就有多少堡垒，入侵者必须逐一攻克。老菜市场大致位于大街中段。

克鲁瓦布朗夏尔客店的老板说对了。在他说话的当时，多尔城已陷入狂暴的混乱之中。早上抵达的白军和晚上突然赶到的蓝军，双方突然展开了夜战，但力量悬殊，白军有六千人，蓝军只有一千五百人，但都同样顽强。引人注目的是，这一千五百人竟向那六千人发动进攻。

一边是嘈乱的人群，另一边是军队。一边是六千名农民，他们的皮短衣上挂着心形的耶稣像，圆帽上系着白色饰带，袖章上写着基督教箴言，腰带上吊着念珠；他们手中的长柄叉多于马刀，他们还有不带刺刀的长枪；他们用粗绳拖着大炮。他们装备简陋，纪律松弛，武器粗劣，但却十分狂热。另一边是一千五百名士兵，他们头戴三色帽徽的三角帽，身穿大垂尾、大翻领的上装，挂着交叉的武装带，手持铜柄短马刀和上了刺刀的长枪。他们训练有素，排列整齐，既顺从又狂暴，善于指挥也善于服从。他们也是志愿兵，然而是革命派的志愿兵。他们穿着破旧，光着脚。农民游侠们为的是君主政体，赤脚英雄们为的是革命，双方的首领是队伍的灵魂，保皇派那边是位老者，共和派这边是位青年；一边是朗特纳克，一边是戈万。

革命有丹东、圣茹斯特、罗伯斯比尔这样的年轻巨人，也有奥什、马尔索这样的理想青年，戈万属于后一类人物。

戈万三十岁，高大魁梧，眼神像先知一样深沉，笑起来像小孩。他不抽烟，不喝酒，不赌咒发誓。他打仗时随身带着梳洗用具，特别在意自己的指甲、牙齿和那头棕色秀发。行军休息时，他亲自将身上那件布满弹孔、盖满尘土的队长制服脱下来拍打。他在战场上一向勇猛冲杀，但从未受过伤。他的声音柔和，但下命令时会突然变得洪亮。他身先士卒，不论是刮风下雨还是下雪，都裹着斗篷，将可爱的头枕在石上，席地而卧。这是一颗英勇无邪的心灵，但拿起军刀他便改变了容貌。他有一种女性的神情，在战争中这是很可怕的。

此外他爱沉思，善哲理，是位年轻的贤人。他的容貌像阿尔西比阿德[①]，谈吐像苏格拉底。

在法国革命这样巨大的突变中，这位年轻人立刻成了军事首领。

他训练的部队和罗马军团一样，是一个兵种齐全的小军团，由步兵和骑兵组成，还有侦察兵、工程兵、坑道兵、架桥兵。罗马兵团有投射器，他的兵团有大炮。牵引牢固的三门大炮使他的部队既强大又灵活。

朗特纳克也是军事领袖，不仅如此，他更审慎也更大胆。与年轻

① 公元前五世纪的雅典将军，苏格拉底的学生。

英雄相比，真正的老英雄更为冷静，因为他们远离黎明，也更为大胆，因为他们接近死亡。他们有什么可以失去的呢？微不足道的东西。因此朗特纳克的计谋既勇猛又巧妙。然而，在这一老一少的顽强搏斗中，总的来说，戈万几乎一直占上风。这多半是靠运气。所有的好运，即使是可怕的好运，都属于年轻人。胜利像是一位少女。

朗特纳克对戈万十分愤怒，首先是因为戈万打败了他，其次是因为戈万是他的亲戚。这个戈万！这个淘气鬼！怎么会成为雅各宾派呢？侯爵没有子女，所以戈万是他的继承人，侄孙，几乎是亲孙子！

“呵！”这个几乎是祖父的人说，“我要是抓住他，会把他当狗一样打死！”

这位德·朗特纳克侯爵使共和国忐忑不安不是没有原因的。他一登陆便令人震惊。他的名字像导火线一样迅速燃遍反叛的旺代，他立即成为叛乱中心。在这种性质的叛乱中，首领们各有各的丛林和沟壑，相互妒忌，必须有一个站在高处统观一切的人，才能将地位相等又力量分散的首领们集合起来。几乎所有的森林首领都向朗特纳克靠拢，而且，无论是远是近，都服从他。只有一位首领离开了他，就是率先迎接他的加瓦尔，为什么呢？因为加瓦尔是位心腹。旧的内战体制中的一切秘密，他都了如指掌，他还参与了其中的一切方案，而这正是朗特纳克要取消、要换掉的东西。心腹是不能继承的。拉鲁阿里的鞋不适合朗特纳克的脚。加瓦尔投奔了邦尚。

朗特纳克，作为军人，崇尚腓特烈二世的作风，他想将大战与小战结合起来。他既不要天主教和国王大军那种“混乱的集中兵力”，因为它肯定会溃败，也不要荆棘矮林中的分散兵力，因为它只能骚扰而无力击溃敌人。游击战起不了或很难起决定性作用。你最初是向共和国发动进攻，但你最后不过是抢劫了一辆驿车。朗特纳克所理解的布列塔尼战争，既不是拉罗什雅克兰的平原战，也不是让·朱安的森林战；既不是旺代叛乱，也不是朱安党叛乱。他要求的是真正的战争，利用农民，但以士兵作为后盾。他在战略上依靠集结的农民，在战术上依靠军队。农民队伍能迅速集结迅速分散，这有利于进攻、埋伏和偷袭，但他觉得这种队伍变化无常，仿佛是他手中的水。在这种飘忽不定的、分散的战争中，他想建立一个牢靠的支撑点，除了野蛮的森林部队以外再拥有一支正规军，并使它成为农民战争的枢轴。这是深刻而可怕的念头。如果它得以实现，旺代将是无法攻克的。

然而，去哪里寻找正规军呢？去哪里寻找士兵？去哪里寻找团队？去哪里寻找现成的军队？英国！因此朗特纳克一心想要英国人登陆。宗派意识妥协了。白色徽章使他看不见红色军服。他只有一个想法：占领一个海岸据点，向皮特敞开国门。因此，当他看到多尔未设防时，便扑了上去，想用多尔城控制多尔山，用多尔山控制海岸。

地点选得很好。将炮队设在多尔山上便可以一方面控制弗雷斯诺瓦，另一方面控制圣布雷拉德，使康卡尔的巡洋舰无法靠近，从而为登陆者敞开从库万农河峡至圣梅卢瓦尔代宗德的整个海岸。

为了确保这次决定性尝试取得成功，朗特纳克带来了六千多人，这是他所指挥的农民军中的精锐部分，他还拉来了全部大炮，其中有十门十六斤炮弹的轻型长炮，一门八斤炮弹的短圆炮，还有一门带四斤重炮弹的大炮。他想在多尔山建立强大的炮兵阵地，因为十门大炮发射一千枚炮弹比五门大炮发射一千五百枚炮弹更奏效。

成功在望。他有六千人。在阿弗朗什方向，他要对付的只有戈万，但戈万只有一千五百人。在迪南方向，他要对付的只有莱谢尔，莱谢尔倒是有两万五千人，但他离这里有二十法里。因此朗特纳克放心了，莱谢尔兵力多但距离远，戈万距离近但兵力少。此外，莱谢尔还是个傻瓜，后来他的两万五千人在克鲁瓦巴塔伊荒原上一败涂地，他也自杀身亡。

因此，朗特纳克的处境十分安全。他对多尔的占领既突然又严酷。他以残酷闻名，手下从不留情。在多尔他没有遇到任何抵抗。居民们惊慌失措，闭门不出。六千旺代人便在城里驻扎下来，像在集市上一样乱哄哄，没有预先的安排，没有圈定的住所，随处宿营，露天做饭，散布在各个教堂，放下枪去念经。朗特纳克领着几位炮兵军官去多尔山察看地形，将副长官的职务托付给被他任命为副官的喧闹者古日[①]。

这位喧闹者古日在历史上留下了隐约的足迹。他有两个绰号，一个是蓝军灾星，因为他屠杀了许多革命派；另一个是伊马纽斯，因为他身上有一种无法描述的可怕的东西。伊马纽斯由拉丁文伊马尼斯转换而来，是下诺曼底方言中一个古老的字眼，指的是一种超人的，可以说是恐怖异常的丑陋，如魔鬼、林神、吃人妖魔。一本古老的手稿上用古方言写道："我亲眼看见伊马纽斯。"博卡热的老人们如今不知道喧闹者古日是谁，也不知道蓝军灾星是谁，但他们大致知道伊马纽斯。伊马纽斯已融入当地的迷信之中了。在特雷莫雷尔和普吕莫加这两个当年受喧闹者古日之害的村庄，人们至今还谈论伊马纽斯。在旺代，其他人是野蛮，喧闹者古日却是暴虐。他像酋长一样，全身刺上十字架和百合花，脸上透出一股几乎超自然的凶光，表明他的灵魂与别人的灵魂不同。战斗中他穷凶极恶，战斗后他残忍至极。他的心灵是弯曲的，他能忠心耿耿，也能穷凶极恶。他会推理吗？会的，但是像爬行的蛇一样，呈螺旋形。他的出发点是英雄主义，终点却是谋杀。无法猜测他的决定从何而来，这些决定因残酷而显得壮观。他能做出一切出乎意料的可怕的事。他的残酷惊心动魄。

因此他才有这个畸形的绰号：伊马纽斯。

德·朗特纳克侯爵信任他的残酷。

残酷，一点不错。伊马纽斯的专长是残酷。但是在战略战术上，他并不高明。侯爵也许不该让他当副指挥官。总之，侯爵让伊马纽斯替他照料一切。

喧闹者古日是好战者而非军事家，他能掐死一群人而不善于守一座城。但他仍然布置了前哨。

---

① 作为普通名词，指半圆凿。

黄昏来临，德·朗特纳克侯爵视察完计划中的炮台地形，返回多尔，突然间他听见炮声。他抬头看，见多尔的大街上升起红色的烟雾。这是进攻、奇袭和突击。城里在打仗。

朗特纳克一向遇事不惊，这次却目瞪口呆。他绝没有料到会发生这种事。这会是谁呢？显然不会是戈万。不可能用一个人去攻打四个人。那么是莱谢尔？那该是怎样的急行军！不大可能是莱谢尔，绝不可能是戈万。

朗特纳克快马加鞭。他路上遇见逃难的人，便向他们询问，他们失魂落魄地叫道："蓝军！蓝军！"当他赶进城时，形势恶劣。

下面就是事情的经过。

三　小部队和大战役

我们刚才看到，农民们到达多尔以后，便在城里散开，愿意干什么就干什么，正如旺代人所说："出于情分而服从。"这种服从能产生英雄，但不能产生士兵。他们将大炮和辎重都放在老菜市场的拱顶下，然后一面吃喝，一面"数念珠"，疲惫不堪，横七竖八地倒在大街上，不是守卫大街，而是堵塞大街。黄昏逐渐来临，大多数人都头枕口袋睡着了。有几个人身边还带着老婆，因为农妇常常与农民相随；在旺代，有身孕的农妇可以充当奸细。这是一个温暖的七月之夜，星星在深邃的暗蓝色天空闪烁。在这个不像军营而像商旅客栈的宿营地上，人们安然入睡。突然，那些还没有合眼的人，在黄昏的微光下，看见大街口有三门大炮正对着这边。

这是戈万。他袭击了前哨，进了城，占据了街口。

一位农民起身喝问口令，并且放了一枪，对方以大炮还击，于是开始了一场激烈的枪战。昏昏欲睡的人们突然跳了起来。可怕的打击。他们披着星光入睡，醒来时却弹片横飞。

最初的一刻极其可怕。密密麻麻的一大堆人突然被击毙，有什么比这更悲惨的呢？他们喊着，跑着，扑向自己的武器，许多人倒下了。进攻使他们措手不及，他们甚至相互射击。有些人失魂落魄地从房屋里跑出来，又跑回去，再跑出来，昏头昏脑地在枪弹下乱跑。一些家庭相互呼唤。女人和孩子也都被卷入了这场凄惨的战争。呼啸而过的子弹划破了黑暗。硝烟弥漫，一片嘈杂。再加上货车与大车撞成一团。马匹在踢腿。人们踩在伤员身上，地上有人在呻吟。有些人惊恐万状，有些人目瞪口呆。士兵寻找军官，军官寻找士兵。而在这一切之中是阴沉的冷漠。一个女人正靠着墙给婴儿喂奶，她丈夫也靠在墙上，一条腿被打断了，血流了出来，但仍然平静地上枪弹，朝阴暗的前方盲目地射击。有些男人匍匐在地，从大车车轮后面放枪。有时响起喧嚣声，但大炮的轰鸣声盖住了一切。景象令人不寒而栗。

这像是伐树，树一批接一批地倒下。戈万埋伏在暗处，弹无虚发，他手下的人伤亡很小。

然而，处于混乱之中的农民终于进行防御了。他们退到菜市场，那是阴暗的大堡垒，是石柱森林。他们在那里站稳了脚跟。凡是与树林相似的东西都给予他们信心。伊马纽斯尽其所能以填补朗特纳克的空缺。使戈万十分惊奇的是，农民放着大炮不用，因为炮兵军官们和侯爵一同去多尔山了，小伙子们既不会用长炮也不会用短炮，但他们用枪射击开炮的蓝军。他们用连续射击来回敬大炮。现在他们找到掩体了。他们用平板马车、载重车、辎重和老菜市场里所有的木桶堆成一个高高的街垒，中间留出空隙好将枪筒伸出去。由于这些洞孔，他们的枪击十分危险。这一切来得很快。不到一刻钟，菜市场就成了无法攻克的堡垒。

戈万面临的形势变得严峻起来。菜市场突然成了堡垒，这是他没有料到的。农民在那里牢固地集结起来。戈万顺利地完成了奇袭，却未能击溃敌人。他下了马，一只手握着剑，双臂抱在胸前，站在为炮队照明的火把的光亮里，聚精会神地观察这一大片黑暗。

街垒那边的人看见了他在火光下的高大身影。他成了瞄准目标，但他顾不上。

他沉思着。从街垒射出的一排排子弹在他周围落下。

但是他的大炮足以应付这么多枪弹。炮弹总是占上风的。谁有大炮谁就能取胜。他的大炮能发挥威力，保证他占优势。

突然，从黑暗的菜市场喷出火光，接着是雷鸣般的轰然一声，一颗炮弹打穿了戈万头部上方的房屋。

街垒以大炮回敬大炮。

这是怎么回事？出现了新情况。现在双方都有炮了。

第二颗炮弹接踵而来，打穿了离戈万很近的墙。第三颗炮弹将他的帽子掀到了地上。

这些都是大口径炮弹，是十六斤重弹的大炮发射的。

“他们在瞄准您呢，指挥官。”炮手们喊道。

于是他们熄灭了火把。戈万捡起帽子，若有所思。

的确有人在瞄准戈万，是朗特纳克。

侯爵刚刚从后面来到街垒。

伊马纽斯朝他奔去。

“大人，我们遭袭击了。”

“是谁？”

“不知道。”

“去迪南的大路还通吗？”

“大概还通。”

“开始撤退吧。”

“已经开始了。有许多人已经逃走了。”

“不是逃走，是撤退。你为什么不开炮？”

“我们慌了手脚，再说炮兵军官又不在这里。”

“我去。”

“大人，我把尽可能多的辎重都转移到富热尔去了，还有妇女，凡是没有用处的东西。那三个小俘虏怎么办？”

“呵！那三个孩子？”

“对。”

“他们是人质，把他们带到图尔格去。”

侯爵说完便来到街垒。首领一到，一切便改观。街垒不宜做炮台，只能架上两门炮。他们在街垒上开了两个口子，侯爵便架起了两门十六斤炮弹的大炮。当他在一门炮上俯下身，从炮眼里观察敌炮时，他看见了戈万。

“正是他！”他喊道。

于是他亲自擦拭炮筒，装上炮弹，对着瞄准器瞄准。

三次他对准戈万，但三次都打偏了。第三次只把戈万的帽子掀掉了。

“真笨！”朗特纳克说，“稍低一点就打中了他的头。”

火把突然熄灭。他面前一片黑暗。

“算了。”他说。

接着又转身对开炮的农民喊道：

“射击。”

戈万也十分严肃。形势在恶化。战斗进入了新阶段。街垒现在向他开炮。谁知道他们会不会从防御转为进攻？除去死人和逃兵，敌人至少有五千人，而他自己只剩下一千二百名可以作战的人。如果敌人发现这边的共和派人数不多，那他们就会陷入困境。地位将会颠倒，他们将由进攻者变为被进攻者。如果敌人冲出街垒，那一切可能就完了。怎么办？不可能从正面进攻街垒。强攻是痴人说梦。一千二百人是赶不走五千人的。强攻是不可能的，而等待会致命。必须结束这种局面，但如何结束呢？

戈万是本地人，他熟悉这座城。他知道在旺代人据为街垒的老菜市场后面是迷宫般的弯弯曲曲的窄巷。

他朝副官转过身，此人就是英勇无敌的盖尚，后来他清洗了让·朱安出生的孔西兹森林，又在谢恩水塘的堤道前阻截叛军，守住了布尔纳夫，因此名声大振。

“盖尚，”戈万说，“你来指挥吧。能怎么打就怎么打。用炮把街垒轰开。你要牵制住这些人。”

“明白了。”盖尚说。

“把全队的人集合起来，子弹上膛，准备冲锋。”

他又凑到盖尚耳边说了几句话。

“好的。”盖尚说。

戈万又问：

“我们的鼓手都在吗？”

“在。”

“我们有九名鼓手，你留下两名，给我七名。”

那七名鼓手一声不响地在戈万面前排好队。

于是戈万叫道：

“红色无檐帽营！”

队伍中走出来十二人，其中有一名中士。

“全体红色无檐帽营！”戈万说。

“在这儿。”中士说。

“你们只有十二个人。”

“只剩下十二个人。”

“好。”戈万说。

这位中士就是当初在索德雷树林接受那三个孩子为营队之子的，好心而粗鲁的拉杜。

我们还记得，这个营里有一半人在埃尔布昂帕伊被杀，拉杜幸免于难。

近旁有一车草料，戈万指着它对中士说：

“中士，叫你的人编些草绳，缠在长枪上，免得它们相撞发出声响。”

一分钟过去了，人们在黑暗中默默执行命令。

“缠好了。”中士说。

“士兵们，脱鞋。”戈万又说。

“我们没有鞋。”中士说。

连七名鼓手在内，他们一共是十九人。戈万是第二十位。

他喊道：

“排成单行。跟我走。鼓手紧跟我，然后是营队。中士，由你指挥营队。”

他走在队伍前头，于是这二十人在双方的炮声中像黑影一样滑动，溜进了荒凉的小巷。

他们就这样沿着弯弯曲曲的墙根走了一会儿。城市似乎死去。市民们都躲进了地窖，所有的大门都封住了，所有的窗子都关上了。没有一丝光线。

在这片死寂中，大街上的枪炮声更显得激烈。炮战仍在继续。共和派的炮队和保皇派的炮队疯狂地相互喷射烈焰。

戈万很有把握地在黑暗中走，蜿蜒曲折地走了二十分钟以后，来到一条小巷的尽头，从那里走上了大街，这是在菜市场的另一面。

位置发生了变化。这一面没有防御工事，修筑街垒者从来就在这一点上失算。菜市场是敞开的。戈万和手下的人可以进到石柱下，那里有几车辎重正准备撤退。他们要对付五千旺代人，然而是从背面而不是从正面。

戈万低声和中士说了几句话。缠在枪上的草绳被解开了。十二名士兵在巷尾站好战斗位置。那七名鼓手举起鼓槌等待命令。

排炮时断时续。在两次炮击中间，戈万突然举起剑，用军号般的洪亮声音打破了寂静，喊道：

“二百人去右路，二百人去左路，其余的人留在中路！”

响起了十二下枪声，七名鼓手敲起了冲锋的鼓声。

戈万发出了蓝军可怕的喊声：

“拼刺刀！冲呀！”

奇异的效果。

那一大群农民感到背后受到攻击，以为从后面又杀出一支军队。与此同时，盖尚指挥的那支占领大街另一头的共和军听见鼓声也行动起来，也敲着冲锋的鼓点冲向街垒。农民们发现自己腹背受敌。惊慌失措往往会夸大事实。在惊慌失措时，枪声变成了炮声，喧嚣变成了幽灵，狗吠声成了猛狮的咆哮。此外，农民一惊慌失措就会溃不成军。于是出现了难以描述的溃败。

不一刻的工夫，菜市场便空空如也。惊恐万状的小伙子们四处逃窜，军官们无能为力，伊马纽斯打死了两三个逃跑者，但无济于事，只听见一片呼声：“快逃命呀！”这支军队像穿过筛孔一样穿过城市，消失在田野里，其速度之快如风卷残云。

一些人逃向夏托纳夫，另一些人逃向普莱尔盖，还有人逃向昂特兰。

德·朗特纳克目睹了这次溃败。他用手关上了大炮的火门，慢慢地、冷冷地撤退，他是最后撤退的。他说：“显然，农民是顶不住的。我们需要英国人。”

四　这是第二次

戈万大获全胜。

他转身对红色无檐帽营的人说：

“你们只有十二个人，但抵得上一千人。”

在当时，首领的赞赏等于是荣誉勋章。

戈万派盖尚出城追击败兵，他抓回不少俘虏。

人们点燃了火把，在城里搜索。

凡是没能逃走的人都投降了。大街被火坛照得通明，满街都躺着死人和伤兵。战斗快结束时总是要寸土必争的，因此有几伙人垂死挣扎，从这里或那里放冷枪，他们被包围，最后缴械投降。

在乱糟糟的溃逃中，有一个人引起了戈万的注意，此人像农牧神一样机灵强壮，英勇无畏，他掩护别人逃跑而自己不逃。他巧妙地使用手中的枪，用枪筒射击，用枪托猛打，以致把枪托都打碎了。现在他一手持短枪，一手持马刀。谁也不敢靠近他。突然，戈万看见他踉跄了几下，靠在大街上一根石柱上。他刚刚受了伤，但仍然握着刀枪。戈万将剑夹在腋下，朝他走过去。

"投降吧。"戈万说。

那人死死盯住他。伤口在流血，从衣服下面流到脚前的地上，形成一摊血。

"你是我的俘虏。"戈万说。

那人一声不响。

"你叫什么名字？"

"我叫影子舞。"

"你很勇敢。"戈万说。

戈万向他伸出手。

那人回答说：

"国王万岁！"

并且使出全身力气，举起双臂，朝戈万胸部开枪，同时用刀朝戈万头部砍去。

这一切他做得十分敏捷，但是有人比他更敏捷。那是一个骑马的人。他刚到不久，没有引起人们的注意。他一见旺代人举起刀枪，便扑到旺代人和戈万之间。要是没有他，戈万必死无疑。马匹挨了一枪，骑者挨了一刀，都跌倒在地。这一切来得很快，不到呼喊一声的工夫。

旺代人也倒在铺路石上。

骑马人脸上挨了一刀，摔在地上昏厥过去。马匹也被打死了。

戈万走过来，问道：

“这个人是谁？”

他仔细端详。受伤人满脸是刀伤的血，仿佛戴了一副红色面具。无法看清他的脸，只能看见他的灰白头发。

“这个人救了我的命。”戈万说，“这里有谁认识他吗？”

“指挥官，”一位士兵说，“这个人刚刚进城。我是看见他来的，他从蓬托尔松那边来。”

军队的外科医生提着药箱跑了过来。受伤的人仍然昏迷不醒。军医检查了一下，说道：

“简单的刀伤。不要紧，能缝合。一个礼拜以后他就能复原。这一刀可够结实的。”

受伤的人披着斗篷，系着三色腰带，带着两把枪和一把马刀。人们把他放在担架上躺好，给他脱衣服，拿来一桶凉水，军医开始给他洗伤口，他的脸慢慢露出来了。戈万聚精会神地瞧着他。

“他身上有证件吗？”戈万问道。

军医拍了拍受伤人侧面的口袋，抽出一个钞票夹，递给戈万。

戈万翻翻钞票夹，找到一张折成四折的纸，展开来，看到：

救国委员会　　西穆尔丹公民……

戈万呼叫起来：

“西穆尔丹！”

呼声使受伤的人睁开眼睛。

戈万欣喜若狂。

“西穆尔丹！是你！你这是第二次救我的命。”

西穆尔丹瞧着戈万。流血的脸上闪着难以描述的欢乐的光。

戈万双膝跪在他面前，呼道：

“我的老师！”

“你的父亲。”西穆尔丹说。

五 一滴冷水

他们有多年没有见面了，但是他们的心从未分离。他们彼此相认，仿佛昨天才分手。

多尔市政府成了临时医院。西穆尔丹被搬到一个小房间的床上，小房间与伤员的大病室相连。外科医生缝合了伤口，认为应该让西穆尔丹睡觉，所以禁止这两个男人倾诉衷肠。何况职责和战胜后的许多事情都等待戈万去处理。西穆尔丹一人留在那里，他没有睡觉。他在发烧，因伤口而发烧和因欢乐而发烧。

他没有睡，但似乎也不清醒。这可能吗？他的梦想实现了。西穆尔丹这样的人是不相信满五[①]的，但却得到了满五。他找到了戈万。他离开戈万时，戈万还是孩子，这次见面戈万已是男人了，高大、英勇、令人生畏，而且无往不胜，为人民而无往不胜。戈万是革命在旺代地区的支柱，而正是他西穆尔丹为共和国造就了这根支柱。这位胜利者是他的学生。这张年轻的面孔也许会进共和国的先贤祠，面孔上闪烁的正是他西穆尔丹的思想。从现在起，他的弟子，他精神上的儿子就已经是英雄了，不久以后他将成为光荣。西穆尔丹仿佛看到自己的灵魂成为天才。他刚才亲眼看见戈万如何作战，就像基隆[②]目睹阿基琉斯作战一样。教士与马人之间的关系很神秘，教士只有半个人身。

种种巧合使西穆尔丹兴奋不已，伤痛也使他难以入眠。一个年轻的生命正在升起，壮丽非凡，他对这个生命拥有全部权力，对此深感

① 玩罗多游戏时，抽出的编号棋子正巧摆满方格盘的同一行五格。

② 希腊神话中的马人（半人半马），曾是英雄阿基琉斯的老师。

快乐。只要戈万再获得一次类似的战果，西穆尔丹就可轻而易举地让共和国将大军托付给戈万。当时人人都在做军事梦，人人都想成为将军。丹东想当韦斯特曼，马拉想当罗西尼奥，埃贝尔想当龙森，罗伯斯比尔想打败他们所有的人。西穆尔丹想，为什么戈万就不能呢？他浮想联翩，面前有无限的空间，从一种设想跳到另一种设想，一切障碍都烟消云散。谁一旦踏上这把梯子就无法停下，无止境地向上攀登，从人出发抵达星辰。大将军仅仅是军队的统帅，而大军事家是军队兼思想的统帅。西穆尔丹幻想戈万成为大军事家。他任凭幻想驰骋，想象戈万在大西洋上驱赶英国人，在莱茵河上惩罚北方的君主，在比利牛斯山击退西班牙，在阿尔卑斯山示意罗马肃立。西穆尔丹身上有两个人，一个温情，一个阴沉，这两个人都十分满意，因为西穆尔丹看到戈万既杰出又令人畏惧，而严酷无情正是西穆尔丹本人的理想。西穆尔丹认为必须有所摒弃才能有所建树，因此此刻不该儿女情长。戈万将——用当时的话说——"立在高处"，他将披着光辉，头部像流星闪亮，一手持剑，将黑暗踩在脚下，展开正义、理智和进步的巨大翅膀；他是天使，但是歼灭性天使。

幻想几乎使他神志恍惚。他想得正兴奋时，从半掩的门传来话语声，那是从隔壁的大病室传来的。他听出了戈万的声音，这声音消失了多年，却一直留在他耳畔。孩童的声音变成了成年人的声音。他仔细听，有人走动。士兵说：

"指挥官，朝您开枪的就是这个人。刚才他趁我们不注意钻进了地窖。我们找到了他。这就是他。"

于是传来戈万和那人的对话：

"你受伤了？"

"还能挨一枪。"

"让这人躺在床上，给他包扎和治疗，让他康复。"

"我宁可死。"

"你要活着。你想以国王的名义杀死我，我以共和国的名义宽恕你。”

西穆尔丹的脸上掠过阴云。他仿佛突然惊醒，阴沉而沮丧地喃喃说：

“他果然是宽大的人。”

六 胸部痊愈，心在流血

刀伤可以很快痊愈，但有一个人比西穆尔丹的伤势更重，那就是乞丐泰尔马什在埃尔布昂帕伊农场的遍地血泊中救起的那个被枪击的女人。

米歇尔·弗莱夏的伤势比泰尔马什想象的更严重。除了胸部上方的枪洞以外，她的肩胛上还有一个洞。一颗子弹打断了她的锁骨，另一颗子弹穿过了她的肩骨，幸好肺部没有受伤，她还能康复。泰尔马什是“哲学家”，这是农民对略懂医道、手术和巫术者的称呼。泰尔马什在洞穴里，在简陋的海藻床上为这女人治伤，使用的是神秘的“药草”，居然使这女人活了下来。

锁骨重新接上了。胸部和肩部的伤口愈合了。几个星期以后，受伤的女人进入康复期。

一天早上，她靠在泰尔马什身上走出了洞穴，坐在树下享受阳光。泰尔马什对她知之不多，因为她胸部受伤不能多说话，而在她康复以前的垂危状态时，她也没有说几句话。她想开口时，泰尔马什就叫她别说话，但她显然有一件念念不忘的心事。泰尔马什在她眼中看到反复出现的悲痛。这天早上，她身体不错，几乎能独立行走。治愈一个人就等于创造了一个人，因此泰尔马什十分高兴地看着她。这位善良的老人微笑着对她说：

“瞧，我们站起来了，再没有伤口了。”

“只有心头的伤口。”她说。

她又接着问道：

“这么说，你根本不知道他们在哪里？”

“谁？”泰尔马什问道。

“我的孩子们。”

“这么说”表达了几层意思，它意味着：“既然你从不对我谈起，既然你在我身边这么久却一字不提，既然每当我要打破沉默时，你都不让我开口，既然你似乎怕我提起，那就是说你没有什么可以告诉我的。”在高烧、恍惚和谵妄中，她常常呼唤自己的孩子，她也看到——因为谵妄中也能观察事物——老人不回答她。

泰尔马什的确不知道该对她说什么。和一位母亲谈论她失去的孩子，这不是一件容易事。何况他又知道什么呢？一无所知。他只知道一位母亲遭到枪杀，倒在地上被他发现了，他救起了她，当时她几乎是尸体，这个尸体有三个孩子，德·朗特纳克侯爵枪杀母亲后，带走了孩子。这便是他知道的全部情况。那些孩子后来如何？还活着吗？他打听了一下，只知道这是两个男孩和一个刚断奶的女孩，其他一概不知。关于这几个不幸的孩子，他提出了一大堆疑问，但得不到答案。当地人对他的询问只是摇摇头。他们不愿意谈德·朗特纳克先生这个人。

人们不愿谈论德·朗特纳克，也不愿和泰尔马什说话。农民有一种爱猜疑的怪脾气。他们不喜欢泰尔马什。凯门鳄泰尔马什令他们不安。他为什么总是看天？他在干什么？他久久地一动不动在想什么？显然他是个怪人。这个地区正处于激烈的战火、大动荡、大混乱之中，人们只干一件事，毁坏，只有一项工作，屠杀；人们忙着烧杀抢掠，忙着相互布下陷阱，设下圈套，忙着相互厮杀，而这位孤独者却浸沉在大自然中，仿佛浸沉在万物的无边宁静之中，他采摘草木，只关心花鸟和星辰，他肯定是危险人物。他显然失去了理智，从不躲藏在荆棘后面，从不向任何人开枪，因此，周围的人对他怀有几分畏惧。

胸部痊愈，心在流血（P203）

“这是个疯子。”过路的人说。

泰尔马什不仅孤立，而且人们见他就躲。

谁也不向他提问题，谁也不回答他。他无法打听他想打听的事。战争蔓延到了别处，人们在更远的地方作战。德·朗特纳克侯爵从地平线上消失了。就泰尔马什的心境而言，他已把战争忘在脑后了，除非战争刺他一下。

听到那女人说“我的孩子们”，泰尔马什不再微笑了。母亲哭了起来。她的心灵里发生了什么事？她仿佛处在深渊底部。突然她看着泰尔马什，用几乎气愤的声调又叫了起来：

“我的孩子们呀！”

泰尔马什像罪犯一样低下头。

他想到德·朗特纳克侯爵，侯爵肯定不会想到他，也许根本忘记世上还有他这个人。他明白这一点，他在想：“老爷嘛，危难时认你，危难过去就不认你了。”

于是他自问：“当初我为什么要救这位老爷呢？”

又自答道：“因为他是人。”

对这个回答，他沉思片刻，又接着想：“果真如此吗？”

他辛酸地自言自语：“早知如此！”

这件事使他很沮丧，因为他在自己的行为中看到一种谜语。他痛苦地思索。看来善行可以产生恶果。拯救狼就等于屠杀羊。谁为秃鹰修补翅膀就该为它的钩爪承担责任。

他的确自感有罪。这位母亲本能的气愤是有道理的。

不过，他拯救了这位母亲，这减轻了他拯救侯爵的过失。

但是孩子们呢？

母亲也在凝思。他们两人的思绪很接近，虽然没有明说，而且也许在暗暗的默想中相遇。

此刻，母亲的眼底是黑夜，她再次盯着泰尔马什。

“不能这样下去。”她说。

“嘘！”泰尔马什把手指放在嘴上说。

她继续说：

“你不该救我。都怪你。我宁可死，那样我就能看见他们了。我就能知道他们在哪里。他们看不见我，但我能待在他们身边。我死了也肯定能保佑他们。”

他拉起她的手臂，给她号脉：

“镇静一点，你又发烧了。”

她用几乎冷酷的口吻问道：

“我什么时候可以走？”

“走？”

“是的，走路。”

“你如果任性，永远也走不了。你如果明智，明天就能走。”

“什么叫明智？”

“信任神。”

“神？他把我的孩子带到哪里去了？”

她六神无主，用变得柔和的声音说道：

“你明白，我不能这样待着。你没有孩子，但是我有，这很不一样。你不知道的事，你就无法判断。你没有孩子，对吧？”

“对。”泰尔马什回答。

“可我呢，我只有孩子。没有了孩子，我还是活人吗？谁能向我解释为什么我失去孩子。我不明白，只是感觉正在发生什么事。有人打死了我丈夫，有人朝我开枪，可为什么，我不明白。”

“算了吧，”泰尔马什说，“你又发烧了。别再说了。”

她瞧着他，沉默了。

从这天起，她不再开口。

她变得比他希望的更听话，她一连几个小时蹲在老树下发呆。她在幻想，但保持沉默。那些经历过刻骨铭心的痛苦的单纯心灵，往往在沉默中寻找庇护。她似乎不再试图去理解。绝望达到某种程度时，连绝望者本人也无法理解。

泰尔马什观察她，内心十分激动。面对如此的痛苦，这位老人像女人一样想道：“呵，是的，她的嘴不说话，但她的眼睛在说话。她显然有一个固执的念头。她曾经是母亲，而现在不再是母亲了！她曾经是奶妈，而现在不再是奶妈了！她不可能听天由命。她一直在想，想，想。的确，让一张粉红小嘴吮吸你，将你的灵魂从肉体中吸出来，用你的生命创造她的生命，这种感觉肯定很美妙！”

他也沉默着，他明白，面对如此的消沉，言语是无能为力的。沉默不语的固执念头是可怕的。怎样才能劝解沉溺于固执念头中的母亲呢？母爱是绝对的，无法和它说理。母亲之所以崇高，因为她是一种动物。母性本能具有神圣的动物性。母亲不再是女人，她是雌性。

孩子是崽儿。

因此，在母亲身上既存在低于理智又存在高于理智的东西。母亲嗅觉灵敏。天地万物的巨大而隐晦的意志存在于她身上，而且指引她。她处事轻率盲目，然而又充满了睿智。

泰尔马什现在想让这个不幸的女人开口，但未能成功。有一次他对她说：

“可惜我老了，走不动了。走不多远就精疲力竭。一刻钟以后就迈不开腿，必须停下来。要不然我就陪你去。不过，不陪你也许是好事，因为我对你没有多少用处，反而给你惹麻烦。这里的人对我还能宽容，可是蓝军会怀疑我是农民，农民会怀疑我是巫师。”

他等待她回答。她连眼睛也不抬。

顽念导致疯狂或英勇。但是一位可怜的农妇能有什么英勇呢？不可能。她只能是母亲，仅此而已。她一天天更沉溺于遐想中。泰尔马什在观察她。

他想方设法让她干点什么，给她拿来针线和顶针。她果然缝制起来，这使可怜的凯门鳄很高兴。她依旧遐想，但她在干活，这是健康的征象。她渐渐恢复体力，她缝补自己的内衣、外衣、鞋子，但目光仍然呆滞无神。她一面缝，一面低声哼唱晦涩难懂的歌。她喃喃地念叨一些名字，可能是孩子的名字，但泰尔马什听不清楚。她停住听鸟叫，仿佛鸟给她带来了信息。她的嘴唇在努动，她低声自言自语。她缝了一个口袋，往里面装满栗子。一天早上，泰尔马什看见她出发了，她的眼睛茫然盯着森林深处。

“你去哪里？”他问道。

“我去找他们。”

他没有挽留她。

七　真理的两极

在几个星期的拉锯战以后，富热尔地区的人们只谈论两个人，他们截然相反，但从事同一事业，即并肩进行伟大的革命斗争。

野蛮的旺代战争仍在继续，但旺代人已处于劣势，特别是在伊尔埃维兰。那位年轻的革命派指挥官以一千五百人的兵力居然在多尔大胆地击败了六千名保皇派，消灭了叛乱，至少是大大地遏制住、限制住叛乱。在这以后，革命派又屡次胜利，从而形成了一种新局面。

形势改观，但出现了一种奇怪的复杂情况。

在旺代的这个地区，毫无疑问，共和国处于优势。然而这是哪种共和国呢？因为在逐渐成熟的胜利中，出现了两种形式的共和国，恐怖的共和国和宽大的共和国，前者主张严酷，后者主张仁慈。它们之中谁将占上风呢？宽容和不宽容的这两种形式，分别以两个人为代表，他们都拥有威望和权力，其中一人是军事指挥官，另一人是文职特派代表，他们之中谁将取胜呢？特派代表有令人生畏的后盾，他带来巴黎公社对桑泰尔营的可怕命令："决不宽恕，毫不留情。"一切都应服从他，因为国民公会的法令明文规定“凡释放被俘的叛乱分子首领并任其逃窜者将被处死”。他拥有救国委员会授予的全权，还有由罗伯斯比尔、丹东、马拉签署的命令：所有人都要服从这位特派代表。另一位是军人，他的后盾是一种力量——仁慈。

他只有手臂，用它打击敌人；他只有心灵，用它宽恕敌人。作为战胜者，他认为自己有权宽容战败者。

因此，这两人中间出现了潜在的，然而是深刻的分歧。他们两人都沉溺于自己的遐想，但两人都在与叛乱分子战斗，而且各有各的杀手锏，一个是胜利，一个是恐怖。

在整个博卡热地区，人们都在谈论他们，四面八方的目光都在注视他们，目光流露出不安，因为这两个绝对相反的人同时又亲密无间，是对手也是朋友。从来没有更强更深的感情使两颗心如此接近。凶狠者救过宽厚者的命，脸上还留着刀疤。他们之中，一人代表死亡，一人代表生命；一人遵循恐怖原则，一人遵循温和原则，但他们又彼此相爱。我们不妨想象一个宽大为怀的俄瑞斯忒斯和严酷无情的彼拉季斯[①]。不妨想象阿里穆斯会成为奥尔穆斯的兄弟[②]。此外，被称作“无情者”的那个人同时又是最和善的人，他包扎伤员，照料病人，日日夜夜守在临时或正式医院里，看见光着脚的孩子就心疼；他本人一无所有，把一切都给穷人。哪里在打仗，他就去哪里，走在队伍前头投入激烈的战斗；他有武器，腰间挂着马刀和枪，但又没有武器，因为他从不抽出马刀，从不碰他的枪。面对打击，他从不还手。人们说他当过教士。

这两个人，一个是戈万，一个是西穆尔丹。

在这两人之间是友谊，然而在这两个原则之间是仇恨，就好比一个心灵被一分为二，由两人分享。戈万的确接受了西穆尔丹的一半心灵，那温和的一半，他似乎接受了白色部分，给西穆尔丹留下所谓的黑色部分。深刻的分歧由此产生。这场潜在的战争不可能不爆发。一

---

① 俄瑞斯忒斯是希腊神话中的英雄，杀母以报父仇。彼拉季斯是他的挚友。

② 阿里穆斯和奥尔穆斯分别为古波斯人拜火教的恶魔与善神。

天上午战斗打响了。

西穆尔丹问戈万：

“战争进行得怎样了？”

戈万回答说：

“您和我一样清楚，朗特纳克的帮伙被我打散了，现在他手下只剩几个人，躲进了富热尔森林。一星期以后，他将被包围。”

“两星期以后呢？”

“他将落在我们手里。”

“然后呢？”

“您看过我的告示吗？”

“看过。怎么样？”

“他将被枪决。”

“你又是宽宏大量。他应该上断头台。”

“可我赞成军法处决。”

“而我，”西穆尔丹反驳说，“我赞成革命性处决。”

他直直地盯着戈万，问道：

“你为什么放走圣马克勒布朗修道院的修女？”

“我不对女人作战。”戈万说。

“可这些女人仇恨人民。就仇恨而言，一个女人抵得上十个男人。你为什么不肯把在卢维涅抓到的那一大批狂热的老教士送交革命法庭？”

“我不对老人作战。”

“可老教士比年轻教士更坏。白发人宣扬叛乱就更危险，因为皱纹起作用。别再假慈悲了，戈万，弑君者同时也是解放者。眼睛要始终盯着唐普勒塔。”

“唐普勒塔！我会让太子从里面出来的。我不对孩子作战。”

西穆尔丹的眼神严厉起来：

“戈万，你要明白，如果那女人叫玛丽·安托万内特，你就该和女人作战；如果那老人是教皇庇护六世，你就该和老人作战；如果那孩子叫路易·卡佩，你就该和孩子作战。”

“可我不是政治家，老师。”

“你可别成为危险人物。攻打科塞哨所时，叛乱分子让·特雷通走投无路，挥着马刀独自向你的部队扑过来，你为什么喊‘闪开，让他过去？’”

“总不能让一千五百人去杀一个人吧。”

“在阿斯蒂耶的卡伊特里，你看见士兵们正要杀死受伤后匍匐在地的旺代人约瑟夫·贝齐埃时，就喊‘你们往前走，我来对付他’，并且朝天放空枪。这是为什么？”

“因为不能杀死一个倒在地上的人。”

“你错了。如今这两人都成了帮伙的首领，约瑟夫·贝齐埃就是小胡子，让·特雷通就是银腿。你救了这两个人，却给共和国添了两个敌人。”

“我当然是想为共和国争取朋友，而不是敌人。”

“在朗代昂那场胜仗以后，你为什么不下令枪毙那三百名农民俘虏？”

“因为邦尚赦免了共和派俘虏，我希望人们知道共和国也赦免保皇派俘虏。”

“那么，如果你抓住朗特纳克，你也会赦免他吗？”

“不会的。”

“为什么不会。你不是赦免了三百名农民吗？”

“农民无知，而朗特纳克清楚自己在干什么。”

“但朗特纳克是你的亲戚。”

“法兰西是我最亲的亲戚。”

“朗特纳克是老人。”

“朗特纳克是外国人。朗特纳克没有年龄。朗特纳克招引英国人。朗特纳克就是侵略。他与我之间的决斗只能以死亡告终，不是他死就是我死。”

“戈万，你可要记住这句话。”

“一言既出，决不反悔。”

沉默片刻，两人对视。

戈万又说：

“眼前的九三年将是血腥的日子。”

西穆尔丹惊呼起来：

“你可要当心。有些责任是可怕的。不要指责那些不该受指责的事。难道疾病是医生的过错吗？是的，九三年是艰巨的一年，它决不能手软。为什么？它是伟大的革命年。它象征革命。革命有敌人，就是旧世界，革命决不能怜悯它，就像医生的敌人是坏疽，医生决不能怜悯坏疽一样。革命通过国王根除君主制，通过贵族根除贵族阶级，通过军队根除专制主义，通过教士根除迷信，通过法官根除野蛮，一句话，通过所有的暴君根除所有的暴虐。这个手术令人恐惧，但革命做这个手术是万无一失的。至于手术中会损坏多少好肉，你去看看鲍埃哈夫[①]是怎样说的。切除肿瘤哪能不流血呢？扑灭大火哪能不牺牲一部分呢？正是这些可怕的必要条件保证了成功。外科医生像是屠夫，治病的人像是刽子手。革命忠诚于自己的天赋使命，它毁伤肢体，但拯救生命。怎么！你要求它对病毒实行赦免，对毒汁宽大为怀？革命不会听你的。它抓住过去，结果它。革命在给文明作深切口，从那里将涌出人类的健康。你大概很疼吧？这得持续多久？一次大手术的时间。然后，你就得救了。革命在给世界截肢，所以有九三年的大出血。”

“外科医生心平气和，”戈万说，“而我见到的这些人都很粗暴。”

“革命要求为它工作的人是激进分子。它拒绝颤抖的手。它只相信严酷无情的人。丹东是可怕的，罗伯斯比尔从不手软，圣茹斯特铁

---

① 荷兰医生(一六六八——一七三八)，留下大量医学著作。

石心肠，马拉毫不留情。你可要当心。这几个名字可重要得很，它们的威风不下于几支大军，整个欧洲将为之颤抖。”

“也许未来也为之颤抖。”戈万说。

他停了一下又接着说：

“您错了，老师，我不谴责任何人。我认为真正的革命观点是不指控任何人。谁都不是无辜者，谁也都没有罪。路易十六只是一只抛到狮群中的羊。它想逃走，想逃命，想自卫，可能的话它也要咬几口，然而不是谁想成为狮子就能成为狮子。所以这只羊的愿望被视作罪恶。愤怒的羊居然露出牙齿！叛徒！狮群把它吃掉了，然后又自相残杀起来。”

“羊是动物。”

“那狮子呢，它是什么？”

这句话使西穆尔丹沉思片刻，随后他抬起头说道：

“这些狮子是觉悟，这些狮子是思想，这些狮子是原则。”

“它们实行恐怖。”

“有朝一日，革命将证明恐怖是必要的。”

“恐怖会玷污革命。”

戈万又继续说：

“自由、平等、博爱，这些是安宁与和谐的原则。为什么使它们显得恐怖可怕呢？我们要的是什么？争取人民组成大同共和国。那好，别吓倒人民。恫吓有什么用？人民和小鸟一样，不会被稻草人吸引过来的。不应该为了行善而作恶。我们推翻王位不是为了永久竖起断头台。处死国王，但要救活民族。打翻王冠，但要保护头脑。革命是和谐而不是恐怖。不宽容的人是无法执行温和原则的。对我来说，‘赦免’是人类语言中最美的字眼。我不愿流血，除非我自己也可能流血。再说，我只会打仗，我只是士兵。然而，如果我们不能宽恕，那么打胜仗就没有意义了。在战斗中我们是敌人的敌人，胜利后我们就是他们的兄弟了。”

“你可要当心，”西穆尔丹第三次说，“戈万，对我来说，你比儿子还亲，你可要当心！”

接着他又若有所思地说：

“在我们这个时代，仁慈可以成为一种叛逆。”

谁听见他们这番对话，都会以为这是军刀与断头台的谈话。

八 DOLOROSA[①]

与此同时，那位母亲在寻找孩子。

她盲目地朝前走。她怎样生活呢？无法知道。她自己也不知道。她走了一天又一天，一夜又一夜。她乞讨，吃野草，席地而卧，她露宿在荆棘中和星光下，有时还冒着风雨。

她从一个村庄转到另一个村庄，从一个田庄转到另一个田庄，到处打听。她停在人家门口，衣衫褴褛。有时她被人接待，有时她被人驱赶。她走不进人家时，就走进树林。

她不熟悉这个地方，除了西斯夸尼亚和阿泽教区以外，她一无所知。她没有确定的路线，有时又转到已经走过的路上，白走了一圈。她有时顺铺路石走，有时顺车辙走，有时顺矮林中的小道走。在这种漂泊不定的生活中，她那破旧的衣服更加磨损。最初她穿着鞋，后来她光着脚，最后两脚流着血。

她穿过战争，穿过枪林弹雨，但她什么也听不见，什么也看不见，什么也不回避，她在寻找孩子。由于全面叛乱，她找不到警察，找不到镇长，找不到权力机关，只好向过路人打听。

她向他们问道：

---

① 拉丁文，意为痛苦的(形容词，阴性单数)，取自基督教圣歌“痛苦的母亲站在(十字架前)”。——原编者注

"你见过三个小小孩吗?"

过路人抬起头来。

"两个男孩和一个女孩。"她说。

她又接着说:

"勒内-让、胖阿兰和若尔热特。你没有看见?"

她又说:

"老大四岁半,小女孩一岁半。"

她又说:

"你知道他们在哪里吗?有人把他们抢走了。"

过路人瞧着她,仅此而已。

她看到人们不理解,又说:

"孩子是我的。所以我打听。"

过路人继续走他们的路。于是她站住,一言不发,用指甲抓破胸部。

然而有一天,一位农民听她讲,并且思索起来,说道:

"等等,你是说三个孩子?"

"是的。"

"两个男孩?"

"还有一个女孩。"

"你找的就是他们?"

"对。"

"我听说有位老爷抓了三个小孩子而且把他们带走了。"

"这个人在哪里?"她叫了起来,"他们在哪里?"

农民回答说:

"你去图尔格吧。"

"那里能找到我的孩子?"

"也许吧。"

"你说的是?……"

“图尔格。”

“图尔格是什么？”

“是一个地方。”

“是村庄？城堡？田庄？”

“我没去过。”

“远吗？”

“反正不近。”

“在哪边？”

“富热尔那边。”

“怎么去呢？”

“这里是沃托尔特，”农民说，“你从埃尔内右边，科克塞尔左边过去，经过洛尔尚，再穿过勒鲁。”

农民举手指着西方：

“一直朝太阳落山的方向走。”

农民放下手臂时，她已经出发了。

农民喊道：

“你可要当心。那边在打仗。”

她没有转身回答，继续往前走。

九　外省的一座城堡

（一）图　尔　格

四十年前，旅行者如从莱涅莱进入富热尔森林再从帕里尼埃方向走出森林，会在这座密林的边沿遇到一个阴森的东西。走出丛林时，他面前突然矗立着图尔格。

不是活着的图尔格，而是死去的图尔格，满是裂缝的、毁坏的、伤痕累累的、残败不堪的图尔格。建筑物的废墟就像是人的幽灵。图尔格的景象再凄惨不过了。它只是一座高高的圆塔，孤零零地像歹徒一样立在森林边上。圆塔笔直地建在陡峭的岩石上，端正而结实，几乎具有罗马风格，何况这个庞然大物既体现了权势又体现了衰败。图尔格的确有几分像罗马建筑，因为它属于罗曼风格。它于九世纪动土兴建，于十二世纪第三次十字军东征后建成。门窗上的护耳形楣饰说明了它的年龄。你走近它，爬上一个陡坡，看见一个缺口，你冒险走进去，里面是空的，仿佛走进一个直竖在地上的石头喇叭内部。从上到下没有任何隔膜，没有屋顶，没有天花板，没有地板，只有圆穹和壁炉的残骸、高高低低的炮眼、石梁托的带饰以及几段不同楼层的横梁，横梁上有夜鸟的粪便；硕大的墙壁极厚，底部为十五法尺，顶部为十二法尺，这里那里还有裂缝和从前的门留下的门洞，从那里可以隐约看见墙内暗处的楼梯。人傍晚进去能听见灰林鸮及各种夜鹰的叫声，能看见地上的荆棘、石头和蛇蝎，头上是塔顶那好似巨大井口的黑黑的圆洞，圆洞外是星星。

按照当地的习俗，圆塔的高层有暗门，它们像犹大[①]国王陵墓的门一样，是一块能旋转的巨石，能开能合，在墙上不留任何痕迹。这种建筑模式和尖拱一样，是由十字军带回来的。这些门关上时，和周围的墙石别无二致，所以绝不会被人发现。今天在西亚的神秘城邦里，还能见到这种门，它们经历了蒂贝里乌斯皇帝[②]时期十二座城市的地震，残存了下来。

（二）缺　口

进入废墟的那个缺口是被炸开的。熟悉埃拉尔、萨尔迪[③]和帕冈的内行人能看出这是一次巧妙的爆破。教士帽形状的药室是按照炸破

---

① 公元前十六世纪巴勒斯坦南部部落组成的王国。

② 公元一世纪的罗马皇帝，其在位期间被认为是恐怖时代。

③ 分别为十七世纪法国军事工程师与十八世纪意大利工程师。

目标主塔的强度设计的，里面至少装了两公担炸药。一条优于直渠道的弯弯曲曲的渠道通向药室。爆炸引起了崩塌，因此在裂开的石头上露出了鸡蛋大小的导爆药筒。墙上被炸开一道深深的隙缝，进攻者大概是从这里冲进去的。显然圆塔经历过不同时代的正规围困战，它弹痕累累，而且不是同一时期的弹痕，因为每种弹丸都留下自己特殊的痕迹，在主塔上留下伤疤，从十四世纪的石炮弹直到十八世纪的铁炮弹。

从缺口可以进到昔日的一层。在缺口对面的墙上有一小扇小门通向地下室，地下室凿在岩石上，顺着塔基一直延伸到一层大厅的下方。

一八五五年，贝尔内的考古学家奥古斯特·勒普雷沃先生对这个四分之三的地方都堆满东西的地下室进行了清理。

（三）地　　牢

这座地下室是地牢。所有的塔楼都有地牢。和当时许多地下刑室一样，这个地下室分上下两层。从小门进去的第一层是一个相当宽敞的穹顶房间，其实它与一层的大厅处于同一平面。在它墙上有两条垂直的平行沟痕，它们从一面墙经过穹顶到达另一面墙，在穹顶上留下深深的印迹，仿佛是两道辙痕。这的确是车辙，是由两个轮子压出的槽沟。在从前的封建时代，分尸的刑罚就是在这里进行的，但其方式不像四马分尸那样喧嚣。使用的是两个轮子，它们又大又粗，能碰着墙壁和穹顶。受刑者的一只手臂和一条腿被绑在一个轮子上，另一只手臂和另一条腿被绑在另一个轮子上，然后两个轮子一正一反地转动起来，将受刑人分尸。这需要使劲，因此轮子便在石头上留下了槽沟。今天在维昂当还能见到这种刑室。

这个囚室下面还有一个囚室，那是真正的地牢。它没有门，只有一个洞口，受刑者赤身露体，腋下套着绳索，从上囚室中央的一个洞口吊下去。如果他还能活着，人们就从这个洞口给他扔食物。今天在布伊翁还能见到这种洞口。

洞口里有风。下囚室凿在一层大厅的下方，它不像是房间，更像一口井。洞底有水，寒气逼人。冷风使下囚室的犯人冻死，却使上囚室的犯人活下来，因为它给囚室输入空气。上囚室的犯人在穹顶下摸索，只能从这个洞口呼吸空气，但是，一旦进了这个洞，或一旦掉了下去，就再也上不来了。因此他在黑暗中必须小心谨慎，否则就会沦为下囚室的犯人。这是生命攸关的事。如果他想活命，这个洞就是危险，如果他厌烦了生命，这个洞就是解脱。上囚室是监狱，下囚室是坟墓。这种重叠的现象很像当时的社会。

我们的祖先称这为“死穴”。它既已不复存在，这个名字也就失去了意义。多亏了革命，我们听见这几个字时才能无动于衷。

在圆塔外面，在四十年前作为唯一进口的缺口上方，可以看见一个比别的枪眼更宽的射击孔，上面挂着毁坏的、被打穿的铁丝网。

（四）桥—小城堡

在塔的另一侧，与缺口相反的方向，有一座损坏不大的三孔石桥。石桥上原有一座建筑，现只剩下断墙残壁，显然是大火的遗迹。黝黑的屋架像人的骨架一样，光线从那里射进来，它伴着圆塔就像是尸骨伴着幽灵。

这个废墟今天已完全破坏了，荡然无存。多少国王花掉好几个世纪建造的产业，一位农民只需一天就能使之化为灰烬。

“图尔格”是农民用的缩写称呼，即“戈万家的塔”，正如“朱佩尔”是“朱佩利埃尔”，驼背首领的名字“潘松勒托尔”是“驼背潘松”一样。

图尔格在四十年前是废墟，在今天只是一个幽灵，然而在一七九三年，它却是堡垒，是戈万家族的古老城堡，位于富热尔森林的西沿。但现在这座森林本身成了一座小树林。

城堡建在大块大块的板岩之上，这种板岩在梅延和迪南之间随处可见，而且散布在荆棘丛和欧石南中，仿佛是巨神们互相投掷的石块。

圆塔就是堡垒，圆塔下是岩石，岩石前有一条河，一月份它水势湍急，六月份它干涸见底。

这座堡垒虽然并不复杂，但是在中世纪几乎是无法攻克的。可惜那座桥削弱了它。当初哥特人戈万家族修堡垒时是没有桥的，只有一座一斧子就能砍断的吊桥。戈万家族当时是子爵，喜欢吊桥，而且很知足了。可是当他们成为侯爵，而且离开巢穴去宫廷时，他们便在急流之上修了一座三孔桥，从而向平原敞开大门，也就是向宫廷敞开大门。十七世纪的侯爵和十八世纪的侯爵夫人都不在乎堡垒是否坚如磐石。他们不再因袭传统，而是仿效凡尔赛宫。

圆塔西侧是一段相当高的高原，再过去就是平原。高原与圆塔几乎相连，中间只隔一道深沟，库万农河的一个支流从沟里流过。桥是堡垒与高原的纽带，它立于高高的桥墩之上，桥墩上还修了一座芒萨尔式建筑，就像谢农索宫堡一样。这座建筑比圆塔更适于居住。然而当时的习惯十分严格，领主们一般都住在塔内囚室般的房间里。桥上的建筑好似小城堡，堡内有条长长的走廊作为入口，被称作警卫室。其实它是在一层与二楼之间，在它上面是图书室，图书室上面是谷仓。还有镶着波希米亚小玻璃的高高的窗户，窗与窗之间的半露柱和墙上的圆雕饰。这个三层楼的城堡，下层是槊矛和火枪，中层是书，上层是燕麦，这一切显得几分粗野，但十分高贵。

旁边的圆塔却显得凶狠。

阴森的圆塔俯瞰这座简陋而小巧的建筑。从圆塔的平台可以摧毁石桥。

这两座建筑，一座粗犷，一座雅致，不是相互呼应而是相互冲突。两种风格毫不协调，虽然都有相似的半圆形，但是古典拱门饰与罗马式半圆拱是决然不同的。石桥配得上凡尔赛宫，而它古怪的邻居圆塔却与森林相似，这就好比鬈胡子阿兰与路易十四手挽手。这个整体令人无比惊恐。两种不同的威严相互掺和，产生了一种难以名状的残暴。

应该再次指出，从军事观点看，石桥几乎是圆塔的叛徒。石桥美化了圆塔但同时也解除了圆塔的武装；圆塔得到了装饰，但因此失去了威力，因为石桥使它与高原处于同一平面。从森林这一侧，圆塔仍是无法攻克的堡垒，但是从平原这一侧，圆塔却不再是无懈可击了。从前是圆塔控制高原，现在是高原控制圆塔。敌人一旦在高原站住脚，就能很快占领石桥。图书室和谷仓也对入侵者有利，而对堡垒无利。图书室和谷仓的共同点就是书籍和稻草都是易燃物。放火烧掉荷马和放火烧掉稻草，这对进攻者来说毫无区别。法国人向德国人证明了这一点，他们烧掉了海德堡图书室，德国人也向法国人证明了这一点，他们烧掉了斯特拉斯堡图书室。因此，在图尔格加建这座桥是个战略错误。然而在十七世纪，在柯尔柏和卢瓦治下，戈万家族和罗昂家族及拉特雷穆瓦伊家族的王公们一样，认为不会再受到任何人攻击。不过，石桥的建设者们还是采取了几项预防措施。首先是防火。他们在面朝下游的三扇窗户的下方钉上了铁钩——这铁钩在半个世纪前还在——然后横挂上一个结实的消防梯，它和石桥上两层楼一样高，这高度已经超过一般的三层楼。其次是防攻击。石桥与圆塔之间有一扇沉重而矮小的铁门。铁门成拱形，靠一把大钥匙开启，钥匙由主人收藏在秘密的地方。门一旦关上，任何撞锤或炮弹都难以轰开。必须通过石桥才能抵达铁门，必须经过铁门才能走进圆塔。没有别的路。

（五）铁　门

小城堡因桥墩而地势高，它的二楼与圆塔的三层相仿，因此，为了安全起见，铁门就装在这个高度。

铁门这边是石桥上的图书室，铁门那边是圆塔里那间带有中央立柱的拱形大厅。刚才说过，这个大厅位于主塔的三楼，与塔一样呈圆形，长长的枪眼开向田野，从那里射进光线。墙壁粗糙而光秃，石头都露在外面，砌得十分匀称。一个螺旋形楼梯通向这里，楼梯凿在石墙里，石墙有十五法尺厚，所以凿起来并不费事。在中世纪，攻克城池时必须逐街争夺，攻克街道时必须逐屋争夺，攻克房屋时必须逐室争夺，攻克堡垒时必须逐层争夺。从这一点看，图尔格在布局上巧妙、刁钻、苛刻。每层楼之间是难于攀登的螺旋梯，门是斜的，而且不及人高，必须低头才能进去，而低头就等于甘受一棒。被攻击者正在门后等待着来犯者。

在立柱圆厅下面有两个相似的房间，分别在一楼和二楼，圆厅上面还有三个房间。这六个重叠的房间之上是塔顶的石盖，它也是平台，经过一个窄狭的哨亭才能上去。

十五法尺的厚墙被凿穿才能装上铁门，它被砌在石墙中间，镶在长长的拱形曲线中。当门关上时，门的内外两侧各有六七法尺深的门廊；当门打开时，两个门廊合而为一，形成拱形门洞。

石桥这一侧的门廊下，厚墙上有一个矮门，里面是一条圣吉尔式的螺旋楼梯通向图书室下面第一层的走廊。对进攻者来说，这是一个关口。桥上的小城堡，在面对高原的方向，是一堵陡直的墙，而且桥也在这里中断。一扇矮门上系着吊桥，这是去高原的通道，但由于高原地势高，吊桥放下来时总是一边高一边低，通向称作警卫室的那条长走廊。入侵者一旦占领走廊，就必须强攻那条圣吉尔式的螺旋楼梯，才能上到二楼，才能到达铁门。

（六）图　书　室

图书室是一个长方形大厅，长宽与桥一致，有唯一一扇门，即铁门。拱形塔门外侧是一扇蒙着绿呢，一推就开的假门。图书室从上到下，从天花板到地板都是一排排十七世纪做工高雅的玻璃橱。室内的光线来自六扇大窗，每边各三扇，都在桥拱上方。从室外，从高原可以通过窗户看到图书室内部。在窗与窗之间，六尊大理石胸像矗立在橡木雕刻的底座上：拜占庭的赫尔莫拉乌斯[①]、努克拉提斯城的语法学家阿泰内[②]、絮伊达斯[③]、卡索邦[④]、法国国王克罗维斯[⑤]及其掌玺大臣阿纳夏吕斯，其实阿纳夏吕斯不能算大臣，正如克罗维斯不能算国王一样。

图书室里有些书。其中一本颇为有名，这就是带版画的四开本老书，书名是大号字的《圣巴托罗缪》，副题是《圣巴托罗缪福音书。前附基督教哲学家潘托努斯的论文，对此福音书是否伪造，圣巴托罗缪是否即拿但业[⑥]提出质疑》。这本书被视作孤本，摆在图书室中央的一个托书架上。上个世纪有人出于好奇前来观赏。

（七）谷　仓

谷仓和图书室一样成长方形。它是屋架下的一个大厅，里面堆满了稻草和干草，由六扇老虎窗取光。这里没有任何装饰，只有门上圣巴尔纳贝的雕像，下面还有这句诗：

Barnabus sanctus falcem jubet ire per herbam.[⑦]

因此，一座六层楼的高大的塔，上面有一些射击孔，唯一的出入口就是一扇铁门，铁门开向石桥—小城堡，石桥尽头是一座吊桥；圆塔后面是森林，圆塔前面是长满欧石南的高原，高原比石桥高，比圆塔低；在圆塔与高原之间的石桥下，是一道长满荆棘窄狭的深沟，它

---

① 公元六世纪的希腊词典学家。

② 公元二、三世纪希腊作家，居住在埃及。

③ 十世纪希腊词典学家。

④ 十六世纪古希腊语学者。

⑤ 此处疑为克罗维斯四世（公元七世纪），为法兰克人之王。

⑥ 耶稣的门徒之一。

⑦ 拉丁文，可译为：圣巴尔纳贝让镰刀穿越草丛。

在冬天是急流，在春天是小溪，在夏天是石坑。这便是称作图尔格的戈万塔。

十 人 质

七月份过去了，接着是八月。一股英勇而严酷的气息掠过法兰西，两个鬼魂穿过地平线，一个是胸部中刺而亡的马拉，一个是脑袋落地的夏洛特·科尔戴。一切都令人生畏。旺代在大战略上失利，便藏身于小战略，我们说过，小战略更为可怕，现在是零星分散于树林中的广泛战役。对所谓天主教与国王的大军来说，灾难开始了。根据法令，美因茨军团被派往旺代，八千旺代人战死在昂瑟尼。旺代人在南特被打败，在蒙泰居被赶走，在图阿尔和努瓦尔蒙蒂埃被驱逐，在肖莱、莫尔塔尼、索米尔被击溃。他们撤离帕尔特内，放弃克利松，退出夏蒂荣，在圣伊莱尔丢失了一面军旗，在波尔尼克、萨布尔、丰特内、杜埃、夏托多、蓬德塞惨败，在吕松失利，在夏泰尼亚后撤，在罗什絮尔荣溃不成军。但是，一方面他们进逼拉罗舍尔，另一方面，由克雷格将军率领的英国舰队正在盖尔内西岛待命，舰上有最优秀的法国海军军官以及好几个英国兵团。一旦德·朗特纳克侯爵发出信号，立即登陆。登陆能使保皇党叛乱转败为胜。皮特是国家的罪人。在武器中有匕首，在政治中有叛逆。皮特行刺我们的国家，也叛变了他自己的国家，因为使祖国蒙羞就是叛变。在皮特的领导与具体策划下，英国进行背信弃义的战争。它窥伺、欺骗、撒谎。它无恶不作，既是偷猎者又是伪造者，甚至堕落到充满仇恨的小动作。它让人囤积油脂，使油脂涨到五法郎一斤。里尔抓获了一个英国人，身上藏有皮特在旺代的奸细普里让给皮特的信，内容如下：

我求您要舍得花钱。暗杀必须谨慎从事，伪装的教士和女人做这事最为合适。请送七万利弗尔去鲁昂，送五万利弗尔去冈城。

八月一日巴雷尔在国民公会宣读了这封信。这种背信弃义的行径引起了柏兰的野蛮反击以及后来卡里埃的残酷镇压。梅斯和南方的共和派要求对叛乱分子发动进攻。国民公会宣布成立二十四个工兵连，以便放火烧掉博卡热地区的树篱和围栏。危机空前严重，战火此伏彼起。毫不留情！不留俘虏！这是双方的喊声。历史蒙上了可怕的阴影。

在这个八月份，图尔格遭围困。

一天傍晚，星星升起，酷热的黄昏一片沉静，森林里没有一片树叶在颤动，平原上没有一根青草在抖动。在黑夜前的静寂中，从圆塔顶传来喇叭声。

地面上响起军号声，这是对喇叭的回答。

塔顶有一个拿着武器的人，地面的暗处有一个军营。

在戈万塔四周，有影影绰绰的大量黑影，这是露营部队。森林的树下和高原的欧石南丛中亮起了火光，星星点点的光亮刺破了黑暗，使大地有如天空一样布满了星星。战争的星星是何等阴沉！高原那边的营地一直延伸到平原，森林这边的营地一直伸进荆棘丛。图尔格被围得水泄不通。

遍地是攻击者的营地，真是大军压境。

军营紧紧钳制住堡垒，在圆塔方向一直逼近岩石，在石桥方向一直逼近沟壑。

响起了第二声喇叭，继而是第二声军号。

喇叭在探询，军号在回答。

喇叭是圆塔对军营的探询："可以谈谈吗？"军号是军营的回答："可以。"

当时，国民公会认为旺代人不能算是交战一方，而是"土匪"，因此禁止与他们互派谈判代表，于是一种联络办法应运而生，以弥补普通战争所允许，而内战所禁止的谈判，因此农民喇叭和军号之间建立了默契。第一声喇叭是开场，第二声喇叭提出问题："你们愿意听吗？"如果第二声喇叭以后，军号不作回答，那就是拒绝。如果军号回答，那就是同意，于是休战片刻。

既然第二声喇叭得到了回答，站在塔顶的人便讲话了：

"你们听我说，我是喧闹者古日，绰号蓝军灾星，因为我消灭了你们许多人，我另一个绰号是伊马纽斯，因为我还要杀更多的人。在攻打格朗维尔时，我的一个指头在枪筒上被刀砍断了，我的父母和十八岁的妹妹雅克琳都在拉瓦尔被你们斩了首。这就是我的经历。

"我现在代表戈万·德·朗特纳克侯爵、德·丰特内子爵、布列塔尼王公、七森林领主，也就是我的老爷和你们说话。

"首先，你们要明白，在走进这座塔楼，在被你们围困以前，侯爵大人已经将战争托付给他手下的六位首领了：德利埃尔负责布雷斯特至埃尔内大路，特雷通负责罗埃至拉瓦尔一线，雅盖又名塔伊费尔负责上曼恩的边沿，戈利埃即大彼埃尔负责贡蒂埃城堡，勒孔特负责克拉翁，迪布瓦-吉先生负责富热尔，德·罗香博先生负责整个梅延，所以，即使你们攻下这座堡垒，战争也不会结束，即使侯爵大人牺牲了，天主和国王的旺代依然存在。

"你们要明白，我这是在警告你们。大人就在我身边。我是他的发言人。攻击者们，好好听着。

"你们必须明白：

"你们对我们的战争是不公正的。我们住在自己的家园，我们正直地战斗，我们在天主的旨意下单纯而清白，就像朝露下的青草。但是共和国袭击了我们，共和国来到我们的田野骚扰我们，烧毁我们的房屋和庄稼，枪击我们的庄园，逼得我们的女人和孩子光着脚连夜逃进树林。

"你们这些听我说话的人，你们在森林里攻击了我们，现在又将我们围困在塔里。你们杀死或者驱散了与我们会合的人。你们有大炮。你们集合了驻扎在莫尔丹、巴兰通、泰热尔、朗迪维、埃弗朗、坦特尼阿克、维特雷的军队，因此你们现在是用四千五百人的兵力进攻我们，而我们守卫者呢，只有十九人。

“我们不缺粮食和弹药。

“你们进行了爆破，我们的岩石和墙壁被炸掉了一块。

“我们的塔底被炸开了一个洞，你们可以从这个缺口进来，不过它不在露天，它上面仍然是挺立的、坚固的塔。

“现在你们在准备进攻。

“然而，我们有话要对你们讲。首先是侯爵大人，他是布列塔尼王公，圣玛丽·德·朗特纳克修道院的在俗院长——修道院的每日弥撒是由雅娜王后首创的；其次还有塔楼的其他保卫者，如蒂尔莫神甫先生，他在战场上的绰号是大勇士，如我的同伴吉努瓦佐，他是绿营的首领，我的同伴冬唱，他是燕麦营的首领，我的同伴风笛，他是蚂蚁营的首领，我呢，我是农民，出生在莫里昂德尔小溪旁的丹镇。

“塔楼下的人们，你们听着。

“我们手里有三个俘虏，三个孩子。你们之中的一个营收养了他们，因此他们是你们的。我们愿意交还给你们。

“但有一个条件。

“放我们出去。

“如果你们拒绝，听清楚了，你们只能采取两种进攻方式，或者是从森林方向的缺口进来，或者是从高原方向的石桥进来。桥上的小城堡分上下三层。我伊马纽斯，我告诉你们，我已经叫人在下面那一层放上六大桶柏油和一百捆欧石南干草，最上一层有稻草，中间一层有书籍文件。石桥与塔楼之间的铁门是关上的。侯爵随身带着钥匙。我在铁门下挖了一个洞，火绳从洞里穿过，接在柏油上，另一头由我在塔内掌握。时机一到我就点火。如果你们不放我们出去，我们就把那三个孩子带到石桥上的第二层，夹在下层的火绳与柏油和上层的稻草之间，而且铁门也将关上。如果你们进攻石桥，那你们就会点燃小城堡。如果你们进攻缺口，那么点火的将是我们。如果你们从石桥和缺口同时进攻，那么，点火的既是你们又是我们。总之，无论如何，那三个孩子都会死。

“现在你们或者同意或者拒绝。

“如果你们同意，我们就出来。

“如果你们拒绝，那几个孩子就会死。

“我说完了。”

在塔顶说话的人沉默了。

下面有一个声音喊道：

“我们拒绝。”

声音干脆而严厉。另一个稍稍缓和但十分坚定的声音喊道：

“限你们二十四小时内投降。”

沉默。这声音继续说：

“到了明天这个时候，你们要是还不投降，我们就开始进攻。”

第一个声音又加了一句：

“到那时我们可不留情。”

这个粗暴的声音引发了塔顶上的另一个声音。一个高高的人影从雉堞中俯下身子。在微弱的星光下，可以认出这是德·朗特纳克那张令人畏惧的脸，他的目光似乎在塔下的黑暗中搜寻什么人。他喊道：

“噫，是你，教士！”

“对，是我，叛徒！”下面那个粗鲁的声音答道。

十一　像古时一样可怕

那个冷酷的声音的确是西穆尔丹的声音，那个比较年轻、比较缓和的声音是戈万的声音。

德·朗特纳克侯爵认出了西穆尔丹神甫，他没有认错。

在这个进行血腥内战的地区，西穆尔丹在几个星期内就出了名，不祥的恶名。人们知道巴黎的马拉、里昂的夏利埃和旺代的西穆尔丹。西穆尔丹当神甫时备受尊重，现在则备受谴责，这是教士改宗的后果。西穆尔丹令人厌恶。严厉的人是不幸的。谁看见他们的行为都会谴责他们，但是谁看见他们的内心也许会宽恕他们。不被人理解的利库尔戈斯就像是蒂贝里乌斯。无论如何，德·朗特纳克侯爵和西穆尔丹神甫在仇恨方面是半斤八两。共和派唾骂朗特纳克，保皇派诅咒西穆尔丹，一唱一和。这两人对各自的反对派来说，都是魔鬼。因此出现了怪事，当马恩省的普里厄尔在格朗维尔悬赏朗特纳克的头颅时，夏雷特也在努瓦尔蒙蒂埃悬赏西穆尔丹的头颅。

侯爵和教士可以说在某种程度上是同一个人。内战的冷酷面具有两个侧面，一面朝向过去，一面朝向未来，但都同样具有悲剧性。朗特纳克是第一面，西穆尔丹是第二面，不同的只是朗特纳克的冷笑蒙上了阴影和黑暗，而西穆尔丹那无情的脸上却闪着曙光。

此刻，被围困的图尔格得到暂时喘息。

我们刚才看到，在戈万的提议下，双方休战二十四小时。

伊马纽斯的确了解情况。由于西穆尔丹调动军队，戈万手下现在有四千五百人，有的属于国民卫队，有的属于战斗部队。戈万用这支兵力将朗特纳克围困在图尔格，并且用十二门大炮瞄准这个堡垒。六门炮摆在森林边沿，对准塔楼，炮台挖在地下，另外六门炮摆在高原上，炮台高高的。戈万还使用了炸药，在塔底炸开了一个缺口。

因此，当二十四小时的休战结束时，战斗将在下列情况下进行：

一方在高原及森林里，共四千五百人。

一方在塔内，共十九人。

历史也许能在告示中找到这十九位不受法律保护者的名字。我们也许能遇见它们。

为了便于指挥这几乎是大军团的四千五百人，西穆尔丹希望戈万被提升为将军，但戈万拒绝了，并且说：“等抓住朗特纳克以后再说吧。我还配不上。”

由军衔低的军官指挥大部队，这在共和派中习以为常。后来的波拿巴只是炮兵连长，却指挥意大利军团。

戈万塔命运奇特。它既被戈万家的人攻击，又被戈万家的人保卫。攻击者不免有所保留，保卫者则不然，德·朗特纳克是不惜一切的，何况他在凡尔赛宫居住过，对于他不太熟悉的图尔格更谈不到崇敬了。他来这里只是避难而已，没有别处可去。他能够心安理得地毁灭城堡。戈万却对城堡怀着几分崇敬。

堡垒的弱点在于石桥，然而石桥上的图书室里收藏着家族档案。如果从这一面进攻，石桥必被焚烧。在戈万眼中，烧毁档案等于是毁灭祖宗。图尔格是戈万家族的堡垒，布列塔尼所有的封地都属于戈万塔，就好比法兰西所有的封地都属于卢浮宫的塔楼。这里有戈万家族的家庭纪念品，戈万本人就出生在这里。曲折的命运引他来攻打这座可敬的、曾庇护他童年的塔楼。难道他能大逆不道，将这座老宅付之一炬吗？他本人的摇篮也许就在图书室顶楼的某个角落。有些思索会使人激动。戈万看着古老的祖宅，心中激动。他没有攻打石桥，只是用大炮威慑它，防止任何人从这里逃出来。他决定从另一面进攻，于是才有了塔底的爆破和缺口。

西穆尔丹听任戈万这样做，但有几分自责。面对哥特式的陈旧建筑，他严厉地皱起眉头；无论是对人还是对建筑，他一概毫不留情。对城堡手下留情就是仁慈的开始，而仁慈正是戈万的弱点。我们知道，西穆尔丹在监视戈万，不让戈万在他认为致命的坡上往下滑。然而，西穆尔丹重新见到图尔格时也不免暗暗动情，虽然为此暗自生气。他教戈万读的头几本书就在这间图书室里。他西穆尔丹曾经在附近的村庄帕里尼埃当过本堂神甫，他曾经住在石桥小城堡的阁楼上。他正是在这间图书室里将小戈万抱在两膝间教他认字。他正是在这四堵老墙里看到亲爱的学生、他精神上的儿子在身体和智力上成长。这间图书室，这个小城堡，这些充满他对孩子祝福的墙壁，难道他要去摧毁，去焚烧吗？他放过它们，当然不无内疚。

他听任戈万从另一面进攻。图尔格有它野蛮的一面，就是圆塔，也有它文明的一面，就是图书室。西穆尔丹允许戈万只攻打野蛮的那一面。

攻打这座老宅的人属于戈万家族，守卫这座老宅的人也属于戈万家族，在这个法国大革命时期，产业似乎又恢复了封建习俗。中世纪的全部历史就是家族内部的战争。厄忒俄克勒斯和波吕尼刻斯①既是希腊人也是哥特人，哈姆雷特在赫尔辛格所做的也正是俄瑞斯忒斯在阿戈斯所做的②。

十二　准备营救

这一夜双方都在做准备。

刚才的那一番阴沉的谈判刚一结束，戈万立即把助手叫来。

我们应该稍稍介绍盖尚其人。这是一位二流人物，正直、勇敢、平庸，是个好士兵而不算好首领。他对事物寻根究底，除非认为是不该由自己管的事。他从不心软，从不受腐蚀，不论是败坏良心的贪欲还是有损于公正的恻隐之心都不能腐蚀他。他的精神和心灵上蒙着两个遮光罩：纪律和命令，就像马匹的两眼戴着遮光罩一样。他靠眼罩留出的空隙往前走，勇往直前，但他的路是窄狭的。

他是可以信赖的人，指挥时十分严格，服从时一丝不苟。

戈万迅速地对盖尚说：

“盖尚，我要梯子。”

---

① 希腊神话中的两兄弟，自相残杀。

② 前者为报父仇而杀死叔父，后者为报父仇而杀死母亲。

“我们没有，指挥官。”

“必须有梯子。”

“为了进攻？”

“不，为了营救。”

盖尚想了一下回答说：

“我明白了，您要的是一个很高的云梯。”

“至少有三层楼高。”

“是的，指挥官，差不多要这么高。”

“比这还要高一些，要保证成功。”

“当然。”

“你怎么会没有云梯呢？”

“您认为不宜从高原这一侧进攻图尔格，指挥官，您只想堵住这边。您想从塔楼那边进攻，而不是从石桥这边。所以我们忙着装炸药，没有准备登高，所以没有云梯。”

“那你立刻叫人做一个。”

“三层楼高的云梯不是一下就做得出来的。”

“那你把几个短梯接起来。”

“得有短梯呀。”

“去找嘛。”

“找不到的。农民到处在毁坏梯子，拆毁大车，破坏桥梁。”

“他们想使共和国瘫痪，一点不假。”

“他们想让我们用不了车，过不了河，爬不了墙。”

“话说回来，我需要云梯。”

“我正在想哩，指挥官。在富热尔附近的雅弗内，有一个大木工场，也许那里能弄到云梯。”

“一分钟也别耽搁了。”

“您什么时候要用云梯？”

“最晚在明天这个时候。”

“我这就派专人飞快去那里，带着征用令。雅弗内有一个骑兵哨所，他们可以把云梯送来。明天日落以前它就能到这里。”

“很好，那就可以了。”戈万说，“快去办吧。”

十分钟后，盖尚回来对戈万说：

“指挥官，专人已经出发去雅弗内了。”

戈万登上高原，久久地凝视横跨在沟壑上的桥和小城堡。小城堡的山墙上只开了一扇矮门，门外是拉起的吊桥，下面是陡峭的深沟。要想从高原去到桥墩，必须爬下陡坡，这并不是不可能的，可以攀住一丛一丛荆棘下去。然而一旦到了沟底，进攻者就会完全暴露在从那三层楼发射的弹雨之下。戈万最终相信，从目前的围攻形势看，只能从塔楼的缺口发动真正的攻击。

戈万采取了一切措施以防敌人逃跑。他完成了对图尔格的严密封锁，将部队的网眼收得紧紧的，什么东西也溜不过去。他和西穆尔丹分工负责，戈万负责森林方向，西穆尔丹负责高原方向。他们说好，当戈万在盖尚的协助下从缺口发动进攻时，西穆尔丹将点燃大炮火绳，监视石桥和沟壑。

十三　侯爵的准备

当塔外正全力准备进攻时，塔内在全力准备防御。

塔楼与木桶相比确有相似之处，有时塔楼被火药炸破正如木桶被锥子凿穿，墙壁上出现了洞，就像木桶上出现了孔。图尔格就是这样。

两三公担的炸药像强大的锥子，将厚墙凿透了。这个洞从塔根起，穿过墙上最厚的部分，在堡垒底层形成一个不规则的拱孔。攻击者从外面炮轰这个洞，使之扩大成形，以利于进攻。

这个缺口所在的一楼是一个光秃秃的圆形大厅，中央有一根柱子托着拱顶石。这个全城堡最大的厅直径至少达四十法尺。塔内每一层楼都有类似的房间，只是稍小，因为沿着射击孔有小间。一楼大厅没有射击孔，没有气窗，没有天窗，像坟墓一样阴暗、闷气。

一楼大厅有一扇通向地牢的门，它主要是铁制而不是木制的。另一扇门开向朝上的楼梯，所有的楼梯都凿在厚厚的墙壁里。

进攻者可以从他们炸开的缺口里进入这间低矮的大厅。占领大厅后，他们还需攻占整座塔楼。

低矮的大厅令人气闷，待上二十四小时就会窒息，但是，现在有了这个缺口，人们可以舒畅地呼吸了。

因此，守卫者并不堵上缺口。

再说，那又有什么用呢？大炮会再次将它轰开的。

人们在墙上钉了铁的火炬架，插上火炬为底层照明。

现在该如何防卫呢？

堵洞并不难，但无济于事。最好是修筑退守工事，就是一种凹角障碍，人字形壁垒，从那里可以集中火力对付入侵者，因此，缺口外侧仍然是洞开的，但内侧却被堵住。塔内不缺材料，于是他们便修筑了这样的工事，中间留出了架枪的隙缝。工事的锐角倚在中央柱子上，两翼延伸到两边的墙壁。筑成以后，他们就在适当地点放上炸药。

侯爵指挥一切。这个可怕的人既出谋划策，又是组织者、指导者和主人。

朗特纳克属于十八世纪的军人类型：他在八十高龄还能拯救城市。他很像那位近百岁时还将波兰国王赶出里加的阿尔贝格伯爵。

“勇敢些，朋友们，”侯爵说，“在本世纪初，在一七一三年，查理十二世曾在本德被围困在一所房屋里，但他靠三百名瑞典兵抗击了两万土耳其人。”

人们在下面两层楼堆起了路障，修起了工事，在凹室里筑起雉堞，用木槌敲小梁，让它像拱扶垛一样顶住门，只有通往各层的螺旋形楼梯没被堵住，因为人们要上下走动。如果堵死它，那么被攻击者和攻击者一样都动不了。这永远是要塞防卫中的缺陷。

不知疲倦的侯爵像年轻人一样强壮，他身先士卒，亲自动手抬梁木，扛石头，指挥和帮助这一帮凶恶的人，与他们亲切地笑闹，但他仍然是爵爷，高傲、随便、优雅、残暴。

他是不容反驳的。他说："如果你们中间有一半人造反，我就叫另一半人把你们枪毙了。我和剩下的人一起坚守堡垒。"这些话使人们崇拜首领。

十四　伊马纽斯的准备

当侯爵在缺口和塔楼那边忙碌时，伊马纽斯也在石桥这边忙碌。围困一开始，侯爵便下令将横挂在二楼窗外的消防梯卸下来，伊马纽斯将它放在图书室里。戈万想补上的大概就是这个梯子。在底层与二楼之间的所谓警卫室，窗口的石墙上嵌着三层铁条。这里既不能进也不能出。

图书室的窗上没有铁条，但窗户太高。

伊马纽斯带上三个人去小城堡，这三个人是绰号金枝的瓦斯纳尔和木梭枪两兄弟，他们和伊马纽斯一样什么都干得出来，无所顾忌。伊马纽斯提着一盏只照别人不照自己的灯，打开铁门，仔细检查小城堡的上下三层楼。绰号金枝的瓦斯纳尔有个兄弟死在共和派手上，所以他像伊马纽斯一样残酷无情。

伊马纽斯查看了装满干草和稻草的顶层，又叫人在底层放上几桶柏油，几个火瓶，并且将几捆欧石南靠在柏油桶上，然后检查药线是否妥帖；它一端在石桥，另一端在塔内。伊马纽斯往地板上，往木桶和草捆下倒了一些柏油，将药线的一端泡在柏油里，然后让手下人将勒内-让、胖阿兰和若尔热特正在熟睡的那三个摇篮放在图书室里，即在装着柏油的底层和装着稻草的顶层之间。摇篮被轻轻地拿来了，没有惊醒孩子们。

这种简单的乡村小摇篮只是矮矮的柳条筐，它放在地上，孩子自己就可以从里面出来。伊马纽斯让人在每个摇篮旁边放上一盆汤和一把木勺。从钉上摘下的那把消防梯放在靠墙的地上。对面的墙边是首尾相接排成一行的三个摇篮。伊马纽斯大概认为穿堂风能助火势，便将图书室的窗户完全打开。这是一个蓝色而温和的夏夜。

伊马纽斯又派木梭枪兄弟两人去打开楼上和楼下的窗户。他发现在小城堡的东墙外侧，有一大株老常春藤，它已经枯萎，颜色灰白，从下到上爬满了朝石桥的这一侧，并且伸展到各层楼的窗口。他想常春藤不会碍事。他最后到各处检查一遍，然后和手下三人离开小城堡，回到塔楼。他关上沉重的铁门，钥匙转了两圈，专心地察看那个可怕而巨大的锁眼，检查药线，并满意地点点头。从此药线便是塔楼和石桥的唯一联系了。药线从圆厅开始，从铁门下他凿的洞里穿过去，顺着拱门，沿着去石桥底层的楼梯而下，在阶梯上蜿蜒成螺旋形，经过底层和二楼间的走廊，最后到达欧石南干草下的那摊柏油。伊马纽斯计算过，在塔内点燃的药线，大约一刻钟后，能使图书室下面的柏油起火。伊马纽斯安排停当，检查完毕以后，将铁门钥匙还给德·朗特纳克侯爵，侯爵将它放进衣袋。

必须监视进攻者的一切活动。伊马纽斯来到塔顶平台的岗亭值勤，腰间还系着牛倌的喇叭。他一面观察森林，一面观察高原；在他身旁，在岗亭的窗洞里有一个火药壶，满满一布袋的枪弹，还有一些旧报纸，他撕开报纸做药筒。

太阳出来了，照亮了森林中的八营士兵，他们挂着军刀，背着弹盒，长枪上好了刺刀，准备进攻；在高原上是炮台、弹药车、弹药筒、弹药箱；在堡垒里是十九个人，他们在给喇叭口火枪、喇叭口短铳枪、滑膛枪、手枪上子弹；而在那三个摇篮里，三个孩子正在熟睡。

第三章　圣巴托罗缪屠杀

一

孩子们醒了。

最先醒的是小姑娘。

孩子醒来就像是花朵开放，清新的灵魂似乎散发出芬香。

才一岁零八个月的若尔热特最小，五月份她还在吃奶呢。现在她抬起小脑袋，坐了起来，瞧着自己的脚，牙牙学语。

一缕晨光照着她的摇篮，很难说呈粉红色的是她的小脚呢还是曙光。

另外两个孩子还在睡。男人睡得死。若尔热特快活而平静地牙牙学语。

勒内-让是棕色头发，胖阿兰是褐色头发，若尔热特是金色头发。不同的颜色与孩子的年龄有关，长大后会变的。勒内-让像位小小的大力士，两手枕着眼睛俯身睡着。胖阿兰的两条腿伸到了小床外。

三个孩子都衣衫褴褛。红色无檐帽营当初给他们的衣服已破烂不堪。他们身上穿的连衬衣都算不上，男孩子们几乎赤身露体，若尔热特身上裹着旧裙子的破片。谁照料这些孩子？不知道。他们没有母亲。野蛮的农民战士们带着他们从一座森林转到另一座森林，给他们一份汤喝，仅此而已。孩子们就这样凑凑合合地活了下来。谁都是他们的主人，谁也不是他们的父亲。破衣烂衫的孩子们沉浸在光辉里，十分可爱。

若尔热特牙牙学语。

孩童牙牙学语就像小鸟在吟唱。这是同一首颂歌。模糊的、含混的、深刻的颂歌。孩童比小鸟多一样东西，即他面临的阴暗命运。因此大人们在倾听孩童的欢乐歌声时感到忧愁。世上最崇高的赞歌就是人类心灵在孩童唇间的咿呀声。这种模糊不清的轻语来自尚处于本能状态的思想，它包含某种对永恒正义的下意识呼唤。也许这是走进人世之前的抗议，卑微和令人心碎的抗议。无知的孩子在向无限的宇宙微笑，这弱小无助的生灵将来的命运会危及天地万物。如果发生不幸，那将是对信任的背叛。

孩童的咿呀学语，大于话语也小于话语。这不是音符，但这是歌曲；这不是音节，但这是语言。喃喃低语声从天上开始，在地上永不停止。在诞生以前它就开始了，它继续着，延续着。它包含了孩童是天使时所说的话，以及孩童将来成年时将要说的话。摇篮拥有一个昨天，正如坟墓拥有一个明天。这个明天和这个昨天的双重未知数交混在牙牙学语中。没有什么能比这个粉红色心灵中的巨大阴影更能证明神、永恒、责任以及命运的双重性。

若尔热特的低语并不使她忧愁，她那美丽的脸上是一片笑容。她的嘴在笑，眼睛在笑，脸腮上的酒窝也在笑。笑容显示出晨光的神秘承诺。心灵信仰光辉。天空是蓝的，天气暖和而晴朗。这个纤弱的女孩，虽然什么也不知道，什么也不认识，什么也不明白，懒洋洋地浸沉在并非思想的梦幻中，但她感到安全，因为她周围是大自然，是正直的树木、诚实的青草、纯洁平静的田野，还有小鸟、泉水、飞虫、树叶的声音，而这一切都沐浴在天真无邪的阳光下。

在若尔热特之后，最大的孩子，四岁的勒内-让也醒了。他站了起来，颇有男子气地跨出摇篮，看到了那盆汤，毫不惊奇，坐在地上吃了起来。

若尔热特的牙牙学语并未惊醒胖阿兰，但木勺碰汤盆的声音却使他突然翻过身来。他睁开眼睛。这个三岁的孩子看到了自己的汤盆，他伸手就够得着它，他没有跨出小床，而是将汤盆拿来放在膝上，一手握着木勺，像勒内-让一样吃了起来。

若尔热特没有听见他们，她的声音抑扬顿挫，仿佛是梦幻在轻轻摇荡。她睁着大眼朝上看，这是神奇的眼睛，因为不论孩童头上是天花板还是拱顶，她眼中反射的是天空。

勒内-让吃完后，用勺子刮净盆底，然后庄重地说：

“我吃完了。”

若尔热特从梦幻中惊醒，说道：

“娃娃。”

她看到勒内-让已经吃完，胖阿兰正在吃，便拿起身旁的汤盆，吃了起来，但常常将木勺送到耳边而不是嘴边。

有时她摒弃了文明，用手抓着吃。

胖阿兰像哥哥一样刮净盆底后，去找哥哥，在他后面跑。

二

突然，从窗外，从下面，从森林方向传来一声军号，一声高昂和严厉的军乐。接着，塔顶上响起一声喇叭与之应和。

这一次是军号在呼叫，喇叭在回答。

响起了第二声军号，引起了第二声喇叭。

接着，从森林边沿传来一个遥远但精确的声音，十分清晰：

“土匪们！我警告你们，如果在日落以前你们还不投降，我们就要进攻了。”

塔顶平台上一个响雷般的声音在回答：

“你们进攻吧。”

“进攻前半小时我们放炮，作为最后一次警告。”

塔顶的声音再一次说：

“你们进攻吧。”

话声没有传到孩子们耳中，但是军号和喇叭声传得更高更远。若尔热特听见第一声军号便抬起头，不喝汤了，听见喇叭声便把勺放在汤盆里，听见第二声军号，便举起右手的小食指，和着军号的节奏一伸一缩，然后又随着喇叭声一伸一缩。等这些声音都消失了，她仍然举着食指，若有所思地低声说：“乐乐。”

她大概想说“音乐”。

两位哥哥，勒内-让和胖阿兰没有注意到军号和喇叭，他们正聚精会神地看别的东西：一只鼠妇正穿过图书室。

胖阿兰一看见就叫道：

“虫子。”

勒内-让赶紧跑过来。

胖阿兰又说：

“它扎人。”

“别伤害它。”勒内-让说。

于是这两人便观察起鼠妇来。

若尔热特喝完了汤，四下看看找她哥哥。勒内-让和胖阿兰蹲在窗口，表情严肃地瞧着那只鼠妇。他们的头靠在一起，头发混在一起，屏住呼吸，赞叹地观察这只小虫，小虫受宠若惊，停住不动了。

若尔热特看见哥哥们在凝视，想知道究竟在看什么。去到他们身边可不是容易事，但她还是尝试了。路途艰险：满地是东西，翻倒的凳子啦，一堆堆文件啦，被拆开、倒空的包装箱啦，大箱子啦，总之是一堆堆的礁石，得绕着它们走。若尔热特壮着胆子从摇篮里出来，这是第一步，然后进入礁石区，在海峡里蜿蜒前行，接着推开凳子，从两个箱子中间，从一沓文件上爬过去，半爬半滚，柔软的小身体全露在外面。她就这样抵达了海员称作的自由海域，即相当大的一块没有障碍、没有危险的地方，她像猫一样爬得很快，冲过这个与图书室一样宽的地段，接近窗口。这里有一个可怕的障碍，就是那个顺墙摆放的长梯，它的一端稍稍遮住一角窗口，因此若尔热特必须绕过海角才能到达哥哥那里。她停了下来，若有所思，内心在独白，随即做出了决定。她伸出两根粉红色手指紧紧抓住梯子的梯级，梯子是横放的，所以梯级不是水平而是垂直的。她试图站起来，但跌倒了，她又试了两次，都不成功，但是第三次她终于如愿以偿，站得直直地，扶着一个个梯级，顺着梯子往前走，走到尽头时，她失去了支撑，踉跄了一下，但是两只小手抓住巨大的梯头，又站直了，绕过岬角，瞧着勒内-让和胖阿兰，笑了起来。

三

此时，勒内-让对自己的观察十分满意，抬起头说：

“这是只母的。”

若尔热特一笑，勒内-让也跟着笑；勒内-让一笑，胖阿兰也跟着笑。

若尔热特和哥哥们相聚了。他们在地上坐成一小圈。

然而小虫已不知去向。

若尔热特笑时，它趁机钻进了地板洞里。

在小虫以后又发生了别的事。

首先是燕子。

燕子大概在屋檐下筑了窝，它们飞得离窗很近，也许这几个孩子使它们有几分不安。燕子在空中划着大圈，并且为春天而柔声啾鸣。三个孩子抬头瞧着燕子，忘记了小虫。

若尔热特指着燕子大声说：“蛋蛋！”

勒内-让用斥责的口气说：

“不是蛋，小姐，这是鸟。”

“鸟鸟。”若尔热特说。

于是三个人都瞧着燕子。

接着又飞进一只蜜蜂。

蜜蜂与心灵最为相似。蜜蜂从这朵花飞到那朵花，好比是心灵从这颗星星飞到那颗星星；蜜蜂采蜜，心灵采集光明。

这只蜜蜂发出嗡嗡的响声，喧嚣着飞进室内，仿佛在说：“我来了，我刚刚拜访过玫瑰，现在来拜访孩子们。这里怎么样？”

蜜蜂是家庭主妇，它一面吟唱一面责备。

三个孩子目不转睛地盯着蜜蜂。

蜜蜂勘查整个图书室，搜索各个角落，像在自己的蜂房里一样飞来飞去，轻快而有节奏地从一个书柜荡到另一个书柜，瞧着玻璃门内的书，仿佛若有所思。

拜访完毕，蜜蜂就飞走了。

“它回家了。”勒内-让说。

“这是虫子。”胖阿兰说。

“不是，”勒内-让说，“这是飞虫。”

“虫虫。”若尔热特说。

胖阿兰刚在地上拾到一截细绳，绳端有一个结，他用拇指和食指捏住细绳的另一端，让绳子像风车一样旋转，并且全神贯注地瞧着它旋转。

若尔热特又成了四足动物，在地板上随意地爬来爬去。她发现了一把古老的绒绣面安乐椅，上面布满了虫蛀的小洞，露出了里面的马鬃。她在这把椅子前面停下，用手去抠洞，聚精会神地扯马鬃。

突然她竖起手指，仿佛在说：“听听。”

两兄弟转过头来。

窗外传来遥远而模糊的嘈杂声，可能是进攻者在森林里做战略部署。马匹的嘶叫声、鼓声、弹药车的滚动声、铁链的碰撞声、相互呼应的军铃声，这些朦胧而粗野的声音交织在一起倒也显得和谐。孩子们着迷地听着。

“这是天主的声音。”勒内-让说。

四

声音停止了。

勒内-让仍然在幻想。

在这些小小的脑瓜里，思想是怎样分解，怎样重新组合的？这些仍然模糊而短暂的记忆是怎样运转的？温柔的小脑瓜在沉思中将天主、祈祷、双手合十，以及曾经享受但如今已消失的温柔微笑交混在一起了，勒内-让低声说：

“妈妈。”

“妈妈。”胖阿兰说。

“妈妈。”若尔热特说。

接着，勒内-让便跳着玩了起来。

胖阿兰也跟着跳。

胖阿兰模仿勒内-让的一举一动，若尔热特不大模仿。三岁的孩子模仿四岁的孩子，但是一岁零八个月的孩子还保持着独立性。

若尔热特仍然坐着，不时地吐出一个字，没有长篇大论的话。

她是沉思者，说的是格言警句，用的是单音节词。

然而，不久她就被榜样吸引住了，也模仿起两位哥哥，于是，这三双小光脚便在由光滑橡木拼制的、布满尘土的旧地板上，在大理石胸像的严肃目光下跳起舞来，东歪西倒地奔跑起来。若尔热特有时不安地瞟瞟胸像，喃喃地说：“魔魔。”

在若尔热特的语言中，“魔魔”是指一切似人非人的东西。在孩子眼中，人与幽灵混淆难分。

若尔热特跟在哥哥后面，一步一蹒跚，但多半是在地上爬。

勒内-让走近窗子抬起头来，接着又低下头跑到窗口边墙角里藏了起来。他刚看见有人在注视他。这是高原营地里一位穿蓝制服的士兵，此人利用休战的间隙——而且还稍稍违反休战的规定——一直来到壕沟的陡坡上，从那里可以看到图书室内部。胖阿兰一见勒内-让躲藏起来，便也学他蹲了下来。若尔热特也过来藏在他们身后。他们悄悄地、一动不动地待在那里，若尔热特把手指放在唇上。过了一会儿，勒内-让冒险地伸头看看，士兵还在那里，他又赶紧缩回头。三个孩子连大气也不敢出，这样过了许久。最后，若尔热特对恐惧感到厌烦了，大胆地探探头。士兵已经走了，于是他们又跑动玩耍起来。

胖阿兰虽然是勒内-让的模仿者和崇拜者，但他有一特长，就是擅长发现新东西。哥哥和妹妹突然看见他活蹦乱跳地拉着一辆不知从哪里找到的四轮小车。

这辆玩具车被弃于尘土中已经多年，它与天才们的著作及贤人们的胸像为邻。戈万小时也许玩过它。

胖阿兰把细绳当鞭子挥舞。他很得意。发明者莫不如此。发现美洲和发现一辆小车，其实都一样。

但是应该有福同享呀。于是勒内-让充当拉车的马，若尔热特想坐车。

她试着坐上去。勒内-让是马，胖阿兰是车夫，但他不会赶车，听马的指挥。

勒内-让对胖阿兰喊道：

“你说：吁！”

“吁！”胖阿兰学着说。

小车翻倒，若尔热特滚到了地上。三个宝贝叫叫嚷嚷。若尔热特也在喊叫。

接着她想哭出来。

“小姐，”勒内-让说，“你都这么大了。”

“我大了。”若尔热特说。

这么一想，她不再为跌倒而伤心了。

窗户下方的挑檐很宽，从欧石南高原飘来的尘土堆积在上面，被雨水一浇就成了泥土。风又吹来了种子，于是在这片薄土上长起了树莓——一种称作狐桑的多年生植物。这时正值八月，树莓上结满了黑色莓果，一根树枝从窗口伸了进来，枝端几乎垂到地上。

胖阿兰先是发现细绳，继而发现小车，现在又发现了这枝树莓。他走了过来。

他摘下一颗黑莓，吃了起来。

“我饿了。”勒内-让说。

若尔热特手脚并用，很快爬到勒内-让身边。

于是三个孩子将树枝上的黑莓一扫而光。他们吃得很开心，满脸都是鲜红的树莓汁，小天使成了小农牧神，但丁看见他们也会吃惊，维吉尔看见他们也会着迷的。他们在开怀大笑。

有时他们的手被荆棘刺破了，有所得必有所失。

若尔热特将手指伸给勒内-让看，上面有一小滴血。她指着树莓说：

“扎人。”

胖阿兰也被扎了一下，怀疑地瞧着树莓说：

“这是虫子。”

“不。”勒内-让说，“是棍子。”

“坏棍子。”胖阿兰说。

若尔热特这次又想哭，但却笑了起来。

五

勒内-让也许对弟弟胖阿兰的发现感到嫉妒，正在酝酿一个大计划。刚才他不怕扎手摘黑莓时，一再瞧着那个孤零零地像纪念性建筑一样矗立在图书室中央的单腿斜面托书架，上面摆着闻名遐迩的《圣巴托罗缪》。

这是一本稀有的、精美的四开本书，是由出版一六八二年版《圣经》的著名出版家布勒乌弗——拉丁文叫塞许斯——在科隆出版的。它是用机器和牛筋印装的，文字不是印在荷兰纸上，而是印在埃德里西[①]所赞赏的精美的阿拉伯纸上，这种纸半丝半棉，永远洁白如新，再加上金色的皮封面，银扣环，羊皮纸的衬页——这种羊皮纸只有巴黎的圣蒂兰大厅才有，别处是买不到的。书中有许多木版画、铜版画，以及许多国家的地理图片，扉页上还有印刷商、纸商、书商对一六三五年敕令的抗议，该敕令规定对“皮革、啤酒、叉蹄动物、海鱼和纸张”课税。书名页反面是对格里弗[②]家族的献词，格里弗之于里昂等于埃尔泽菲尔[③]之于阿姆斯特丹。因此这本书闻名遐迩，几乎和莫斯科的《阿波斯托尔》[④]一样是稀世珍品。

这本书很漂亮，因此勒内-让盯着它，也许盯得太久了。书是翻开的，正好有一大幅版画，画上是圣巴托罗缪，他用手臂托着被剥下来的皮。这幅画从下面就能看见。树莓果吃完以后，勒内-让便用可怕的爱慕眼光瞧着画，若尔热特随着哥哥的视线望过去，看见了画，说道：“画画。”

这个词似乎使勒内-让下了决心，于是他做了一件令胖阿兰吃惊的、不同寻常的事。

在图书室的一角有一把橡木做的大椅子。勒内-让走过去，抓住椅子，独自将它拖向托书架，靠在托书架旁边，然后勒内-让爬上椅子，两手放在那本书上。

---

① 十二世纪阿拉伯地理学家，论著甚丰。

② 十六世纪里昂著名的印刷商家族。

③ 十六、十七世纪荷兰著名的印刷及出版商家族。

④ 十七、十八世纪东乌克兰的首领。

既然高高站在这里，他觉得应该炫耀一番，于是便抓住“画画”的一角，细心地撕下来。书页被撕成斜角，但这不能怪勒内-让。因此，那位伪福音的老传教士圣巴托罗缪的左半身，包括一只眼睛和少许光环，仍然留在书上，右半身及全部皮肤则被送给了若尔热特。若尔热特接过圣徒说：“魔魔。”

“还有我呢！”胖阿兰喊道。

撕下第一页书就像是流出头一滴血。杀戮开始了。

勒内-让翻了一页。在圣徒之后是评论家潘特尼斯。勒内-让将潘特尼斯颁给了胖阿兰。

此时若尔热特将手中的画撕成两小块，又将两小块撕成四小块。历史学家可以说圣巴托罗缪在亚美尼亚被剥皮后，又在布列塔尼被分尸。

六

分尸结束。若尔热特又向勒内-让伸手说：“还要。”

在圣徒和评论家之后是注释者面目可憎的肖像。首先是加旺蒂斯。勒内-让将他撕下来放在若尔热特手中。

圣巴托罗缪所有的注释人都受到这种待遇。

赠给本身就是优势。勒内-让自己什么也不要。得到胖阿兰和若尔热特的赞赏，这就足够了，他感到满足。

勒内-让继续慷慨大方地、源源不断地赠给。把法布里乔·皮尼亚泰利给了胖阿兰，把斯蒂尔丁神甫给了若尔热特，把阿尔丰斯·托斯塔给了胖阿兰，把科尔奈伊·德·拉彼埃尔给了若尔热特，把亨利·哈蒙给了胖阿兰，把罗贝蒂神甫给了若尔热特，外加神甫于一六一九年出生的杜埃城画片，把纸商们的抗议给了胖阿兰，把对格里弗家族的献词给了若尔热特。此外还有地图。勒内-让也分发地图，把埃塞俄比亚给了胖阿兰，把利考尼亚给了若尔热特。分完以后，他打算把书摔在地上。

这是可怕的时刻。胖阿兰和若尔热特瞧着勒内-让，半喜半惊。只见他皱皱眉头，挺身捏拳，将那本硕大的四开本书从托书架上推下来。威仪凛然的书居然威风扫地，真是可悲。沉重的书失去平衡，悬在那里，举棋不定地摇来摆去，接着便跌落下来，摔坏了，弄皱了，撕碎了，封面散开了，扣环脱离了，可怜巴巴地平躺在地上，幸好没有砸着孩子们。

他们毫不沮丧，反而津津有味地瞧着。征服者的行动并不都像这样圆满结束。

和名门望族一样，书的跌落引起了巨大的声响，掀起了大片尘土。

勒内-让将书摔倒以后，从椅子上下来。

出现了片刻的寂静和惊恐，胜利也会引起恐惧的。三个孩子手拉手地站在远处，瞧着那本支离破碎的大书。

胖阿兰出神地想了片刻，然后迅速走过去，踢了书一脚。

书已经完蛋了，但毁灭的欲望仍然存在。勒内-让踢了一脚，若尔热特也踢了一脚，并因此而跌坐在地上。她趁机扑向圣巴托罗缪。威信已经荡然无存。勒内-让也扑了过去，胖阿兰冲了上去。于是这三个高高兴兴、快快活活、得意扬扬的孩子残酷无情地撕毁起来：图画、书页、书签带、装帧、金皮封面、银扣钉、羊皮纸都被撕破、扯断、拔掉，庄严的书籍被撕成碎片；他们用脚踢，用手撕，用指甲挖，用牙齿咬；这三个粉红色的小天使一面笑着一面凶猛地扑到毫无自卫能力的福音传教士身上。

他们消灭了保存这位圣徒遗骨的亚美尼亚、犹太、贝内文托，消灭了可能与圣巴托罗缪为同一人的拿但业，消灭了宣布圣巴托罗缪—拿但业福音是伪经的教皇热拉兹，消灭了所有的插图和所有的地图。他们专心致志地、毫不留情地处决这本古书，一只老鼠从他们身边跑过都未引起他们注意。

这是彻底歼灭。

将历史、传说、知识、真实或虚假的奇迹、教会拉丁文、迷信、狂热、奥秘打得粉碎，将整个宗教自上到下撕成碎片，对三个巨人来说，对三个孩子来说，都不是轻而易举的事。时间一点点地过去，他们终于完成了。圣巴托罗缪已荡然无存。

一切结束，最后一页书被撕掉，最后一幅画被扔到地上，剩下的只是残骸和零零落落的文字与插图，这时勒内-让站起身来，对着满地的碎纸片拍起手来。

胖阿兰也跟着拍手。

若尔热特从地上拾起一张纸，站起来，靠在与她下巴齐高的窗口，将纸撕成碎片。

勒内-让和胖阿兰见她这样做也模仿起来。他们拾纸，撕碎，再拾纸，再撕碎，像若尔热特一样站在窗口。于是这整本古书就在这些一刻不停的小手中化成碎片，并且被抛向空中。若尔热特若有所思地看着这一批批小白纸片在空中散开，说道：

“蝴蝶。”

纸片消失在蓝天上，结束了这次杀戮。

七

圣巴托罗缪曾在公元四九年殉难，这是他第二次被处决。

黄昏来临，热度增加，空气催人入睡，若尔热特两眼变得模糊起来，勒内-让走到自己的摇篮边，将充当床垫的草袋拉过来，一直拉到窗口，躺了上去说：“睡觉吧。”于是胖阿兰将头枕在勒内-让身上，若尔热特又将头枕在胖阿兰身上，这三位作恶者便沉沉睡去。

暖暖的微风从开着的窗户吹了进来。黄昏的气息中夹杂着来自壕沟和山丘的野花的芬香。宇宙宁静而仁慈。一切都在发光，一切都进入静谧，一切都是爱抚。太阳给大地以亲抚，这就是光明。我们全身都能感到从万物的无边温柔中散发出的和谐。宇宙万物都蕴藏着母爱。大自然是持续不断的奇迹，它既宏大又仁慈。冥冥中似乎有谁在这场可怕的人类冲突中神秘地保护弱者免受强者伤害。而这一切也很美。大自然的美丽不亚于它的宽厚。景物沉静得难以言喻，闪着一种美丽的波纹，这是光影的移动在草原与河流上投射的反光。轻烟升向云雾，仿佛是梦想升向幻影。小鸟在图尔格上空绕着圈。燕子从窗口往里瞧，似乎在看看孩子们睡得可好。他们优美地躺在那里，相互依偎着，一动不动，半裸着身体，像小爱神一样纯洁可爱。他们三个人加起来还不到九岁。他们正做着天堂梦，唇边露出浅浅的笑意，神也许正和他们耳语。人类所有的语言都称他们为弱者，都为他们祝福。他们是可敬的无辜者。一切悄然无声，仿佛天地万物都在关注他们温柔的呼吸，整个宇宙都在聆听他们温柔的呼吸；树叶不再飒飒作响，青草不再颤动。广袤的星空似乎也屏住呼吸，唯恐打扰这三位卑微天使的睡眠。没有什么比大自然对弱小者的无限尊敬更为崇高的了。

太阳即将下山，几乎已落到地平线上。突然，在这深沉的宁静中，闪过一道亮光，它来自森林，接着便是一声巨响。这是炮声。炮声引起回响，变成一片爆裂声。山丘在连续不断地回鸣，十分可怕。若尔热特被吵醒了。

她稍稍抬起头，竖起小指头，倾听并且说：

“嘭！”

声音停止了，一切重归于宁静，若尔热特又倒头靠在胖阿兰身上睡着了。

第四章　母亲

一　死神经过这里

我们曾看见母亲在茫然地赶路，这天晚上，她走了整整一天。其实她天天如此，茫然前行，从不停下，疲惫不堪时就随处打个盹，这称不上是休息；像小鸟一样这里那里啄点零食，这称不上是吃饭。对她来说，食物和睡眠仅仅是为了不倒毙街头。

头天晚上她是在一个被废弃的谷仓里过的夜。这种破房子是内战的产物。在荒野里有四堵墙，一扇打开的门，残存的屋顶和少许稻草，于是她在屋顶下、在稻草上躺了下来，感到老鼠在稻草里跑动，瞧着星星在屋顶上方升起。她睡了几个小时，午夜时醒过来，继续赶路，想抢在白天的酷暑前多赶一程。对于夏天的步行者来说，午夜比正午更宽厚。

她尽量顺着沃托尔特的那位农民向她大致指出的路线走，尽可能地朝西走。谁要是在她身边就会听见她不断地喃喃说“图尔格”。除了三个孩子的名字以外，这就是她知道的唯一字眼了。

她边走边想，想到她的种种经历，她所忍受的一切，她所接受的一切，想到她遭遇到的事，不光彩的事，想到那些条件，那些不得不承受的交易，而这一切有时是为了一个栖身处，有时是为了一片面包，有时仅仅是为了问路。贫苦的女人比贫苦的男人更为悲惨，因为女人是寻欢工具。可怕的漂泊！但是她对这一切都无所谓，只要能找到孩子。

这一天，她首先遇到的是大路旁的一个村庄。拂晓刚刚开始，一切仍然沉浸在阴暗的夜色中，然而在村里的大街上，有几扇大门已经半开了，有人好奇地从窗口探出脑袋。村民们像蜂窝一样躁动不安，因为他们听见了车轮声和哐当声。

一堆人站在教堂前的广场上，呆呆地抬头看着大路，大路上有什么东西正从山顶朝村庄下来。这是一辆四轮货车，由用铁链套着的五匹马拉着，车上装着东西，像是一堆长梁木，但中间却不成形，上面盖着一张大篷布，仿佛是裹尸布。十个人骑着马走在车前，十个人骑着马跟在车后。他们头戴三角帽，肩上竖着尖针般的东西，像是出鞘的军刀尖。这支队伍缓缓行进，在地平线上显得黑黑的。车仿佛是黑的，马仿佛是黑的，骑手仿佛是黑的。在他们身后是泛白的晨光。

他们进了村庄，走向广场。

马车下山时天已微微亮，这队人马清晰可见。他们沉默无语，仿佛是一队影子。

骑手们是士兵，而且确实背着出鞘的军刀。篷布是黑的。

四处漂泊的可怜的母亲也进了村庄，走到那堆农民中间，此时马车和士兵正好来到广场。人群中有声音在悄悄地一问一答：

“这是什么东西？”

“是断头台。”

“它从哪里来？”

“从富热尔。”

“去哪里？”

“我不知道，据说是去帕里尼埃那边的一座城堡。”

“帕里尼埃！”

“它愿意去哪里就去哪里，可千万别在这里停下来！”

装着东西、盖着貌似裹尸布的大车，马匹，骑兵，铁链的哐当声，沉默不语的人们，拂晓的时候，这一切都像是幽灵。

这个队伍穿过广场，走出了村庄。村庄位于凹地，前后是上坡和下坡。一刻钟后，仍然呆怔地留在广场上的农民看到这支丧葬队伍出现在西边的山顶。大车轮在车辙里颠簸，套马的铁链在晨风中叮当作响，军刀闪闪发光；太阳升起，大路拐弯，一切都消失了。

此刻，在图书室里，若尔热特正在熟睡的哥哥们身边醒来，对自己粉红的小脚道早安。

二　死神说话

母亲看见这个幽黑的东西经过，不明白也不想弄明白这是什么，因为她眼前另有一个幻象——消失在黑暗中的孩子们。

那支队伍走出村庄后不久，她也走出村庄，而且走的是同一条路，与马车后面的士兵相隔不远。突然间，她想起了“断头台”这个词，她，孤陋寡闻的米歇尔·弗莱夏不知“断头台”是什么，但她本能地有所感觉，于是她莫名其妙地打了一个寒战，不愿再跟在后面，便向左转，离开了大路，走进了树林，那便是富热尔森林。

她游荡了一会儿便看见一座钟楼和几座房顶，这是森林边沿的一座村庄，她走了进去。她饿了。

村庄里有共和派的一个军事哨所。

她一直走到村政府前的广场上。

村里的气氛躁动不安。一群人聚集在村政府的大门台阶前。台阶上站着一个人，他由士兵陪伴着，手里举着一大张展开的布告。在他右边是鼓手，在他左边是拿着糨糊和刷子的张贴布告的人。

村长站在大门上方的阳台上，身着农民服装，但挂着三色绶带。

拿着布告的人是宣读告示的差役。

他挂着乡间巡回用的肩带，下悬一个小包，这表明他要去到一村又一村，向整个地区宣读告示。

米歇尔·弗莱夏走近时，他刚刚展开告示开始宣读。他高声念道：

“统一和不可分割的法兰西共和国。”

一阵击鼓声。人群似乎在波动。有人摘下无边软帽，有人却正正头上的硬帽。在这个时期，在这个地方，帽子几乎是政治观点的标志。保皇派戴的是硬帽，共和派戴的是软帽。含糊不清的喃喃声停止了，人群听着差役在念：

“根据救国委员会下达的命令及授予的权力……”

又是击鼓声。差役继续念道：

“按照国民公会宣布手执武器的叛乱分子为不受法律保护的人，并对收容或协助其逃亡者处以极刑的有关法令……”

一位农民低声问旁边的人：

“什么叫极刑？”

那人回答说：

“我也不知道。”

差役晃动告示，接着往下念：

“根据四月三十日法律第十七款，即特派代表及其代理人拥有处理叛乱分子的全权……”

他停顿了一下：

“下列人等，姓名与绰号附后，被宣布为不受法律保护的人……”

人们都竖起耳朵听。

差役的声音像是雷鸣：

“……朗特纳克，土匪……”

“这是我们的领主。”一位农民喃喃地说。

人群在窃窃私语：

“他是我们的领主。”

差役继续往下念：

“……朗特纳克，前侯爵，土匪；伊马纽斯，土匪……”

两位农民相互斜视片刻。

“这是喧闹者古日。”

“对，是蓝军灾星。”

差役接着念：

“……大勇士，土匪……”

有人在喃喃低语：

“这是神甫。”

“是的，是蒂尔莫神甫先生。”

“对，他是夏佩尔树林那边的本堂神甫。”

“也是土匪。”一个戴软帽的人说。

差役继续念：

“……布瓦努沃，土匪；木梭枪两兄弟，土匪；乌扎尔，土匪……”

“这是德·盖兰先生。”一位农民说。

“……帕尼埃，土匪……”

“这是塞费尔先生。”

“……清算者，土匪……”

“这是雅穆瓦先生。”

差役不顾这些评论，继续念道：

“……吉努瓦佐，土匪；夏特内，土匪，又名罗比……”

一位农民低声说：

“吉努瓦佐就是勒布隆，夏特内是圣图瓦人。”

“……瓦斯纳尔，土匪……”

人群悄悄议论：

“他是吕伊耶人。”

“对，他就是金枝。”

"他兄弟是在攻打蓬托尔松时被打死的。"

"对，瓦斯纳尔-马洛尼埃尔。"

"一个十九岁的漂亮小伙子。"

"请注意听，"差役喊道，"名单上的最后几个人是：美葡萄，土匪；风笛，土匪；大劈刀，土匪；痴情汉，土匪……"

一位小伙子推推一位姑娘的肘弯。姑娘微微一笑。

差役继续念：

"……冬唱，土匪；猫，土匪……"

"这是穆拉尔。"一位农民说。

"……塔布兹，土匪……"

一位农民说：

"这是戈弗尔。"

"戈弗尔家有两个人。"一个女人补充说。

"都是些好人。"一位小伙子埋怨说。

差役摇晃公告，鼓手击鼓。

差役继续念：

"上述人等，不论在何处抓获，一俟验明正身，立即枪决。"

人群中出现了骚动。

差役继续念：

"……收容或协助其逃亡者将交由军事法庭处决。签名……"

深沉的寂静。

"……签名：救国委员会特派代表西穆尔丹。"

"他是位神甫。"一位农民说。

"原先是帕里尼埃的本堂神甫。"

"蒂尔莫和西穆尔丹都是神甫，一白一蓝。"一位市民说。

"都是黑的。"另一位市民说。

此刻，站在阳台上的村长举帽高呼：

"共和国万岁！"

又是一阵鼓声，表明差役还没有念完。他果然做了一个手势，说道：

“请注意，现在是政府告示的最后几行，它是由北部海岸远征队队长戈万指挥官签署的。”

“好好听着！”人群中有人说。

差役念道：

“违者处以死刑……”

众人静默。

“……根据命令，严禁对此刻被困于图尔格的上述十九名叛乱分子提供任何帮助或支援。”

“嗯？”一个声音说。

这是女人的声音，是那位母亲的声音。

三　农民们议论纷纷

米歇尔·弗莱夏夹在人群中间。她没有注意听，但是往往无心听时倒听进去了。她听见图尔格这个名字，抬起头来。

“嗯？”她又问了一声：“图尔格？”

人们瞧着她，见她神情恍惚，衣衫褴褛。有人低声说：“她像是土匪婆。”

一位农妇提着一筐荞麦饼走过来，低声对她说：

“别说话。”

米歇尔·弗莱夏惊奇地打量这个女人。她又不明白是怎么回事了。图尔格这个名字像闪电一样一闪而过，现在她又沉入黑夜。难道她没有权利打听消息？人们为什么这样瞧着她呢？

此时，鼓手最后一次击鼓，贴告示的人贴上告示，村长又走进村政府，差役动身去下一个村庄。人群散开。

告示前还有一小堆人。米歇尔·弗莱夏朝他们走去。

他们正纷纷议论被宣布为不受法律保护的那些人。

他们之中有农民，也有市民，也就是说有白党也有蓝党。

一位农民说：

“没关系。他们没抓住所有的人。十九个人也只不过是十九个人嘛。他们没抓住普里乌，没抓住邦雅曼·穆兰，没抓住昂杜伊埃教区的古皮尔。”

“还有蒙让的洛里厄尔呢。”另一个人说。

其他人补充说：

“还有布里斯-德尼。”

“还有弗朗索瓦·迪杜埃。”

“对，那位拉瓦尔人。”

“还有洛内-维利耶的于埃。”

“还有格雷吉。”

“还有皮隆。”

“还有菲耶尔。”

“还有梅尼桑。”

“还有盖阿雷。”

“还有洛热雷三兄弟。”

“还有勒尚德利埃·德·彼埃尔维尔先生。”

“你们这些傻瓜！”一位神色严厉的白发老头说，“如果他们抓住朗特纳克，他们就掌握一切。”

“可现在还没有抓住呀。”一位年轻人说。

老头反驳：

“朗特纳克一旦被他们抓住，旺代就失去了灵魂。朗特纳克一旦死去，旺代也就没命了。”

“这位朗特纳克是什么人？”一位市民问道。

“一位前贵族。”另一位市民回答。

又一位接着说：

“他枪杀妇女。”

米歇尔·弗莱夏听见了，说道：

“对。”

人们转过头来。

她接着说：

“因为我被枪杀过。”

这句话很奇怪，仿佛一个活人在说自己是死人。人们斜眼打量她。

她看上去的确令人怀疑，她惊慌失措，全身发抖，像野兽一样惶惶不安，她自己害怕也令别人害怕。女人绝望时显出一种可怕的软弱，仿佛悬吊在命运的末端。不过农民对这一点比较粗心。一位农民咕哝说：“她很可能是奸细。”

“你别说话，快走！”刚才和她说话的好心的农妇低声说。

米歇尔·弗莱夏回答：

“我也不干坏事。我在找孩子。”

农妇瞧着端详米歇尔·弗莱夏的那些人，用手指碰碰自己的前额，眨眨眼睛说：

“她是无辜的女人。”

接着她把米歇尔·弗莱夏拉到旁边，给她一个荞麦饼。

米歇尔·弗莱夏顾不上道谢就贪馋地啃了起来。

“没错，”农民们说，“她吃起来像牲口，是个无辜的人。”

人们陆续走开，人群散去。

米歇尔·弗莱夏吃完饼，对农妇说：

“我吃完了，很好吃。现在你告诉我怎样去图尔格吧。”

“瞧你又来了！”农妇嚷道。

“我必须去图尔格。你告诉我走哪条路。”

“你想得倒好！”农妇说，“你要去送命呀？再说，我也不知道怎么走。呵，你真是发疯！听我说，可怜的女人，你看上去很累，去我家休息休息吧。”

“我不休息。”母亲说。

“你的脚全磨破了。”农妇喃喃地说。

米歇尔·弗莱夏接下去说：

“我跟你说他们偷走了我的孩子，一个小女孩和两个小男孩。我是从森林的卡尔尼肖来的。你们可以向凯门鳄泰尔马什打听我，也可以向我在田野里遇见的那个男人谈到我。凯门鳄治好了我的伤。当时我身上仿佛有什么东西被打断了。这些都是发生过的事。还有拉杜中士。你们可以和他谈谈。他会说的。是他在树林里看见了我们。三个人。我跟你说是三个孩子。老大叫勒内-让。我能证明这一切。另一个叫胖阿兰，还有一个叫若尔热特。我丈夫死了，是被打死的。早先他是西斯夸尼亚庄园的佃农。你看上去是位好心人。告诉我怎么走吧。我不是疯子，我是母亲。我失去了孩子，我在寻找他们。就是这么回事。我不太清楚我这是从哪里来，昨天晚上我是在一座谷仓的稻草上过的夜。图尔格是我要去的地方。我不是小偷。你瞧我说的是实话。你们应该帮我找孩子。我不是本地人。我被枪杀过，但不清楚是在哪里。”

农妇摇头说：

“听我说，过路人。革命时期，你不明白的事就别说。不然你会被抓起来的。”

“可是，图尔格呢？”母亲叫了起来，“太太，看在圣婴耶稣和天上仁慈圣母的分上，求求你，太太，恳求你，哀求你，告诉我怎样去图尔格吧！”

农妇生气了：

“我不知道！就算知道也不会告诉你。那是个危险的地方。没有人去。”

“可我要去。”母亲说。

于是她又上路了。

农妇瞧着她走远，咕哝道：

“她总得吃饭呀！”

她跑着赶上米歇尔·弗莱夏，往她手里塞了块荞麦饼说：

“当你的晚饭。”

米歇尔·弗莱夏接着荞麦饼，没有回答，没有转身，继续往前走。

她走出村庄。在经过最后几座房子时，她看见三个光着脚、衣衫褴褛的孩子从那里过，她走过去，说道：

“这是两个女孩和一个男孩。”

他们瞧着她手中的饼，她便把饼给了他们。

孩子们接过饼，害怕起来。

她钻进了森林。

四　误　会

就在这一天，天亮以前，在朦胧幽黑的森林里，在从雅弗内去莱库斯的那段路上，发生了下面的事。

整个博卡热地区的道路都是凹下去的，从雅弗内经莱库斯至帕里尼埃的路更是夹在陡坡之间，而且迂回曲折。说它是路不如说它是沟。这条路从维特雷过来，它曾有幸使德·塞维涅夫人的马车颠簸不已。左右两侧的篱笆仿佛将路封死了。这是打埋伏的最佳地点。

这天早上，米歇尔·弗莱夏经过位于森林中另一处的那第一个村庄，看到由士兵护送的那辆幽灵般的马车，而在这以前一个小时，有一堆人暗藏在库万农河桥尾雅弗内大路两侧的荆棘丛里。树枝掩盖了一切。这些人是农民，都穿着“格里戈”，就是六世纪的布列塔尼国王和十八世纪的农民所穿的毛皮外套。他们都带着武器，有的是长枪，有的是大斧。拿斧子的人刚刚在林中空地用干柴和圆木堆了一个火堆，只等点火了。带长枪的人则聚集在道路两旁等待。谁要是能看见树叶后面，就会发现处处都是扣在扳机上的手指和交错枝条隙缝中露出的、瞄准了的枪。这些人在窥视。所有的枪口都对准大路，它在晨光下泛白。

幽暗中有声音在悄悄交谈：

“这事确实？”

“那当然。他们是这样说的。”

“它会从这里过？”

“据说它在这一带。”

“可别让它溜了。”

“得烧掉它。”

“我们这是三个村子的人。”

“可不，那么卫兵呢？”

“杀掉。”

“它确实是走这条路？”

“据说是的。”

“这么说，它是从维特雷来的。”

“为什么不呢？”

“可是原先说它是从富热尔来。”

“管它从富热尔还是从维特雷来，它是从魔鬼那里来。”

“对。”

“它应该回到魔鬼那里去。”

“对。”

“它要去帕里尼埃？”

“大概吧。”

“它去不了。”

“那当然。”

“去不了，去不了，去不了。”

“注意。”

天开始蒙蒙亮，的确不应该再说话了。

突然间，这些埋伏者屏住呼吸，因为他们听见了车轮和马匹的声音。他们从枝叶隙缝中望过去，影影绰绰地看见在凹路上有一辆长长的马车和护送的骑兵，马车上还装着什么东西，正朝它们驶来。

“它来了！”首领模样的人说。

“是的，”一位窥伺者说，“还有卫兵。”

“多少人？”

“十二人。”

“原先说是二十人。”

“管它是十二人还是二十人哩，统统杀掉。”

“等他们进入射程吧。”

不一刻，马车和卫兵在拐弯处出现了。

“国王万岁！”农民首领喊道。

万枪齐射。

等到烟雾消散时，卫兵也消失了。七名卫兵倒在地上，五名卫兵逃走了。农民们奔向马车。

“噫，”首领惊呼道，“不是断头台，是梯子。”

马车上装的确实是长梯。

两匹马受了伤，倒卧在地。赶车人也被打死了，中了流弹。

“没关系，”首领说，“派卫兵护送长梯，这事可疑。再说它是往帕里尼埃方向去的，肯定是为了攀登图尔格。”

“把梯子烧掉吧！”农民们喊道。

于是他们烧掉了梯子。

至于他们等待的那辆死亡之车，它走的是另一条路，已经离这里两法里远了，米歇尔·弗莱夏曾在朝阳下看见它穿过村庄。

五　VOX IN DESERTO[1]

米歇尔·弗莱夏将荞麦饼给了那三个孩子以后，开始穿越树林，茫然地赶路。

既然别人不肯向她指明道路，她必须独立寻找。她有时坐下，站起来，又坐下。她感到一种与死相仿的疲劳，首先是肌肉累，然后是骨头累，这是奴隶的疲劳，而她也确实是奴隶，是被丢失的三个孩子的奴隶。她必须找到他们。每一分钟的流失都可能意味着失去他们。负有这种责任的人就不再有任何权利了。对她来说，喘口气是不能容许的。但是她精疲力竭。人累到这个地步，连迈步都成问题。她能迈步吗？她从一大早起就赶路，再没有遇见村庄，连房屋也再没有见到。她最初走的是该走的路，后来走的是不该走的路，最后便在完全相似的树木之间迷了路。她是否靠近了目的地？是否即将到达苦难的终点？她走在痛苦之路上，感到最后一站的疲惫。她会倒毙在路上吗？此刻，她再也无力往前走了，太阳正在下山，森林变得幽黑，小路消失在青草下面，她感到茫然。她只有天主。她呼叫起来，无人回答。

她四下看看，看到树枝中间有一块空隙，便朝它走过去，突然发现来到了树林外面。

在她面前有一个像壕沟一样狭窄的小谷，谷底的石堆中有一条清澈的水流，这时她感到干渴难忍，便向水流走去，跪下来喝水。

她利用跪下的片刻做祈祷。

她站起来，看看该往哪边走。

她跨过小溪。

小谷的对岸是一大片看不到边的、盖满短荆棘的高原，高原在溪

---

① 拉丁文，意为旷野的声音，出自《圣经·新约》中施洗约翰的话语。——原编者注

旁的斜坡上，一望无际。森林是孤独，高原是旷野。在森林里，每个灌木丛后面都可能有人。但在高原上，极目望去，什么也没有。几只小鸟逃遁似的飞进了欧石南丛中。

此刻，这位神志恍惚的母亲，面对无边的孤寂，两腿发软；她仿佛失去了理智，朝这片孤寂抛去奇怪的喊声:“这里有人吗?”

她等待回答。

有人回答了。

这是一个深沉的声音，它来自天边，并且陆续引起回声。它像是雷鸣，要不就是炮声。这声音似乎在回答母亲，它在说:“有人。”

接着是寂静。

母亲兴奋地挺直身体。这里有人。她现在有人说话了。她刚喝过水，做过祈祷，恢复了体力。她开始爬坡，朝那个巨大而遥远的声音的方向走去。

突然间，一座高塔出现在地平线上。它孤零零地立在荒野里，夕阳将它染成红色。它离这里约一法里多路。高塔后面是雾蒙蒙的一大片树木，这是富热尔森林。

高塔的位置正是发出隆隆响声——它仿佛是召唤——的地方。莫非这声音来自高塔?

米歇尔·弗莱夏来到了高原顶上，前面是一马平川。

她朝高塔走去。

六 形 势

时辰已到。

无情者抓住了残酷者。

西穆尔丹将朗特纳克捏在手中。

这位老保皇党叛乱分子被困在巢穴里，显然无法逃生。西穆尔丹准备将他斩首，在他的地产上，也可以说在他的房产前就地斩首，好让封建宅邸亲眼看见封建主人掉脑袋，以儆效尤。

因此他派人去富热尔取断头台，就是刚才我们在路上见到的。

杀掉朗特纳克就是杀掉旺代，杀掉旺代就是拯救法兰西。西穆尔丹毫不犹豫，坦然地履行这残暴的责任。

看来侯爵已走投无路，西穆尔丹对此很放心，但另一件事却使他忧心忡忡。战斗肯定十分严酷，戈万将指挥战斗，而且可能参加战斗，因为这位年轻指挥官有士兵的气质；他肯定会投入这场肉搏。但愿他别丢了性命！戈万！他的孩子！他在世上唯一的爱！在这以前戈万一直很幸运，然而好运也会感到厌烦的。西穆尔丹在发抖。真是奇怪的命运：他夹在戈万家族的两个人之间，他盼望其中一人死去，盼望另一人活下来。

这一炮不仅吵醒了摇篮中的若尔热特，不仅召唤了处于孤寂深渊中的母亲。不知是出于偶然还是瞄准手有意所为，这发警告性炮弹击中了高塔的二层楼，打穿了掩护那一大排射击孔的铁栅架，将它打掉了一半。被围困者来不及去修补。

被围困者原先是在吹嘘，其实他们的弹药不多，处境比围困者料想的更艰难。如果有足够的火药，他们会炸掉图尔格，与敌人同归于尽，这是他们的梦想。然而他们的储备已经用尽，每人只能射击三十次。长枪、短统枪、手枪倒是不少，但子弹不多。他们将所有的枪支上好子弹，以便连续发射，但能持续多久呢？既要射击又要节省子弹，这可是个难题。幸好——不吉利的幸好——战斗将主要是肉搏，是用马刀和匕首的白刃战。双方主要是搏斗而不是相互射击。双方将相互劈砍，这正是被围困者所希望的。

高塔内部似乎难以攻克。在有缺口的那间低矮的大厅里，朗特纳克巧妙地修筑了防御工事，以堵住进口。工事后面是一张长桌，上面摆满了子弹上膛的兵器：喇叭口火枪、马枪、短统枪，此外还有马刀、大斧和匕首。既然无法使用与大厅相通的地牢来炸毁高塔，侯爵便下令关闭地下室的门。矮厅上面是二楼那个圆形房间，只有极其狭窄的圣吉尔式螺旋楼梯通往那里。这间房和矮厅一样也有一张桌子，桌上摆满了准备妥当、随手可取的武器。光线从一长排射击孔射入室内，刚刚被炮弹打坏的就是射击孔的铁栅架。从这个房间顺着螺旋式楼梯便可上到三层楼的圆形房间，那里便是与桥—小城堡相通的铁门。这间房称作“铁门室”或“镜子室”，因为在光秃的石墙上挂着许多小镜子，它们挂在锈迹斑斑的旧钉上，半野半雅，不伦不类。上层的房间是无法防守的，因此这间镜子室，用要塞立法者马内松-马莱的话说，就是“被围困者投降的最后据点”。我们已经说过，他们决不能让围困者来到这里。

三楼的这个圆形房间也是从射击孔采光，但这里还燃着一支火炬，火炬插在与矮厅的火炬架相仿的铁架上。它是由伊马纽斯点燃的，旁边还放着火绳的一端。多么可怕的精心安排！

在矮厅紧里面的长搁板上，摆着食物，就像荷马书中的山洞一样。这里有：大盘大盘的米饭、名叫“菲尔”的黑麦糊、名叫“戈德尼韦尔”的小牛肉糜、名叫“乌伊什波特”的水果糊、苹果酱、苹果酒。吃喝自便。

炮声使他们停了下来。他们只有半个小时了。

伊马纽斯在塔顶监视敌人的动静。朗特纳克下令别开枪，让敌人靠近。他说：“他们有四千五百人，在塔外杀他们是没有用的。要在塔里杀他们。在塔里我们是平等的。”

他又笑着说：“平等、博爱。”

他们商定，一旦敌人开始行动，伊马纽斯就吹喇叭报警。

大家默默地守在工事后或楼梯上，一手扶着火枪，一手摸着念珠。

形势明朗了：

对进攻者来说，要越过缺口，摧毁工事，一一夺取那上下三间厅室，在枪林弹雨下一级一级地强占螺旋楼梯；对被围困者来说，前面是死亡。

七 序 幕

戈万在组织进攻。他向西穆尔丹和盖尚下最后指示。我们还记得，西穆尔丹应该驻守高原，不参加进攻，而盖尚应该率领大部队留守森林营地以观察形势。除非塔里有人冲出来或者企图逃跑，否则树林里的矮炮和高原上的高炮一律不许射击。戈万亲自带领突击队。这使西穆尔丹十分不安。

太阳刚刚落山。

旷野上的塔和大海上的船一样，对它们的进攻方式是相同的。不是冲锋而是靠拢。不用炮击。不做徒劳无益的事。炮击十五法尺厚的墙有什么用呢？在舷门上打一个洞，一方攻，一方守，用的是大斧、刀子、手枪、拳头和牙齿，这就是进攻。

戈万感到攻打图尔格也只能用这种办法。两眼发红地相互肉搏，还有什么比这更凶残的吗？戈万熟悉高塔可怕的内部，他曾在那里度过童年。

他在遐想。

此刻，他的助手盖尚正离他几步远，手举望远镜朝帕里尼埃方向观望。盖尚突然呼叫起来：

“呵！总算来了！”

呼声惊醒了凝神遐想的戈万。

“什么事，盖尚？”

“指挥官，梯子到了。”

“救生梯？”

“是的。”

“怎么？不是已经到了吗？”

“没有，指挥官。我刚才很担心。我派去雅弗内的特使已经回来了。”

“这我知道。”

“他说他在雅弗内的木工场找到了我们要的那种长梯，他征用了它，将它装上一辆大车，还调用了十二名骑兵来护送，他看到大车、卫队和长梯朝帕里尼埃进发才快马加鞭地赶回来。”

“还向我们做了汇报。他还说大车套的是好马，它是在凌晨两点出发的，日落以前能到达这里。这些我都知道。出了什么事？”

“是这样，指挥官，太阳已经落山，而运梯子的大车还没有到。”

“怎么可能呢？可时间到了，我们该进攻了。如果我们拖延，被围困的人会以为我们让步了。”

“我们可以进攻，指挥官。”

“可是救生梯是必不可少的。”

“那当然。”

“而我们没有救生梯。”

“我们有了。”

“怎么？”

“我刚才说：‘总算来了！’我用望远镜观察从帕里尼埃到图尔格的这条路，我十分高兴，指挥官。大车和护送人员都在那里，正在下坡。您可以看看。”

戈万接过望远镜观看。

“确实来了。光线暗了，看不太清楚。可不是有护送队，不过人数似乎比你说的要多，盖尚。”

“我觉得也是这样。”

“他们离这里大约四分之一法里吧。”

“一刻钟内就能到，指挥官。”

“我们可以进攻了。”

来的确实是大车，但不是他们等待的大车。

戈万转身时，看见中士拉杜站在身后。中士站得笔直，两眼朝下，处于敬军礼的姿势。

“有什么事，拉杜中士？”

“指挥官公民，我们红色无檐帽营，我们恳求您一件事。”

“什么事？”

“让我们去拼命。”

“呵！”戈万说。

“您能同意吗？”

“可……这得看情况了。”戈万说。

“是这样的，指挥官。自从多尔那一仗以后，您一直照顾我们，我们还有十二个人。”

“怎么样呢？”

“我们觉得丢脸。”

“你们是后备部队。”

“我们宁可当前卫。”

“可我需要你们来取得最后胜利。我要保存你们的实力。”

“有点过分了。”

“这有什么关系。你们是在队伍里，你们在行进。”

“走在最后。可巴黎人有权走在最前面。”

“我会考虑的，拉杜中士。”

“今天就考虑吧，指挥官。现在正是机会。马上就要大摔跤了，不是他摔倒就是你摔倒，这可不含糊。谁碰图尔格谁就会烧手。我们要求让我们去。”

中士停顿了一下，捻捻小胡子，用激动的声调说：

“再说哩，指挥官，我们的小家伙在这座塔里。我们的孩子，我们营的孩子，三个孩子都在里面。他妈的那个傻瓜，那个叫作蓝军灾星、伊马纽斯的人，那个喧闹者古日，古日喧闹者，那个嘴啃地的无赖，那个倒霉的魔鬼，他那张可怕的脸正威胁我们的孩子。我们的孩子，我们的娃娃，指挥官。即使全世界都战斗，我们也不愿意他们遭到不幸。您明白吗，长官？我们不愿意他们遭到不幸。刚才我利用战前的间隙去到高原，从窗口看到他们，对，他们确实在那里，从深沟边沿就能看见，我看见他们了，还使这些小天使害怕了。指挥官，如果他们可爱的小脑袋掉了一根头发，我发誓，我拉杜中士以最神圣的东西发誓，我就饶不了天主。我的营队说了：我们要救出孩子，要不就死在一起。这是我们的权利，他妈的！对，死在一起。现在，向您敬礼。”

戈万向拉杜伸出手，说道：

“你们是勇士。你们将参加突击队。我将你们分成两组，六个人打前锋，带动大家前进，六个人做后卫，防止有人后退。”

“还是由我来指挥这十二个人？”

“那当然。”

“那么谢谢您了，指挥官。我当然是前锋了。”

拉杜敬了一个军礼便回到队伍里了。

戈万掏出手表，在盖尚耳边说了几句话，于是突击队开始整队。

八　话语和怒吼

此时，西穆尔丹还在戈万旁边，尚未回到他在高原的岗位上。他走近一名号兵说：

“你吹号。”

军号响了，喇叭在回应。

军号和喇叭还在呼应。

“怎么回事？”戈万问盖尚，“西穆尔丹想干什么？”

西穆尔丹拿着一条白手巾已经朝高塔走去。

他提高声音说：

“塔里的人们，你们认识我吗？”

一个声音，伊马纽斯的声音，在塔顶回答：

“认识。”

两个声音于是交谈起来，只听见下面这番对话：

“我是共和国的特派员。”

“你从前是帕里尼埃的本堂神甫。”

“我是救国委员会派来的。”

“你是教士。”

“我是法律的代表。”

“你是叛徒。”

“我是革命的使者。”

“你是背教者。”

“我是西穆尔丹。”

“你是魔鬼。”

“你们认识我？”

“我们憎恶你。”

“要是能拿住我，你们会很高兴吧？”

“我们十八个人都愿意用自己的脑袋换你的脑袋。”

“我把自己交给你们。”

塔顶传来一阵狂笑和喊声：

“来呀！”

营地里是一片深深的寂静，人们在等待。

西穆尔丹又说：

“但有一个条件。”

“什么条件？”

“你们听着。”

“你说吧。”

“你们恨我？”

“是的。”

“但我爱你们，我是你们的兄弟。”

塔顶的声音说：

“是的，该隐。”

西穆尔丹的语调变得很特别，既高昂又温和：

“骂我吧，但要听我说。我是来谈判的。是的，你们是我的兄弟。你们是可怜的迷路人。我是你们的朋友。我是光明，我在对愚昧说话。光明永远包含博爱。再说，我们不是有共同的母亲，祖国吗？好，听我说。你们将会明白，或者你们的孩子将明白，或者你们孩子的孩子将明白，此刻发生的一切正是上天的旨意，革命是神的旨意。所有的良知，就连你们的也在内，将会觉悟，所有的狂热，就连你们的也在内，将会消失，然而在这一刻来到以前，就没有人对你们的愚昧表示怜悯吗？我来向你们献上我的头，我甚至还向你们伸出手。我请求你们消灭我以拯救你们自己。我有全权，我说到做到。这是最后的时刻，我在做最后的努力。是的，和你们说话的是一位公民，是的，在这位公民身上有一位教士。公民与你们斗争，但教士在恳求你们。听我说，你们中间许多人有妻儿老小。我在保护他们，保护他们而制止你们。呵，我的兄弟们……”

“去吧，你在说教！”伊马纽斯冷笑说。

西穆尔丹继续说：

“弟兄们，别让那可恶的时刻来到。人们将在这里互相残杀。我们中间的许多人将见不到明天的太阳，是的，我们中间的许多人将死去，而你们，你们全都将死去。为什么无谓地使这么多人流血？只杀两个人就够了，何必杀这么多人呢？”

“两个人？”伊马纽斯问道。

“是的，两个人。”

“谁？”

“朗特纳克和我。”

西穆尔丹又提高声音：

“有两个人是多余的。对我们而言是朗特纳克，对你们而言是我。我的建议是：把朗特纳克交给我们，把我抓去，这样你们大家都能保住性命。朗特纳克将上断头台，我听由你们处置。”

“教士，”伊马纽斯吼叫起来，“我们要是抓住了你，就用小火慢慢烧你。”

“我同意。”西穆尔丹说。

他又接着说：

“你们这些在塔里走投无路的人，一小时后你们还可以自由地活着。我来拯救你们。你们接受吗？”

伊马纽斯大叫起来：

“你不仅仅是恶棍，你还是疯子。呵，你为什么来捣乱？谁请你来说话的？要我们交出爵爷！你想要什么？”

“他的头，而我交出……”

“你的皮。我们要像剥狗皮一样剥你的皮，西穆尔丹神甫。哦不，你的皮抵不上他的头，滚吧。”

“将会发生可怕的事。最后一次，你们想想吧。”

当塔里塔外的人们听见这些阴森的话语时，夜已降临。德·朗特纳克侯爵一直保持沉默，不闻不问。首领们都有这种险恶的私心，这是职责所拥有的一项权利。

伊马纽斯喊了起来，声音越过西穆尔丹：

“进攻者听着，我们向你们提出了建议，它很明确，不会有丝毫改变。你们接受吧，否则就大难临头了！同意吗？我们把那三个孩子交还给你们，你们让我们所有人都安全地出去。”

“对，所有人，”西穆尔丹说，“只有一人除外。”

“谁？”

“朗特纳克。”

“爵爷！交出爵爷！休想！”

“我们要朗特纳克。”

"休想！"

"这是条件。"

"那么进攻吧。"

接着是沉寂。

伊马纽斯用喇叭发出信号，然后就走了下来。侯爵拿起了剑。十九位被围困者默默地聚集在矮厅的工事后面，跪了下来。黑夜中传来突击队向高塔逼近的整齐的脚步声，声音越来越近。被围困的人突然感到声音就在近旁，就在缺口处。于是他们便跪着将长枪和短枪架在防御工事上的缝隙里，其中一人，绰号大勇士的蒂尔莫神甫，站起身来，右手举着出鞘的马刀，左手举着十字架，用深沉的声音说道：

"以圣父、圣子、圣灵的名义！"

众人同时射击，战斗开始了。

九　泰坦[①]与巨人相争

的确骇人听闻。

这次肉搏超过了一切想象。

只有埃斯库罗斯[②]笔下的大决斗或者古代封建时期的屠杀，或者十七世纪以前"短兵相接"的悲剧性战斗，能与之相比。那时进攻者通过护墙进入堡垒。据阿连特茹省的老执达员所述：

> 等炸药起了作用，进攻者将带着被白铁片盖住的木板、圆盾、弹盾，还有许多榴弹前进，迫使堡垒里的人撤离工事，猛烈

① 古希腊神话中的巨神族。

② 古希腊悲剧诗人。

地驱赶他们，占领堡垒。

进攻的地点令人畏惧。行家称这种缺口是“穹形缺口”。我们还记得，这是穿透墙壁的裂缝，而不是完全暴露的喇叭形大洞。火药起了螺旋钻的作用。强烈的爆炸使火炉上方四十法尺处被炸开了，但只是一道裂口，这个进入矮厅的缺口像是被矛枪凿穿，而不是被大斧砍开的。

高塔侧面的这个穿刺是一个长长的、穿透的裂口，有几分像横过来的深井。甬道像肠子一样在十五法尺厚的墙内迂回曲折。在这个布满障碍、陷阱和爆炸物的，不成形的圆柱体内行进，脑袋会时时撞在石头上，脚下是瓦砾碎石，眼前是一片黑暗。

进攻者面对的就是这个黑黑的门廊，它像深渊一样张着嘴，上上下下那些支离破碎的石头便是它的牙床。这条鲨鱼没有牙，但有可怕的锯齿。必须走进这个洞，从那边出来。

洞里是枪弹，洞外是防御工事。所谓洞外，就是底层那间矮厅。

工兵在地下坑道里作业而坑道受阻，战船在海上相互靠拢，在舱里相互砍杀，只有这两种比喻才能表达战斗的凶猛。在坑底作战，何等恐怖！在顶篷下相互屠杀，多么可怕！当第一批进攻者进去时，整个防御工事火光闪闪，仿佛霹雳在地下滚动。进攻者用霹雳回敬埋伏者的霹雳。爆炸声针锋相对。响起了戈万的喊声：“冲呵！”接着是朗特纳克的喊声：“坚决顶住！”接着是伊马纽斯的喊声：“梅恩人跟我来！”接着是马刀碰马刀的撞击声，而可怕的射击一下一下地毁灭了一切。墙上的火炬影影绰绰地照着这幅惨景。一切都模模糊糊，眼前只是一片发红的黑暗。进来的人立刻变成聋子和瞎子，被巨响震聋，被浓烟熏瞎。瓦砾碎石中躺着那些失去战斗力的人。人们踩在尸体上，人们踩裂了伤口，踩碎了断肢，从那里传来呻吟声。有时脚会被垂死的人咬住。沉寂往往比响声更恐怖。人们相互揪打，能听见他们在吓人地喘着大气，然后是呻吟声、嘶哑的喘息声、诅咒声，然后再次响起雷鸣声。血流成河，它从缺口流到塔外，在黑暗中渗开。这一大摊深色的血在草地上发出热气。

人们会以为是高塔在流血，会以为这个巨人受了伤。

奇怪的是，塔外几乎没有声音。夜很黑，死亡般的寂静笼罩着被攻打的堡垒周围，无论是平原还是森林。塔内是地狱，塔外是坟墓。人们在黑暗中相互歼灭，他们的撞击声、射击声、呼喊声、怒吼声，在巨大的墙壁和圆穹下消失了，声音缺少足够的空气，屠杀之外又加上窒息。塔外几乎听不见声音。那几个孩子还在睡觉。

战斗越加激烈。防御工事还在抵抗。这种凹角人字形工事是很难攻取的。如果说被围者在人数上占劣势的话，他们在地形上却占优势。突击队中死了不少人。队员们在塔外排成长队，缓慢地钻进缺口，像游蛇钻洞一样，愈来愈短。

在枪林弹雨中，戈万这位冒失的年轻首领也投入了矮厅中的激烈战斗。他从未受过伤，因此很自信。

他转身下命令时，一道火光照亮了他身旁的一张脸。

“西穆尔丹！”他惊呼道，“您来做什么？”

这人的确是西穆尔丹。西穆尔丹回答说：

“我要待在你身边。”

“可是您会送命的！”

“那你呢，你在这里做什么？”

“这里需要我。不需要您。”

“既然你在这里，我也待在这里。”

“不，老师。”

“是的，孩子。”

西穆尔丹留在戈万身边。

在矮厅的砖地上，死尸堆了起来。

防御工事还没有被攻破，但人数的悬殊最终会使工事被攻克的。进攻者在明处，被围困者在暗处。被围者每死一人，进攻者就死十人。然而，进攻者的兵力源源不断。进攻者在增员，而被围困者在减员。

十九位被围困者都藏在被攻打的工事后面。他们有伤亡，至今仍在战斗的最多不过十五人。其中最凶猛的、绰号冬唱的那一位遭到了可怕的毁容。他是鬈发的、矮壮的布列塔尼人，属于那种矮小而机警的类型。他的一只眼睛被打烂，下颌被打碎，但他还能走。他摸到螺旋楼梯上，爬上二楼那间房里，希望能在那里祈祷、死去。

他靠在射击孔旁的墙上，想呼吸一下空气。

在楼下，工事前可怕的杀戮有增无减。在两次射击的间隙，西穆尔丹提高嗓门喊道：

“被围困的人们！为什么还要流血呢？你们是走投无路了，投降吧！想想我们有四千五百人，你们不过十九人。你们一个人要对付我们二百多人。还是投降吧。”

“别花言巧语了。”德·朗特纳克侯爵回答说。

接着是向西穆尔丹射来的二十发子弹。

防御工事没有圆穹那么高，因此被围困者能够倚在工事上射击，因此进攻者也能够攀越工事。

“朝工事冲锋！”戈万喊道，“谁自愿去夺工事？”

“我。”拉杜中士说。

十　拉　　杜

此刻，进攻者们惊呆了。拉杜原是打先锋进入缺口的，他是第六名，在巴黎营的六人中，四人已经倒下。拉杜喊了一声“我！”但没有前进，而是向后转，低着头，弯着腰，几乎在战士们的双腿间爬过去，爬回到缺口外面。难道这是逃跑？这样的人会逃跑吗？他想干什么？

拉杜来到缺口外面，揉揉被烟熏得睁不开的眼睛，仿佛想摆脱恐怖与黑暗。他借着星光观察高塔的墙，满意地点点头，好像是说：我没有弄错。

他曾经注意到爆炸造成了一条深深的裂缝，它从缺口上方一直延伸到二层楼的射击孔，射击孔前的铁栅也被炮弹击中，有一半散了架，垂了下来，能容一个人钻进去。

一个人能钻进去，但能爬上去吗？能，能顺着裂缝爬上去，但必须是只猫。

拉杜就像一只猫。他是品德罗斯[1]所称作的“灵巧的竞技者”。一个人可以是年轻的老兵。拉杜曾经在国民自卫队里当过兵，他还不到四十岁。这是位灵巧的赫拉克勒斯[2]。

拉杜将短枪放在地上，摘下皮制装备，脱下制服和外衣，将两支手枪插在腰带上，将出鞘的马刀用嘴叼着。手枪的两个枪托露在腰带外面。

于是他轻装上阵，在尚未进入缺口的突击队的注视之下开始在阴暗中攀登，顺着石墙的裂缝往上爬，就像爬台阶一样。他没有穿鞋，这样更方便，因为爬墙最好是光着脚。他用脚趾勾住石缝，用两手使身体上升，再用膝盖稳住。攀登十分艰难，仿佛是沿着锯齿往上爬。他想：“幸好二楼没有人，否则他们不会让我爬上来的。”

他还得爬四十法尺。两支手枪的圆柄头有点碍手碍脚。他越往上，裂缝越窄，攀登越加困难。坠落的危险随着陡壁的高度而增加。

他终于爬到了射击孔的边沿。他拨开脱散的、弯曲的铁条，缝很大，完全可以钻进去。他使劲向上一纵身，将膝头压在挑檐上，一只手抓住右边的那段铁条，一只手抓住左边的那段铁条，上半身升到了窗口前。他嘴里仍然叼着刀，依靠两手将身体悬在深渊之上。

---

① 古希腊诗人，以写竞技胜利者颂见长。

② 古希腊神话中力大无比的英雄。

再上一步他就可以跳进二楼的厅里。

然而，窗口出现了一张脸。

拉杜突然看见在面前的阴暗处出现了一个可怕的东西：被打烂的一只眼睛，被打碎的下颌，血肉模糊的脸。

这张只有一只眼睛的脸正看着他。

这张脸有两只手，它们从黑暗中伸出来，朝拉杜伸过来，一只手夺下拉杜腰间的两支枪，另一只手夺下他嘴上叼着的刀。

拉杜被解除了武装。他的膝盖在挑檐的斜面上往下滑，紧紧抓住破铁栅的两只手勉强支撑着他，而他身后是四十法尺高的绝壁。

这张脸和这两只手就是冬唱。

冬唱被从楼下蔓延开来的浓烟呛住，终于走到射击口的窗前，外面的空气使他清醒，黑夜的凉意使他平静，他稍稍恢复了精力。突然，他看见窗外出现了拉杜的上半身，于是这个可怕的人便不慌不忙地摘下拉杜腰间的枪和嘴里的刀，拉杜两手紧抓着铁条，没有选择的余地：不是掉下去就是被缴械。

于是开始了一场闻所未闻的决斗，被缴械者与受伤者的决斗。

胜利者显然是那个垂死的人。他一枪就能让拉杜掉进张着大口的深渊里。

对拉杜来说，幸运的是冬唱一只手里拿着两把枪，所以无法开枪，冬唱只好用刀，用刀尖在拉杜肩上砍了一下，这一下砍伤了拉杜，也拯救了拉杜。

拉杜虽然失去了武器，但仍然勇猛强壮。刀伤并未触及骨头，他不顾伤痛，纵身一跃，松开铁条，跳进了窗洞。

现在他和冬唱面对面了，冬唱已经扔掉刀，两手握着两把枪。

跪着的冬唱直起上身，用枪口几乎顶着拉杜，但他那无力的手臂在颤抖，他没有立刻开枪。

拉杜此刻却大笑起来。

“喂，”他喊道，“丑八怪，你想用这张烂牛肉一般的脸来吓唬我吗？真见鬼，你的脸可真不成样子了。”

冬唱瞄准他。

拉杜继续说：

“不是我瞎说，你的脸真是稀巴烂，可怜的小子，贝洛内[①]把你的容貌全毁了。来吧，来吧，开枪呀，伙计。”

冬唱开了一枪，枪弹擦过拉杜的头，打掉他一只耳朵。冬唱又举起另一只手上的枪，但是拉杜不让他有时间瞄准。

“丢掉一只耳朵就够了。”他喊道，“你可打伤我两次了。来吧，可爱的人儿。”

于是他扑向冬唱，猛撞他的手臂使枪口朝天，枪弹便胡乱地射了出去，接着他抓住冬唱那残缺的下颌，使劲捏。

冬唱咆哮一声，晕倒了。

拉杜让他仍然留在窗洞里，从他身上跨了过去。

“现在你该知道我的最后通牒了吧。”拉杜说，“你别动，就待在这里，可恶的瘫子。我现在不高兴杀你。你随意在地上爬吧，你这个臭狗屎。死吧，你死定了。你待会儿就明白你的神甫原先说的都是蠢话。滚到神秘世界里去吧，乡巴佬。”

他跳进了二楼的房间。

“什么也看不清。”他咕哝说。

奄奄一息的冬唱在抽搐和号叫。拉杜转过身来：

“别叫了！闭上嘴，你这个后知后觉的公民。我不管你了，我不屑于结果你。去你的吧。”

他不安地用手拢着头发，瞧着冬唱说：

“见鬼，现在该怎么办呢？一切倒算顺利，但我没有武器了。我原本可以开两枪的，可这两枪都被你浪费掉了，你这畜生！还有，我眼睛被烟熏得好疼。”

---

① 意大利的战争女神。

他摸摸被打烂的耳朵，说道：

“唉哟！”

接着又说：

“你打掉我一只耳朵又怎么样呢？我倒宁可丢耳朵，它只是个摆设。你还砍伤了我的肩膀，不过这没什么。去死吧，乡巴佬。我宽恕你。”

他注意听，矮厅里仍然是一片可怕的嘈杂。战斗空前激烈。

“楼下看来还不错。不管怎样，他们在喊国王万岁，他们在庄严地死去。”

他的脚碰到地上那把马刀，他拾了起来，对不再动弹，也许已经咽气的冬唱说：

“你瞧，臭猩猩，有没有这把刀，其实我都无所谓。我是舍不得才拾起来的。我需要的是手枪。你这个臭野人，见你的鬼去吧。呵，我该怎么干呢？我在这里毫无用处。”

他在厅里往前走，想辨清方向。突然，他看见中央柱子后面有一张长桌，桌上的东西在黑暗里隐隐发光。他伸手摸摸。这是武器：喇叭口火枪、手枪、短枪，它们整整齐齐地摆在那里，似乎只等人们去取。这是被围困者为战斗第二阶段储备的武器，这是个军火库。

“有吃的了！”拉杜惊呼道。

他欣喜若狂地扑了上去。

这下子他变得可怕了。

在摆满武器的桌子旁边，是通往各层楼的楼梯门，门大开着。拉杜扔下马刀，双手拿起两支双发的手枪，朝门下的螺旋楼梯乱射，接着又抓起一把喇叭口短枪射击，接着又抓起装满大粒霰弹的火枪射击。火枪喷出了十五发子弹，像连续射击一样。于是，拉杜喘了口气，用洪亮的声音朝楼梯下面喊道：“巴黎万岁！”

接着他又抓起比头一支火枪更粗的火枪，对着圣吉尔式楼梯弯曲的圆穹，等待着。矮厅里的慌乱是难以形容的。这次出其不意的奇袭粉碎了被围困者的抵抗。在拉杜的三次射击中，有两枪打中了敌人：一枪打死了木梭镖兄弟中的哥哥，另一枪打死了乌扎尔，也就是德·盖兰先生。

“他们在上面！”侯爵喊道。

这声喊叫使他们放弃了工事，争先恐后地往楼梯上跑，比惊弓之鸟逃得还快。侯爵催他们快逃。

“快点，”他说，“勇敢地逃，都上三楼。在那里我们再重整旗鼓。”

侯爵是撤离工事的最后一人。

这种勇气拯救了他。

拉杜埋伏在二楼楼梯口，手指放在火枪的扳机上，等待着溃军。头一批人一出现在楼梯拐弯处，便被迎面而来的枪弹击中，纷纷倒地。如果侯爵也在第一批人中间，那就死定了。拉杜转身去换枪时，其他的敌人便乘机上了三楼，侯爵走在最后，走得最慢。他们以为二楼都是进攻者，所以不敢停留，一直上到三楼，上到镜子大厅里。那里有铁门，那里有导火索，在那里不是投降就是死亡。

和被围困者一样，戈万也对楼梯上的射击感到吃惊，不知道这支援兵来自何方，但他顾不得去想，就趁机和手下人越过工事，用剑将被围困者逼上楼。

他来到二楼，见到了拉杜。

拉杜先敬个军礼，说道：

“只一分钟，指挥官。这是我干的。我还记得多尔那一仗。我是照您的办法干的，前后夹击敌人。”

“好学生。”戈万微笑着说。

人在黑暗里待上一阵以后，眼睛便适应了黑暗，就像夜鸟一样。戈万发现拉杜满身是血。

“你受伤了，伙计。”

“没关系，指挥官。多一只耳朵，少一只耳朵，这有什么关系呢？我还挨了一刀哩，管他呢。打碎窗玻璃还总要受伤呢。再说，流血的不止我一个。”

人们在被拉杜攻克的二楼做短暂的休息。有人拿来了灯。西穆尔丹来到戈万身边。他们在商量。的确应该多想想。进攻者并不了解被围困者的底细，不知道他们缺乏弹药，不知道堡垒的这些守卫者没剩多少火药了。三层楼是抵抗者的最后据点，他们可能在楼梯上埋了炸药。

有一点确切无疑：敌人是逃不掉的。没有被打死的敌人仿佛被关进了笼子。朗特纳克身陷囹圄。

既然这一点确切无疑，戈万他们便可以从长计议，寻找尽可能好的结局。死的人已经不少了。在最后的攻击中应该尽量避免过大的伤亡。

最后一战将十分危险，可能一上来就遭遇到猛烈的火力。

战斗中断了。进攻者们在占领底层和二楼以后，等待首领下令继续战斗。戈万和西穆尔丹在商量。拉杜默不作声地听着。

拉杜羞涩地又敬一个军礼：

“指挥官。”

“什么事，拉杜？”

“我有权要求一个小小的奖励吗？”

“当然。你要什么说吧。”

“我要求头一个上去。”

戈万没法拒绝。再说，即使拒绝拉杜也会照样干的。

十一　绝望的人们

当二楼的人在商议时，三楼的人正在筑路障。胜利引起疯狂，失败引起狂怒。这两层楼将发疯似的相互挤撞。胜利在望令人陶醉。二楼充满了希望。如果世上不存在绝望，那么希望就是人类最大的力量了。

楼上充满了绝望。

一种沉着、冷静、阴森的绝望。

除了藏身的这个大厅就再没有任何指望了，因此，被围困者要做的第一件事就是堵住进口。关门是无济于事的，最好是堵住楼梯。设置路障是上策，既便于观察也便于战斗。

火炬光照着他们，这火炬是被伊马纽斯插在墙壁的火炬架上的，离导火索很近。

房间里有一个又大又重的橡木箱。在带抽屉的家具问世以前，人们用它来装衣服和日用布制品。

他们将箱子拖到楼梯口竖立起来。箱子牢牢地嵌在楼梯口，堵住进路，圆穹下面只留出一人宽的窄缝，以便对进犯者一一予以歼灭。进攻者多半也不敢冒这个险。

堵住进口后，他们稍作休息。

他们数了一下人数。

十九人中只剩下七人，其中包括伊马纽斯。所有的人都负了伤，只有伊马纽斯和侯爵除外。

那五名伤员仍然很活跃，因为在激烈的战斗中，如果没受致命的伤，人们还是来回活动的。这五名伤员是又名罗比的夏特内、吉努瓦佐、又名金枝的瓦斯纳尔、痴情汉和大勇士。其他人都死了。

他们已经没有弹药了，弹盒里空空如也。他们数数子弹，七个人总共有几发子弹？四发。

他们已经到了穷途末路，被逼到张着大口的、可怕的深渊边上。再往前一步就会跌下去。

此时，进攻又开始了，只是比较慢、比较稳。进攻者正用枪托敲打楼梯探路。

无路可逃。从图书室逃走？高原上那六门点燃了火绳的大炮正瞄准图书室。从上面几层逃走？那又有什么用呢？楼上通到平台，到了那里只好从塔上往下跳了。

这个不同凡响的集团中的七位幸存者被关押在厚厚的墙壁里，厚墙保护他们也出卖他们。他们还没有被敌人抓住，但已是俘虏了。

侯爵提高声音：

“朋友们，一切都完了。”

他停了一下又说：

“大勇士，再当一回蒂尔莫神甫吧。”

大家都拿着念珠跪了下来。进攻者的枪托声越来越近。

大勇士满脸是血，刚才有颗子弹擦过他的脑袋，刮去了一层头皮。他举起右手中的十字架。侯爵基本上是怀疑论者，但也单腿跪了下来。

大勇士说：

“每人都大声忏悔自己的过失。爵爷，您先说。”

侯爵说：

“我杀了人。”

“我杀了人。”瓦斯纳尔说。

“我杀了人。”吉努瓦佐说。

“我杀了人。”痴情汉说。

“我杀了人。”夏特内说。

“我杀了人。”伊马纽斯说。

“我以神圣三位一体的名义，赦免你们。愿你们的灵魂得到安宁。”

“阿门！”所有的声音说。

侯爵站起身来：

“现在我们死吧。”

“现在我们杀吧。”伊马纽斯说。

堵住门口的大木箱在枪托的敲击下开始晃动。

“想想天主吧，”神甫说，“对你们来说，尘世已经不存在了。”

“对，”侯爵说，“我们是在坟墓里。”

大家都低头捶胸，只有侯爵和教士站着。教士两眼低垂，在祈祷，农民们也在祈祷，侯爵在沉思。大箱子仿佛在被锤头敲打，发出阴森的声音。

正在此刻，他们身后突然响起一个洪亮而活泼的声音：

“我对您说的没错吧，老爷！”

所有的人都惊讶地转过头来。

墙上出现了一个洞。

一块和其他石头嵌在一起，但没有抹水泥的石头，依靠上下两个螺钉，像转门一样自我旋转起来，在墙壁上形成一个洞。石头在转轴上旋转，于是出现了两个通道口，一个在右，一个在左；通道很窄，但可以过一个人。在这扇出乎意料的石门内侧，可以看见一个螺旋形楼梯的头几个梯级。一张面孔出现在洞口。

侯爵认出了阿尔马洛。

十二　救　　星

“是你呀，阿尔马洛。”

“是我，老爷。您瞧，旋转的石头是真的吧，可以从这里出去。我来得还算及时，得快一点。十分钟后，你们就到森林里了。”

“天主伟大！”教士说。

“快逃吧，爵爷。”所有的人都喊了起来。

“你们大家先走。”侯爵说。

“您第一个走，爵爷。”蒂尔莫神甫说。

“我最后一个。”

侯爵又用严厉的声调说：

“不要来回谦让了。我们没有时间谦让。你们受了伤。我命令你们活着，命令你们逃跑。快！快利用这个出口。谢谢你，阿尔马洛。”

“侯爵先生，”蒂尔莫神甫说，“我们要分散吗？”

“出去以后要分散。只有单独行动才能逃生。”

“爵爷给我们指定集合地点？”

“是的。一个叫戈万石的林中空地，你们认识这地方吗？”

“我们都认识。”

“明天正午我去那里。所有能走的人都去。”

“我们会去的。”

“我们将重整旗鼓。”侯爵说。

这时，阿尔马洛用手按按那块旋转的石头，发现它纹丝不动。洞口再无法合上了。

“老爷，”他说，“咱们快一点，石头不动了。我打开了通道，但再也关不上了。”

石门长期废弃不用，铰链都似乎锈住了。再无法使它动一动。

“老爷，”阿尔马洛说，“我原想再将石头合上，蓝军进来时找不到一个人，不明白是怎么回事，以为你们化作青烟了。可是石头不听话，敌人会发现这个洞口，会追赶你们的。一分钟也不要耽误了。快，大家都下楼梯。”

伊马纽斯将手搭在阿尔马洛肩上说：

“伙计，从这里出去，到达森林中的安全地带，得需要多少时间？”

“没有重伤员吧？”阿尔马洛问道。

他们回答道：

“没有。”

“那么，一刻钟足够了。”

“这样说，”伊马纽斯又说，“如果敌人在一刻钟以后来……”

“他们可以追我们，但是追不上。”

“可是，”侯爵说，“再过五分钟他们就来了。这个旧箱子挡不了多久，用枪托敲几下就能把它打烂。一刻钟！谁能牵制他们一刻钟？”

“我。”伊马纽斯说。

“你，喧闹者古日？”

“是我，爵爷。您听我说，你们六个人中间有五个人负伤。我可一点皮也没有碰着。”

“我也一样。”侯爵说。

“您是首领，爵爷。我是士兵。首领和士兵可是两回事。”

“我知道，我们的职责不同。”

“不，爵爷，您和我负有同样的责任，就是拯救您。”

伊马纽斯转身对同伴们说：

“伙计们，必须压住敌人，尽量拖住他们。听我说，我身强力壮，没有流一滴血，我没有受伤，能比你们坚持更久。你们都走吧。把枪留给我，我会派上好用场的。我负责拖住敌人半个小时。有几支上了膛的手枪？”

“四支。”

“放在地上。”

人们照他的话做了。

“好了。我留下。我会给他们颜色看的。现在你们赶快走吧。”

形势危急，人们顾不上道谢，只是匆匆与他握手。

“回头见。”侯爵说。

“不，爵爷。但愿不，不要回头见，因为我会死去。”

大家一个跟着一个走下窄狭的楼梯，伤员们先下去。这时，侯爵拿起小记事本上的铅笔，在那块再无法转动、敞开洞门的石头上写了几个字。

“来吧，老爷，就剩您了。”阿尔马洛说。

于是阿尔马洛走下楼梯。

侯爵跟着他。

伊马纽斯独自留了下来。

十三　刽　子　手

四支手枪放在石砖地上，因为这间房没有地板。伊马纽斯拿起两支枪，一手一支。

他朝被木箱堵塞和遮住的楼梯口斜着走过去。

进攻者显然害怕突然袭击，害怕会引起爆炸，使双方同归于尽。第一次进攻如疾风骤雨，这次进攻则缓慢而谨慎。他们未能击倒木箱，也许是不想这样做吧。他们用枪托把箱底打掉，再用刺刀在箱盖上戳几个洞，在冒险进来以前，可以从洞里窥视室内的情况。

为楼梯照明的灯光也从洞里射了进来。

伊马纽斯看见洞里有只眼睛在注视他，便猛然用枪对准洞，扣动扳机。子弹射出去了，伊马纽斯兴奋地听见一声可怕的呼叫。子弹打烂了眼睛，打穿了脑袋，窥视的那个士兵翻身倒在楼梯上。

进攻者在箱盖下部挖了两个相当大的洞，作为枪眼，伊马纽斯将手臂伸进其中一个洞，朝人群胡乱地射出第二枪。子弹可能弹跳了好几下，因为传来好几声呼喊，似乎有三四个人被打死打伤。楼梯上一片嘈杂，人们在让步、退却。

伊马纽斯扔掉用过的两支枪，拿起另外两支，接着，他双手持枪，从箱洞里往外看。

他看到了头一个效果。

进攻者回到了楼梯下面。几个奄奄一息的人蜷卧在楼梯上。伊马纽斯能看见楼梯拐弯处以上的三四个阶梯。

他在等待。

“我在拖时间。”他想道。

此刻，他看见有人正贴着楼梯往上爬，同时，在更下方，在螺旋楼梯的主柱旁露出了一个士兵的脑袋。他瞄准这个脑袋开了一枪。一声惊叫，士兵倒下了。伊马纽斯将最后那支子弹上膛的手枪从左手转到右手。

这时他感到一阵剧痛，也嚎叫起来。他的腹部中了一刀。一只手，刚才匍匐爬行的那个人的手，从木箱下部的第二个枪眼里伸了进来，往伊马纽斯的腹部刺了一刀。

伤口很可怕，腹部被刺穿了。

伊马纽斯没有倒下，他咬紧牙关说道：

“很好！”

接着，他拖着身体，摇摇晃晃地靠近铁门旁的火炬，放下枪，取下火炬，左手托着流出来的肠子，右手将火炬垂下，好点燃药线。

药线被点着，燃烧起来。伊马纽斯扔开火炬，火炬继续在地上燃烧。他又抓起枪。他倒在石砖地上，但又抬起身来，用仅存的一口气吹旺药线的火苗。

火在蔓延，从铁门下过去，抵达桥—小城堡。

这时，伊马纽斯看到自己可憎的功绩，微笑了。罪行比德行更使他感到满足。他刚才是英雄，现在是杀人犯。他快要死了，喃喃地说：

“他们会记住我的。杀害他们的孩子，这是为我们的孩子，被关在唐普勒塔的小国王报仇。”

十四　伊马纽斯也逃掉了

轰然一声，木箱被猛地推倒，一个人手持马刀冲了进来。

“是我拉杜。谁上来？我等得不耐烦，豁出去了。反正我捅了你们一个，现在向你们所有的人挑战。不管你们愿意不愿意，反正我来了。你们有多少人？”

这的确是拉杜，单枪匹马的拉杜。伊马纽斯刚才在楼梯上打死了人，戈万唯恐还埋有炸药，便让手下的人撤回来，自己和西穆尔丹商量对策。

拉杜手持马刀站在门口。几乎熄灭的火炬在黑暗中发出微光。他又问了一次：

“我是单独一个人。你们有多少人？”

没有回音，他往前走。熄灭前的火炬光像回光返照一样，照亮了整个大厅。

拉杜看见挂在墙上的一块小镜子，走过去，照照自己血迹斑斑的脸和耷拉的耳朵，说道："散了架的丑八怪。"

他回转身，惊讶地发现大厅空无一人。

"这里没有人！"他惊呼起来，"兵力是零。"

他看见那块旋转的石头、洞口和楼梯。

"呵，明白了。溜之大吉！你们都来呀！伙计们，来呀！他们走了，溜了，滚了，钻洞了！这座老塔是个破罐子，这些混蛋就是从这里跑掉的。开这种破玩笑，我们就治不了皮特和科布尔？魔鬼的仁慈天主来救援他们了！他们跑光了！"

一声枪响，子弹擦过他的臂肘，打在墙上。

"不，这儿有人。是谁在好心向我问好呀？"

"是我。"一个声音说。

拉杜向前探头，看见昏暗中有个东西，那就是伊马纽斯。

"呵！"他喊道，"我抓住了一个。别的人都跑了，你可跑不了。"

"是吗？"伊马纽斯回答说。

拉杜走了一步，站住说：

"喂，你这人趴在地上，你是谁？"

"我是趴在地上的人，我才瞧不起站着的人哩。"

"你右手上是什么？"

"手枪。"

"左手呢？"

"肠子。"

"你被俘了。"

"未必吧。"

伊马纽斯朝燃烧的药线低下头，用最后一口气吹旺火苗，断了气。

片刻以后，戈万、西穆尔丹，还有所有的人都进来了，都看见了那个洞口。他们搜索各个角落，察看那个楼梯，它通往一条沟壑。这的确是逃跑。他们摇晃伊马纽斯，他已经死了。戈万举灯观察那块使被围困者得以脱身的石头，他也曾听人说起这块转动的石头，但是他也以为是无稽之谈。他看见几个铅笔字，把灯凑过去，看到下面这几个字：

再见了，子爵先生。

朗特纳克

盖尚也来到戈万身边。追击显然是白费力气，逃跑已经完结了，完成了。逃跑者可以自由自在地去整个地区：灌木丛、沟壑、矮林和房屋。他们肯定已走远了，无法抓住他们，何况整个富热尔森林就是一个无边的藏身所。怎么办？一切又得重头来。戈万和盖尚彼此交换着失望和臆测。

西穆尔丹严肃地听着，一言不发。

"对了，盖尚。"戈万说，"梯子呢！"

"它没有来，指挥官。"

"我们不是看见一辆由士兵护送的大车吗？"

"它运来的不是梯子。"

"那是什么？"

"是断头台。"西穆尔丹说。

十五　别把怀表和钥匙放进同一个口袋

德·朗特纳克侯爵并未如他们所想的走得很远。

但他已十分安全，他们是追不上的。

他跟着阿尔马洛。

他们在其他逃跑者后面走下楼梯，楼梯尽头是离沟壑和桥拱不远的、窄狭的圆穹通道。通道出口处有一条天然裂缝，它的一端是沟壑，另一端通往森林。裂缝在繁密茂盛、人迹难到的草木下蜿蜒，外面是看不见的。在这里找人更是不可能。逃跑者一旦来到这条裂缝，便可像蛇一样溜掉，无处可寻。秘密坑道的出口长满了荆棘，所以修地道的人认为不必再装什么门了。

侯爵现在只要逃走就行了，不用考虑伪装。来到布列塔尼以后，他一直穿着农民衣服，认为这样更像大领主。

他只是摘掉了剑，将皮带解开，扔掉了。

当阿尔马洛和侯爵从通道出来，到达裂缝时，其他五个人：吉努瓦佐、金枝瓦斯纳尔、痴情汉、夏特内和蒂尔莫神甫已不知去向。

“他们飞得可真快。”阿尔马洛说。

“你要像他们一样。”侯爵说。

“老爷让我先走？”

“不错，我早对你说过，只有单独行动才能逃掉。一个人能逃掉的地方，两个人就逃不掉了。我们在一起会引人注意的。你会连累我，我也会连累你。”

“老爷熟悉这地方？”

“是的。”

“老爷在戈万石的约会按时举行？”

“明天正午。”

“我会去的。我们会去的。”

阿尔马洛稍作停顿，又说：

“呵，老爷，想想我们曾经在大海上单独相处，我想杀您，而您是我的领主，您本可以告诉我，但您没有说！您真是个了不起的人！”

侯爵说：

“英国。只有英国能帮助我们。十五天内英国人必须来法国。”

“我有许多事要向老爷汇报。老爷交我办的事，我都办了。”

“这事明天再谈吧。”

“明天见，老爷。”

“对了，你饿了吧？”

“好像是的，老爷。我急着来，忘记今天吃过东西没有。”

侯爵从口袋里掏出一长块巧克力，一分为二，一半给了阿尔马洛，自己吃起了另一半。

“侯爵，”阿尔马洛说，“右边是沟，左边是森林。”

“好的，你走吧。走你的吧。”

阿尔马洛顺从地钻进了黑暗。只听见荆棘在簌簌响，接着就没有声音了。几秒钟后再难找到他的踪迹了。博卡热地区崎岖不平、草木茂盛，是逃亡者的最佳帮手。他们不是逃跑，而是消失得无影无踪。正是由于能迅速化整为零的特点，且战且退的旺代、精于逃遁的旺代战士才使得我们的军队迟疑不前。

侯爵一动不动地待着。他属于那种尽量不动感情的人，但他也不能不激动，因为在这么多的流血和屠杀以后，他终于呼吸到自由的空气。走投无路时又脱离险境，死在旦夕时又完全获救，绝处逢生，即使对朗特纳克这样的人来说，这也是震动。虽然他有过类似的经历，但他那冷静的心灵也不免感到瞬间的震撼。他承认自己感到高兴，但很快就控制了近乎欢乐的情绪。他掏出怀表，让它报时。现在几点钟？

他大吃一惊，刚刚十点钟。一个人刚刚经历了生死存亡的生命大转折，总以为如此充实的时刻比其他时刻更长，因此对实际情况感到惊讶。那枚警告性炮弹是在日落前不久发射的。半小时后，七时到八时之间，夜幕初降时，图尔格就遭到突击队的攻击。这样看来，这场大战是在八时开始，十时结束的。全部史诗只持续了一百二十分钟。有时，灾难急速如闪电。巨大事件总是出人意料地简捷。

但是仔细想想，如果情况相反倒会令人吃惊。这么少的人在两小时里抵御了这么多的人，这已经很了不起了。十九人对付四千人，而战斗时间并不短，并不是一打就垮。

现在该走了，阿尔马洛肯定已走远。侯爵认为不必再留在这里。他把怀表放进另一个口袋，因为他发觉原来的口袋里还有伊马纽斯交还的铁门钥匙，它可能碰碎怀表玻璃。他准备去森林了，但当他向左转时，似乎有一道朦胧的光射到他身上。

他向后转身，目光越过红色背景前轮廓清晰、脉络突然显得分明的荆棘，看到沟壑那边有一股强光。他离沟壑不过几步路，他朝它走去，但又转念一想，自己何必暴露在强光中哩。不论这是什么光，毕竟与他无关。他又按照阿尔马洛指出的方向，朝森林走了几步。

他藏在荆棘深处，突然听见头顶上一声可怕的呼喊。呼声似乎来自深沟上方的高原边沿。侯爵抬起头，站住了。

第五章　IN DAEMONE DEUS[①]

一　孩子被找到，但危在旦夕

当米歇尔·弗莱夏看到被夕阳染红的高塔时，她还在一法里之外。她几乎一步路都走不了，但仍毫不犹豫地往前走。女人是软弱的，但母亲却很坚强。她坚持走。

太阳已经落山，黄昏来临，接着便是深沉的黑夜。她一直在走，听见远处某个看不见的钟楼敲了八点钟、九点钟。很可能是帕里尼埃的钟楼。她时时站住，聆听深沉的枪击声，这也许是黑夜里含糊不清的喧哗声。

她笔直朝前走，脚踩在长满荆豆和荆棘刺的荒原上，鲜血直流。来自远处塔楼的微光指引着她；塔楼在光亮中凸显出来，在黑暗中神秘地闪烁。枪击声越来越清晰，光也越来越亮。接着便熄灭了。

在米歇尔·弗莱夏攀登的这片辽阔的高原上，只有草和荆棘，既没有房屋，也没有树木。高原缓缓上升，它那长长的、僵直的线条连着一望无际的、阴暗的星空。米歇尔·弗莱夏眼前始终有那座塔，它

---

① 拉丁文，可译为：魔鬼身上也有天主，恶人也有善心。

给予她攀登的力量。

她看到塔楼在慢慢变大。

我们刚才说过，从塔里传出的微弱的枪声和亮光时断时续。这位可怜的、焦虑不安的母亲猜想在这种间断后面大概藏着某种令人心碎的秘密。

突然间，一切中止，声音和光亮都消失了。接着是一片沉寂，阴森的静寂。

此刻，米歇尔·弗莱夏正来到高原边上。

她看见脚下是沟壑，沟底是厚厚一层灰白色。在不远的高原顶上，车轮、斜坡和射击孔交错在一起，这是炮台。在点燃的大炮火绳的依稀微光下，她看到前方有一座巨大的建筑，它似乎比四周的黑暗更黑。

这个建筑包括一座拱基建在沟壑里的桥，以及桥上的一座城堡，桥和城堡都依着一座阴暗的圆形高塔，这便是米歇尔·弗莱夏跋山涉水寻找的塔。

高塔的天窗里闪动着游动的亮光，还传来嘈杂声，可以猜到塔里有许多人，其中几个人影还出现在塔顶平台上。

炮台旁边是营地，米歇尔·弗莱夏看见了几名岗哨，但她人在暗处，又在荆棘丛中，所以没有被人发现。

她终于来到高原边上，离桥很近，几乎伸手就能够着，只是隔着一道深沟。在黑暗中，她看到桥上是三层楼的城堡。

她瞠目盯着张着大口的沟壑和黑黝黝的建筑，她不知道待了多久，因为她脑中已没有时间的尺度。这是什么？这里出了什么事？这是图尔格吗？她因期望而感到眩晕，这种期望像是终点又像是起点。她自问为什么来到这里。

她在看，她在听。

突然间，她什么也看不见了。

在她和她所注视的东西之间升起了一道烟雾。刺眼的炙热使她闭上眼睛，她刚闭眼便感到眼皮发红发亮，她又睁开眼睛。

她面前不再是黑夜，而是白日，一种不祥的、由火焰发出的光亮。刚刚爆发了火灾。

烟雾由黑色转为鲜红色，中间有一条大火舌。火舌时隐时现，像闪电和蛇一样阴险地扭曲着。

火焰从一个像嘴一样的东西里吐出来，这是一扇熊熊燃烧的窗户，它在桥上城堡的一楼，窗上的铁栅已烧得通红。在整个建筑物中，人们只看得见这扇窗户。浓烟遮蔽了一切，连高原也不例外，在鲜红的火光前，只有高原黑色的边沿依稀可见。

米歇尔·弗莱夏呆呆地看着。烟是云雾，云雾是梦幻。她不明白眼前发生了什么。她应该逃走还是应该留下？她感到几乎进入幻境。

一阵风吹过，烟幕裂开了。惨烈的堡垒突然在隙缝中露了出来，主塔、桥、小城堡全部矗立在眼前，光亮夺目，令人畏惧，从上到下沐浴在绚丽的金色火光里。在险恶的光亮下，米歇尔·弗莱夏看得一清二楚。

立在桥上的一楼正在燃烧。

一楼上面的另两层楼尚完好无损，但仿佛被一个大火篮托着。从米歇尔·弗莱夏站立的高原边上，可以在火光和烟雾的缝隙中隐约看见这两层楼的室内。所有的窗子都开着。

米歇尔·弗莱夏透过二楼的大窗，看到室内沿墙摆着几个大橱，里面似乎全是书，在一扇窗后的阴暗处，地上有些模糊不清的东西，像鸟巢或一窝雏鸟那样混成一团，有时还在动弹。

她瞧着。

这一小团灰暗的东西是什么？

她有时觉得这像是有生命的形体。她正在发烧，从清早起就没有吃东西，又不停地走路，精疲力竭，仿佛有幻觉，本能地不相信自己的眼睛，然而，她的目光越来越固定在那堆灰暗的物体上，它很可能没有生命，看上去毫无生气，它待在大火上面那间大厅的地板上。

突然间，大火仿佛故意将火舌从下面喷射到枯死的常春藤上，米歇尔·弗莱夏注视的恰恰是这面爬满常春藤的墙。大火似乎刚刚发现了这些枯枝，火苗立刻贪婪地吞噬它，而且顺着枝蔓往上爬，像可怕的导火索一样迅速。刹那间，大火烧到三楼，火光从高处照亮了二楼室内。在明亮的火光中突然出现了三个睡觉孩子的身影。

这一小堆原来是可爱的孩子，他们的手臂和腿交叠在一起，闭着眼睛，金发下的面孔露着微笑。

母亲认出了自己的孩子。

她可怕地叫了一声。

只有母亲能发出这种无法形容的、焦虑的呼声。没有任何声音像它这样凄厉，像它这样感人。你听见一个女人这样呼叫时，会以为她是母狼；你听见一只母狼呼叫时，会以为它是女人。

米歇尔·弗莱夏的这个呼声是号叫。荷马写道："赫卡柏吠叫①。"

德·朗特纳克侯爵刚刚听见的就是这一声呼叫。

我们看见他站住了。

他站在阿尔马洛领他逃跑的那条通道出口与沟壑之间。他透过头部上方纵横交错的荆棘，看到桥在燃烧，看到图尔格被蒙在红色的反光里。他拨开枝条，看到在他头上，在对面高原的边沿上，在燃烧的城堡前方，强烈的火光正照着一个惊恐不安、凄惨哀戚的人影，这是一个女人，她正在沟壑上俯着身子。

呼声来自这个女人。

这个女人已不是米歇尔·弗莱夏，而是戈耳工②。最悲惨的人也是最可怕的人。这位农妇变成了欧墨尼德斯③。这位普普通通、懵然无知的村妇由于绝望而突然成为史诗般的人物。巨大的悲痛使心灵变得

---

① 荷马史诗《伊利昂记》中特洛伊国王普里阿摩斯的妻子，曾目睹丈夫及儿孙被杀。后变为一只狗。

② 希腊神话中的怪物，能使注视者变为石头。

③ 希腊神话中的复仇女神。

极为宽广。这位母亲就是母爱的化身。凡是包容人性的感情都是超人的。她站在沟壑边上，像死神一样看着这场大火，看着这场罪恶。她的呼声像野兽，姿势像女神。她那张发出诅咒的面孔仿佛在熊熊燃烧。她眼中噙着泪，炯炯的目光无比威严，死死地盯住大火。

侯爵在倾听。声音落在他头上。这不是抽噎，不是话语，而是含糊不清、令人心碎的声音：

“呵，天呵！我的孩子！这是我的孩子！救命呀！救火呀！救火呀！救火呀！你们这帮人是土匪吗？这里没有人吗？我的孩子快要烧死了！呵！谁见过这种事？若尔热特！我的孩子！胖阿兰，勒内-让！怎么回事？是谁把我的孩子带到这里来的？他们还在睡觉。我要发疯了！怎么会这样？救命呀！”

这时，图尔格和高原都骚动起来。营地上的人都朝这场刚刚燃起的大火跑过来。攻击者们刚才对付的是枪林弹雨，现在却要对付大火。戈万、西穆尔丹、盖尚在下命令。怎么办？从细细的沟溪里是打不上几桶水来的。人们越加焦急不安。高原边上站满了惊慌失措的人，他们注视着大火。

他们看到的一切令他们胆战心惊。

他们在看，但束手无策。

火通过燃烧的常春藤蔓延到上面那层楼，那是堆满稻草的顶楼。火焰急忙奔了上去。现在整个顶楼都在燃烧。火舌在跳舞；欢快的火舌是丧钟。似乎有谁在暗中扇旺这场大火，也许可怕的伊马纽斯变成了熊熊的火苗，用凶狠的火势借尸还魂，也许这个恶魔的灵魂变成了大火。图书室那层楼由于有高高的天花板和厚厚的墙壁还没有被烧着，但离大限之时已不远了。它被一楼的火舌舔着，被三楼的火舌抚摸。可怕的死亡之吻轻轻触碰它。在它下面是熔岩构成的地窖，在它上面是烈焰构成的圆穹。地板上的任何一个洞都意味着跌入通红的熔岩之中，天花板上的任何一个洞都意味着被通红的炭火掩埋。勒内-让、胖阿兰和若尔热特还没有醒来，像所有的孩童一样安然熟睡。火焰和浓烟交相变化，窗口时而被遮住，时而露了出来，人们看见在这个火的洞穴里，在一闪即逝的微光中，躺着这三个孩子，他们平静、优美，一动不动，仿佛在地狱里坦然安睡。见到这些被困于火中的玫瑰，见到这些被置于墓穴中的摇篮，连老虎也会落泪的。

那位母亲弓着身体，喊道：

“救火呀！我喊人救火！为什么不来人呀！都是些聋子！我的孩子要烧死了！你们这些人站在那里，快来呀！我走了一天又一天，这才找到他们！救火呀！救命呀！天使，这是些天使！他们天真无邪，干了什么错事？有人枪杀过我，现在又要烧死他们。这都是谁干的？救命呀！救救我的孩子！你们听不见我的呼声吗？母狗，就连一条母狗也会得到同情的！我的孩子！我的孩子！他们还在睡觉！呵！若尔热特！我看见这个小乖乖的小肚子了！勒内-让！胖阿兰！这是他们的名字。瞧我真是他们的母亲。眼下真是糟透了。我白天黑夜都在赶路。今天早上还和一个女人说过话。救命呀！救命呀！救火呀！你们都是魔鬼吗？多可怕呀！老大还不到五岁，小姑娘还不满两岁！我看见他们的小光腿了。他们在睡觉，仁慈的圣母玛利亚！上天将他们还给我，地狱又将他们夺走。想想我走了多少路呀！这些孩子是我用乳汁喂养的！找不到他们，我是多么痛苦呵！可怜可怜我吧！我要我的孩子，我需要我的孩子！可他们现在被火围住！瞧瞧我这双可怜的脚吧，满脚是血！救命呀！世上还有男人吗，能看着这些可怜的孩子这样被烧死！救命呀！抓凶手呀！这种事从来没见过。呵！土匪！这座可恶的房子是什么地方？有人偷了我的孩子，要烧死他们。耶稣呀，多么不幸呵！我要我的孩子！我不知道我会干出什么事来。我不愿意他们死！救命呀！救命呀！救命呀！呵！要是孩子们死了，我就杀掉天主！”

母亲发出这些可怕的哀求，与此同时，高原与沟壑里都响起了话语声：

“梯子！”

“没有梯子！”

“水！”

“没有水！”

“在那上面，在塔楼三层上有一扇门。”

“那是铁门。”

“撞开它！”

“撞不开。”

母亲仍在绝望地呼喊：

“救火呀！救命呀！你们快点呀！要不就杀了我吧！我的孩子！我的孩子！呵！这火多可恶呀！把他们救出来，要不就把我扔进去！”

在呼声的间隙可以听见大火在安然地噼啪作响。

侯爵摸摸口袋，碰到了铁门钥匙，于是弯腰钻进逃出来的那条圆穹通道，往回走。

二　从石门到铁门

整整一支军队因无法组织营救而不知所措，四千人竟救不了三个孩子！形势就是这样。

他们确实没有梯子，从雅弗内送来的梯子没有到达这里。大火像喷发的火山口一样愈烧愈宽。沟溪几乎干涸，想用溪水灭火委实可笑，就像是用一杯水去浇火山口。

西穆尔丹、盖尚和拉杜下到沟壑里，戈万又回到图尔格的三楼，那里有旋转的石头、秘密通道及通往图书室的铁门。伊马纽斯就是在这里点燃了导火索，大火就是从这里开始的。

戈万随身带来二十名工兵。除了撞开铁门，再没有任何办法了。铁门关得十分严实。

他们先用斧子砍。斧子砍断了。一位工兵说：

“碰到这种铁，钢也成了玻璃。”

铁门确实是经过锻打的，门上还有用螺栓固定的双层铁板，每块铁板足有三法寸厚。

他们又拿起铁棍，塞到门下想将门撬开。铁棍折断了。

“像火柴一样。”工兵说。

戈万满面愁容，喃喃道：

“只有炮弹能轰开这扇门，可是大炮运不上来。”

“说不定也轰不开哩。”

真令人沮丧。无能为力的手臂都停了下来。人们一言不发，失望又懊丧地盯着那扇可怕的、岿然不动的铁门。门下透过来红色的光，大火在门后愈烧愈旺。

伊马纽斯狰狞的尸体躺在那里，阴森而得意。

大概再过几分钟，一切就会倒塌。

怎么办？再没有任何希望了。

戈万盯着墙上旋转的石头和那条逃跑的通道，恼怒地喊道：

“德·朗特纳克侯爵就是从这里跑掉的！”

“也从这里回来。”一个声音说。

一个白发苍苍的脑袋出现在秘密通道的石门门口。

他就是侯爵。

戈万很多年没有在这么近的地方看见他了。戈万向后倒退。

所有在场的人都呆住了，呆若木鸡。

侯爵手上拿着一把大钥匙，用傲慢的眼光扫过他前面的几名工兵，径直朝铁门走去，在圆穹下弯腰，将钥匙塞进锁眼。锁嘎吱一声，门开了，露出熊熊燃烧的深渊，侯爵走了进去。

他昂着头，步履坚定。

大家都看着他，不寒而栗。

他刚在着火的大厅里走了几步，便把被火烧毁的地板踩塌了，于是在他身后出现了一道深渊，将他与铁门隔开。他没有回头，继续往前走，消失在烟雾中。

人们再什么也看不见了。

侯爵能走得更远吗？他脚下是否又出现了一个新火坑？也许他自己也送了命？这都难说。人们眼前只有一堵烟与火的厚墙。侯爵在墙的另一侧，是生是死？

三　睡着的孩子醒来

此刻，孩子们终于又睁开眼睛。

大火还没有烧进图书室，但已将橘红色的光投到天花板上。孩子们没有见过这种曙光，瞧着它。若尔热特在凝视。

大火展示了全部绚丽的光彩。奇形怪状的烟中出现了黑蛇和红龙，其黑色和红色都十分壮观。长长的火星飞溅到远处，划破黑暗，像彗星在相互追逐搏斗。火是慷慨无度的，它将大量的珠宝随风播撒，看来人们把炭火比作钻石不无道理。三层楼的墙上出现了裂缝，大火从裂缝中将一串串宝石撒向沟壑。顶楼上的那几堆稻草和燕麦燃烧起来，开始像金色的雪崩一样从窗口泻下，燕麦成了紫晶，稻草成了红宝石。

“美！”若尔热特说。

他们三人都坐了起来。

“呵！”母亲喊道，“他们醒了！”

勒内-让站了起来，接着胖阿兰站了起来，接着若尔热特也站了起来。

勒内-让伸伸胳膊，朝窗口走去，说道：

“我热。”

“我热。”若尔热特也学着说。

母亲呼唤他们：

“我的孩子们！勒内！阿兰！若尔热特！”

孩子们朝四周看看，想弄明白。有些事情使大人们惊吓，却使孩童感到好奇。凡事都感到惊奇的人是很少被吓坏的。无知包含无畏。孩童与地狱无缘，因此看到地狱也会赞赏它。

母亲又呼道：

“勒内！阿兰！若尔热特！”

勒内-让转过头来，呼声将他从漫不经心的状态中唤醒。孩童记性不好，但回忆起来却很迅速。全部往事在他们看来都是昨天。勒内-让看到了母亲，并不觉得有什么异常。他周围有这么多奇怪的事，他模糊感到需要支持，便喊道：

“妈妈！”

“妈妈！”胖阿兰喊道。

“妈妈！”若尔热特喊道。

她还伸出那双小手臂。

母亲在号叫：

“我的孩子！”

三个孩子都来到窗口，幸好这边没有着火。

“很热。”勒内-让说。他接着又说：

“发烫。”

他用目光寻找母亲：

“来呀，妈妈。”

“来，妈妈。”若尔热特学着说。

母亲已经攀着荆棘滚进沟里。她披头散发，身上被刺伤，流着鲜血。西穆尔丹和盖尚都在沟里，像塔里的戈万一样束手无策。士兵们无能为力，绝望地围在他们身边。炙热难忍，但是谁也感觉不到。大家关注的是陡直的桥、高高的桥拱、高高的楼层和无法接近的窗户，大家想的是必须立即行动。要爬三层楼是不可能的。满头大汗、浑身是血的拉杜跑了过来，他受了伤，肩上挨了一刀，一只耳朵被打掉了。他一见米歇尔·弗莱夏便说："嘻，被枪杀的女人！你又复活了！"母亲说："我的孩子！""对，"拉杜回答说，"现在没时间管幽灵了。"接着，他便开始攀登那座桥，他用指甲抠住石头往上爬了不一会儿，徒劳无功。石墙很光滑，没有裂缝，没有凸突的地方，墙缝抹得很平，像新墙一样，因此拉杜跌了下来。大火还在继续，令人畏惧。人们看见在烧得通红的窗口有三个金发脑袋。拉杜对天挥挥拳头，仿佛在用眼光寻找什么人，说道："这叫行善吗，老天！"母亲跪着亲吻桥拱，一面呼喊道："发发慈悲吧！"

大火的噼啪声中夹杂着低沉的爆裂声。图书室里书橱上的玻璃裂开了，哗啦啦地掉了下来。显然屋架要塌了。谁都无能为力。再过一会儿，一切都将倒塌。大难临头。只听见孩子们在喊叫：妈妈！妈妈！人们恐慌万状。

突然间，在与孩子们相邻的另一扇窗口，在大火的朱红色底幕前，出现了一个高高的人影。

所有的头都抬了起来，所有的目光都凝住了。一个男人站在楼上，站在图书室里，烈火之中。他的身影在火焰中发黑，但是满头白发。人们认出这是德·朗特纳克侯爵。

他消失了，不久后又出现。

这位可怕的老人在窗口摆弄一个很长的梯子，这就是放在图书室里的救火梯。他去墙边找到梯子，将它一直拖到窗前。他抓住长梯的一端，像竞技者一样灵巧自如地将它搭在窗栏边沿往外滑动，一直滑到沟底。拉杜站在下面，惊喜万分，伸手接过梯子，紧紧抓住它，喊道："共和国万岁！"

侯爵回答说："国王万岁！"

拉杜低声说：

"你愿意怎么喊都行，胡说八道也可以，反正你就是仁慈的天主。"

梯子放好了。燃烧的大厅和地面建立了联系。二十个人跑了过来，拉杜一马当先，他们很快便从上到下站到了梯子上，背靠着梯级，像是上下传递石头的泥瓦工。这是木梯上的人梯。拉杜站在梯头，挨近窗口，面向大火。

分散在欧石南地和斜坡上的军队惊喜交加，拥向高原、沟壑和塔顶平台。

侯爵再次消失，然后再次出现，手里抱着一个孩子。

掌声雷动。

这孩子是侯爵随手抱起的，他是胖阿兰。

胖阿兰喊道："我怕。"

侯爵将胖阿兰递给拉杜，拉杜又递给身后下方的士兵，士兵又递给另一位士兵。害怕地叫嚷的阿兰就这样被传递下来，一直传到梯底，与此同时，侯爵又消失了一会儿，然后将勒内-让抱到窗前，勒内-让又哭又闹，当他从侯爵手中转到拉杜手中时，他还踢打拉杜。

侯爵又返回满屋是火的图书室。若尔热特一个人待在那里，他朝她走过去。她微笑。这个铁石心肠的人感到眼睛湿润，问道：

"你叫什么名字？"

"若尔热特。"她说。

他将她抱在怀中，她仍然微笑。当他把孩子交给拉杜时，他那如此高傲、如此隐秘的心灵竟被天真无邪的孩子迷住了，他亲吻了她。

"这是小姑娘！"士兵们说。若尔热特便在一片欢呼声中被一双双胳膊传下来，直到地面。人们在鼓掌、跺脚，老兵们在抽泣。她对他们微笑。

母亲站在梯子下面，气喘吁吁、懵懵懂懂，面对意外的惊喜如痴如醉，因为她从地狱跃进了天堂。过度的快乐会损伤心灵。她伸开双臂，先抱住胖阿兰，再抱住勒内-让，最后抱住若尔热特，她狂热地亲吻他们，接着便大笑起来，晕倒在地。

响起了高呼声：

"都得救了！"

确实，都得救了，但老人除外。

但谁也没有想到他，他本人多半也没有想到自己。

他在窗前待了几分钟，若有所思，仿佛在给大火一点时间来决定去留。接着他便不慌不忙地、慢慢吞吞地、高傲地跨过窗栏，头也不回地直立在梯子上，背靠梯级，面对深渊，背靠大火，像威严的幽灵一样默默走下楼梯。梯上的人们赶紧下来，在场的人都不寒而栗，面对这个自天而降的人仿佛面对异象一样，感到一种神圣的恐惧，纷纷后退。此时，侯爵正沉着地钻入眼前的黑暗。他们在后退，而他却在靠近。他那大理石一般苍白的面容上没有一丝皱痕，幽灵般的眼神里没有一丝闪光。人们在黑暗里惊恐地盯着他。他每走近一步，就似乎又高大一分，梯子在他死亡的脚步下颤抖，发出响声，仿佛是骑士的石像[①]再次进入坟墓。

当侯爵走下最后一个梯级，踩上地面时，一只手抓住了他的衣领。他转过身来。

“我逮捕你。”西穆尔丹说。

“我同意。”朗特纳克说。

① 此处指西班牙剧作家蒂尔索·德·莫利纳(一五八三——一六四八)关于《唐璜》的传奇故事。唐璜请石像赴晚宴，石像应约而来，唐璜因此堕入地狱。人们一般引用这个故事来说明某人的出现令人惶恐不安。

第六章　胜利以后的斗争

一　朗特纳克被捕

侯爵的确下到了坟墓。

他被人带走。

在西穆尔丹严厉的监视下，图尔格的地牢立即被打开。人们往里面放了一盏灯、一罐水和一块士兵吃的面包，又扔进了一捆稻草。就在侯爵被神甫抓住以后不到一刻钟，牢房的门就在朗特纳克身后关上了。

西穆尔丹做完这件事以后，便去找戈万，此刻远处的帕里尼埃教堂正敲晚上十一点钟。西穆尔丹对戈万说：

“我要召开军事法庭。你不参加。你是戈万家族的人，朗特纳克也是戈万家族的人。你们是近亲，所以你不能当审判官。平等投票赞成处死卡佩[①]，我对这事很不以为然。军事法庭将由三名法官组成，一名军官，盖尚上尉，一名下级军官，拉杜中士，还有我，由我主持。这一切与你无关。我们将遵守国民公会的法令，只验明前侯爵朗特纳

---

① 即同为皇族的奥尔良公爵（菲利浦·平等）赞成处死路易十六。

克的正身。明天是军事法庭，后天是断头台。旺代已经死了。”

戈万一言不发。西穆尔丹一心想着要处理的最后的事，走开了。他必须确定时间，选好地点。他像格朗维尔的莱吉尼奥、波尔多的塔利安、里昂的夏利埃、斯特拉斯堡的圣茹斯特一样被视为典范，在处死犯人时必亲临现场，作为审判官来视察刽子手的工作。大恐怖的九三年是从大革命前的法国最高法院以及西班牙宗教裁判所借取这些习俗的。

戈万也有心事。

从森林中吹来一股冷风。戈万让盖尚去发布必要的命令，自己则回到帐篷，帐篷位于林边草地上，图尔格脚下。他在帐篷里取出带风帽的斗篷，将自己裹了起来。斗篷上绣着一个简单的饰带，按照共和国装饰从简的风尚，这条饰带是总指挥官的标志。戈万开始在发动进攻的这片血染的草地上踱起步来。他独自一人。大火在继续烧，但已不引人注意。拉杜待在那几个孩子和母亲身旁，而且似乎和母亲一样充满母爱。桥上的城堡终于全部烧着，工兵们放弃城堡而忙于挖坑埋死人和救护伤员；他们拆除工事，将房间和楼梯上的尸体搬走，打扫杀戮的现场，清除胜利的可怕垃圾。他们以军人的节奏清扫战后的战场，像打扫房间一样。这一切，戈万都没有看见。

他沉入遐想，偶尔朝缺口旁的哨兵看上一眼。西穆尔丹已下令加了双岗。

在黑暗中，他辨出了缺口的轮廓，它离自己似乎在避难的草地大约二百步远。他看见了那个黑洞口。三小时以前，战斗就是从那里开始的。他戈万正是从那里冲进塔内的。工事就在这一层，关侯爵的牢房的门就开在这一层。缺口旁的哨兵看守的正是这一间牢房。

他的眼睛看着这影影绰绰的缺口，耳边像丧钟一样不断响起那两句话：“明天是军事法庭，后天是断头台。”

大火已被控制，工兵们将能弄到的水都倒在火上，火并未顺从地熄灭，还不时地吐出烈焰。天花板有时发出爆裂声，楼层一层压着一层地迅速倒塌。阵阵火苗飞腾起来，仿佛是火把在甩动，闪光中可以看见远处的天边，图尔格的黑影突然变得无比庞大，一直延伸到森林。

戈万在这个阴影中，在进攻的缺口前慢慢地来回踱步。有时他用两手交叉抱着戴着军风帽的后脑勺。他在遐想。

二　沉思的戈万

戈万的遐想深不可测。

他眼前刚刚出现了前所未见的变化。

德·朗特纳克侯爵改变了容貌。

戈万目睹了这种改变。

他从未想到什么错综复杂的事情能产生这种结果。即使在梦中，他也想象不到会出现这等事。

这件意外，这种傲慢地与人开玩笑的意外，使戈万震惊，以致他久久不能释怀。

他面对的是由不可能性变成的现实，明显的、确凿的、无法回避的、毫不容情的现实。

他，戈万，他该怎么想？

不要搪塞，要得出结论。

向他提出了一个问题，他无法回避。

是谁提出的？

是事件。

而且不仅仅是事件。

事件是千变万化的，当它们向我们提出问题时，永恒不变的正义命令我们做出回答。

云向我们撒下阴影，云后有星星，它向我们撒下光明。

我们既无法避开阴影，也无法避开光明。

戈万在受审讯。

他在接受某人的审讯。

某个可怕的人。

他的良心。

戈万感到心中的一切都动摇了。他最坚定的决心、最认真的许诺、最不可改变的决定，这一切都在他意志的深处动摇了。

这就是心灵的震撼。

他越想刚才目睹的事，就越加惊惶不安。

戈万是共和派，他相信绝对性，而且身体力行，然而刚才出现了一种更高的绝对性。

在革命的绝对性之上，是人性的绝对性。

无法回避正在发生的事，事情很严重，戈万也被牵连，他是其中一部分，他无法逃避。尽管西穆尔丹对他说“这与你无关”，他却感到自己像一株即将被连根斩断的树。

凡人都有根基。根基一旦动摇就会产生深刻的惶惑。戈万就感到这种惶惑。

他用两手紧抱着头，仿佛想从脑中挤出真理来。明确眼前的处境并非易事，使错综复杂化为简单明了谈何容易。他眼前有些可怕的数字，他必须从中求得总和。对命运做加法，令人眩晕！他在尝试，要向自己交账，要集中思想，理清所感到的自身的阻力，回顾种种事件。

他对自己阐述事件。

谁没有这种经历呢？在紧要关头做自我审视，自我询问，为了前进，也许为了后退，该走哪条路呢！

戈万刚刚目睹了奇迹。

与世间斗争同时发生的是天上的斗争。

善与恶的斗争。

一颗狰狞可畏的心被征服了。

人既然有种种恶习：狂暴、谬误、盲目、顽固、傲慢、自私，那么，戈万刚才看见的就是奇迹。

人性对人的胜利。

人性战胜了非人性。

通过什么手段？以什么方式？人性是如何击败愤怒和仇恨这个巨人的？它使用了什么武器？什么战争机器？摇篮！

戈万感到头晕目眩。这是全面的社会战争，一切仇恨，一切报复都在进行大搏斗，动乱处于最黑暗、最狂暴的时刻，罪恶肆虐，仇恨蒙蔽一切，一切都成为斗争的炮弹，混乱达到极限，以致人们不知何谓公正，何谓正直，何谓真理，就在此刻，揭示心灵奥秘的未知却突然出现，并且使超乎人间光明与黑暗的那个永恒光芒大放异彩。

虚伪与相对性在进行可悲的较量，在它上方的高处突然出现了真理的面孔。

人们看见了三个可怜的孩子，他们幼小，不懂人事，无人照管，无父无母，孤立无援，正在牙牙学语和微笑，但他们受到种种妖魔的威胁：内战、以牙还牙的报复、可怕的镇压逻辑、谋杀、屠杀、兄弟残杀、狂怒、积恨；人们看见一场蓄谋杀人的可耻的大火流产、失败了；人们看见残酷的预谋被打乱、被挫败了；人们看见古旧的封建暴虐，根深蒂固、毫不留情的傲慢，所谓的战争需要、国家利益等无情老人的偏见都在初入人世者的蓝眼睛前消失了，其实这很简单，初入人世者没有作过恶，因此他就是正义，他就是真理，他就是纯洁；上天的巨大天使正是在幼童身上。

这个景象是有益的，既是忠告又是教训。无情战争的狂热战士们突然看见在一切罪行、侵害、狂热、谋杀面前，在点燃火刑堆的复仇行动和举着火把的死亡面前，在大量的罪恶之上，出现了这个无所不能的威力——天真无邪。

天真无邪取得了胜利。

人们可以说：不，内战不存在，野蛮不存在，仇恨不存在，罪恶不存在，黑暗不存在；只要有孩童这个曙光，便能驱散这些鬼魂。

在任何战斗中，撒旦都不曾如此显而易见，天主也不曾如此显而易见。

这次战斗的场所是良心。

朗特纳克的良心。

现在战斗重新开始，也许更为激烈，更具有决定性，战场是另一个良心。

戈万的良心。

人是多么奇怪的战场呵！

这些神灵、魔鬼、巨人——我们的思想——操纵着我们。

这些可怕的交战者往往践踏我们的心灵。

戈万在沉思。

德·朗特纳克侯爵曾经被围困，被堵截，被置于死地，不受法律保护；他像是笼中兽，钳中钉，被禁闭在自己的窝窟里，被铁与火的高墙从四面锁住，然而，他却逃了出去。他实现了逃跑的奇迹。在这场战争中，最困难的创举莫过于逃跑，而他成功了。他又赢得了森林，以它做掩护，又赢得了地盘以进行战斗，又赢得了黑暗以销声匿迹。他再次成为令人畏惧的行踪不定者、凶险的漫游者、影子部队的统帅、地下军的首领、树林的主宰。戈万赢得了战斗，但朗特纳克赢得了自由。从此以后，朗特纳克可以安安全全地任意活动，随意挑选庇护所。他会无影无踪，无处可寻，无法接近。这头狮子曾掉进陷阱，但又跑掉了。

然而，他又回来了。

德·朗特纳克侯爵自愿地、主动地、甘心地离开了森林、黑暗、安全、自由，勇敢地返回可怕的危险之中；戈万先是看见他不顾被火吞没的危险冲入火中，接着又看见他迎着敌人走下长梯，这个梯子对别人是救命梯，对他可是丧命梯。

他为什么这样做?

为了救三个孩子。

而现在,人们将如何处置他呢?

送他上断头台。

那么,这个人为的是救三个孩子?他自己的孩子?不是;他家族的孩子?不是;他阶层的孩子?不是。为了这三个萍水相逢的可怜孩子,捡来的孩子,素不相识、衣衫褴褛的乞儿,他这位贵族、王公,他这位获救、脱险、胜利——因为逃跑就是胜利——的老人居然甘冒种种危险,不顾种种利害,不计种种得失,而且,在交还孩子的同时,还高贵地献上自己的头,这个往日恐怖可怕而此刻令人敬畏的头。

该怎么办?

接受它。

德·朗特纳克侯爵曾在他自己的生命与别人的生命中做选择。在这场壮丽的抉择中,他挑选了自己的死亡。

而人们将给予他死亡。

人们将杀死他。

这是对英雄行为的何种回报!

以怨报德!

这是使革命处于劣势!

是贬低共和国!

那个主张偏见和奴役的人突然转变,回归人性,而他们这些争取解放和解脱的人却仍将滞留在内战阶段,滞留在流血的陈规和兄弟残杀之中!

而尊重最高的神圣法则——宽恕、忘我、赎罪、牺牲——的人将不是为真理而战者,而是为谬误而战者!

怎么!不以宽宏大量取胜!甘心认输?本来是强者却甘当弱者,本来是胜利者却甘当谋杀者,而且让别人说君主制的拥护者拯救儿童，而共和制的拥护者屠杀老人。

人们会看到这名伟大的士兵、强壮的八旬老人、被缴械的战士登上断头台，就像登上荣誉的宝座一般，因为他不是被抓获而是被盗来的，他为了行善而失去自由，他甘心受绑，额头上还保留因崇高献身而流出的汗珠。他的头将被置于铡刀之下，那三个获救的小天使的心灵将围着这个头飞舞、祈求。而且，在使刽子手感到羞辱的这个死刑面前，这个人将露出微笑，而共和国将面红耳赤！

而这一切将当着首领戈万的面完成！

他能阻止这件事，但他回避！他将满足于高傲的缺席——“这与你无关！”他不会对自己说，在这种情况下，弃权就是同谋！他不会看到，在如此重大的行动中，在行动者与任其行动者之间，后者更为恶劣，因为他是懦夫！

然而，他不是答应要处死朗特纳克吗？他，宽厚的戈万，不是宣布朗特纳克不在被宽待之列而将被交由西穆尔丹处置吗？

他欠西穆尔丹这个头，他还债。仅此而已。

然而，这确实是同一个头吗？

在此以前，戈万在朗特纳克身上看到的仅仅是野蛮的战士、君主制与封建制的狂热拥护者、屠杀俘虏的刽子手、狂暴的战争杀人犯、沾满鲜血的人。对于这种人，戈万毫不畏惧。他将放逐这个放逐者，他将以无情对待这个无情者。再简单不过了，道路早已指明，可以很容易地顺着这条悲怆的路往前走；一切都预见到了：将杀人者杀死，这是战争恐怖的正道。然而，出乎意料的是，这条直线突然断了，一个突如其来的转弯展示了新的视野，出现了变形。一个令人意外的朗特纳克走上了舞台。从魔鬼中走出了英雄；不只是英雄，是人；不只是灵魂，是心。戈万面对的不再是杀人犯，而是救星。戈万被强烈的天光击倒，朗特纳克的善良像霹雳一样击中了他。

面貌一新的朗特纳克竟不能使戈万改变容貌！怎么！这束强光竟然引不起反响！属于过去的人将前进，而属于未来的人却将后退。提倡野蛮和迷信的人将突然展翅飞翔，而富有理想的人却在他下面，在黑暗和污泥中爬行。戈万将匍匐在无情的旧车辙中，而朗特纳克却将升入崇高去追逐奇遇。

还有另外一件事。

家族！

他将使人流血——因为容忍别人流血就等于使别人流血；这血不就是他戈万的血吗？他的祖父已去世，但是叔爷还在世。这位叔爷就是德·朗特纳克侯爵。在坟墓里的那位哥哥难道不会站起来阻止弟弟进去吗？他难道不会命令孙子尊重那顶白发圆冠——他本人的姊妹光环吗？在戈万与朗特纳克之间难道没有这个鬼魂的愤怒目光吗？

难道革命的目的是歪曲人？难道进行革命是为了粉碎家庭、扼杀人性？绝对不是。一七八九年的出现正是为了肯定——而不是否定——这些最崇高的现实。推翻城堡，正是为了解放人性。取缔封建，正是为了建立家庭。既然祖先是权威的起源，祖先拥有权威，那么，除了父权以外，就不存在其他权威了。因此，蜜蜂中的皇后是合理的，因为它创造了它的子民；它既然是母亲，便当然是皇后。因此，人间的国王是荒谬的，他既然不是父亲，就不能当主人。所以必须取缔国王，建立共和国。这一切是什么？是家庭、人性、革命。革命是人民掌权，而人民，归根到底，就是人。

现在的问题是：朗特纳克已回归人性，他戈万是否将回归家庭。

现在的问题是：祖孙二人能否达到一致的领悟，抑或叔爷的进步只引起侄孙的后退。

这就是在戈万及其良知的感人辩论中所提出的问题，而答案似乎不言自明：拯救朗特纳克。

对，可是法兰西呢？

在这里，令人目眩的问题突然改变了面貌。

怎么！法兰西陷于绝境！它国门大开，被出卖，被肢解！它再没有壕沟，德意志跨过莱茵河；它再没有高墙，意大利越过阿尔卑斯山，西班牙越过比利牛斯山。法兰西只剩下一个大深渊——大西洋。它只有这个深渊可以自卫。它这个巨人倚仗深渊，倚仗整个海洋来与整个陆地抗衡。它毕竟是难以被攻克的，然而它将失去这种形势。这个大西洋不再属于它，大西洋上有英国人。当然英国人不知道如何越过大洋，但有人将为他们搭桥，向他们伸出手去，对皮特、克雷格、康沃利斯、邓达斯，对海盗们喊道："来吧！"有人将喊道："英国人，占领法国吧！"而此人就是德·朗特纳克侯爵。

此人现在被抓住了。经过三个月的捕捉、追逐、周旋，人们终于抓住了他。革命刚刚手擒这个魔鬼。九三年的铁拳刚刚揪住这个保皇派杀人犯的衣领。神秘的天意介入了人事，于是这位谋反者便在自家的牢房里等待惩罚。封建卫士居然被囚在封建地牢里。他自己城堡上的石砖反对他，囚禁他。想背叛国家的人竟遭到自己家屋的背叛。显然是天主安排了这一切。正义的时刻已来临。革命使这个公敌成为阶下囚，他再也无法战斗，再也无法斗争，再也无法为非作歹了。旺代不缺兵员，但他是唯一的大脑；他一结束，内战就结束了。他被抓住，这是富有悲剧性的、幸运的结局。在许许多多的屠杀和杀戮以后，这个杀人者终于被关在这里，等待死亡。

可是，有人会来援救他！

代表九三年的西穆尔丹抓住了代表君主制的朗特纳克，可是有人会将这个猎物从铁爪下解救出来。朗特纳克身上集中了人们称作"过去"的种种灾难，此刻这位侯爵在坟墓中，沉重的门在他头上永远关上了，然而有人会从外面拉开门闩！这个社会恶人已经死了，反叛、兄弟残杀、兽性战争也随他而死，然而有人将使他死而复生！

呵！这个骷髅头将会大笑！

这个幽灵将说："很好，我还活着，笨蛋们！"

于是他将重新作恶多端！他将残酷无情地、兴高采烈地再次投入仇恨和战争的深渊！从第二天起，人们将看到房屋被焚，俘虏被屠杀，伤员被处决，妇女被枪毙！

再说，归根到底，戈万是否过分强调了那件使他着迷的善举呢？

三个孩子身处绝境；朗特纳克救出了他们。

然而，是谁使他们身处绝境呢？

不正是朗特纳克吗？

是谁把三个摇篮放在大火之中的？

不正是伊马纽斯吗？

伊马纽斯是什么人？

侯爵的助手。

应该承担责任的是首长。

因此，朗特纳克就是纵火犯和杀人犯。

那么他做了什么值得赞美的事呢？

他没有一错到底，仅此而已。

他设计了罪行，然后又退却了。他对自己感到厌恶。母亲的呼喊在他内心深处唤醒了人类古老的恻隐之心，这是人皆有之的普遍生活的沉淀，最冥顽不化者也不例外。他听见这呼声便走了回来。他从黑暗又退回到光明。他筹划了罪行，又破坏了罪行。他的全部功绩在于：没有自始至终当魔鬼。

而为了这区区小事，就将一切归还给他！空间、田野、平原、空气、阳光！归还他森林，使他得以抢劫掠夺，归还他自由，使他得以任意奴役，归还他生命，使他得以制造死亡！

试试与他达成谅解，与这个傲慢的人谈谈，提出有条件地释放他，要求他获释后从此不参加任何敌对行动和叛乱；这样做将铸成大错，将使他占上风，将遭到他的蔑视，他的回答将给你一个耳光，他会说："你们自去羞愧吧！杀了我！"

对这种人毫无办法，不是杀他就是放了他。这是一个不妥协的人。他随时能起飞或者牺牲。对他本人而言，他既是雄鹰，也是悬崖。奇怪的人。

杀了他？于心不安！放了他？责任重大！

一旦朗特纳克获释，与旺代的一切较量又得从头开始，因为旺代将像一条没被砍头的蛇。由于朗特纳克的消失而熄灭的火，顷刻之间，将像飞驰的流星一样重新点燃。只要朗特纳克没有实现罪恶的计划，没有使君主制像墓石一样压在共和制身上，使英国像墓石一样压在法国身上，他是不会罢休的。拯救朗特纳克就是牺牲法国。朗特纳克活着就意味着许多无辜者，男女老少，在内战中丧生，就意味着英国人登陆，革命退却，城市被洗劫，人民被分裂，布列塔尼血流成河，牺牲品再次落入魔爪。在种种模糊不清与相互矛盾的思想中，沉思遐想中的戈万隐约看到了问题：放虎归山。

接着，问题又以最初的面貌出现，西绪福斯[①]的巨石——其实只是人的自我斗争——又滚落下来。那么，朗特纳克是老虎吗？

也许他曾经是老虎，那么现在仍然是老虎吗？戈万的思想不断反复，像蛇一样曲折回旋，令他晕眩。朗特纳克的献身精神、坚忍的忘我精神、高尚的无私精神，即使经过严格审视，也是无法否认的。怎么！他竟能在龇牙咧嘴的内战中发挥了人性！怎么！他竟能在低等准则的冲突中宣布了高级准则！怎么！他竟能证明在一切君主制、一切革命、世间的一切问题之上，存在着人类无限广阔的同情心：强者应保护弱者，获救者应救援遇难者，老人应疼爱儿童！竟能证明有这些美好的东西，而且不惜以头颅为代价！怎么！他身为将军，竟能放弃战略、战斗与复仇！怎么！他身为保皇派，竟能取来天平，一端放上法兰西国王、一千五百年的君主制、有待恢复的法律、有待重建的古老社会，在另一端放上三个普普通通的农家孩子，而且，在掂量以后，认为这三个无辜孩童的重量超过了国王、皇位、权杖与一千五百年的君主制。怎么！难道这一切都算不了什么？怎么！难道这样做的人仍然是老虎，应该受到猛虎的待遇？不！不！不！刚才用神奇举动

① 希腊神话中的国王，在地狱中被判推石上山，石头不到山顶便滚落下来，于是再推，如此反复不已。

的光辉照亮内战深渊的人不是魔鬼！佩剑者变成了启示者。地狱的撒旦又还原为天堂的路济弗尔[①]。朗特纳克用牺牲为自己的一切野蛮行径赎罪。他在肉体上断送自己，却在道义上获得自救。他又成为无辜者，为自己签署了赦令。难道一个人无权自我宽恕吗？从此，他令人肃然起敬。

朗特纳克刚才做出了非凡的举动，现在轮到戈万了。

戈万必须做出反应。

善与恶的激情正相互斗争，使世界处于混乱之中，而朗特纳克竟能超越混乱，从中引出人性，现在该由戈万从中引出家庭了。

他该怎么办？

难道他将辜负天主的信任？

不。他的内心喃喃地说："要救朗特纳克。"

那么很好。来吧，为英国人帮忙。开小差！投降敌人。拯救朗特纳克，背叛法兰西。

他不寒而栗。

你这个答案可不是答案，呵，幻想者！戈万看到斯芬克司在暗处露出不祥的微笑。

他处于一种令人畏惧的十字路口，真理在这里相互斗争、对峙，人类最崇高的三种观念在这里凝神对视，那就是人性、家庭、祖国。

这三个声音轮流发言，每个声音都说得有理。怎样选择呢？每个声音似乎都找到了智慧与正义的接合点，说："照这样做吧。"真应该照这样做？是的。不是。推理是一回事，感情是另一回事，这两种劝告背道而驰。推理仅仅是理性，感情往往是良心。前者来自人，后者来自上天。

因此，感情比较模糊，但却更有威力。

然而，严格的理性是何等强大！

---

① 撒旦在堕落前原为天使路济弗尔。

戈万踌躇不定。

这是难以承受的困惑。

戈万面临两个深渊。毁掉侯爵还是拯救侯爵？不是这个深渊，就是那个深渊。

哪个深渊是他的责任呢？

三　长官的风帽

人们面临的确实是责任。

责任矗立在那里，它对西穆尔丹而言是阴森的，对戈万而言是极其巨大的。

前者的责任简单明了，后者的责任错综复杂，迂回曲折。

钟楼敲响午夜十二时，接着是凌晨一时。

不知不觉间，戈万慢慢走近了缺口。

大火只发出漫射的反光，正在熄灭。

位于圆塔另一侧的高原在反光下时而可见，接着，烟雾遮住了火光，高原便隐没了。在忽明忽暗的微光下，物体显得不匀称，营地的哨兵像是一些幼虫。戈万在沉思中漫不经心地看着烟雾与火光的交替。在他眼前时隐时现的火光似乎与在他脑中时隐时现的真理有某种相似。

突然，在两团烟雾中，逐渐衰弱的火喷出了一个火花，将高原顶照得通明，一辆大车在红光下显现出来。戈万瞧着这辆车，车周围是头戴精骑兵帽的骑兵。当几小时前太阳落山时，戈万用盖尚的望远镜远远看见的大概就是这辆车。车上有人，他们似乎忙于卸东西。他们从车上抬下的东西看来很重，有时还哐当哐当响。很难说这是什么。好像是屋架。两个人从车上抬下一个箱子，放在地上，从箱子的形状看，里面的东西应该呈三角形。火花熄灭了，一切重归于黑暗。戈万对着黑暗中的东西怔怔地沉思。

人们点燃了灯，在高原上来来往往，但是活动的人影模糊不清，何况戈万站在沟壑的这一边，地势低，只能看见高原边沿的东西。

有声音在说话，但是听不清在说什么。这里那里传来敲击木头的声音，还有一种金属的吱嘎声，仿佛有人在磨长柄镰刀。

敲两点钟了。

戈万慢慢朝缺口走去，似乎想进两步退三步。哨兵见他走近，在阴暗中认出了指挥官绣有饰带的斗篷和风帽，便向他举枪敬礼。戈万走进一层大厅，它现在是警卫室。圆穹下挂着一盏灯，灯光很暗，勉强让他穿过大厅而不踩着人，因为警卫们就地躺在干草上，大部分人已经睡着了。

他们躺在这里，几小时前他们曾在这里战斗。枪弹没有被扫清，这些铁丸和铅丸被压在他们身下，使他们睡不舒服，但他们很累，正在休息。这个大厅是可怕的地方，人们曾在这里进攻，在这里怒吼狂叫、咬牙切齿、打杀和咽气。许多同伴曾在他们此刻昏昏欲睡的石砖地上倒下；他们枕着的干草浸满了同伴们的血。而现在一切都结束了，血已止住，刀已擦干，死者已死，而他们在平静地睡觉。这就是战争。到了明天，所有的人将同样睡觉。

昏昏欲睡的人中，有几个人看见戈万进来便站了起来，其中有负责警卫队的军官。戈万指着牢房门对他说：

“给我打开。”

门闩被拉开，门开了。

戈万走进牢房。

牢门在他身后关上了。

第七章　封建制与革命

一　长　　辈

在地牢的方形气窗旁边，砖地上放着一盏灯。

地上还有满满一罐水、配额面包和一捆稻草。地牢是在岩石上挖成的，因此囚徒如果异想天开地点燃稻草也是白费力气，牢房不会起火，囚徒自己却会窒息而死。

当牢门在铰链上转动时，侯爵正在牢房里踱步，像所有被关进笼子的猛兽一样本能地来回走动。

他听见牢门开了又关上，便抬起头。地上那盏灯正在他与戈万之间，正面照着这两人的脸。

他们相互瞧着，在逼视下一动不动。

侯爵大笑起来，喊道：

“您好，先生。我有多少年没机会见到您了。谢谢您大驾光临。我开始厌烦了，正想找人谈谈呢。您的朋友们在浪费时间。什么验明正身，什么军事法庭，这些规矩太费事了。要是我，就会直截了当。我这是在自己家里，请您进来。怎么样，您对目前的事怎么看？很古怪，对吧？从前有一位国王和一位皇后，国王就是国王，皇后就是法兰西。有人砍下国王的头，将皇后嫁给了罗伯斯比尔，这位先生和夫人生下一个女儿，叫作断头台，明天上午我大概就要结识它了，我将十分高兴，和见到您一样。您是为这事来的吧？您是不是升官了？您当了刽子手？如果这是一次简单的友好拜访，我心领了。子爵先生，您可能忘记什么是贵族吧。那好，这里就有一位贵族，就是我。您好好看看。他是个怪人，他相信天主，相信传统，相信家庭，相信祖宗，相信父辈的典范，相信忠诚与正直，他对君主尽忠尽责，他尊重古老的法律，他相信美德与正义，他会高兴地让人枪毙您。请您坐下来，当然是坐在石地上，因为这间客厅里没有安乐椅。不过，在污泥里生活的人坐在地上也无妨。我这样说不是想冒犯您，因为我们称作的污泥，就是您所谓的民族。您总不至于要求我高呼自由、平等、博爱吧？这里原先是我家里的一间房，从前爵爷们将乡巴佬关在这里，现在却是乡巴佬将爵爷关在这里。这种幼稚无聊的事就叫作革命。再过三十六小时我大概就要被砍头了，我看也没有什么不妥。不过，如果你们讲点礼貌，本该把我的鼻烟盒拿给我，它在上面那间镜子大厅里，您小时在那里玩耍过，还在我膝上蹦跳哩。先生，我告诉您一件事，您是戈万，而且，奇怪的是，您血管里流的是高贵的血，没错，和我一样的血，这血使我成为体面人，却使您成为无赖。各有各的特点。您会说这不能怪您，但也不能怪我吧。当然，有人在不知不觉间变成了恶棍，这是由于他周围的气氛。在我们这个时代，人们做事轻率，革命像是荡妇。你们所谓的罪大恶极者其实最清白无辜。一群傻瓜！首先就是您。请允许我向您表示佩服。是的，像您这样的小伙子，在国内是有身份的贵族，可以为高尚事业抛洒高贵的血，您是这个戈万塔的子爵、布列塔尼王公，可依法成为公爵，还可继承法兰西重臣的爵位，这是凡有常识的世人梦寐以求的，但您却乐于成为现在这个样子，所以敌人把您看作无赖，朋友把您看作傻瓜。对了，替我向西穆尔丹神甫先生致意。”

侯爵从容不迫地侃侃而谈，像素有教养的人那样心平气和，眼光明亮而安详，两手插在小口袋里。他停顿了一下，长长地吸一口气又接着说：

“我不向您隐瞒，我曾尽力想杀死您，三次亲自将炮口对准您。我承认这有点失礼，可是，以为在战争中敌人会向我们讨好，那才是轻信胡言乱语呢。我们在打仗，我的侄孙先生。到处是烧杀。国王也被杀了。多美妙的世纪！”

他稍稍停顿，又说：

“当初要是把伏尔泰吊死，送卢梭去服苦役，那么这一切就不会发生了！呵！文人是多大的祸害！你们责怪君主制什么呢？不错，皮塞尔神甫[①]被送回科尔比尼修道院，但他可以挑选马车，还可以在路上耽搁；至于你们的蒂通先生[②]，对不起，他行为放荡，在参加巴里斯副祭事的圣迹以前还逛妓院，他从樊尚城堡被押到皮卡尔底的阿姆城堡，那地方确实相当糟，所以你们不满，我还记得，当时我也喊叫，和你们一样傻。”

侯爵拍拍口袋仿佛在找鼻烟盒，接着又说：

“但没有你们那样坏。我只是说说而已。后来侦查诉讼界发生了叛乱，接着哲学家先生们也加了进来。作品被焚烧但作者却安然无恙。宫廷阴谋家也插手了，还有形形色色的糊涂虫：杜尔哥、凯斯内、马尔泽尔布[③]、重农主义者等等，于是便闹哄哄地争吵起来了。一切都是由那些蹩脚的诗人和作家挑动起来的。百科全书！狄德罗！达朗贝！呵！十足的废物！普鲁士国王那样出身高贵的人居然也上当！要是我，我会将要笔杆的统统消灭。呵，我们这些人是伸张正义的。瞧这墙上还留着车轮刑的痕迹。我们可不开玩笑。不，不，不要那些破作家！有阿鲁埃[④]就有马拉；有胡写瞎编的作家就有行凶杀人的恶

① 原为法官，后为神甫，因反对宫廷与僧侣而入狱(一六五五——七四五)。

② 法国作家(一六七七——七六二)。

③ 杜尔哥，曾任财政总监(一七二七——七八一)；凯斯内，经济学家(一六九四——七七四)；马尔泽尔布，政治家(一七二一——七九四)。

④ 即伏尔泰。

棍；只要有墨水，就会有造谣诬蔑；只要有人拿鹅毛笔，无聊的蠢话就会导致残酷的蠢事。书本导致罪恶。Chimère 这个字有两个意思，一是空想，一是怪物。你们空话连篇，大谈什么权利？人的权利！人民的权利！多么空洞、愚蠢、异想天开、毫无意义！而我呢，我说：科南二世的妹妹阿瓦兹将布列塔尼伯爵领地作为嫁妆给了南特与科尔努阿伊的奥埃尔伯爵，奥埃尔后来将王位传给阿兰·费尔冈，费尔冈的侄女后来嫁给了罗什絮尔荣的领主黑阿兰，并生下小科南，这个小科南便是我们的先辈居伊或戈万·德·图阿尔的祖父，我讲的这件事一清二楚，这就是权利。而您的那些怪人、坏蛋、乡巴佬，他们说的权利是什么呢？是弑神和弑君！多么可怕！呵！这些无赖！我为您难过，先生。您属于布列塔尼的高贵血统，您和我的祖先都是戈万·德·图阿尔，我们还有另一个祖先，就是著名的德·蒙巴宗公爵，他曾任法兰西重臣，荣获勋位，曾参加图尔郊区战役，在阿尔克战役中负伤，后任王宫犬猎队队长，八十六岁时在都兰的库齐埃家中去世。我还可以谈谈德·拉加尔纳什夫人的儿子德·洛迪努瓦公爵，谈谈克洛德·德·洛林，他是德·谢弗勒兹公爵，谈谈亨利·德·勒农库尔，谈谈弗朗索瓦兹·德·拉瓦尔-布瓦多凡，可是这有什么用呢？先生您荣幸地成为傻瓜，而且执意要与我的马夫为伍。您听着，您还是孩子时我已是老人了。我教训过您这个毛孩子，现在我还要教训您。您身体长大了，人品却堕落了。自从上次见面以后，我们各奔东西，我追求正直，您却背道而驰。呵！我不知道这一切会怎样结束，但您那些朋友先生们却是十足的无耻之徒。呵！对，多好呀，我同意，多大的进步呀！军队里取消了酗酒士兵饮水三天的惩罚！还有什么最高限价、国民公会、戈伯尔主教、肖梅特先生、埃贝尔先生，你们彻底推翻了过去，从巴士底狱直到年历。用蔬菜代替圣徒[①]。好吧，公民先生们，你们当主人吧，统治吧，随意行事，玩个痛快吧，

① 此处指一七九三年实施的共和历，日历上每日的圣徒名字被取代。

不用拘束。但是无论如何，宗教仍然是宗教，君主制仍然有一千五百年的历史，法兰西古老的贵族，即使被砍了头，也比你们高。至于你们关于皇族历史权利的流言，我们只能耸耸肩。西尔佩里克其实只是一位名叫达尼埃尔的隐士，兰弗鲁瓦编造他是为了和铁锤查理找麻烦①。这些事我们和你们一样清楚。问题不在这里，问题在于成为伟大的王国，成为古老的法兰西，成为井然有序的国家。首先受到尊重的是作为国家绝对君主的神圣的国王，其次是王公，再次是宫廷大臣，他们管理陆军、海军、炮兵，任财政领导与总监。然后是终审法官和下级司法官，再下是盐税官和总税务官，最后是分为三个等级的王国警察。瞧这一切原本很好，井井有条，但你们却毁了这一切。你们这些傻瓜什么也不懂，你们根本不知道省份是什么，却将它摧毁了。法兰西的特点代表大陆的特点，法国的每一个省都代表欧洲的一种美德；在皮卡尔底省是德国的坦率，在香槟省是瑞典的慷慨，在勃艮第省是荷兰的灵巧，在朗格多克省是波兰的勤奋，在加斯科涅省是西班牙的严肃，在普罗旺斯省是意大利的智慧，在诺曼底省是希腊的敏锐，在多菲内省是瑞士的忠诚。你们对此一无所知，却破坏、粉碎、摧毁、消灭了这一切，而且像野兽一样不以为耻！呵，你们不要贵族！很好，你们再没有贵族了。你们尽可死心，再没有勇士，再没有英雄了。再见吧，古老的高贵！你们今天能找到一个德·阿萨②吗？你们都怕送命。你们再也没有丰特努瓦那些杀人以前敬礼的骑士了，再也没有穿着丝袜参加莱里达围困战的战士了，再也没有头戴翎饰，高傲地驰骋的军队了。你们是一蹶不起的人民，会遭受侵略者的蹂躏。如果阿拉里克二世再来，他再碰不到克罗维斯③了；如果阿布

---

① 历史上法兰克王国的复兴者(六八八—七四一)。当他开始在高卢土地上的奥斯特拉西掌权时，纽斯特里的宫相兰弗鲁瓦另立西尔佩里克为王，佯称他为墨洛温王朝继承人。

② 法国军官(一七三三——一七六〇)，为向军团报警而自我牺牲。

③ 五世纪，法兰克王国的奠基人，击败西哥特国王阿拉里克二世。

代拉姆[①]再来，他再碰不到铁锤查理了；如果撒克逊人再来，他再碰不到丕平了[②]。你们再没有阿尼亚代尔、罗克鲁瓦、兰斯、斯塔法尔德、奈温德、斯泰因克尔克、拉马尔萨伊、鲁库、洛费尔德、马洪等战役了[③]。你们再不会有弗朗索瓦一世的马里尼昂战役[④]，再不会有菲利浦·奥古斯特的布汶战役[⑤]，菲利浦·奥古斯特一手擒住布洛尼的雷诺伯爵，另一只手擒住弗朗德勒的费朗伯爵。你们会有阿赞古尔战役[⑥]，但不会有巴克维尔先生那样身裹旗帜去殉国的伟大旗手了。来吧！来吧！干吧！成为新人吧！变得渺小吧！”

侯爵停了一会儿又说：

“可是我们要保持伟大。你们杀国王，杀贵族，杀僧侣，推翻、破坏、屠杀，将一切踩在脚下，用靴子踩碎古老的箴言，踏平王位，践踏神坛，消灭天主，还在上面跳舞。这是你们的事。你们是一群叛徒和懦夫，根本不懂得什么叫献身和自我牺牲。我说完了，现在您送我上断头台吧，子爵先生。我有幸是您卑微的仆人。”

他又补充说：

“呵！我对您讲了你们是什么人！其实这与我有何相干？我已经死了。”

“您自由了。”戈万说。

戈万朝侯爵走去，脱下指挥官的斗篷，将它披在侯爵身上，并拉下风帽遮住眼睛。他们两人一样高。

“你这是干什么？”侯爵问道。

戈万提高嗓门喊道：

---

① 伊斯兰国家的酋长，入侵高卢，被击败。

② 七世纪，奥斯特拉斯的“宫相”，以勇敢著称。

③ 法国在这些战役中打败了西班牙、日耳曼帝国、英国等等。

④ 法国于一五一五年在此打败瑞士。

⑤ 法王于一二一四年在此打败日耳曼皇帝。

⑥ 一四一五年法国在此大败于英王亨利五世。

“中尉，给我开门。”

门开了。

戈万又大声说：

“我走后要关好门。”

接着他便将惊呆的侯爵推出门外。

我们还记得，在这间变成警卫室的低矮的大厅里只有一盏角质灯，灯光使一切显得扑朔迷离，黑暗多于光明。在朦胧的微光下，未入睡的士兵看见一个身材高高的，身着带有饰带的指挥官斗篷和风帽的人从他们中间走过，朝出口走去。他们向他敬军礼。那人走过去了。

侯爵慢慢地穿过警卫室，穿过缺口，在缺口上碰了几次头，走出去了。

哨兵以为是戈万，向他举枪致敬。

他来到外面，离森林不过两百步远。他脚下是田野的青草，面前是空间、黑夜、自由、生命；他停下，一动不动地站了片刻，仿佛一个人听从了别人的指挥，接受了这个意外，从开着的门里走了出来，现在想看看这样做对不对，于是不忙着往前走，而是最后再思考一下。他专心默想片刻，然后举起右手，用大拇指和中指打了一个响指，说道：“当然。”

于是他走开了。

牢房的门已经关上。戈万在里面。

二　军事法庭

在当时，有关军事法庭的一切几乎都是由当事人决定的。仲马[1]曾在立法议会上提出军事立法草案，后来塔洛又在五百人院中进行修

① 法国将军(一七六二——一八〇六)。

改，然而，有关军事法庭的法典直到帝国时期才定稿。附带说一句，从帝国时期起，军事法庭进行表决时必须从下级军官开始，但在大革命时还没有这项规定。

一七九三年，军事法庭的庭长本人就几乎是整个法庭，由他挑选法庭成员，排列军阶顺序，确定表决方式；他既是主人又是审判官。

一楼的大厅曾经筑有防御工事，现在是警卫室，西穆尔丹决定把这里作为军事法庭，这样一来，从牢房到法庭，从法庭到断头台便可缩短距离。

按照他的命令，军事法庭于中午十二时开庭。法庭布置如下：三把草垫椅，一张杉木桌，两支点燃的蜡烛，桌前有一张凳子。

椅子是给审判官，凳子是给被告的。桌子两端各有一个凳子，一个是给助审员的，他是司务长，另一个是给记录员的，他是一位下士。

桌上有一筒红色蜡漆，一个共和国的铜印，两个墨水瓶，两沓白纸，两张印刷的告示。告示都摊放在那里，一张告示宣布的是不受法律保护，另一张告示上是国民公会的法令。

中间的那把椅子背靠着一簇三色旗。在这个过于简陋的时期，布置从简，警卫室很快就变成了法庭。

庭长的位置在中央，正对着牢房的门。

听众是士兵。

两名宪兵守在木凳两旁。

西穆尔丹坐在中央，右手是盖尚上尉，他是第一审判官，左手是拉杜中士，他是第二审判官。

西穆尔丹头戴有三色翎饰的帽子，挂着军刀，腰间插着两把枪，脸上那块鲜红色的刀疤使他更显得凶悍。

拉杜的伤口已被包扎。他头上缠一块手帕，手帕上的血迹在慢慢扩大。

中午十二时，审判还未开始。一名信使站在法庭的桌子旁边，人们听见他的马在外面蹬蹄。西穆尔丹正在写信，他写道：

救国委员会委员公民们：

朗特纳克已被捕，明日将被处决。

他写上日期，签上名，将信纸折好，封好，交给信使，信使立刻就走了。

接着，西穆尔丹高声说：

“打开牢门。”

那两名宪兵拉开门闩，打开牢门，走了进去。

西穆尔丹抬起头，抱着两臂，看着门大声说：

“把犯人带上来。”

在开着的门拱下，在两名宪兵中间，出现了一个人。

这是戈万。

西穆尔丹一阵颤抖，惊呼道：

“戈万！”

接着又说：

“带犯人。”

“我就是。”戈万说。

“你？”

“是我。”

“那朗特纳克呢？”

“自由了。”

“自由！”

“是的。”

“逃跑了？”

“逃跑了。”

西穆尔丹战战兢兢地喃喃说：

“对了，这是他的城堡，他熟悉所有的出口，地牢大概与某个出口相通，我早该想到这一点。他逃掉了，而且不需要任何人的帮助。”

“有人帮助他。”戈万说。

“帮他逃跑？”

“帮他逃跑。”

“是谁？”

“是我。”

“是你！”

“是我。”

“你在胡说！”

“我走进牢房和犯人单独待在一起，我脱下斗篷披在他身上，将风帽拉下来盖着他的脸。他冒充我走了出去，我冒充他留了下来。我在这里。”

“你没有这样做！”

“我做了。”

“这不可能。”

“这是事实。”

“将朗特纳克带上来。”

“他不在这里了。士兵们见他披着指挥官的斗篷，以为是我，便让他过去了，当时天还黑着。”

“你疯了。”

“我说的是事实。”

沉寂片刻。西穆尔丹嗫嚅道：

“那么你该判……”

“死刑。”戈万说。

西穆尔丹脸色惨白，像是被砍下的头。他一动不动，犹如五雷轰顶，似乎停止了呼吸。他额头上沁出一大滴汗珠。

他用加强的语气说：

“宪兵，让被告坐下。”

戈万在凳子上坐下。

西穆尔丹又说：

“宪兵，拔刀。”

这是常见的规矩，当被告可能被判死刑时就这样做。

宪兵拔出刀来。

西穆尔丹的声音又恢复了原状。

“被告，起立。”他说。

他不再以亲昵的口气称呼戈万了。

三　表　决

戈万站了起来。

“你叫什么名字？”西穆尔丹问道。

戈万答道：

“戈万。”

西穆尔丹继续讯问：

“你是谁？”

“我是北方海岸远征队的总指挥官。”

“你是逃跑者的亲戚或盟友吗？”

“我是他的侄孙。”

“你知道国民公会的法令吗？”

“我看见您桌上有那张告示。”

“你对这项法令怎么看？”

“我签了这项法令，而且下令执行，是我让人贴出这份告示的，告示下方还有我的名字。”

“你找一个辩护人吧。”

“我自己来辩护。”

“说吧。”

西穆尔丹又变得毫无表情，只是他更像平静的岩石，而不像沉着的人。

戈万沉默片刻，仿佛在沉思。

西穆尔丹又说：

“你要说什么为自己辩护？”

戈万慢慢抬起头，但不看任何人，说道：

“是这样。一件事使我看不见另一件事。我身旁发生的一件义举使我忘记了一百件罪行。一边是老人，一边是孩子，他们使我忘了责任。我忘了被焚烧的村庄、被蹂躏的田野、被屠杀的俘虏、被结果的伤员、被枪杀的妇女；我忘了被出卖给英国的法兰西，我放走了谋杀祖国的人。我是有罪的。我这样说仿佛在指责自己，其实不然，我在为自己辩护。当罪犯认错时，他拯救的是唯一值得拯救的东西：荣誉。”

“你要说的就是这些吗？”西穆尔丹问道。

“还有一句话：我是首领，应该做表率，你们是审判官，也该做表率。”

“你要求什么表率？”

“死刑。”

“你觉得这公平吗？”

“而且必要。”

“你坐下。”

作为助审员的司务长站起来宣读法令，首先是关于前侯爵德·朗特纳克不受法律保护的决定，其次是国民公会关于对帮助叛乱分子越狱逃跑者一律处死的法令，最后是法令告示下方的几行字，写的是禁止对上述叛乱分子“提供帮助和支持”，“否则处以死刑”，签名的是“远征队总指挥官戈万”。

他念完后便坐了下来。

西穆尔丹抱着手臂说：

“被告注意。公众注意听，注意看，别说话。法律摆在你们面前。法庭将进行表决，以简单多数做出判决。每位审判官将高声陈述意见，当着被告的面，因为裁判是正大光明的。”

他又接着说：

“请第一审判官发言。说吧，盖尚上尉。”

盖尚上尉似乎看不见西穆尔丹，也看不见戈万。他垂着眼皮，眼睛死死盯住那张法令告示，仿佛它是深渊。他说：

“法律是明确的。与普通人相比，审判官既少一点东西又多一点东西，少的是心，多的是裁判权。公元前四一四年，曼利乌斯[1]处死了自己的儿子，因为他违抗命令打了胜仗。破坏纪律便要以命抵罪。而今天受到破坏的是法律，是高于纪律的法律。怜悯之心使祖国重陷于危难之中。怜悯产生了罪恶的后果。戈万指挥官放跑了叛乱分子朗特纳克。戈万是有罪的。我主张死刑。”

“记录员，写下来：‘盖尚上尉：死刑。’”

戈万大声说：

“盖尚，你的表决很对，我谢谢你。”

西穆尔丹又说：

“请第二审判官发言。说吧，拉杜中士。”

拉杜站起来，转身向戈万敬了一个军礼，然后大声说：

“要是这样处理，你们送我上断头台吧。我在这里以天主神圣的名义发誓，那位老头和这位指挥官的行为，我真希望是我做的。我看见那位八十岁的老人跳进火中救那三个娃娃，我说：好样的，你真勇敢！我听说指挥官从断头台这头野兽的爪下救出老头时，我说：指挥官，你该当将军，你是真正的人，我真服了。要是还有十字勋章，要

---

① 古罗马执政官。

是还有圣人，要是还有路易，我真要给你圣路易十字勋章了。呵！现在人们都成傻瓜了？我们在热马普、瓦尔米、弗勒吕斯、瓦蒂尼打的胜仗，难道是为了这个吗？得说明白呀。怎么！四个月以来，戈万指挥官一直穷追猛打那些顽固的保皇派，用手中的刀剑拯救共和国，多尔那一仗打得多么漂亮！你们有这样一个人，可你们还要除掉他！不升他为将军，反而要砍他的头！我看这是自取灭亡！而您呢，戈万指挥官，如果您不是我的将军而是下士，那我要告诉您您刚才说的全是该死的糊涂话。老头救孩子做得对，您救老头也做得对。如果谁做了好事就上断头台，那就见他的鬼去吧。我也给弄糊涂了。这么说就没完没了，是吗？我掐我自己看是不是在做梦。我不明白。那么，老头应该让那几个娃娃被活活烧死，指挥官应该让老头上断头台？来吧，送我上断头台。我情愿这样。要是娃娃们死了，红色无檐帽营就会丢脸。你们希望这样吗？那么我们相互厮杀吧！我和你们一样懂政治，我原先属于梭枪区的俱乐部。真见鬼！我们最后都昏头昏脑了！我总结我的看法吧。我不喜欢那些使人懵懵懂懂的事。他妈的，我们为什么卖命？为了让我们的长官被杀掉？这可不行，绝对不行。我要我的长官！我需要他。我今天比昨天更喜欢他。送他上断头台，你们真叫我发笑。我们不要这一切。我注意听了。你们爱说什么请便吧。首先，这事绝对不行。”

拉杜坐下。他的伤口又裂开了。血沁出了绷带，从他的破耳朵顺着脖子往下流。

西穆尔丹转身问拉杜：

“你主张对被告免于处分？”

“我主张升他为将军。”拉杜说。

“我问你是否主张宣告他无罪？”

“我主张提升他为共和国第一人。”

“拉杜中士，你赞成宣告戈万指挥官无罪吗？是还是不是？”

“我赞成让我代替他上断头台。”

"宣告无罪，"西穆尔丹说，"写吧，记录员。"

记录员写道："拉杜中士：宣告无罪。"

记录员接着说：

"死刑一票，宣告无罪一票。一票对一票。"

现在该西穆尔丹投票了。

他站起来，摘下帽子放在桌上。

他的脸色不再是苍白或灰白。他面如土色。

如果在场的人都躺进裹尸布里，也不会有如此深沉的寂静。

西穆尔丹用低沉、缓慢、坚定的声音说：

"被告戈万。诉讼程序结束。军事法庭以共和国的名义，以两票对一票……"

他停住了，仿佛是一个间歇。他是在死亡前面还是在生命前面迟疑？所有人的胸部都在急剧地起伏。西穆尔丹接着说：

"……判处你死刑。"

他脸上流露出一种可悲胜利的痛苦。当雅各[①]在黑暗中摔倒天使又乞求天使祝福时，他脸上大概就是这副吓人的微笑。

但这只是一闪而过。西穆尔丹恢复了冷漠，坐下来戴上帽子，又说：

"戈万，明早太阳升起时，你将被处决。"

戈万起立，敬礼，说道：

"谢谢法庭。"

"将犯人带下去。"西穆尔丹说。

他做了一个手势，牢门打开，戈万走了进去，门又关上了。那两名宪兵手持军刀，守在牢门两侧。

拉杜刚刚晕倒，被抬了出去。

---

① 《圣经旧约·创世记》第三十二章。雅各在夜间与天使摔跤，但不知是天使。天亮后请求天使祝福，改名以色列。

四　在西穆尔丹审判官以后是西穆尔丹主宰

军营是一个蜂窝，革命时期尤其如此。士兵们身上的公民意识，像是敏捷的刺，在赶走敌人以后毫无顾忌地刺向长官。那支攻克图尔格的英勇部队也七嘴八舌啧有烦言。最初，当他们得知朗特纳克逃跑时，他们责怪戈万指挥官。他们看见从牢房里出来的是戈万，而不是朗特纳克，便好像受到电击，不到一分钟，消息便传遍了军营。于是这支小小的队伍就议论开了："他们正在审判戈万，这只是装装样子。谁能相信前贵族和教士呢？刚才是子爵救侯爵，待会儿是教士救贵族！"

后来他们得知戈万被判死刑，又纷纷议论开了："这太过分了吧！处死我们的长官，勇敢的长官，年轻的指挥官，英雄！不错，他是子爵，可是他成为共和派就更加了不起了！怎么！处死蓬托尔松、维尔迪厄、蓬托博的解放者！多尔和图尔格的胜利者！处死这个使我们战无不胜的人？共和国在旺代的利剑？五个月来他抗击朱安党人，补救莱谢尔和其他人干的蠢事。这个西穆尔丹竟敢判他死刑！为了什么？因为他救了一个救出三个孩子的老头！教士竟敢杀死战士！"

在获胜但不满的军营里，人言啧啧。西穆尔丹周围怨声载道。四千人对一个人，看上去这是力量吧，其实不然。四千人只是群众，而西穆尔丹是意志。人们知道西穆尔丹常皱眉头，他一皱眉头就能镇住军队。在这个严酷的时代，谁身后有救国委员会的影子，谁就令人胆战心惊，谁就能使诅咒变为窃窃私语，使窃窃私语变为鸦雀无声。在纷纷议论以前和以后，西穆尔丹始终主宰着戈万及所有人的命运。人们知道无法向他求情，他只服从他的良心，而这个超人的声音只有他一人能听见。一切取决于他。他作为军事审判官决定的事，只有作为文职特派员的他才能改变。只有他才有权赦免。他拥有全权。他作一个手势就能使戈万获得自由。他是生命和死亡的主宰；他控制断头台。在这悲壮时刻，他是至高无上的人。

人们只能等待。

黑夜来临。

五　牢　　房

法庭又变成警卫室，像头天一样加了双岗。两个哨兵守在关闭的牢门外。

将近午夜时，一位男子一手提灯穿过警卫室，在亮明身份后让人打开了牢门。他是西穆尔丹。

他走进牢房，让牢门半掩着。

牢房里阴暗而寂静。西穆尔丹在黑暗中走了一步，将灯放在地上站住了。黑暗中只听见一个熟睡男人均匀的呼吸声。西穆尔丹倾听这平静的声音，若有所思。

戈万躺在牢房深处的草堆上。这是他在呼吸。他睡得很熟。

西穆尔丹蹑手蹑脚地走过去，走到近处瞧着戈万，那目光比母亲瞧着熟睡婴儿的目光更充满难以言表的温情。这大概是西穆尔丹不由自主的流露。他像孩子一样用两手遮住眼睛，一动不动地待了片刻。接着他跪了下来，轻轻抬起戈万的手，压在自己的嘴唇上。

戈万动了一下，睁开眼睛，猛然惊醒显出几分惶惑。微弱的灯光照着地牢。他认出了西穆尔丹。

"噫，"他说，"是您，老师。"

他又接着说：

"我梦见死神在亲吻我的手。"

西穆尔丹猛然一震，骤然的思潮汹涌常常使我们感到这种震动；汹涌澎湃的思潮仿佛要淹没灵魂。西穆尔丹幽深的心灵没有流露任何东西，他仅仅说："戈万！"

两人相互看着，西穆尔丹眼中充满了火，连眼泪都被烧干了。戈万温柔地笑着。

戈万用手肘撑起身子，说道：

“我看见您脸上的这个刀疤，您是替我挨这一刀的。昨天您在我身边，为了我而参加战斗。假若上天没派您来到我的摇篮边，那我今天会是什么样子呢？还在黑暗里！我的责任感是从您那里来的。我生下来绳索缠身，偏见就是绳索，是您解开了绳索，使我能自由成长，使毫无生气的我重新成为儿童。您向我这个可能发育不全的儿童灌输良知。如果没有您，我会越长越渺小。是您给了我生命。从前我只是领主，您使我成为公民；从前我只是公民，您使我成为有头脑的人。您使我的身体适于尘世的生活，使我的灵魂适于天堂的生活。我寻找人类的现实，您给我真理的钥匙；我要去更远的地方，您给我光明的钥匙。呵老师，我感谢您，是您创造了我。”

西穆尔丹靠着戈万在草垫上坐下来，说道：

“我来和你一道吃晚饭。”

戈万掰开黑面包，递给西穆尔丹。西穆尔丹拿了一块。戈万又递过水罐。

“你先喝吧。”西穆尔丹说。

戈万喝了，将水罐递给西穆尔丹。西穆尔丹也喝了。戈万只喝了一口水。

西穆尔丹大口大口地喝水。

在这顿晚饭中，戈万吃面包，西穆尔丹喝水，前者镇静，后者激动。

牢房中充满一种可怕的寂静。这两人在谈话。

戈万说：

“伟大的事情正在酝酿中。此刻革命的所作所为是不可思议的。在看得见的事业后面是看不见的事业。前者掩盖了后者。看得见的事业是粗暴的，看不见的事业是崇高的。现在我分得很清楚。这很奇怪，但也很美。革命不能不利用过去的材料，因此才有这不平凡的九三年。在野蛮的脚手架下，正在建立一座文明殿堂。”

“是的，”西穆尔丹说，“从暂时现象中将诞生最后的结果。最后的结果就是权利与义务共存、比例制累进税、义务兵役制、平均化、消灭偏差，在万人万物之上是那条笔笔直直的线——法律。尊崇绝对性的共和国。”

“我更喜欢尊崇理想的共和国。”戈万说。

他停了一下又接着说：

“呵，老师，您刚才提到那么多，里面有忠诚、牺牲、忘我、相互宽厚仁慈和爱吗？平衡，这很好，和谐，这就更好了。在天平之上是竖琴。您的共和国对人进行衡量、测定、校准，而我的共和国将人带上蓝天，这就是定理与雄鹰的区别。”

“你会在云端迷路的。”

“而您会在计算中迷路。”

“和谐中少不了空想。”

“代数中也少不了空想。”

“我喜欢欧几里得[①]创造的人。”

“可我哩，”戈万说，“我更喜欢荷马创造的人。”

西穆尔丹严肃地微笑，眼盯着戈万，仿佛要稳住这个灵魂。

“这是诗。别相信诗人。”

“对，我知道这句话。别相信微风，别相信光线，别相信香味，别相信鲜花，别相信星星。”

“这些都不能当饭吃。”

“不见得吧！思想也是食物。思考等于吃饭。”

“别太抽象了。共和国是二加二等于四。每人都得到他应得的……”

“加上他所不应得的。”

---

① 古希腊数学家。

“这是什么意思？”

“我是说个人与大家都应宽厚大量、相互谦让，这才是全部社会生活。”

“除了一丝不苟的正义之外，没有任何东西。”

“不，还有一切。”

“我只看见正义。”

“可我看得更高。”

“正义之上还有什么？”

“公道。”

他们有时停住，仿佛在交换目光。

西穆尔丹又说：

“说清楚一点，做得到吗？”

“好吧。您主张义务兵役制，可是针对谁呢？针对别人。我可不喜欢兵役制。我喜欢和平。您希望穷人得到救助，可我希望消灭贫穷。您主张比例税制，可我主张干脆取消赋税。公共开支应该压缩到最小，而且由社会剩余价值来支付。”

“这是什么意思？”

“是这样，首先消灭各种寄生生活：教士的寄生生活，法官的寄生生活，士兵的寄生生活。其次，好好利用你们的财富，将肥料撒在田里而不要扔进阴沟。四分之三的土地是荒地，应该在全法国开荒，取消无用的牧场，分享市镇的土地。愿人人有地，愿每块地上都有人。那么，社会产品就会增加一百倍。在当今的法国，农民每年只有四天能吃上肉，但是，如果耕种得当，法国将能养活三亿人，养活全欧洲。大自然是得力的助手，但未受重视，应该利用它。让所有的风，所有的瀑布，所有的磁流都为你们服务吧。地球内部有一个静脉网，大量的水、油和火在网里流动，应该去戳它一下，让水流出来成为喷泉，让油流出来为人照明，让火喷出来为人取暖吧。想想波涛的起伏、涨潮退潮、潮汐涨落吧。大洋是什么？白白浪费的巨大能量。

地球真傻！不会利用海洋！”

“你完全在做梦。”

“我完全在现实里。”

戈万又问道：

“那么女人呢？您怎样安排女人？”

西穆尔丹回答：

“维持原状：男人的仆人。”

“是的，但有一个条件。”

“什么条件？”

“男人将成为女人的仆人。”

“什么？”西穆尔丹叫了起来，“男人当仆人！决不。男人是主人。我只承认一种君主制，家庭君主制。男人在家里是国王。”

“对，但有一个条件。”

“什么条件？”

“女人将当皇后。”

“这就是说男人和女人……”

“平等。”

“平等！你这是瞎想，男人和女人是不同的。”

“我是说平等，不是说相同。”

又是沉默。这两个相互较量的头脑似乎在休战。西穆尔丹打破了沉默：

“那么小孩呢？该把他给谁？”

“首先给孕育他的父亲，再给分娩他的母亲，再给培养他的老师，再给使他具有男人气概的城市，再给最高的母亲——祖国，再给那位老祖母——人类。”

“你不提天主。”

“每个阶段，父亲、母亲、老师、城市、祖国、人类都是通往天主的梯子的阶级。”

西穆尔丹不说话。戈万继续说：

“等您到达梯子顶上，您就到了天主那里。天主张开臂，您只要进去就行了。”

西穆尔丹做了一个召回的手势：

“戈万，还是回到地上来吧。我们要使可能性变为现实。”

“首先别使可能性变为不可能性。”

“既然是可能性，那总能成为现实吧。”

“我看不一定。如果粗暴对待空想，就会扼杀它。萌芽是最缺乏自卫力的。”

“但是应该抓住空想，给它套上现实的桎梏，将它纳入现实之中。抽象的思想应该转化为具体的思想；它可能减少几分美丽，但却增加了实效；它变小了，但更好了。正义必须进入法律。当正义成为法律时，就成为绝对。这就是我称作的可能性。”

“可能性还不止于此吧。”

“呵！你又在胡思乱想了。”

“可能性是只神秘鸟，总是在人们头上翱翔。”

“应该抓住它。”

“但要抓活的。”

戈万又接着说：

“我的想法是永远向前。如果天主希望人后退，那他就该让我们脑后长眼睛。我们应该朝前看，看曙光，看花蕾绽开，看破壳出雏。倒下的东西在鼓励上升的东西。枯树的断折声是对幼树的召唤。每个世纪都将完成自己的使命，今天是公民的使命，明天是人类的使命。今天的问题是正义，明天的问题是报酬。报酬和正义，归根到底是同一个字。人活着不能不为报酬。天主在给予生命时欠下了债；正义是先天的报酬，报酬是后天的正义。”

戈万像先知一样边思索边讲话。西穆尔丹听着。他们交换了位置，学生现在好像成了老师。

西穆尔丹喃喃地说：

“你走得太快了。”

“可能因为我时间紧。”戈万微笑着说。

他又接着说：

“呵，老师，我们两人的区别就在这里。您赞成义务兵役，我赞成学校；您希望人成为士兵，我希望人成为公民；您希望人拥有强力，我希望人拥有思想。您要一个利剑共和国，我要……”

他稍停片刻，又说：

“我要一个思想共和国。”

西穆尔丹瞧着牢房的石地说：

“可是此刻你要什么？”

“现状。”

“这么说你宽恕了现在？”

“是的。”

“为什么？”

“因为这是风暴。风暴知道自己在干什么。一株橡树被雷劈倒，但有多少森林得到净化！文明染上了黑热病，但在大风中得到治愈。也许风暴应该有所选择？但是它负责如此大规模的清扫工作，能够温文尔雅吗？疫气如此可怕，狂风怒号是完全可以理解的。”

戈万又接着说：

“何况我有指南针，风暴于我又有什么关系；我问心无愧，事件于我又有什么关系！”

他庄严地低声说：

“有一个人，永远不要妨碍他。”

“谁？”西穆尔丹问道。

戈万指着头部上方。西穆尔丹顺着这根竖起的手指往上看，似乎看到牢房圆穹外的星空。

他们又沉默了。

西穆尔丹说：

“比大自然更伟大的社会。我告诉你，这不可能，这是梦想。”

“这是目的。不然要社会有什么用？就待在大自然里好了，就当野人好了。奥塔希提[①]是天堂，可是在这个天堂里没有思想。我宁愿有思想的地狱，也不要愚蠢的天堂。不，不，不要地狱。还是要人类社会吧，比自然界更伟大的社会。对，如果不能给大自然增添点东西，那又何必摆脱大自然呢？就像蚂蚁一样只管劳作，像蜜蜂一样只管酿蜜好了；只像动物一样劳作，不当有思想的主宰！如果你想给大自然增添点什么，你就必须比它大；增添就是增加，增加就是壮大。大自然升华便是社会。蜂窝所没有的，蚂蚁窝所没有的，我都要，纪念性建筑啦，艺术啦，诗歌啦，英雄啦，天才啦。永远背负重担，这不符合人的法则。不，不，不，再没有贱民，再没有奴隶，再没有苦役犯，再没有受苦人！我希望人的每一个属性都是文明的象征、进步的模式。我主张思想上的自由、心灵上的平等、灵魂上的博爱。不！再不要桎梏了！人生来不是为了戴锁链，而是为了展翅飞翔。人不要再当爬行动物了。我希望幼虫变成昆虫，蚯蚓变成活的花朵，飞起来。我希望……”

他停住了，眼睛发亮。

他的嘴唇在嚅动，但没说话。

牢门仍然开着。外面的嘈杂声传了进来，有隐隐约约的军号声，大概是起床号吧，接着是枪托敲地的声音，这是哨兵换岗，接着，根据在黑暗中的判断，圆塔附近有动静，仿佛有人在搬动木板，还有一种断断续续的、低沉的声音，像是锤子在敲打。

西穆尔丹脸色苍白地听着。戈万却听不见。

他越来越深地陷入遐想，似乎停止了呼吸，专心致志地瞧着自己大脑圆穹下的幻影。他轻轻颤抖，瞳孔中的曙光在扩大。

---

① 即波利尼西亚群岛中的塔希提岛。

一段时间就这样过去了。西穆尔丹问道：

“你在想什么？”

“想未来。”戈万说。

他又陷入沉思。西穆尔丹从两人坐着的稻草铺上站起来。戈万没有察觉。西穆尔丹深情地瞧着沉思的年轻人，慢慢退到门口，走了出去。牢门又关上。

六　太阳升起

不久，东方开始发白。

与此同时，在图尔格的高原上，富热尔森林上方，出现了一个令人吃惊、一动不动的怪物，连小鸟也感到陌生。

它是在夜间放在那里的。与其说它是建起来的，不如说它是竖起来的。远远看去，它是一些僵硬的直线，很像希伯来文字母或者属于古代谜语的埃及象形文字。

它引起的头一个念头就是它毫无用处。它竖立在开花的欧石南丛中，是做什么用的呢，人们打了一个寒战。这是由四根木桩搭成的一个台子。在台子的一端，直直地竖着两根高高的柱子，顶端由一根横梁相连。两根柱子中间悬着一个三角形的东西，它在清晨蓝天的衬托下显得发黑。台子的另一端有一个梯子。在柱子中间三角物的下方有一个像壁板的东西，它是由两块活动木板组成，拼在一起时就形成一个人颈粗细的圆洞。壁板的上半部可以在槽沟里滑动，或上升或下降。拼合成颈圈的这两个新月形木板现在是分开的。在悬着三角物的那两根柱子底端有一块可以摆动的木板，看上去像摇板。木板旁有一个长筐，在它前面，在台子的另一端，在两根柱子中间，有一个方筐。它漆成红色。所有这些东西都是木制的，只有三角物是铁的。人们可以感到它是由人制造的，因为它那么丑陋、平庸、渺小，但它体积庞大，大概是精灵搬来的吧。

这个奇形怪状的庞然大物就是断头台。

在它对面几步以外的沟壑里，矗立着另一个怪物，图尔格。石怪物与木怪物相互呼应。还得说一句，当人手触及木头或石头时，木头或石头就不再是木头或石头，而是摘取了人的某些东西。一座建筑代表一种理论，一部机器代表一种思想。

图尔格就是过去的必然结果，这个过去就是巴黎的巴士底狱、英国的伦敦塔、德国的施皮尔伯格狱、西班牙的埃斯科里亚尔宫、莫斯科的克里姆林宫、罗马的圣天使宫。

图尔格凝聚了一千五百年的时间，中世纪、诸侯、采地、封建；断头台凝聚了一年，即九三年，而这一年在与一千五百年抗衡。

图尔格代表君主制，断头台代表革命。

这是悲剧性的对抗。

一方是欠债，另一方是到期索债。一方是错综复杂的哥特式结构、农奴、领主、奴隶、主人、庶民、贵族、化为千种惯例的多种法典、结盟的法官与教士、条条束缚、赋税、盐税、人头税、领主的永久管业权、抗辩、特权、偏见、狂热、王室的破产特权、权杖、王位、旨意、神权，另一方则是这个简单的东西——铡刀。

一方是结扣，另一方是斧子。

长期以来，图尔格独自处于荒漠之中。从它的突堞下曾经流出滚烫的油、燃烧的松脂和熔化的铅；它有尸骨成堆的地牢和车轮刑的刑室；它充满了闻所未闻的悲剧。它那阴森的面孔曾经俯瞰这片森林；在这片阴暗中它曾有过野蛮而安静的一千五百年。它曾是本地唯一的权威、尊严和恐惧。它统治过，它象征着大权独揽的野蛮，然而，突然之间，它看见在它对面竖起了一个与它作对的东西，不，不仅仅是东西，是一个与它同样可怕的人，断头台。

有时石头似乎拥有奇异的目光。石像观察你，塔楼窥伺你，建筑物的正面凝视你。图尔格仿佛在端详断头台。

它仿佛在问自己。

这是什么？

它好像是从地下长出来的。

它的确是从地下长出来的。

这片不幸的土地孕育了这株不祥的树。这片土地吮吸了大量的汗水、眼泪和鲜血，它上面有这么多坑穴、坟墓、洞穴和陷阱；形形色色的专制主义的受害者的尸体在这里腐烂。它的下面是藏匿累累罪行——可怕的种子——的深渊。时辰一到，从这片深深的土地中就走出了这个陌生人，这个复仇者，这个带利剑的野蛮机器，于是九三年对旧世界说：

“我来了。”

于是，断头台便理直气壮地对城堡说：

“我是你的女儿。”

与此同时，城堡感到断头台使自己丧命，因为这些不吉利的东西也各有其默默的生命。

图尔格面对可怕的显像，似乎有几分惊慌，好像是恐惧。石头的庞然大物既庄严又可耻，但是带三角物的那块木板更糟。衰亡中的无上权力与新生的无上权力都令人畏惧。罪恶的历史在观看伸张正义的历史。旧日的暴力在与今日的暴力做较量。这个古老的堡垒、古老的监狱、古老的庄园曾耳闻被肢解的受刑人发出哀号；这个用于战争与谋杀的建筑已无法使用，失去了战斗力，它遭受蹂躏、拆毁和贬黜，一堆石头犹如一堆灰烬；它可憎而美丽，它已死去，但充满了令人畏惧的已逝世纪的晕眩，它正瞧着可怕的现在时刻的到来。昨日在今日面前颤抖；旧日的残忍面对并且忍受今日的恐怖；已成为乌有的昨日用阴暗的眼光瞧着今日的恐怖，幽灵瞧着鬼魂。

大自然是无情的。面对万恶的人间，大自然依旧赐予鲜花、音乐、芬香和阳光；它用神圣的美反衬出社会的丑恶，从而谴责人类。它既不撤回蝴蝶的翅膀，也不撤回小鸟的歌唱，因此，处于谋杀、复仇、野蛮中的人不得不承受神圣物体的目光；他无法摆脱和谐的万物对他强烈的责难，无法摆脱蓝天那无情的宁静。在奇妙的永恒中，人类法则的畸形被揭露无遗。人在破坏、摧残，人在扼杀，人在杀戮，但夏天依旧是夏天，百合花依旧是百合花，星辰依旧是星辰。

这天早上，清晨的晴空比任何时候都更迷人。和煦的风吹拂欧石南丛，雾气在树枝间缓缓爬动，富热尔森林充满了泉水散发的气息，在曙光中冒着气，就像一个满满的大香炉。蓝色的天空，白色的云，晶莹透明的水，还有从海蓝宝石到祖母绿的各种颜色和谐的植物，相互友爱的树，成片的草地，深深的平原，这一切纯净贞洁，是大自然对人类的永恒忠告。然而在这一切之中人类却暴露了可憎的无耻，在这一切之中是堡垒和断头台，战争与酷刑，血腥时代和血腥时刻这两张面孔，往昔黑夜的猫头鹰和未来黎明的蝙蝠。在这个鲜花盛开、香气扑鼻、深情而迷人的大自然中，美丽的天空向图尔格和断头台洒下晨光，仿佛对人说："瞧瞧我在干什么，你们又在干什么。"

这就是太阳对它的光辉的妙用。

这个场面有观众。

这支小小的远征队的四千人在高原上排成战斗队形，从三面围着断头台，好似字母E的实测平面图。炮队位于长线中央，组成E字母的切口。红色断头台仿佛三面被围，士兵组成的人墙折过来，延伸到高原陡坡。第四面是开放的，那里有沟壑，而且面对图尔格。

这样就形成了一个长长的方阵，中央是断头台。太阳升高，断头台在草地上的影子越来越短。

炮手们各就各位，点燃了火绳。

从沟壑升起淡淡的蓝烟，桥上的火刚刚熄灭。

图尔格在烟中变得朦朦胧胧，但未被完全遮住，它那高高的平台俯瞰着整个地区。平台与断头台只隔着那道沟壑，两边可以对话。

军事法庭的桌子和插着三色旗的椅子被搬上平台。太阳在图尔格后面升起，反衬出这个大堡垒的黑影。在它顶上，有个人正抱着双臂，一动不动地坐在法庭椅子上，坐在那簇三色旗下。

他就是西穆尔丹。他像昨天一样，穿着文职特派员的服装，头戴有三色翎饰的帽子，挂着军刀，腰间插着枪。

他不说话。所有人都不说话。士兵们持枪立正，低着头。他们的手肘相碰，但不交谈。他们杂乱地想到这场战争，想到这么多战役，想到他们曾英勇面对篱笆后的冷枪，想到大批被击溃的愤怒的农民，想到攻克的城堡，想到得胜的战斗，想到胜利，而现在，这全部光荣似乎都成了耻辱。阴沉的等待揪住了所有人的心。刽子手在断头台的木台上走来走去。越来越强烈的晨光使天空显得明亮而庄严。

突然间传来一阵低闷的鼓声，这是因为鼓面上盖着黑纱。死亡的鼓声走近了，人们向两旁闪开。一支队伍走进方阵，朝断头台走去。

打头的是黑鼓，然后是一队垂下武器的精兵，然后是军刀出鞘的宪兵，最后是囚犯戈万。

戈万自由地走着，手脚都没有被捆绑。他穿着普通军装，佩着剑。

在他后面是另一队宪兵。

戈万脸上挂着沉思的快乐，当他对西穆尔丹说“我想到未来”时，这种快乐曾使他容光焕发。这种永驻的微笑十分崇高，难以用言词表达。

戈万来到行刑地点，首先朝圆塔顶上望去。他对断头台不屑一顾。

他知道西穆尔丹一定会恪尽职守地来到行刑现场。他的眼光在平台上搜索，他找到了他。

西穆尔丹面色苍白，身体发冷。他身旁的人听不见他的呼吸声。

当他远远看见戈万时，他没有颤抖。

此时戈万朝断头台走去。

他一边走一边瞧着西穆尔丹，西穆尔丹也看着他，仿佛整个人都倚靠在这个目光上。

戈万来到断头台脚下。他登上木台。指挥那队精兵的军官也跟了上去。戈万摘下剑，递给军官，又摘下领带，递给刽子手。

他像一个幻影，他从未如此俊美。他那一头棕发随风飘起，当时是不剪头发的。他那白净的脖子像是女性的脖子，他的眼光像大天使那样英勇而无上尊严。他站在断头台上，若有所思。这地方也是一个顶峰。戈万站在这里，崇高而安详。阳光裹着他，仿佛使他身披荣光。

士兵们看见年轻的指挥官毫不犹豫地准备受刑，再也忍不住了。战士们的心爆炸了，于是人们听见一个闻所未闻的声音：部队在抽泣，还有一阵叫喊声："宽恕吧！宽恕吧！"有些人跪了下来，还有些人丢下枪，朝西穆尔丹所在的平台举起双臂。一位精兵指着断头台喊道：

"能替代他吗？我来。"

所有的人都狂热地喊道："宽恕吧！宽恕吧！"狮子听见这声音也会感动或害怕的，因为士兵的眼泪叫人受不了。

刽子手停住了，不知如何是好。

这时从塔顶传来一个声音，它阴森而显得简捷低沉，但是所有的人都能听见：

"执行法律！"

人们听出那斩钉截铁的语气。西穆尔丹开口了，军队打了个寒战。

刽子手不再犹豫，拿着绳子走近戈万。

"等等！"戈万说。

他转向西穆尔丹，用尚能自由活动的右手向他挥手告别，然后让人捆绑起来。

他被捆绑后，对刽子手说：

"对不起，等一会儿。"

于是他高呼：

"共和国万岁！"

刽子手让他在摇板上躺平。他那可爱而高傲的头被卡进可耻的颈圈。刽子手轻轻挽起他的头发，然后按动弹簧，三角刀起动了，先是缓缓滑动，然后加速，一个可憎的响声……

与此同时传来另一个响声。一声枪响与铡刀声相呼应。西穆尔丹刚刚掏出腰间的一把枪。当戈万的头滚进筐里时，西穆尔丹对自己胸前开了一枪。血从他嘴里流出，他倒下死了。

于是后者的黑暗融于前者的光明之中，这两个悲壮的姊妹灵魂一同飞上了天。